Petra Oelker, geboren 1947, arbeitete als freie Journalistin und Autorin von Sach- und Kinderbüchern, bevor sie mit dem Schreiben von Kriminalromanen begann. «Tod am Zollhaus» (rororo 22116) war der Auftakt der erfolgreichen – mittlerweile achtbändigen – Reihe, in deren Mittelpunkt die Komödiantin Rosina und das historische Hamburg stehen. Daneben schreibt sie in der Gegenwart angesiedelte Kriminalromane, darunter «Der Klosterwald» (rororo 23431), «Die kleine Madonna» (rororo 23611) sowie «Tod auf dem Jakobsweg».

Petra Oelker

Tod auf dem
Jakobsweg

Kriminalroman

Rowohlt
Taschenbuch
Verlag

8. Auflage 2010

Originalausgabe
Veröffentlicht im Rowohlt Taschenbuch Verlag,
Reinbek bei Hamburg, Dezember 2007
Copyright © 2007 by Rowohlt Verlag GmbH,
Reinbek bei Hamburg
Umschlaggestaltung: any.way, Hannah Krause
(Foto: Modrow / laif)
Karte Peter Palm, Berlin
Satz Minion PostScript (InDesign)
bei Pinkuin Satz und Datentechnik, Berlin
Druck und Bindung CPI – Clausen & Bosse, Leck
Printed in Germany
ISBN 978 3 499 24685 2

Für Marie-Theres,
die die guten Wege findet

Burgos, Castrojeriz, Frómista, Carrión de los Condes, Valencia de Don Juan, León, das Panteón de los Reyes, jeder Name ein Lockruf und eine Erinnerung, wie Sirenen liegen sie zu beiden Seiten des Weges und zerren an mir.

Cees Nooteboom, Der Umweg nach Santiago

Das Beste, was man vom Reisen nach Hause bringt,
ist die heile Haut.

Persisches Sprichwort

Prolog

Die Nächte waren kalt hier oben. Es störte ihn nicht. Hatte es nie. Er schlug den Kragen seiner alten Felljacke hoch, der immer noch daraus aufsteigende Geruch von Schafen ließ ihn lächeln. Er mochte diesen Geruch, selbst jetzt noch empfand er ihn als ein Symbol seines Sieges. Er wusste, dass das ein bisschen albern war, es gab deutlichere Zeichen und konkretere Anlässe. Erst recht bessere Gerüche, wie den in der nächtlichen Feuchte aufsteigenden Duft der Erde und der Wiesen, den letzten Hauch des Holzfeuers, den der leichte Wind vom Haus herübertrug. Doch dieser Geruch des alten wolligen Fells stand für das, was er gesucht und schließlich gefunden hatte. In jener Zeit war ihm die Suche lang erschienen, wenn er nun zurückblickte, war sie kurz gewesen, eine flüchtige Episode.

Er hatte damals alles, was sein Leben bis dahin bestimmte, zurückgelassen, mit so viel Entschlossenheit wie Furcht. Auch mit Trotz, das hatte er erst später begriffen, als er längst sicher war, die richtige Entscheidung getroffen zu haben.

Seltsam, dachte er, während sein Blick von den in der Dunkelheit spukhaft schimmernden schneebedeckten Bergspitzen weiter hinauf zu den Myriaden von Sternen wanderte. Bei aller Sehnsucht nach dem bequemen Leben, die ihn in der harten Anfangszeit, besonders in Nächten wie dieser, manchmal eingeholt hatte, war die Versuchung zurückzukehren nie stark genug geworden.

Einer der Sterne, ein großer, bewegte sich über den Himmel – kein Stern, es war ein Flugzeug. Seit es Direktverbindungen von Santiago nach Nordeuropa gab, sah er die Maschinen in den tiefdunklen Nächten häufiger. Wie lange mochte es dauern, bis so ein großer Vogel in Frankfurt oder Berlin landete? Zwei Stunden? Drei? So nah war sein altes Leben. Es bedeutete keine Versuchung, auch wenn er sicher glaubte, dass er dort nach all den Jahren unbehelligt bleiben könnte. Die Möglichkeit, mit einem Sprung zurückzukehren, so schnell, so einfach, machte es noch leichter, es nicht zu tun.

«Blödsinn», murmelte er. «Was sollte ich da?»

Und womöglich würden sie ihn wieder einfangen. Womöglich würde er nicht stark genug sein, noch einmal zu entkommen oder sich auch nur ihren Plänen zu verweigern.

Sie hatten ihn bisher nicht gefunden, also würden sie ihn auch in Zukunft nicht finden. Vielleicht hatten sie es gar nicht versucht? Zu Anfang hatte er sich das oft gefragt, heimlich und mit dieser alten Mischung aus Wut, Furcht und Hoffnung.

In diesen Bergen war er in Sicherheit. Hier fühlte er einen Frieden, den er zuvor nicht gekannt hatte. Hier würde er bleiben, hier würde er sterben. Obwohl er hoffte, bis dahin noch viel Zeit zu haben, hatte er sich seinen letzten Platz schon ausgesucht. Vielleicht fiel ihm eines Tages einer dieser Sterne, seiner vertrauten Freunde auf den Kopf. Er lachte lautlos und blinzelte hinauf in das kalte Glitzern. Wenn man es genau betrachtete, waren die Sterne seine Retter gewesen. Denn wegen der Sterne gab es ja den Jakobsweg. Diese Pilgerstraße, für die er sich entschied, nachdem er endlich begriffen hatte, dass er sich retten musste. Seine Flucht in den Süden hatte dazu nicht gereicht. Er hatte sich nur durchgeschlagen, mehr schlecht als recht. Ein paar Sommermonate mit zwei Straßenmusikern, hier und da ein paar Wochen als Kellner in einer Strandbar, ein Vierteljahr in der Villa einer sehr reichen und sehr besitzergreifenden Frau, im goldenen Käfig. Da war er noch einmal geflohen.

Er hatte sich damals gewiss nicht auf den Weg nach Santiago de Compostela gemacht, weil er das Heil, den verlorenen Glauben oder inneren Frieden suchte. Er hatte nur gehört, unterwegs treffe man lauter Gutmenschen, die sich bemühten, ihren Nächsten zu lieben und mit einem armen Pilger bereitwillig ihr Brot oder eine Flasche Wein teilten. Und wer sich darauf verstehe, ein frommes Gesicht zu machen, finde in den zahllosen Kirchen, Klöstern und Herbergen entlang des Weges immer Unterkunft. Für einen Sommer sei das eine halbwegs angenehme Zeit.

Also hatte er ein billiges Silberkreuz gut sichtbar um seinen Hals gehängt und sich auf den Weg gemacht. Ganz so vielen ‹Gutmenschen› war er dann doch nicht begegnet, die Idee hatten vor ihm schon zu viele andere gehabt. Oft hatte er für Unterkunft und Abendessen einen Stall ausmisten, Holz hacken, Fußböden schrubben oder Heu wenden müssen. Er war verblüfft gewesen, als er eines Tages bemerkte, dass ihm das Befriedigung gab. Und dann hatte er den Alten getroffen, einen echten Pilger. Der hatte ihn angesehen, prüfend, mit skeptischen Augen. ‹Mach dich endlich auf den Weg, Junge›, hatte er schließlich gesagt. ‹Folge den Sternen, folge ihnen wirklich. Bis nach Compostela.› Wenn man bereit sei, sei der Weg zu diesem Ort ein heilsamer Weg. Immer.

Er hatte gelacht, damals, hatte sich unbehaglich gefühlt unter dem Blick des fremden Mannes. Aber der hatte ihm die Hand auf den Arm gelegt, ganz leicht nur, und doch hatte die Berührung etwas in ihm ausgelöst, das er nicht verstanden hatte. Er hatte Tränen aufsteigen gespürt, zum ersten Mal in all der Zeit auch seine schwarze Einsamkeit und zugleich etwas Tröstliches. Etwas Demütiges.

Was für eine kitschige Szene, dachte er jetzt, doch genau so war es gewesen. Er hatte es in den vielen Jahren, die seither vergangen waren, nie jemandem erzählt. Vielleicht weil er fürchtete, der Zauber verlöre dann seine Wirkung. Denn ein Zauber war es gewesen. Inzwischen hatte er gelernt, dass es etwas zutiefst Menschliches war, die Not eines anderen zu erspüren, eines Fremden gar, bevor der selbst sie erkannte oder sich eingestand, und über einen guten Rat hinaus von der eigenen Kraft zu geben. Und von der Zuversicht.

Es war nicht gleich alles anders geworden, nicht einfach so. Aber das war der Anfang gewesen. Er war den Sternen gefolgt, und er war angekommen. Zuerst in Santiago de Compostela, dann, später in diesen Bergen, bei sich selbst.

Diese hellen Sterne dort, hoch über ihm, konnten ihm nichts anhaben. Sie bedeuteten sein Glück, die dunklen hatte er aus seinem Leben verbannt. Eine kindliche Vorstellung, sie gefiel ihm trotzdem. Oder gerade deshalb.

Er lehnte sich zurück gegen den rauen Stein und lauschte träge in die Nacht. Für einen Moment glaubte er den Jungen weinen zu hören, das musste eine Täuschung sein, er war ja nicht mehr hier. Und das andere Kind, das in seiner Erinnerung lebte, hörte er schon lange nicht mehr.

Es war Zeit, umzukehren, Zeit, sich von diesem Blick auf die Bergkette und in den Himmel zu trennen. Es knackte hinter ihm im Gebüsch, er hielt den Atem an und lauschte, nur um gleich heftig auszuatmen. Er fürchtete sich nie, wenn er allein durch Berge ging, nachts umso weniger, als dann die Menschen schliefen, die einzige wirklich gefährliche Spezies.

Er reckte die Schultern, sie waren trotz der warmen Jacke in der Nachtkälte steif geworden, er begann alt zu werden. Noch einmal lauschte er, nur um unwillig den Kopf zu schütteln. Auch die stillsten Nächte waren voller Geräusche, wenn man erst einmal begonnen hatte, genau zu hören. Er war nicht bereit, sich beunruhigen zu lassen.

So folgte er wie gewöhnlich dem vertrauten Pfad durch das Dickicht, den er immer ging, überquerte die Brücke über den Bach und ertappte sich doch dabei, wie er beständig zurücklauschte. Obwohl es ihn ärgerte, fühlte er etwas, das er nicht zuordnen konnte. Er achtete auf solche Zeichen und nahm sie für gewöhnlich ernst. Wer in dieser rauen Landschaft lebte, fern der Ablenkungen und Abstumpfungen des modernen Lebens, lernte schnell, diese Dinge zu respektieren. Im Laufe der Jahre waren seine verkümmerten Instinkte wieder wach geworden. Doch dieses Gefühl vager Bedrohung hatte seinen Ursprung nicht in der gegenwärtigen Realität. Es kam aus der Vergangenheit, wucherte aus den Gedanken, die ihn in den letzten Tagen bedrängten. Für einen Moment überlegte er, die Abkürzung quer durch die Narzissen auf der weiten Wiesenfläche zu nehmen, doch seine Füße folgten wie von selbst dem üblichen Pfad, der weiter hinauf und am Rand der Schlucht entlang zurück zum Hof führte.

Wenn jetzt ein Wolf heulte, wenn der schmale Mond hinter der dunklen Wolkenwand verschwände, die von Norden aufzog, würde er doch schneller gehen, vielleicht.

Als die Wolken den Mond erreicht hatten, als die Nacht noch schwärzer wurde, brach hinter ihm knackend ein trockner Ast, und als gleich darauf ein paar Steine in die Schlucht hinabrutschten, blieb er stehen und sah sich um. Er erkannte nicht, was oder wer hinter ihm war, er wusste nur, es war kein Wolf, ganz gewiss auch kein Bär. Dazu war dieses Schattenwesen zu schlank und zu geschmeidig. Er erkannte seinen Feind nicht, er spürte den Schlag, in hilflosem Staunen den tiefen Fall. Also hatten sie ihn schließlich doch gesucht. Und gefunden.

Kapitel 1

Sonntag/1. Tag

Letzter Aufruf für Frau Eleonore Peheim, gebucht für Flug LH 4388 nach Bilbao. Kommen Sie bitte umgehend zu Gate 42, die Maschine steht zum Abflug bereit. Frau Peheim, kommen Sie umgehend ...»

Verdammt. Leo schubste den kleinen Rucksack auf ihre Schulter zurück und hastete weiter. Der Gang nahm kein Ende, und die halbe Welt schien sich auf dem Frankfurter Flughafen versammelt zu haben, einzig um sich ihr in den Weg zu stellen.

Gate 32, 33 ...

Sie sprang auf das Laufband in der Mitte des Ganges, doch der Mann vor ihr, breit wie ein Fass und mit zwei dicken Taschen bewaffnet, stand wie ein Fels in der Mitte und versuchte nicht einmal, Platz zu machen. Es war eine Schnapsidee gewesen, die Zeit zwischen den Flügen mit einem ausführlichen Frühstück zu verbringen und sich dabei in ‹Das Mysterium der 1000-jährigen Pilgerroute nach Santiago de Compostela› zu vertiefen. Tausend Jahre waren zweifellos viel, zwei Stunden hingegen nichts, besonders wenn man dazu neigte, über der Lektüre die Zeit zu vergessen.

Vielleicht war die ganze Reise eine Schnapsidee. ‹Achte auf die Zeichen am Weg›, hatte Annelotte zum Abschied gesagt. Der Weg sei ungemein spirituell, alles könne Bedeutung haben. Annelotte war seit ihrer ersten Prügelei um einen verbeulten Brummkreisel Leos beste Freundin. Früher waren sie

15

einander in ihrem Denken und auch ihrem Tun sehr ähnlich gewesen, seit Annelotte sich ganz auf ihr Leben als Ehefrau und Mutter konzentrierte, entwickelte sie jedoch eine seltsame Neigung zu dem, was Leo Ausflug ins Übersinnliche nannte, was aber womöglich keine schlechte Idee war, wenn man mit drei außerordentlich temperamentvollen Kleinkindern und einem überwiegend abwesenden Gatten in einer noblen Vorstadt lebte.

Falls dieser Dauerlauf durch den Flughafen das erste Zeichen war, wollte sie sich die folgenden nicht vorstellen. Das Laufband endete, Leo drängte sich an dem beleibten Mann vorbei und hastete weiter. Die Wanderstiefel hingen wie Bremsklötze an ihren Füßen, in den schweren Dingern einen Urlaub zu verbringen war absurd.

Endlich, ganz am Ende des Ganges, erreichte sie Gate 42. Schweiß rann ihren Rücken hinab, und sie starrte grimmig die Stewardess an, die frisch wie der kühle Morgen die letzten Fluggäste abfertigte und mit einem Automatenlächeln für alle vernehmbar verkündete: «Frau Peheim? Wie schön, dass Sie es doch noch geschafft haben.»

Die Maschine nach Bilbao war nur spärlich besetzt. Leo stolperte zu Reihe 16, fest entschlossen, jeden von ihrem Fensterplatz zu scheuchen, selbst ein Kind mit großen Augen. Eine fabelhafte Gelegenheit, Dampf abzulassen. Stressabbau klang allerdings besser. Leider war ihr Platz frei.

«Hallo», sagte der Mann, der für zwei Stunden über den Wolken ihr Nachbar sein würde, mit breitem Lächeln, stand auf und nahm ihr den Rucksack ab. Während er ihn im Gepäckfach verstaute, ließ sie sich auf ihren Platz fallen und schloss erschöpft die Augen. Sie hasste Hektik. Sie musste unbedingt darüber nachdenken, warum sie sich immer wieder in solche Situationen brachte, warum sie es nicht schaffte, ruhig und gelassen durchs Leben zu gehen. Oder auch nur durch die endlosen Gänge eines Flughafens. Die nächsten beiden Wochen würden dazu genug Gelegenheit bieten. Wer zweihundertzwanzig Kilometer zu Fuß absolvierte, immer geradeaus durch einsame Landschaften, durch Flusstäler und Dörfer, über Berge und Hochebenen, ohne den Lärm und die Ablenkungen des Alltags, ging zwangsläufig mit sich und seinen Marotten ins Gericht. Oder erkannte – vielleicht –, wie reich die Welt und das Leben waren, insbesondere das eigene.

Leo entschied sich für die zweite Variante, auch wenn sie ihr allzu fromm klang. Der Mai war zu schön für strenge Gedanken, die konnten bis zum November warten, wenn düstere Nebeltage …

«Entschuldigen Sie, aber Sie sollten sich jetzt besser anschnallen.»

Die Stimme klang angenehm, fast wie ein vertrauliches Raunen, und es dauerte einen Moment, bis Leo, schon unterwegs in den Schlaf, begriff, dass sie zu ihrem Platznachbarn gehörte.

«Es geht gleich los», fuhr er fort, «die Stewardess läuft schon mit Argusaugen durch den Gang.»

Sein Lächeln war so angenehm wie seine Stimme, der ganze Mann war angenehm, das weiche braune Haar, die graugrünen Augen. Er war um einige Jahre jünger, dennoch erinnerte er sie an den Mann, für den sie immer noch einen besonders liebevollen Gedanken in ihrer Erinnerung bewahrte.

«Sie wollen wandern», sagte er, «auf dem Jakobsweg.»

«Woher wissen Sie das? Sehe ich wie eine typische Pilgerin aus?»

«Sie meinen verhärmt und schuldbeladen? Nein», er

lachte leise, «ich habe den Gepäckanhänger an Ihrem Rucksack gesehen. Meiner hat den gleichen. Benedikt Siemsen», stellte er sich vor, «es sieht aus, als gehörten wir zur gleichen Reisegruppe.»

Nachdem er erfahren hatte, sie heiße Leo Peheim, lebe in Hamburg und sei *sehr* früh aufgestanden, um den Zubringerflug nach Frankfurt zu erwischen, sagte er: «Dann auf gutes gemeinsames Wandern», schlug seine Zeitung auf und überließ sie ihren eigenen Gedanken.

Der erste war erfreulich: Benedikt Siemsen konnte eindeutig den guten Zeichen zugerechnet werden. Wenn nur die Hälfte der übrigen Reiseteilnehmer so aufmerksame und – das vor allem – unaufdringliche Menschen waren, konnte die erste Gruppenreise ihres Lebens nicht völlig danebengehen.

Der zweite Gedanke war unerfreulich. Er führte zu allen Flugzeugabstürzen, von denen sie je erfahren hatte.

Die Maschine war inzwischen zur Startbahn gerollt, als sie grollend beschleunigte, starrte Leo auf die immer schneller vorbeiflitzende Grasnarbe, presste die gefalteten Hände aneinander, bis die Knöchel weiß hervortraten, und fand wieder einmal, dass Flugangst etwas sehr Dummes war. Die Maschine hob ab, legte sich in die Kurve, überflog die Stadt mit ihren Wolkenkratzern und schwebte endlich friedlich hoch am Himmel Richtung Süden.

Tief ausatmend löste Leo den Gurt, beugte sich, so weit es die enge Sitzreihe zuließ, vor und öffnete die Schnürsenkel ihrer Stiefel. Genüsslich bewegte sie die Füße in der plötzlichen Freiheit und sah verstohlen nach den Schuhen ihres Nachbarn. Ordentliche Wanderstiefel, zweifellos, dennoch sahen sie leicht und flexibel aus. Mit ihren könnte sie die Höhen des Himalaja erklimmen, für eine Wanderung auf dem Pilgerweg hätte es weniger stabiles Leder auch getan. Nun war es zu spät, und wer wusste schon, wie viel spitze Steine und rutschige Abhänge sie erwarteten.

Höchste Zeit, alles lästige Wenn und Aber zu vergessen. Die hektischen Tage vor der Abreise waren vorbei, der Sprint im Flughafen schien jetzt nur noch komisch, das endlose Blau über den Wolken, das sie an schlechten Tagen unweigerlich an einen Irrflug in die Unendlichkeit erinnerte, als Inbegriff der Freiheit.

Freiheit. Zwei Wochen ohne Pflichten, ohne die kleinen alltäglichen Katastrophen, dafür lange Stunden an der frischen Luft, Tag für Tag in einer anderen Landschaft, prachtvolle Kathedralen, verwunschene Dörfer unter strahlend blauem Himmel … an Sturm und Regen wollte sie keinesfalls denken. Das Ziel war Spanien, und in Spanien schien die Sonne. Punktum. Auch wenn der Reiseführer erklärte, der Norden sei ein regenreicher Landstrich.

Leo hatte nie zuvor eine so lange Wanderung gemacht, tatsächlich hatte sie überhaupt nichts gemacht, was die Bezeichnung Wanderung verdiente. ‹Moderate Tagestouren zu Fuß› traf es akkurater. So hatte sich die stets bei neuen Ideen nörgelnde Stimme in ihrem Kopf mächtig angestrengt, ihr diese Reise auszureden, hatte etwas von blutigen Füßen, von Hitzschlag und Überanstrengung geflüstert, von Scheitern auf halbem Weg, überhaupt von Schnapsidee: Leo Peheim und Gruppenreise – wenn das kein Witz war!

Ja, es stimmte, wenn es um mehr als ein paar Stunden ging, war sie wenig gruppenkompatibel. Es musste am Alter liegen. Wenn man die dreißig überschritten hatte (schon vor einigen Jahren), wurde man leicht eigenbrötlerisch. Besonders als Einzelkind, da fehlten gewisse Erfahrungen zum Einüben der nötigen Toleranz. Das dicke Fell, dachte sie, das ist der passendere Ausdruck. Doch je mehr Einwände durch Leos Kopf geschwirrt waren, umso mehr hatte ihr die Vorstellung der langen, gleichwohl ziemlich bequemen Wanderung gefallen: einfach Fuß vor Fuß setzend eine unbekannte Landschaft erobern, den Gedanken ihren Lauf lassen und die Freiheit von aller Verantwortung genießen, während das Gepäck, Geißel der echten Pilger, im Bus vorausreiste und das Bett für die Nacht und ein Drei-Gänge-Menü schon im Hotel warteten. Nicht zu vergessen eine gefüllte Badewanne für die strapazierten Muskeln und wunden Füße. Und die paar Berge – kein Problem.

«Hast du das spanische Wörterbuch, Benedikt? Ich hab nur das hier, das Wörterbuch musst du eingesteckt haben.»

Eine junge Frau mit schmalem Gesicht unter glattem aschblondem Haar stand im Gang. Ein Jadearmreif klirrte leise gegen ihre Uhr, die so schlicht wie teuer aussah, als sie den gleichen Reiseführer hochhielt, der auch in Leos Rucksack steckte und so schmählich Regen androhte.

«Tut mir leid, Nina, das Wörterbuch ist in meinem Koffer. Wenn wir ankommen, suche ich es dir gleich raus. Das ist übrigens Frau Peheim, sie gehört auch zu unserer Gruppe, habt ihr euch schon kennengelernt? Ach nein», er grinste Leo vergnügt an, «als Sie kamen, saßen wir ja alle schon im Flugzeug. Darf ich bekannt machen? Das ist Nina Instein.»

«Janina», korrigierte sie, ohne Leo mehr als einen knappen Blick zu gönnen.

«Okay. Janina. Aber alle nennen sie Nina. Sie kommt wie ich aus Hamburg. Frau Peheim auch», wandte er sich wieder an seine Freundin. Doch das Mädchen, das nicht Nina genannt werden wollte, war schon verschwunden. Leo widerstand dem Impuls, sich aufzurichten und ihr nachzusehen. Warum saßen die beiden nicht nebeneinander?

«Eine Freundin von Ihnen?», fragte sie.

«Ja.» Es klang zögerlich, doch er fügte schnell hinzu: «Eine sehr gute Freundin, wir machen diese Reise zusammen. Eigentlich war es ihre Idee. Sie hat im vergangenen Winter im Guggenheim-Museum in Bilbao hospitiert und sich in Spaniens Norden verliebt. Ich wollte eigentlich – na, ist ja egal. Jedenfalls freue ich mich jetzt. So eine tausendjährige Pilgerroute hat was.»

«Ich habe sie gar nicht im Zubringer aus Hamburg gesehen», sagte Leo. «War ich blind?»

«Sicher nicht. Wir waren zwei Tage in Frankfurt, ich hatte dort einen beruflichen Termin, und Nina hat mich begleitet.»

Leo spürte Erleichterung. Die Sorge, zwei Wochen ausschließlich unter Menschen zu sein, die vor jedem Altar, jedem Kreuz am Weg auf die Knie fielen oder in jeder romanischen Bauplastik Hinweise auf die Geheimnisse der Templer und des Heiligen Grals sahen, esoterische Energiefelder entdeckten und auf Erleuchtung hofften, war ihr genommen. Zumindest Benedikt und Nina schienen nicht dazuzugehören.

«Die anderen», hörte sie Benedikt, «haben wir auch schon kennengelernt, vorhin am Gate. Fast alle. Zwei oder drei Teilnehmer treffen wir in Bilbao, die sind schon dort. Der Reiseleiter natürlich auch. Sollten Sie über mein profundes Wissen staunen: Ich hatte noch ein paar Fragen und habe vorgestern mit dem Reiseleiter telefoniert. Da hat er's mir erzählt. Scheint eine nette Gruppe zu sein, obwohl», er rieb sich ausführlich die Nase, «na ja, in Wanderstiefeln und Anorak wirken Leute leicht ein bisschen spießig.»

Er grinste sie freundlich an und beugte sich wieder über seine Lektüre.

Leo hätte ihn gerne nach dem Rest der ‹netten Gruppe› gefragt, zum Beispiel, ob alle in dem unverbrauchten Alter von Nina und Benedikt seien und sie sich für die nächsten Wochen als Alterspräsidentin fühlen müsse, wie meistens, wenn sie sich in den letzten Jahren in einem Anfall von Übermut in eine Disco oder Szene-Bar verirrte. Dabei fühlte sie sich mit ihren siebenunddreißig Jahren oft noch wie kurz nach der Pubertät, worauf sie allerdings nicht stolz war. Also stand es ihr nicht zu, über die nach Sinn und Erkenntnis Suchenden zu spotten – es musste einen Grund haben, warum sie sich ausgerechnet für die Wanderung auf einem Pilgerweg entschieden hatte.

Da machte es ‹Pling› über ihrem Kopf. Das Zeichen für das Schließen des Sicherheitsgurtes leuchtete auf, und die Stimme der Stewardess verhieß Turbulenzen, der Imbiss müsse leider noch ein wenig warten. Leo zog grimmig ihren Gurt fester, zerrte ihr Buch aus der Tasche und vertiefte sich entschlossen in das Kapitel über die Suche nach dem Heiligen Gral am Jakobsweg. Wer nach Santiago de Compostela wanderte, stand unter himmlischem Schutz, den konnten ein paar Turbulenzen nicht schrecken. Sie schlug das falsche Kapitel auf. Das, in dem berichtet wurde, wie mittelalterliche Pilger Opfer von Straßenräubern oder in Stürmen umstürzenden Bäumen geworden waren.

«Sieh dir das an, Edith.» Die zünftig gebräunte Dame mit den graumelierten Löckchen stand vor dem Frühstücksbuffet und hielt mit spitzen Fingern eine Toastscheibe hoch. «Ich denke, dies ist ein Drei-Sterne-Hotel. Haben die hier kein Vollkornbrot?»

«Spanische Sterne, meine Liebe», sagte ihre Begleiterin, ein ganz und gar rosiges Geschöpf, von den Haaren über die Wangen und die Bluse bis zu den Socken in den dunkelroten Wanderstiefeln. «Und in Spanien isst man nun mal Weißbrot. Wie überall rund ums Mittelmeer, das weißt du doch.»

«Wir sind aber nicht am Mittelmeer, wir sind in den Pyrenäen. Und wo ist die Teekanne? Ich sehe nur Kaffee. Schau dir diesen Käse an, das reinste Gummi.»

Leo nickte den beiden Frauen einen Gruß zu, lud Brot, eine Scheibe Schinken, Marmelade und Butter auf ihren Teller und setzte sich an den langen, der deutschen Reisegruppe vorbehaltenen Tisch. Es war viel zu früh für Smalltalk, besonders über die Unterschiede deutscher und spanischer Vorlieben. Sie hatte wunderbar geschlafen und war vor dem Frühstück zu dem Flüsschen hinuntergegangen, das sich nur wenige Schritte hinter dem Hotel durch die Wiesen des Hochtals schlängelte. Der Morgen war frisch, der Himmel klar, Vögel zwitscherten, selbst die Berge sahen einladend und gar nicht anstrengend aus.

Burguete, inmitten der westlichen Pyrenäen kurz hinter der spanisch-französischen Grenze und ihr Standort für die ersten beiden Nächte, war ein kleines blitzsauberes Dorf von kaum dreihundert Einwohnern. Es bestand aus einer Reihe städtisch wirkender Häuser links und rechts der Straße, von denen drei Hotels waren. Burguete war fast so alt wie der Jakobsweg, und der wiederum war seit jeher ein gutes Geschäft und sorgte für Ordnung. Selbst die Kühe, die sie neugierig von der anderen Seite des Wasserlaufs gemustert hatten, erschienen frisch geduscht.

Leo hatte sich auf die Brücke gesetzt, kaum mehr als ein Steg mit schmalem Geländer, die Beine baumeln lassen und

den akrobatischen Flugkapriolen der Mauersegler zugese-
hen. Hamburg war weit weg. Sehr weit.

Sie war nicht die Einzige, die so früh auf Entdeckungs-
tour gegangen war. Als sie über den hinteren Hof des Hotels
zurückkehrte, entdeckte sie Nina, die mit Hedda Meyfuhrt,
der Frau mit dem punkig schwarzen Haar, von einem Spaziergang durch das Dorf zurückkam. Die beiden schwiegen
und sahen nicht aus, als hätten sie einander gut unterhalten.
Ninas Schweigen wunderte Leo nicht, sie hatte auch am vergangenen Abend beim ersten gemeinsamen Essen bis auf
einige leise Worte zu ihrem Freund Benedikt geschwiegen.
Hedda hingegen, sie hatte Leo gegenübergesessen, hatte diese muntere Redefreudigkeit gezeigt, hinter der sich oft das
Unbehagen des Fremdseins verbirgt.

Obwohl bereits ein gemeinsamer Tag hinter ihnen lag,
hatte Leo die meisten der anderen Namen vergessen. Eines
der beiden Paare hieß Müller, das war leicht zu merken. Und
die beiden am Buffet? Die mit den grauen Löckchen und der
Abneigung gegen weißes Brot? Selma Wendel. Oder Enkenbach? Wer konnte sich schon so schnell ein gutes Dutzend
neue Namen und die dazu passenden Gesichter merken?

Den Frühstücksraum hatte sie als Erste betreten, Nina
und Hedda waren offenbar in ihre Zimmer zurückgekehrt.
Nach und nach trafen auch die anderen ein, und der Geräuschpegel stieg. Geschirr klapperte, es wurde nach mehr
Kaffee gerufen, nach Honig, jemand lachte, Stühle scharrten
über die alten blitzblanken Dielen, schließlich sagte eine
angenehme Stimme: «Darf ich wieder Ihr Nachbar sein?»,
und Benedikt setzte sich neben sie. Der Tag hatte endgültig
begonnen.

«Guten Morgen», sagte Leo. «Wo ist Ihre Freundin?»

«Keine Ahnung.» Benedikt türmte Schinken, Käse und

Tomatenviertel auf eine bleiche Toastscheibe und betrachtete zufrieden sein Werk. «Nina ist schon ganz früh aufgestanden, mit dem ersten Hahnenschrei sozusagen. Spazieren gehen, hat sie gesagt, ich hab lieber noch 'ne Runde geschlafen. Unsere erste Etappe wird gleich die anstrengendste. Vierundzwanzig Kilometer lang und tausend Meter Steigung. Da kann man vorher gar nicht lange genug schlafen.»

«Tausendsiebenundfünfzig», korrigierte Enno Lohwald aus Aurich (doch noch ein Name, der Leo einfiel, sogar samt Heimatort), der sich neben Benedikt gesetzt hatte, mit erhobener Gabel. «Siebenundfünfzig Meter mehr oder weniger, Sie können's mir glauben, sind in dieser Region eine Menge. Da oben ist die Luft schon dünn. Sie essen besser nicht zu viel. Müssen Sie alles mitschleppen.»

Er lachte scheppernd und strich mit Behagen über seinen Bauch unter einer mit zahlreichen Taschen bestückten Khaki-Weste. Bei dem folgenden Austausch über Wanderungen in den Bergen punktete Enno mit seiner jahrzehntelangen Erfahrung, die sich allerdings auf die Alpen und die deutschen Mittelgebirge in West und neuerdings auch Ost beschränkte. Benedikt machte Eindruck mit einer Rucksacktour durch die Allegheny Mountains und einem Abstieg in den Grand Canyon. Während das eine gegen das andere abgewogen wurde, trank Leo ihren Kaffee und musterte verstohlen die Übrigen.

Bis auf zwei waren nun alle Stühle besetzt. Die beiden Müllers, ein Paar, an dem einzig der Altersunterschied von wohl anderthalb Jahrzehnten auffällig war, saßen nebeneinander und widmeten sich in stiller Harmonie ihrem Frühstück. Sie sahen aus wie ein Manager der mittleren Ebene und seine Assistentin, was sich aber von vielen Ehepaaren sagen lässt, jedenfalls nach dem ersten Blick.

Die Damen Graumeliert und Rosa plauderten mit dem Reiseleiter. Jakob Seifert war ein Mann von kräftiger Statur, und man sah ihm an, dass er sich viel in frischer Luft bewegte. Er hatte seine Gruppe am Flughafen in Bilbao im Empfang genommen, und seither bewunderte Leo seinen unerschütterlichen Frohsinn, jetzt noch mehr die Eleganz, mit der er die Vollkornbrot-Klage überging und versicherte, zum Frühstück werde ab sofort immer auch Tee bereitstehen, selbstverständlich verfügten alle künftigen Hotels über Nichtraucherzimmer und – doch – er rechne mit tadellosem Wetter. Er habe es extra bestellt, der Apostel Jakobus, immerhin sein Namenspatron, habe von jeher einen guten Draht zu Petrus. Im Übrigen kenne er den Weg wie seine Westentasche, er sei ihn schon oft gegangen und habe Santiago jedes Mal unversehrt erreicht. Die Damen waren entzückt, und Graumeliert schickte einen Blick zu Rosa, der dem Stolz über den ersten Preis in ‹Der prächtigste Vorgarten in unserem Dorf› angemessen war.

Auch ihnen gegenüber saßen zwei Frauen. Carla und …? Sie beugten sich über den Streckenplan des ersten Tages und berechneten, wie lange es dauern könne, bis sie den höchsten Punkt, den Cisa-Pass bewältigt haben würden. Sie waren Kolleginnen, beide etwa Mitte dreißig und semmelblond, beide trugen eine Brille ohne Rand und reisten, wenn Leo sich richtig erinnerte, zum ersten Mal gemeinsam. Ein mutiges Unternehmen. So eine Reise, besonders im Doppelzimmer, war ideal, um sich abgrundtief zu zerstreiten – gar keine gute Basis für eine künftige konstruktive Zusammenarbeit.

Blieb noch das jüngere Paar am Ende des Tisches, Helene Vitus und Sven Bowald. Sie hatten sich in ihrer heimischen Wandergruppe kennengelernt, in irgendeiner hessischen Kleinstadt, und waren offensichtlich schwer verliebt.

Helene musste sehr früh aufgestanden sein, ihr Haar, gut schulterlang und von natürlichem Burgunderrot, war frisch geföhnt und hätte auf jedem Sektempfang Ehre eingelegt. Svens Bürstenhaarschnitt sah vor allem praktisch aus. Bei der Vorstellungsrunde hatte er sich gestern Abend als erster Verkäufer im Autohaus ihrer Heimatstadt vorgestellt, was erklären mochte, warum die Brusttasche seines Hemdes ein Jaguar-Emblem zierte, das zu einer vor allem von den Männern bestrittenen Diskussion um die Vorzüge des Allradantriebs geführt hatte.

Mit Svens Wanderlust war es trotz der Mitgliedschaft in seinem Wanderverein nicht allzu weit her. Eigentlich wäre er lieber im Herbst verreist, hatte er Leo später anvertraut, aber Helene habe auf diesem Termin bestanden. Aus beruflichen Gründen, das gehe natürlich vor. Überhaupt sei sie von ihnen die Wanderbegeisterte. Ihm reichten kurze Touren, ein Sonntag im Odenwald – das sei nett und erholsam. Diese Tour hatte er lieber im Auto absolviert. ‹Warum auch nicht?›, hatte er sich sofort verteidigt, obwohl sich nicht ein Härchen ihrer Augenbrauen gehoben hatte. ‹Im Mittelalter sind viele auf dem Pferderücken gepilgert, da kann man's heut auch mit zweihundertzehn PS unter der Haube tun.› Dann gehe es zwar nicht über die einsamsten Pfade, aber entlang der Straßen sei auch Interessantes zu sehen, und sein neuer Landrover schaffe es spielend durch Schlammlöcher und über holperige Bergwege. Bei der anschließenden Lobpreisung diverser, für Leo absolut kryptischer technischer Details strahlte er wie ein Kind, dem das größte Päckchen unterm Weihnachtsbaum zugesprochen worden war. Seine Liebe zu Helene musste tief sein. Leo hoffte, sie werde diesen Härtetest überstehen.

Nina war immer noch nicht da. Dafür ließ sich ein junger Mann auf den Stuhl gegenüber Leo fallen. Er brummte

Benedikt ein verschlafenes «Guten Morgen» zu und sah Leo stirnrunzelnd an.

«Hannelore?», überlegte er. «Nein, nicht sagen. Ich hab's gleich. Ich bin Felix, nur zur Erinnerung. Ach ja: Eleonore. Richtig? Hübscher Name. Aber ziemlich altmodisch, das passt gar nicht zu Ihnen. Nennen Ihre Freunde Sie Ella?»

«Wer das tut», sagte Leo und lächelte süß, «gehört nicht mehr zu meinen Freunden. Die nennen mich Leo.»

«Wie bei mir!», rief Carola in fröhlicher Verschwesterung. «Mich darf auch keiner Carola nennen, der mein Freund bleiben will. Ich bin Caro.»

«Klare Ansage.» Felix grinste und musterte Leos strubbeliges Haar. «Ab jetzt nur noch Caro. Und Leo. Der Name passt zu Ihrer Frisur. Bisschen dunkel für einen Löwen, aber sonst – perfekt.» Er prostete ihr mit seiner Kaffeetasse zu und sah sich um. «Schrecklich munter, die Leute. Es ist doch erst acht.»

«Zwanzig nach», rief Enno, diesmal unterstützt von seinem erhobenen Messer, «Frühstück um acht. Das ist die Regel. Abfahrt Punkt neun. Zum Wandern viel zu spät, aber in Gruppen muss man sich anpassen.»

Felix murmelte etwas von unchristlicher Zeit und perfidem Gruppenzwang und köpfte ein Ei.

Endlich kam auch Nina. Sie gab Benedikt einen raschen Kuss auf die Wange und setzte sich auf den letzten freien Stuhl am anderen Ende der langen Tafel.

«Wo warst du?», rief er über den Tisch. «Hast du keinen Hunger?»

Sie schüttelte den Kopf. «Ich möchte nur Milchkaffee. Ich war spazieren, das weißt du doch. Es ist so schön still draußen. Der Himmel über den Bergen war ganz rot. Sicher bleibt das Wetter schön.»

«Morgenrot, Schlechtwetterbot'!», murmelte Hedda neben Leo in ihre Serviette. «Aber vielleicht ist hier alles ein bisschen anders. Hoffentlich.»

Sie schien eine höfliche Person zu sein. Leo hatte die gleiche Bauernweisheit auf den Lippen gehabt, allerdings hätte sie sie sehr viel deutlicher verkündet. Es gelang ihr nicht immer, ihren Hang zur Besserwisserei zu unterdrücken. Sie füllte ihre Tasse zum vierten Mal mit dem köstlich schwarz gebrannten spanischen Kaffee und nahm sich vor, für die nächsten zwei Wochen still, höflich und geduldig zu sein, sich überhaupt aus allem herauszuhalten. Sie hatte Urlaub und nichts zu tun, als die Landschaft zu genießen, Kirchen und Klöster zu besichtigen und mit der Herde dem Reiseleiter nachzulaufen.

Von irgendwo klang es, als lache jemand.

Punkt fünf Minuten vor neun war die Reisegruppe vollzählig vor dem Bus im Hof des Hotels versammelt. Nachdem Ennos Vorschlag, einander zu duzen, wie es bei Wanderern üblich sei, mehr oder weniger zögerlich, doch letztlich einstimmig angenommen war, wurde auch der Busfahrer vertraulich als Ignacio begrüßt, und es konnte losgehen.

Wanderer sind eine besondere Spezies, die sich in echte und reine Lustwanderer aufteilt. Das Wichtigste für beide Arten sind gute und gründlich erprobte Schuhe, wobei der kluge Lustwanderer um seine zarteren Füße weiß und niemals ohne einen Vorrat von Pflastern verschiedener Größe auf Wanderschaft geht. Der echte Wanderer hat das nicht nötig. Dessen Schuhwerk ist so gut eingelaufen, dass nichts drücken oder reiben kann. Er hat trotzdem eine ordentliche

Auswahl an Pflastern im Rucksack, für alle Fälle und weil er weiß, dass es unter den Mitwanderern stets mangelhaft ausgerüstete Anfänger gibt. Wanderer sind enorm sozial.

Gleich danach kommt das Wetter. Hier erkennt man den passionierten, also echten Wanderer besonders leicht: Er wird dessen Bedeutung niemals zugeben oder gar über ausgedehnte Tiefausläufer klagen, sondern einzig auf die Allgegenwart von regenfester Überkleidung in seinem Rucksack verweisen.

Lautes Singen, das Nichtwanderer zu den Leidenschaften aller Fußreisenden rechnen, ist bei beiden Unterarten aus der Mode, was alle übrigen die freie Natur bevölkernden Lebewesen enorm entlastet.

Trotz fließender Grenzen unterscheiden sich die beiden Fraktionen am deutlichsten durch die Ernsthaftigkeit ihres Tuns. Darum kann auch die Frage der Kopfbedeckung bei der Unterscheidung helfen. Der echte Wanderer kennt die Tücken der Sonne, er zollt ihr Respekt und geht selbst bei verhangenem Himmel niemals ohne Hut.

Leo verabscheute Kopfbedeckungen jeder Art. Bis der Verkäufer in ihrem Sportgeschäft von Sonnenstichen, Brandblasen auf der Kopfhaut und hitzebedingten Migräneattacken gesprochen hatte. Ihr Hut zeigte die Farbe schmutzigen Sandes, seine Krempe beschattete die Augen und den Nacken, ein winziges Täschchen an der linken Seite zierte ein ebenso winziger giftgrüner Druckknopf – kurz gesagt: Dieser Hut war vor allem praktisch. Zu dumm, dass sie ihn im Hotel vergessen hatte und erst an ihn denken würde, wenn zuerst der Schweiß, dann eiskalter Regen ihren Nacken hinabbrann.

Ignacio brachte die Gruppe über die Grenze in das französische St.-Jean-Pied-de-Port, den Startpunkt für die meisten modernen Jakobspilger. Von dort würde die erste

Wanderung fern der Landstraße wieder ins Spanische führen, über den Cisa- und schon tiefer liegenden Ibañeta-Pass zurück nach Roncesvalles mit dem berühmten Kloster, nur knapp zwei Kilometer von ihrem Hotel in Burguete entfernt. Der Bus rollte durch üppig grünendes Land, immer bergab, durch Wälder, Felder, Wiesen und Dörfer. Erste Vergleiche mit dem Schwarzwald wurden laut, die sich später als leichtfertige Vermutung herausstellen sollten. Vor dem östlichen Stadttor von St.-Jean stauten sich die Reisebusse und Pkws, in der Hauptsaison musste es hier aussehen wie in Kehl am Rhein beim größten Winzerfest des Jahres.

«Von wegen einsame Pilgerei», sagte Benedikt feixend. «Wenn der Weg so schmal ist, wie ich annehme, wird's ein tüchtiges Gedrängel geben.»

«Das verläuft sich», versprach Enno. «Im letzten Jahr in den Dolomiten hat es auch so ausgesehen. Aber nur im Tal. Am Berg war keiner, die Leute sind einfach zu faul. Guck sie dir doch an.»

Bei der eiligen Besichtigung des uralten Städtchens, vom Reiseführer zu Recht als ‹bezaubernd› gepriesen, zeigte schon das Outfit der in festen Trauben die Gassen blockierenden Touristen, dass Enno eben doch die größere Erfahrung hatte.

Inzwischen hatte brütende Hitze die Frische des Morgens verdrängt. Über den Gipfeln hängende schwarze Wolken verhießen, dass Morgenrot auch in den Pyrenäen als Schlechtwetterbote gelten musste.

Als endlich alle ihren Tagesrucksack schulterten, die Schuhe fester schnürten und eine doppelte Portion Sonnencreme auf Schultern und Nasen rieben, blickten die beiden Müllers ein letztes Mal zum Himmel und gaben sich als Vertreter der Kategorie Lustwanderer zu erkennen. An der Porte

d'Espagne, dem südlichen Stadttor in der nur noch rudi-
mentär vorhandenen Festungsmauer und Ausgangspunkt
für die erste Etappe, winkten sie ihrer davonmarschierenden
Gruppe fröhlich nach. Dann stiegen sie zu Ignacio in den
Bus, um sich für einen faulen Tag nach Burguete zurück-
bringen zu lassen. Sie sahen sehr zufrieden aus. Leo blickte
zum dräuenden Himmel auf und sah dem davonrollenden
Bus seufzend nach.

An der ersten Kreuzung, zugleich der letzten der kleinen
Stadt, wartete der erste Wegweiser. Er zeigte in zwei Richtungen, bei schlechtem Wetter, also bei Schnee, Sturm oder
schweren Gewittern, empfahl er in sechs Sprachen den nach
rechts führenden Weg einzuschlagen, den sicheren immer
an der Landstraße entlang. Die Empfehlung wurde in völ-
liger Einigkeit ignoriert.

Schon nach der ersten Stunde überlegte Leo, ob die Müllers nicht bequeme, sondern nur kluge Menschen waren. Der
Weg führte durch blühende Wiesen, vorbei an alten Gehöften, ab und zu warf ein Kirschbaum kargen Schatten – und
immer ging es zunehmend bergauf. Während der zweiten
Stunde verstummte das allgemeine muntere Geplauder, an
ihrem Ende erfüllte sich endlich die Hoffnung auf Schatten – die Region der schwarzen Wolken war erreicht. Die
Temperatur fiel schlagartig von subtropischen auf schotti-
sche Verhältnisse, bald darauf begann es zu nieseln. Vorerst
sanft.

«Jetzt wird's zünftig», rief Enno und schwenkte seinen alten Wanderstock. Einem siegreichen Feldherrn gleich stand
er auf dem winzigen Aussichtsplatz, der einen weiten Blick
auf das tief unten im Tal liegende St.-Jean-Pied-de-Port im
letzten Sonnenschein bot. Als er begann, seine Regenkluft
aus dem Rucksack zu zerren, hätte Leo gerne etwas Gemei-

nes gesagt. Ihr fiel nichts ein, sie hatte genug damit zu tun, ihren Atemrhythmus zu normalisieren.

Caro und Eva, die einander so ähnlichen Kolleginnen, schienen keinerlei Probleme mit ihrer Kondition zu haben, sie lehnten einträchtig an der hölzernen Brüstung, putzten die Feuchtigkeit von ihren Brillen und diskutierten, wie weit es bis zur nächsten Wasserstelle sei. Was mit einem versöhnlichen «Ist ja egal, wir werden's schon merken» von Eva endete und als erster Hinweis auf ihre Konfliktlösungsstrategien gelten konnte.

Gleichmäßiges klack-klack-klack kündete auch Heddas Ankunft an. Neben ihr marschierte weit ausschreitend und unermüdlich schwatzend, die Dame mit den graumelierten Löckchen. Selma war im Rentenalter, doch der Anstieg schien sie so wenig zu beeinträchtigen wie Heddas klappernde Begleitung. Die war nicht die Einzige, die mit Wanderstöcken ging, doch die Einzige, deren Stöcken die Gummipuffer fehlten und deshalb Wanderer, die sich der Stille der Berge ergeben wollten, in die Flucht schlug. Etwa hundert Meter hinter ihr bogen drei weitere Gestalten um die letzte, von einer Hecke halb verborgenen Kurve, sie trugen schon ihre Regenjacken, unter den Kapuzen waren die Gesichter nicht zu erkennen. Einer musste Jakob sein. Als Reiseleiter gehe er grundsätzlich mit den Nachzüglern, hatte er gestern versichert, niemand müsse Sorge haben, allein zurückzubleiben. Benedikt und Nina, Felix und die rosenfarbene Edith mussten demnach schon vor ihnen auf dem Weg zur Passhöhe sein.

Leo hatte gedacht, sie werde stets das Schlusslicht bilden, dass sie immerhin zum Mittelfeld gehörte, bereitete ihr Genugtuung. Alle hatten Hunger, doch sie begnügten sich mit ein paar Keksen oder einer Banane. Für das Picknick, erklärte Jakob, der inzwischen mit Helene und Sven das kleine Plateau erreicht hatte, gebe es später einen geschützten Platz mit einer Wasserstelle bei einem Edelkastanien-Wäldchen. Das sei der nächste Treffpunkt und nicht zu verfehlen.

Leo streifte ihr Regencape über den Anorak, ließ trotzig die Handschuhe im Rucksack – schließlich war es Mai! – und machte sich wieder auf den Weg.

«Nur immer den gelben Pfeilen und Muschelzeichen folgen», rief Jakob ihr nach, «dann kannst du nicht falsch gehen. Und später beim großen Kreuz rechts ab durch die Wiese. Achte nur immer auf die Pfeile …»

Der Jakobsweg maß von St.-Jean-Pied-de-Port bis Santiago de Compostela gut siebenhundertfünfzig Kilometer, trotzdem, so hieß es, könne man ihn gänzlich ohne Karten und Kompass finden. An jeder Kreuzung, an jedem abzweigenden Trampelpfad weise ein gelber Pfeil oder das Muschelzeichen, oft beides, die Richtung. Leo beschloss, dieser Auskunft zu trauen.

Der Weg, jetzt eine schmale asphaltierte Straße, verlief nur scheinbar eben. Tatsächlich ging es beständig bergauf. Wann es wieder eindeutig steiler wurde, erinnerte sie später nicht, da hatte sie längst aufgehört, auf die Uhr zu sehen. Ihre Füße sehnten sich nach weicherer Erde und liefen von allein, Schritt vor Schritt vor Schritt, ihre Hände blieben in den Ärmeln warm, nur ab und zu wischte sie sich die Nässe vom Gesicht. Von beglückender Freiheit der Gedanken konnte keine Rede sein. Sosehr sie sich bemühte, an blühende Wiesen und warme Sommertage zu denken – der immer eisiger werdende Regen, der Wind und die stetige Steigung fesselten ihre Gedanken und jagten sie im Kreis um die Unbilden dieser unfreundlichen Natur und den schwachsinnigen Entschluss zu dieser Reise.

Dafür bereitete ihr das gefürchtete Gruppenleben nun keinerlei Probleme. Es gab keines. Ihre Wanderung war einsam, außer den weit auseinandergehenden dreizehn Deutschen war kaum jemand unterwegs. Kurz bevor der Weg den mit dichtem Gebüsch und alten Bäumen bewachsenen, zur Rechten aufragenden Hang hinter sich ließ, überholte sie zwei junge Männer, die unter einem mächtigen Nussbaum wasserdichte Kunststoffhosen über ihre durchnässten Shorts zogen. Sie waren ekelhaft gut gelaunt, Leo hatte sie schon seit einiger Zeit durch den Dunst gehört. Sie sprachen Spanisch, und als sie an ihnen vorbeiging, die Kapuze weit über den Kopf gezogen, riefen sie ihr ein spottlustiges «*Buen camino!*» nach, den traditionellen Pilgerruf für den guten Weg.

Am Ende des Hanges empfing Leo eine kahle Kuppe, scharfer Wind peitschte ihr bitterkalten Regen ins Gesicht. Die Straße wand sich in weitem Bogen weiter aufwärts. Aufwärts. Immer aufwärts. Der vermaledeite Pass – tausendvierhundertdreißig Meter über dem Meeresspiegel – konnte nicht mehr weit sein. Hinter jeder der langgezogenen Kurven vermutete sie den höchsten Punkt, von dem es endlich nur noch bergab ging, immer weiter auf das Ziel zu, dem Kloster Roncesvalles.

Der Weg hatte viele lange Kurven.

Sie schwitzte unter ihrer Regenkleidung, doch sobald sie stehen blieb, kroch die Kälte durch ihren Körper, versteiften sich ihre Muskeln, und sie stapfte weiter. Bevor sie die Kuppe erreichte, hatte sie noch ab und zu Stimmen gehört, von Wanderern, die vor ihr oder hinter ihr gingen, schwatzten und manchmal sogar lachten. Nun war es ganz still. Sie hörte nicht einmal das Klacken von Heddas Stöcken. Einmal überholte sie jemand, mit kraftvollen Schritten gegen den Wind gebeugt und stumm wie sie, wenig später überholte sie selbst eine unter ihrem Regenschutz verborgene dunkle Gestalt. Niemand rief mehr «*Buen camino*».

Leo bog um die nächste Kurve, sah den beharrlich aufwärts führenden Weg, und plötzlich stieg ein glucksendes Lachen in ihr auf. Da stapfte sie durch Regen und Wind tausend Meter bergauf, schien allein in dieser lautlosen Welt, sah nichts als nasse Hochwiesen, die schon nach wenigen Metern im Wolkendunst verschwanden – und doch: Es gefiel ihr. Irgendwie. Es war ein kindliches, ein Ausreißergefühl. Oder die vor der völligen Erschöpfung beginnende Hysterie.

Die spanisch-französische Grenze musste schon hinter ihr liegen, sie hatte den Übergang nicht bemerkt. Angeblich gab es nur den einen, den Pilgerweg über diese Höhen, tatsächlich führten auch ab und zu schmale Pfade in die Wiesen, nicht mehr als zwei Fuß breite sandige Streifen. Vielleicht waren das die alten Schmugglerpfade, die diese Höhen durchzogen. Pfade, die auch im grenzenlosen Europa noch ihre Funktion hatten.

Schließlich erreichte Leo das Kreuz. Sie strich mit steifen Fingern über das rissige Holz und verstand zum ersten Mal wirklich, warum dieses christliche Symbol der Auferstehung und des ewigen Lebens an so vielen einsamen Pfaden durch menschenfeindliche Gebirgslandschaften aufgestellt war. Es gab den Mühseligen Hoffnung.

Weiter ging es auf einem zerfurchten Wiesenweg, sie fühlte mit Behagen den weichen Grund unter ihren Füßen, und über die nächste Kuppe. Die verabredete Picknickstelle hatte sie sicher längst passiert, doch wer mochte bei diesem Wetter schon Rast machen? Endlich ging es leicht bergab. Der Wind wurde schlagartig sanft, der Regen wieder zum Nieseln. Sie hörte entfernte Stimmen, aus welcher Richtung war nicht auszumachen. Für einen Moment nur, dann war es wieder still. Sie begann leise vor sich hin zu pfeifen. Sie pfiff schlecht, wie gewöhnlich, gleichwohl nahmen die unmelodischen, eher einem Wispern gleichenden Töne dieser eisgrauen Welt die Kälte und gaben das Gefühl der Geborgenheit. Nun konnte es nicht mehr weit sein. Nicht mehr schrecklich weit.

Leo zog im Gehen ein Stück Brot und einen Apfel aus dem Rucksack, verschlang in plötzlichem Heißhunger beides und spürte tatsächlich neue Kraft. Das Nieseln ließ nach und gab schließlich ganz auf, dafür lag die Welt nun in noch dichterem Wolkennebel, und auch ohne den scharfen Wind blieb es kalt. Rechts des Weges, er war nun voller tiefer Pfützen und schlammiger Stellen, fiel ein karg mit Gestrüpp und krüppeligen Bäumen bewachsener Hang steil ab, auf der anderen Seite, hier stieg der Berg sanft an, wuchs lichter, doch veritabler Wald. Trotz der wattigen nassen Luft gab ihr das Erreichen einer vertrauteren, menschenfreundlicheren Region ein wärmendes Gefühl.

Sie war nun sieben Stunden gewandert, das größere Stück des Weges allein, sie war erschöpft und fror, ihre Beine schmerzten, dennoch fühlte sie sich frei und im Schutz des Waldes tatsächlich geborgen. Plötzlich, so stellte sie erstaunt fest, war sie von einer heiteren Ruhe. Womöglich hatte dieser besondere, aus dem tiefsten Mittelalter tradierte Weg tatsächlich seine eigene Magie.

Sie ließ den Rucksack vom Rücken gleiten, unter dem Cape war er völlig trocken geblieben, zog ihre Wasserflasche heraus und nahm einen tiefen Schluck. Die Flasche war fast leer, aber es konnte nun nicht mehr weit sein. Und verdursten würde sie bei diesem Wetter kaum. Wieder glaubte sie Stimmen zu hören, diesmal von weiter zurück. Oder aus dem Wald? Nebel spielt nicht nur den Augen, sondern auch den Ohren Streiche. Leo beschloss, ein wenig zu warten, es wäre schön, wieder Gesellschaft zu haben. Nicht zuletzt, um sicher zu sein, dass sie keine Abzweigung versäumt hatte und auf dem richtigen Weg war.

Der Wind hatte sich endgültig ein anderes Spielfeld gesucht. Sie schob die Kapuze zurück und setzte sich auf den Stamm einer umgestürzten Buche. Das mächtige Wurzelwerk sah frisch aus, der alte Baumriese hatte sich erst vor sehr kurzer Zeit dem Sturm ergeben. Der Weg war steinig, die Kante des steil abfallenden Hanges brach knapp zwei Schritte neben ihm scharf ab. Bei klarem Wetter würde der Blick weit in die Täler reichen. Auf solche Ausblicke hatte sie sich gefreut. Warum sonst machte man sich die Mühe, in den Bergen herumzukraxeln, wenn nicht wegen der prächtigen Aussicht auf schroffe Gipfel und sanfte Täler? Und hier? Die reinste Waschküche. Der Blick reichte einen Steinwurf weit, anstatt eines atemberaubenden Pyrenäen-Panoramas bot er nur Schemen von Buschwerk und Baumkronen, die aus der Tiefe heraufwuchsen.

Sie lehnte sich gegen einen aufragenden Ast, blickte in das dunstige Traumbild und lauschte träge. Wenigstens eine Krähe musste doch zu hören sein. Leo streifte die Kapuze ganz ab und tatsächlich – da war etwas. Nur ein kurzer Laut. Es klang nicht wie ein Vogel. Wie ein klagendes Tier? Fast wie eine dünne menschliche Stimme. Und es kam nicht vom Weg oder aus den Baumkronen, sondern aus der Tiefe des Abhangs, aus der Schlucht, die unter dem Nebel lag.

Nasse Klumpen von lehmigem Sand und kleinen Steinen lösten sich von der Kante, als sie sich an den Rand kniete und vorsichtig hinüberbeugte.

«Hallo», rief Leo. «Ist da jemand? Hallo?»

Sie brauchte keine Antwort. Was dort unten im Gebüsch auf den ersten Blick wie ein weggeworfener roter Müllsack oder eine Plastikplane aussah, war kein Abfall. Das war ein Mensch, und sie erkannte auch, wer dort lag. Direkt unterhalb der Kante war der Hang steil und voller Geröll und Felsbrocken, unmöglich, hinunterzuklettern ohne abzurutschen. Nur wenige Meter weiter wuchs knorriges Gesträuch zwischen den Felsen, das musste reichen. Wieder hörte sie die Stimme, nur ein unverständliches Wort. Hastig streifte sie das Regencape ab und machte sich an den Abstieg.

Später wusste sie nicht mehr, wie sie hinuntergekommen war, von welchem Stein die blutige Schramme an ihrer linken Hand, der Riss in ihrem Anorak stammte. Benedikt hatte Glück gehabt. Er lag auf einem der schmalen, von rauem Fels gebildeten Absätze, ein stacheliger Strauch und sein Rucksack hatten seinen Fall abgefedert.

Seine Augen suchten Halt in ihren. «Nina?», flüsterte er und wollte sich aufrichten, doch er fiel aufstöhnend zurück, und seine Augen schlossen sich.

Kapitel 2

Montagabend / 2. Tag

Das Abendessen war vorüber, das Geschirr abgeräumt, die meisten Hotelgäste hatten sich in ihre Zimmer oder die Bar zurückgezogen. Einzig die deutsche Wandergruppe saß noch um ihren Tisch im Speisesaal des Hotels in Burguete. Es war eine bedrückte Mahlzeit gewesen, trotzdem hatte es niemand eilig, die Runde zu verlassen.

«Möchtet ihr noch Wein?» Jakob hielt die Flasche hoch; als niemand reagierte, leerte er den Rest in sein eigenes Glas.

«Er macht so was öfter», erklärte Eva plötzlich. «Nicht abstürzen, das natürlich nicht, ich meine, ständig an der Kante entlangbalancieren.»

Alle Blicke richteten sich auf Eva. «Woher weißt du das?», beendete Felix den Moment erstaunten Schweigens. «Kennst du Benedikt schon länger?»

«Länger? Nein, natürlich nicht. Das hat Nina gesagt. Wir haben uns gestern unterhalten», fuhr sie nach einem raschen Seitenblick auf ihre Freundin Caro fort, «nur kurz, ich weiß nicht mehr, wie wir darauf kamen. Sie hat gesagt, auf ihrer letzten Wanderung – ich hab vergessen, wo das war – habe er das ständig gemacht.»

«Purer Leichtsinn.» Enno nahm einen blassgelben Apfel aus der Obstschale, zog ein Taschenmesser aus einer der zahlreichen Taschen seiner Weste und begann ihn zu zerteilen. «Die meisten Unfälle sind die Folge von Leichtsinn. Die allermeisten. Ich sage immer …»

«Das ist doch Quatsch.» Helene schob unwirsch ihr rotes Haar hinter die Ohren. «Der Weg ist an der Stelle schmal, hast du das nicht gesehen? Vielleicht ist ihm übel und schwindelig geworden. Wir haben alle kein ordentliches Picknick gemacht, dazu war es einfach zu kalt und zu nass. Wir waren alle hungrig und erschöpft. Mir war manchmal richtig schwindelig, das passiert, wenn man lange nichts isst. Ohne Sven wäre ich auch ab und zu gestolpert.»

«Sooo schmal war der Weg nun doch nicht», widersprach Eva. «Den konnte man mit verbundenen Augen gehen. Ich habe mich jede Minute völlig sicher gefühlt, und dass dieser Tag anstrengend würde, wussten wir. Hier ist nicht die Lüneburger Heide. Einem kräftigen jungen Mann wie Benedikt wird nicht so leicht schwindelig. Wahrscheinlich hat er auch irgendetwas von unten gehört, er wollte nachsehen und ist abgerutscht.»

«Vielleicht», sagte Edith zögernd, «waren es die Rinder. Die müsst ihr doch auch gesehen haben», erklärte sie, als sie nur fragende Gesichter sah. «Riesige weiße Tiere. Die standen plötzlich vor mir, aus dem Nebel aufgetaucht wie Wesen aus einer anderen Zeit. Standen einfach da und starrten mich an. Ich bin auf dem Land aufgewachsen, mir machen Rinder keine Angst. Wenn man aus der Stadt kommt wie Benedikt, ich meine, wenn man solche Tiere nur aus dem Fernsehen oder aus der Ferne kennt, und dann stehen sie plötzlich da und starren einen an – da kann man schon erschrecken. Vielleicht wollte er sich einen Spaß machen, hat seinerseits die Tiere erschreckt, und sie sind auf ihn losgegangen. Hat sie denn keiner von euch gesehen?»

Als niemand antwortete, nicht einmal Jakob, der stets beruhigende Erklärungen parat hielt, sagte Leo: «Kurz hinter der letzten Kuppe schien mir, als bewege sich etwas im Ne-

bel. Ich habe das für eine optische Täuschung oder wabern-
de Schwaden gehalten, womöglich waren das die Rinder.»

«Kann schon sein», sagte Jakob endlich, «kann schon sein.
Auf den Hochwiesen gibt es im Sommer grasendes Vieh.
Aber das ist absolut friedlich.» Er räusperte sich und tupfte
mit der Serviette seine Lippen ab. «Aggressive Tiere wären
hier überhaupt nicht erlaubt.»

«Vielleicht waren es tatsächlich gar keine Rinder, sondern Widergänger der alten Templer, Ritter unter weißen
Umhängen.» Eva kicherte nervös. «Die haben doch früher
diesen Weg bewacht und die Pilger betreut. Wer weiß, vielleicht sorgen sie heute noch für Ordnung und mögen keine
Touristen, denen bei der Pilgerei die wahre Frömmigkeit
fehlt. Ich habe da in einem Buch …»

«Hör auf mit deinen Gruselgeschichten.» Caro sah ihre
Freundin voller Missbilligung an. «Ich habe dir doch gesagt,
du sollst diese Schauermärchen nicht lesen. Die haben mit
den wahren Mysterien des Weges so viel zu tun wie der Weih-
nachtsrummel mit dem Wunder der Geburt Christi. Erspare
uns den Unsinn. Sollen wir uns an jeder unübersichtlichen
Ecke fürchten? Und erspar uns auch deine Unglückszäh-
lerei: dreizehn Tage unterwegs, dreizehn Wanderer. Fehlt
bloß noch eine schwarze Katze, die uns über den Weg läuft.»
Eva machte verdutzt schmale Lippen, und Caro fuhr ruhiger
fort: «Warum ist Benedikt überhaupt alleine gegangen? Wo
war Nina?»

«Weiter vorne», erklärte Felix. «Er wollte ständig Nebel-
fotos machen und ist immer wieder stehen geblieben. Ihr
war's zu kalt, deshalb ist sie vorausgegangen. Die beiden sind
schließlich keine siamesischen Zwillinge.»

«Es kann aber nicht weit gewesen sein.» Jakob blickte
immer noch dankbar zu Eva. Seit Stunden wartete er auf

den Vorwurf, seine Auswahl der Strecke sei schuld an dem Unglück. Dabei gab es hier nichts auszuwählen – an vielen Abschnitten bot der alte Pilgerweg alternative Routen, hier gab es nur den einen, im Übrigen breiten Weg über die Passhöhe, falls man nicht an der starkbefahrenen Landstraße entlangmarschieren wollte. Aber Reiseleiter trugen immer an allem die Schuld, selbst am Wetter. Evas resolutes Beharren auf der Sicherheit der Strecke war das Beste, was er heute Abend gehört hatte.

Jakob war mit Helene, Sven und Edith als Letzter aufgestiegen. Sie hatten Hilferufe gehört, jedenfalls hatte es danach geklungen, und waren gleich losgerannt. Als sie die Absturzstelle erreichten, traf Nina auch von der anderen Seite ein, kurz vor Felix.

Felix war mit Enno und Selma noch weiter voraus gewesen. Auch sie hatten Leos Hilferufe gehört, entschieden, dass sie sich überhaupt nicht nach einem schlechten Scherz anhörten, und waren sofort umgekehrt. Nina hatten sie ein Stück vor der Unglücksstelle getroffen. Sie hatte die Kapuze fest um den Kopf gezurrt und nichts gehört.

«Sie ist ziemlich fit und war uns gleich ein paar Schritte voraus», schloss Felix. «Ich denke, sie hat sich Sorgen gemacht, sie wusste ja, dass die Rufe aus Benedikts Richtung kamen. Und wenn er gerne an Klippen rumbalanciert …»

«Schrecklich», murmelte Selma. Sie schob ein traurig herabhängendes Löckchen aus der Stirn, gab dem Kellner ein Zeichen für eine weitere Flasche Wein und lehnte sich matt zurück. «Wenn du nicht so gute Ohren hättest, Leo – wer weiß?, dann läge der arme Junge immer noch in der Schlucht. So ein Unglück! Und gleich am ersten Tag. Ich glaube nicht, dass er betrunken war oder drogensüchtig ist, da kann so etwas ja leicht passieren. Nein, das glaube ich wirklich nicht», beteuerte sie eilig, als Helene empört nach Luft schnappte. «Wie gut, dass wir nicht in einem Funkloch waren, sonst hätte es sicher ewig gedauert, bis der Rettungswagen da gewesen wäre. Wie die Männer den armen Jungen dann hochgeholt haben, flink und doch ganz behutsam – wirklich tadellos! Man kann gegen die Spanier mit ihrer ewigen Siesta und ihrem weißen Pappbrot sagen, was man will – ihre Bergwacht funktioniert ausgezeichnet.»

Sie gab sich große Mühe, bekümmert auszusehen, gewiss lag es nur am Wein, dass es in ihren Augen glitzerte.

«Und wie gut, dass dein Rucksack und Regencape auf dem Weg lagen, Leo.» Jakob stützte müde das Kinn in die Hände. «Ich wäre sonst glatt vorbeigerannt.»

«Ja», murmelte Leo. «Ich wollte nur, ich hätte mehr tun können.»

«Das ist Quatsch», rief Helene wieder. «Was hättest du denn mehr tun können? Ich hätte mich nicht da runtergetraut, schon gar nicht ganz allein.»

Leo fühlte sich tief erschöpft, an Körper und Seele, und obwohl sie längst einen warmen Pullover trug, fror sie immer noch. Seit sie zurückgekommen waren, sah sie, wann immer sie ihre Augen schloss, das graue Gesicht mit den blutigen Schrammen und den Platzwunden auf Wangenknochen und Braue, glaubte sie, wieder das rutschende Geröll unter ihren Füßen zu spüren.

Sie hatte versucht, die harten Spitzen ihrer Stiefel in den steinigen Grund zu pressen, versucht, sich festzuhalten und zugleich Benedikt zu umklammern, der schwerer und schwerer wurde und abzurutschen drohte. Das Bild löste auch jetzt noch kurze Wellen der Panik aus, wie am Hang. Das war reine Kraftvergeudung gewesen, die sie sich nicht hatte leisten dürfen. Es hatte nur Minuten gedauert, bis sie

Jakobs Stimme über ihrem Kopf hörte, doch die kurze Zeit-spanne war ihr wie Stunden erschienen.

Leo hatte keine Zeit mit der Überlegung vertan, ob es klug war, dort hinunterzusteigen. Sie hatte nicht gewusst, wie weit die anderen vor und hinter ihr gingen. Es mochten Kilometer sein, ihr blieb nichts, als zu hoffen, dass irgendjemand in der Nähe war, ihr Rufen hörte und sie in der Tiefe entdeckte. Benedikt atmete, doch wenn sie ihn ansprach, reagierte er nicht. Sie sprach trotzdem mit ihm, sagte alles, was man in einem solchen Moment sagte, vom Durchhalten, von Hilfe, die schon unterwegs und dass alles gar nicht so schlimm sei. Vielleicht hatte sie es zu sich selbst gesagt.

Dann war plötzlich Jakob da, er kroch und rutschte den Hang herab und sagte auch alles, was man in solchen Momenten sagt. Diesmal bedeutete es mehr als Trost und Hoffnung.

Der Krankenwagen, ein schlammbespritztes, jeepartiges Gefährt, brauchte nicht lange, es waren nur wenige Kilometer bis Roncesvalles und Burguete. Als er mit Benedikt und Nina davonrumpelte, langsam und jedes Schlammloch vorsichtig durchtastend, krochen endlich auch Leo und Jakob auf den Weg zurück, ein Nylonseil unter den Achseln verknotet und von Sven und Felix behutsam aufwärtsgezogen.

Während des letzten Stücks des Weges bis Roncesvalles eilte niemand voraus, blieb niemand zurück. Die wolkenver-hangenen Höhen lagen endgültig hinter ihnen. Der Weg war nur noch ein kaum zu erkennender Pfad; von moderndem Laub und Nässe rutschig, führte er strikt bergab durch lich-ten, noch blattlosen Buchenwald. Im Herbst, wenn wieder Tausende Pilgerfüße darübergewandert waren, würde er breit und ausgetreten sein. Hatte Leo vorhin das endlose Steigen verflucht, sehnte sie sich nun danach. Wenigstens nach einer kurzen Strecke. Der Abstieg sah harmlos aus und war doch eine Tortur für die strapazierten Beinmuskeln und Knie. Sie begriff, warum erfahrene Wanderer in bergigem Terrain stets mit Stöcken gingen und wie dämlich es gewesen war, darin ein Zeichen von Schwäche oder Bequemlichkeit zu sehen.

Endlich schimmerten die Dächer des Augustinerklosters, der Stiftskirche und der Herberge von Roncesvalles durch die Bäume, und die erste Wanderung ging zu Ende.

Eine Hand auf ihrem Arm holte Leo in die Gegenwart des Speisesaals zurück.

«Trink noch ein Glas», sagte Felix und füllte ihr Glas, «dann schläfst du besser.»

Allmählich wurden die Gespräche wieder aufgenommen. Gespräche, in denen es nicht mehr nur um Benedikt und den erschreckenden Unfall ging. Leo hörte Enno zu, stumm, aber dankbar für die Ablenkung, obwohl er ausführlich erläuterte, was alle schon wussten, nämlich dass Roncesvalles eine der ältesten Pilgerstationen war und wie bedauerlich es sei, dass er im Nebel das Rolandsdenkmal verpasst hatte. Der edle Roland, dozierte er, war Graf der bretonischen Mark und angeblich Neffe seines Königs und Kriegsherrn Karls des Großen. Nach der Zerstörung von Pamplona anno 778 war er just auf diesen Höhen von den Mauren in einen Hinterhalt gelockt worden. Als der tapferste der fränkischen Paladine schlug er sich natürlich heldenhaft, doch selbst sein Wunderschwert Durandal konnte ihn nicht gegen die Übermacht retten, und er wurde getötet. Vielleicht, so eine Sage, seien es gar nicht die Mauren gewesen, sondern die Basken, die schon damals für ihre Unabhängigkeit gekämpft hatten.

«Wilde Völker, die Basken wie die Mauren», erklärte Enno und schob grimmig sein Kinn vor. «Haben ihn und seine Männer regelrecht niedergemetzelt. Na ja, die haben sich auch nicht lumpen lassen und ordentlich die Schwerter geschwungen. Zigtausende Tote, auf beiden Seiten, Mann gegen Mann. Dafür wird der alte Roland heute noch besungen. Wäre er friedlich im Bett gestorben, gäbe es kein Rolandslied, und kein Hahn krähte nach ihm, was?»

«Kaum», murmelte Leo. Ihre linke Hand, von einem der Sanitäter desinfiziert und verbunden, schmerzte, und Ennos Vortrag begann an ihren Nerven zu zerren. «Aber findest du nicht, wir hatten für heute genug Drama? Kennst du keine erfreulichere Geschichte?»

«Klar», sagte Enno, «das sind nur die Nerven. Trotzdem, das mit den Basken sollten wir bedenken. Die ETA verkündet immer mal wieder den Waffenstillstand, aber wer so lange Bomben gelegt hat, hört nicht einfach auf. Vielleicht hat Benedikt dort an der Kante oder im Wald etwas gesehen oder gehört, was er nicht sollte. Konspiratives Treffen, Waffenschmuggler, was weiß ich? Das ist gut möglich, wir sind hier im Grenzgebiet. Hat er nicht eine Zeit lang in Bilbao gelebt? Ich bin sicher, er hat gestern im Bus so was gesagt, kurz bevor wir das Museum dort erreichten. Womöglich hatte er da nicht ganz saubere Verbindungen, und …»

«Enno!! Auch das ist *keine* erfreuliche Geschichte! Nina hat einige Monate in Bilbao gelebt, nicht Benedikt. Außerdem kann ich mir nicht vorstellen, dass er etwas mit Untergrundbewegungen und Waffenschmuggel zu tun hat.»

«So was weiß man nie. Einige der größten Verbrecher waren charmante Männer, und junge Leute schlittern schnell ins Schlamassel. Ich könnte dir Sachen erzählen, Leo – na gut, muss ja nicht heute sein.»

Da ihm absolut nichts Erfreuliches einfiel, faltete er die Hände vor dem Bauch und schwieg mit wissender Miene.

Rita und Fritz, die beiden Müllers, schoben als Erste ihre Stühle zurück und wünschten gute Nacht. Sie waren während des ganzen Abends sehr still gewesen, hatten den anderen zugehört, ab und an einen Blick getauscht, an ihrem Wein genippt. Als habe sie das unglückliche Ende einer Wanderung, an der sie nicht teilgenommen hatten, ausgeschlossen. Vielleicht war es so, zumindest für diesen Abend. Niemand hatte daran gedacht, sie zu fragen, wie sie den Tag verbracht hatten.

Auch Leo verabschiedete sich. «Ich bin todmüde», sagte sie und blickte zu Jakob hinüber. «Frühstück um acht?»

Jakob nickte. «Wenn ihr einverstanden seid. Mein Angebot steht immer noch: Wer die Reise abbrechen will, kann es sich bis morgen überlegen.»

Niemand würde es sich überlegen. Benedikt war leichtsinnig gewesen, das war tragisch, doch nicht genug, um eine lange geplante, ganz besondere Reise sausenzulassen.

Eine Frage hatte Leo noch: «Warum haben sie ihn nach Burgos gebracht, Jakob? Warum nicht nach Pamplona oder Logroño? Dort muss es auch große Kliniken geben, zumindest in Pamplona, und es wäre viel näher gewesen.»

«Keine Ahnung. Sie haben mir nur gesagt, wo sie ihn hinbringen. Morgen früh kann ich in der Klinik anrufen und fragen, wie es ihm geht. Ich bin froh, dass Nina mitfliegen durfte und bei ihm in Burgos ist. Ich denke, wir werden sie dort in unserem Hotel treffen, ich habe angerufen und ihre frühere Ankunft angemeldet. Jetzt in der Vorsaison ist so was kein Problem. Wenn wir in Burgos ankommen, können wir Benedikt besuchen. Dort haben wir sowieso einen Pausentag und jede Menge Zeit. Bis Mittwoch geht es ihm garantiert besser.»

Jakob Seifert hoffte, niemand bemerkte, dass er dessen

längst nicht so sicher war, wie er vorgab. In den letzten zwei Jahrzehnten war er ungezählte Kilometer gewandert, als Reiseleiter und aus reinem Vergnügen, er hatte verstauchte Knöchel, wunde Füße, zahllose Schrammen, einen entzündeten Blinddarm, eine gebrochene Hand und einen allergischen Schock erlebt, aber niemals, nicht in all den Jahren, die er für andere Menschen Verantwortung trug, einen solchen Unfall. Der Gedanke bereitete ihm Übelkeit. Er würde sehr schlecht schlafen in dieser Nacht.

Ruth Siemsen ließ die Tür ins Schloss fallen und streifte schon im Flur die Schuhe ab, sie fühlte das kühle Parkett unter ihren Füßen und seufzte erleichtert auf. Der Tag war turbulent gewesen, das waren alle Tage, mehr oder weniger, doch heute lag eindeutig ein Mehr-Tag hinter ihr. Der Heimweg entlang der Außenalster hatte ihren Kopf geklärt und erfrischt, ihre Füße jedoch hatten energisch nach bequemerem Schuhwerk verlangt. Manchmal beneidete sie die Amerikanerinnen, die trugen an strapaziösen Tagen selbst zum elegantesten Kostüm Turnschuhe. Der Gedanke, was der Direktor und die Gäste zu einem solchen Outfit sagen würden, ließ sie lächeln. Alle hielten sie für perfekt, so sollte es auch sein und bleiben.

Die Spielregeln für die Arbeit der Empfangschefin eines hanseatischen Vier-Sterne-Hotels waren klar umrissen, bis zur stets akkuraten Frisur und dezenten Farbe des Lippenstifts. Sie fand das angenehm. Perfekt zu sein war einfacher, als ständig auf dem schmalen Grat zwischen Richtig und Falsch zu balancieren. Nur in diesen seltenen aufmüpfigen Momenten, wenn ein Gast besonders schwierig, eine Mitarbeiterin besonders ungeschickt war, wenn überflüssige Pannen im Hotelbetrieb den Tag nicht enden ließen, ertappte sie sich bei subversiven Phantasien. Die schönste war, durch die große gläserne Drehtür hinauszumarschieren, einfach so, ohne irgendjemandem Bescheid zu geben, ins Auto zu steigen und loszufahren. Ohne Gepäck, ohne Verantwortung, ohne Pflicht. Bis nach Sizilien. Und dann? Keinesfalls umkehren. Die Welt war groß und weit.

Natürlich würde sie so etwas niemals tun. Sie mochte ihre Arbeit, und Träume waren dazu da, Träume zu bleiben.

Sie ging durch den lichten Wohnraum, zog die Tür zu der kleinen Dachterrasse auf und trat in die milde Abendluft hinaus. Aus den gepflegten Anlagen des Innenhofes duftete es nach blühendem Mai, in der Krone der Kastanie, deren breitausladende Äste bis an ihre Terrasse reichten, schmetterte eine Amsel ihr Lied. An jedem Morgen und an jedem Abend stand sie hier und fühlte so etwas wie Glück. Da hatte es doch einen Traum gegeben, der keiner geblieben war. Seit Benedikt ausgezogen war, hatte sie allein in der Wohnung gelebt, in der er aufgewachsen war. Bis zu dem Tag, an dem sie das Vertraute mit fremden Augen ansah, den Lärm von der Straße hörte, die Dunkelheit der Räume spürte und sich fragte, warum sie blieb.

Es war ihr schwergefallen, sein Angebot anzunehmen, ihr eigenes Geld hatte nicht gereicht, um diese Wohnung zu kaufen. ‹Nimm es und damit basta›, hatte er schließlich lachend gesagt. ‹Ich verdiene gut, mach dir keine Gedanken. Mir reicht es, wenn ich dein Schloss in sehr ferner Zukunft erbe. Das ist doch ein fabelhaftes Geschäft für einen Sohn.›

Das war nun ein gutes Jahr her, und immer noch, wenn sie die Terrassentür öffnete, hatte sie das Gefühl von Unwirklichkeit. Als sei sie nur zu Besuch und werde bald in die düstere Wohnung an der vierspurigen Straße zurückkehren. Aber es wurde besser, jeden Tag lernte sie ein bisschen mehr, ihr neues Domizil einfach zu genießen. Wenn sie sich über die Brüstung beugte, konnte sie zwischen der Kastanie und einer der Rotbuchen sogar die Alster sehen, silbergrau im Winter, tiefblau im Sommer, und bei Sturm mit weißen Spitzen auf kleinen, mutwillig hüpfenden Wellen. Aber das tat sie selten, sie fürchtete sich vor Geländern, hinter denen es vier Stockwerke in die Tiefe ging.

Ruth Siemsen schob eine CD ein, tauschte das strenge dunkelblaue Kostüm gegen Leinenhose und Pulli, und während sie leise eine vertraute Melodie mitsummte, füllte sie Eiswürfel und Martini Bianco in ihr Lieblingsglas. Benedikt sah ihr zu, wie immer, wenn sie in der Küche war. Er lachte sie aus ihrem Lieblingsfoto heraus an, mit dunklen Locken, eine Zahnlücke im breitgrinsenden Kindermund. Von den Locken war nicht viel geblieben, sein Lachen jedoch, die Unternehmungslust in seinen Augen erinnerten noch heute an den Sechsjährigen, der er einmal gewesen war. Der personifizierte Übermut.

«Ich wünsche dir schöne Tage auf dem Jakobsweg, mein Sohn», sagte sie und pustete dem Bild eine Kusshand zu. Sie ließ eine Zitronenscheibe in den Martini gleiten und ging, die Zeitung unter dem Arm, zur Terrasse zurück.

«Sei still», knurrte sie das Telefon an, das in diesem Moment zu klingeln begann. «Selbst wenn das Hotel brennt oder Richard Gere eine Suite bestellt hat – ich habe jetzt Feierabend.»

Niemals würde sie es schaffen, das Telefon einfach klingeln zu lassen. Das Hotel könnte tatsächlich brennen.

«Entschuldigen Sie die Störung, Frau Siemsen», sagte eine

weibliche Stimme am anderen Ende der Leitung. «Mein Name ist Bredersen, von ‹Rad- und Wanderreisen europaweit›. Sie sind doch eine Verwandte von Benedikt Siemsen? Er hat Sie auf seiner Anmeldung als Kontaktperson angegeben. Ach, er ist Ihr Sohn, gut, ja. Es tut mir leid, Frau Siemsen, aber es ist etwas passiert. Herr Siemsen hatte einen kleinen Unfall, nichts wirklich Schlimmes, aber er liegt in Burgos in der Klinik. Wir möchten Ihnen anbieten hinzufliegen, das organisieren wir gerne für Sie. Am besten nehmen Sie heute die letzte Maschine nach Frankfurt, da ist noch was frei, allerdings müssten Sie sich ein bisschen beeilen. Dann können Sie dort übernachten und morgen die Frühmaschine nach Bilbao nehmen. Eine Kollegin reserviert das gerade für Sie. Hallo? Frau Siemsen? Hören Sie mich noch?»

Das Martini-Glas zerbrach klirrend auf dem Parkett.

Leo lauschte in die Nacht. Es war so schrecklich still. Zweimal hatte sie die Geräusche eines vorbeifahrenden Autos gehört, einmal schlendernde Schritte auf dem Kies im Hof – sonst nichts. Die Schritte hatten sie neugierig aus dem Bett schlüpfen und aus dem Fenster sehen lassen. Ignacio holte etwas aus dem Bus, eine Zeitung oder Mappe, ging über den von einer Laterne notdürftig beleuchteten Hof zurück und verschwand durch die Hintertür des Hotels. Einmal hörte sie auch leise Stimmen auf der Treppe, eine Tür wurde ins Schloss gezogen, dann war es wieder still. Selbst aus dem Speisesaal und der Bar, wo sicher noch geredet und getrunken wurde, klang kein Laut herauf.

Die Nacht war frisch, der Himmel bedeckt – ein heller Schimmer hoch über der Wiese und dem Flüsschen verriet, dass der Mond fast voll war. Es roch nach gemähtem Gras und Kühen, ein Sommergeruch, sie ließ das Fenster weit geöffnet.

Dummerweise begriff ihr Kopf nicht, wie müde sie war. Immer wenn sie glaubte, endlich einzuschlafen, holte ein Bild oder ein Wort sie zurück. Zuletzt Bilbao.

Dort hatten sie gleich nach der Landung den ersten Programmpunkt der Reise absolviert, den Besuch des Guggenheim-Museums. Leo war davon zunächst nicht begeistert gewesen. Sie wollte wandern, ab und zu ein Kloster oder eine Kathedrale besichtigen, aber gleich vom Flugzeug in ein Museum für moderne Kunst?

Dann war sie doch begeistert gewesen. Das Gebäude auf der weiten Plaza am Ufer des Río Nervión war atemberaubend. Hier traf das Wort einmal zu. Die Sonne hatte es schimmern und gleißen lassen wie eine verwegen verschachtelte, gleichwohl elegant fließende Erscheinung aus einer Traumwelt, am stärksten – stärker noch als die dargebotene Kunst – hatte sie jedoch die Wirkung im Innern beeindruckt. Was von außen fensterlos wirkte, war lichtdurchflutet, animierte zum Schlendern und Staunen, bot im Labyrinth weitläufiger haushoher Räume und Säle immer wieder überraschende Blicke, Winkel und Lichteffekte. Leo verstand nichts von moderner Kunst, sie interessierte sie nicht besonders – doch hier hatte sie sich verlockt, verführt und angezogen gefühlt, war neugierig geworden auf Unbekanntes.

Nun tauchte ein ganz anderes Bild aus ihrem Gedächtnis auf, eine Szene, die mit Kunst absolut nichts zu tun hatte. Nina war im ersten Raum hinter der Eingangshalle durch eine Tür mit der Aufschrift *privado* verschwunden. Benedikt hatte ihr nachgeblickt, nicht gerade grimmig, aber – verstimmt? Ja, das war das richtige Wort. Dann war ein Mann eilig näher gekommen, hatte ihm auf die Schulter getippt und war, leise auf ihn einredend, mit ihm fortgegangen. Benedikt hatte widerstrebend gewirkt, doch vielleicht glaubte sie das jetzt nur. Der Nebel mochte sich aufgelöst haben, die Gespenster ließen sich nicht so leicht vertreiben.

Leo hatte der kleinen Szene keine Bedeutung beigemessen oder auch nur Neugier gespürt. Jetzt, nach diesem Unfall und im nächtlichen Dunkel, weckte der Mann, dem Benedikt gefolgt war, doch ihre Neugier. Und ihr Misstrauen. Wie hatte er ausgesehen? Mittelgroß, schlank, dunkles Haar, grauer Anzug, ziemlich elegant? Bei aller Vergesslichkeit für Namen konnte sie sich bei Gesichtern und Bildern auf ihr Gedächtnis verlassen. Diesmal nicht, dazu hatte sie ihn zu wenig beachtet. Sie schloss die Augen und versuchte, sich die Begegnung auf ihre innere Leinwand zu holen. Benedikt und der Mann im grauen Anzug im Entree des Museums. Sie erinnerte sich nur, er hatte eine getönte Brille getragen. Das machte jedes flüchtig betrachtete Gesicht beliebig.

Nina studierte Romanistik und Kunstgeschichte – oder waren es Museumswissenschaften? Sie hatte im letzten Winter im Guggenheim-Museum hospitiert und nun sicher frühere Kollegen besucht. Aber wen kannte Benedikt dort? Die Begegnung hatte nicht nach einer Verabredung in alter Freundschaft ausgesehen, und dass er schon früher in Bilbao gewesen war, hatte er nicht erwähnt. Oder doch? Wahrscheinlich hatte er Nina dort besucht.

Sie musste Felix fragen. Die beiden hatten am ersten Abend noch lange in der Hotelbar gesessen, sicher hatten sie sich ihr Leben erzählt. Oder auch nicht. Männer konnten stunden-, tagelang miteinander reden, ohne das Geringste an Persönlichem zu erwähnen. Überhaupt war das reine

Spintisiererei, ein Phantom der dunklen Nacht. Sie würde sich nicht von Ennos lebhafter Phantasie und seiner Vorliebe für blutige Geschichten anstecken lassen.

Unwillig stöhnend setzte sie sich auf, stopfte sich das Kissen in den Rücken und starrte auf die pechschwarze Fensteröffnung. Schluss mit den wirren Gedanken, sie waren überflüssig wie ein Kropf. Vielleicht lag es an den Mysterien des alten Jakobsweges, die hielten nicht nur als weiße Rinder wiedergeborene Tempelritter und Gralssucher, satanische Hunde, wundertätige Madonnen und sonstige Heilige bereit, offenbar verliehen sie auch der Phantasie der Wanderer besonders kreative Schübe.

Dienstag / 3. Tag

Entgegen ihrer Erwartung hatte Leo nach der Grübelei wie ein Stein geschlafen, die Anstrengung des vergangenen Tages hatte endlich das Erschrecken und die Sorge um Benedikt besiegt. Sie erwachte frisch, nur die Muskeln ihrer Beine rächten sich. Sie waren so hart und steif, dass Leo das Gefühl hatte, auf Stelzen zu gehen. Als sie in den Frühstücksraum kam, waren alle schon da und saßen wieder auf den gleichen Plätzen wie gestern. Der leere Stuhl neben ihrem, auf dem Benedikt gesessen hatte, bereitete ihr Unbehagen. Den Stuhl am Kopf des langen Tisches, gestern Ninas Platz, hatte jemand fortgeräumt. So gedämpft die Stimmung am vergangenen Abend gewesen war, so munter war sie jetzt. Ein bisschen zu munter.

Sie fühlte Jakobs Blick und schickte ihm ein flüchtiges Lächeln über den Tisch.

«Gut geschlafen?», fragte er.

Leo nickte. «Erstaunlich gut. Nicht der kleinste Albtraum.»

«Ich auch», erklärte Hedda, die ihr gegenübersaß. «Wirklich erstaunlich, wenn man bedenkt, was passiert ist, oder?»

«Gar nicht», befand Enno. Leo wartete darauf, dass er seinen Zeigefinger hob, doch er enttäuschte sie. «So ist die Natur. Die fordert ihr Recht. Gehen und frische Luft – das gibt gesunden Schlaf.»

Hedda schluckte eine Antwort hinunter, beugte den Kopf und strich dick Marmelade auf ihre Weißbrotscheibe. Sie war blass, unter ihren Augen lagen graue Schatten, und Leo fragte sich, wie sie an einem Morgen aussehen mochte, nachdem sie schlecht geschlafen hatte.

«Das ist nämlich so, Leo …», fuhr Enno unbeirrt fort, und weil sie so früh am Tag noch nicht über genug Energie für offenen Widerstand verfügte, ließ sie seinen Vortrag über die Rechte der Natur im Allgemeinen und in den Bergen im Besonderen über sich ergehen. Zum Glück blieben nur wenige Minuten, bis Jakob von einem Telefonat mit dem Hospital in Burgos zurückkam. Benedikts Zustand sei unverändert, gab er bekannt, der Arzt werte das als positiv. Nur eines sei neu: Frau Siemsen, Benedikts Mutter, sei in Burgos eingetroffen. Mütter, sagte er knapp, seien eben immer besonders besorgt, das stehe ihnen auch zu. Und nun sei es höchste Zeit aufzubrechen, Ignacio warte schon mit dem Bus.

🐚

Als der Bus die uralten Stadtmauern Pamplonas passierte, begann es wieder zu regnen.

«Prima», murmelte Hedda auf der anderen Seite des Mittelgangs und fuhr mit dem Ärmel über die beschlagene

Scheibe des Busfensters, «so habe ich mir das vorgestellt. Meine Wanderstiefel sind noch von gestern klamm. Sind deine getrocknet?»

«Völlig. Meine Stiefel sind aus dickem Leder und gründlich gewachst, sie sind schwerer als deine, aber sie halten trocken», erklärte Leo, was Heddas Stimmung nicht hob. Sie hockte auf der Nachbarbank, starrte grimmig auf ihre Füße und murmelte etwas, das wie «Scheißwetter» klang.

Leo hatte keine Lust, über das Wetter zu klagen. Sie hatte überhaupt keine Lust zu reden. Oder eine Stadt zu besichtigen. Auch an diesem Morgen wäre sie trotz der steifen schmerzenden Muskeln lieber gleich gewandert, möglichst immer ein Stück entfernt von den anderen, ohne in ein Gespräch verwickelt zu werden. In ihrem Kopf flackerten die Bilder von gestern auf, die daraus entstehenden Gedanken gefielen ihr nicht. Gehen, Schritt vor Schritt, immer weiter, war schon lange ihre beste Methode, krumme Gedanken geradezurücken, aus den Irrgärten ihrer Phantasie zurück in die Realität zu finden. Ein Gang durch eine fremde Stadt, sei sie noch so reich an Sehenswürdigkeiten und Ablenkungen, konnte das nicht bewirken. Dabei zogen sich die Knoten nur fester.

Sosehr sie sich dagegen wehrte, es erschien ihr immer seltsamer, dass Benedikt diesen vermaledeiten Hang hinuntergestürzt war. Einfach so.

Einfach so?

Er war ein erfahrener Wanderer, er kannte sich mit der Kletterei in wirklich unwegsamem Gelände aus, und bei aller zu vermutenden Abenteuerlust und allem Vergnügen am Thrill des Balancierens am Abgrund war er ihr keineswegs leichtfertig erschienen. Andererseits kannte sie ihn nur sehr flüchtig, längst nicht gut genug, um ihm das Prädikat ‹vernünftig› zu verleihen. Das rasche Urteil entsprach einzig ihrem Gefühl. Darauf konnte sie sich gewöhnlich verlassen – von einigen schweren Irrtümern abgesehen. Zum Beispiel dem ganz großen, als sie in den grünen Augen eines auch sonst ziemlich berückenden Exemplars von Mann Sensibilität, Treue und Liebe gesehen hatte. Aber das war lange her, inzwischen war sie reifer und klüger. Ein bisschen. So hoffte sie jedenfalls. Sie empfand Benedikt als attraktiv und anziehend, keineswegs als berückend. Da hatte nichts ihren Blick getrübt und ihre Gefühle verwirrt. Selbst wenn sie sich in ihrem Urteil geirrt hatte, jener Abhang im Wolkendunst hatte gewiss keine Verlockung wie ein schmaler Grat im Hochgebirge oder der Rand eines Canyons bedeutet.

Wer hatte überhaupt gesagt, er liebe gefahrvolles Balancieren am Abgrund? Eva hatte gesagt, sie habe es von Nina erfahren. Wann mochten die beiden sich unterhalten haben? War Nina nicht schon früher als alle anderen in ihr Zimmer gegangen? Leo erinnerte sich nicht genau. Am Morgen vor dem Frühstück hatte sie Benedikts spröde Freundin von einem Spaziergang zurückkommen sehen. Mit Hedda. Eva hatte Leo dort draußen nicht gesehen. Und hatte sie nicht mit der Antwort gezögert, als Felix fragte, woher sie das wisse?

Leo schüttelte unwillig den Kopf und lehnte sich in das Polster zurück. Wieder einmal suchte sie in einer banalen Geschichte ein Geheimnis. Es gab keines. Irgendwann zwischen dem ersten gemeinsamen Abendessen und Benedikts Sturz hatten sich Nina und Eva unterhalten. Wann, wo, wie und wieso die verschlossene, arrogant wirkende Nina der ihr völlig fremden Eva Privates erzählt hatte – egal. Es ging sie nichts an.

Sie blickte zu Hedda auf der Nachbarbank hinüber. Die starrte missmutig in den feinen Regen hinaus, die Arme vor der Brust verschränkt. Trotz der frühsommerlich leichten Bräune wirkte ihr Gesicht unter dem schwarzen Haar immer noch blass und angespannt, was am Anfang einer Reise allerdings nichts Besonderes war. Wer begann den Urlaub schon erholt und entspannt?

Wieder stieg ein Gefühl in Leo auf. Hedda, sagte es ihr, sei eine im Grunde ihrer Seele sympathische Frau, die nur ein wenig muntere Gesellschaft und Zuneigung brauche, zumindest wohlwollende Beachtung. Dieses Gefühl beschloss sie, trotz eines Anflugs von schlechtem Gewissen, entschieden zu ignorieren. Sie machte Urlaub – zwei Wochen keine Geschichten fürs Tränenfach. Das hatte sie sich versprochen.

Zwar hatte Leo ein gründliches Studium absolviert, sie war sogar eine fleißige Studentin gewesen, stets neugierig auf Unbekanntes, als Journalistin war sie trotzdem anstatt im angestrebten Wissenschaftsressort im Tränenfach gelandet. Schicksale, zumeist schwere, waren zu ihrer Spezialität geworden, besonders solche mit halbwegs manierlichem Happy End. Das war gut für die Auflage der Magazine, doch es war auch gut für Leos Seele. Zumindest eine Prise Zuversicht, ein Licht am Ende des Tunnels – das war es, was sie brauchte, um nach getaner Arbeit ruhig zu schlafen.

Nun gut, gegen ein bisschen wohlwollende Beachtung war nichts einzuwenden, die kostete wenig Mühe, und wenn es ihr diesmal gelang, ihre guten Vorsätze in die Tat umzusetzen, nämlich auch die Aktivität ihres ausgeprägten Neugier-Gens abzuschalten, würde es ein Leichtes sein, die nötige Distanz und die eigene Seelenruhe zu wahren. Für Lebensbeichten und Schicksalsklagen, die selbst fremde Menschen – warum auch immer – so gerne bei ihr abluden, gab es an einem Pilgerweg jede Menge Beichtstühle mit geduldig zuhörenden Männern in langen Kutten.

Es knackte in den Lautsprechern, und sie hörte die Stimme des Reiseleiters. «Da wären wir», verkündete Jakob munter. «Pamplona. Ignacio setzt uns in der Nähe der Kathedrale ab, bleibt dann bitte zusammen, wir haben heute ein besonders volles Programm und nicht viel Zeit. Ich verspreche, ab morgen geht es ruhiger voran. Pilgermäßig, sozusagen. Beeilt euch bitte beim Aussteigen, damit unsere Kutsche die Straße nicht zu lange blockiert. Eine gute Stunde später holt Ignacio uns bei der Stierkampfarena wieder ab. Das reicht uns für die Kathedrale und den Rathausplatz. Die Arena können wir sowieso nur von außen ansehen. Ich bin gespannt, ob ihr die besondere Sehenswürdigkeit davor entdeckt. Allerdings ist sie kaum zu übersehen.»

Kühler Wind strich durch die zur Kathedrale führenden Gassen, Jakobs Appell, man möge beieinanderbleiben, war überflüssig. Niemand mochte sich lange aufhalten und zu den malerischen, aber nicht sehr stabil wirkenden Balkonen mit den tropfnassen Geranien hinaufsehen. Nur Rita blieb einmal zurück, um ein Schaufenster zu fotografieren, in dem zwischen geblümtem Geschirr und putzigen Porzellantieren dreiflügelige Madonnen- und andere Heiligenbilder, ein segnender Christus und Rosenkränze jeglicher Art auf Käufer warteten. Alles zum Sonderpreis.

«Spanisch», seufzte sie entzückt, «so typisch spanisch», als sie die Gruppe vor der Kasse am Portal zum Kreuzgang mit seinen von filigranen steinernen Rosetten gezierten Spitzbogenfenstern wieder einholte.

Alle klappten die Schirme zu, schoben die Kapuzen zurück und wappneten sich für das Bewundern ihrer ersten spanischen Kathedrale.

«Na ja», sagte Sven, als sie wieder in den Nieselregen hinaustraten, «schon beeindruckend, so ein gotisches Gotteshaus ohne barocken Pomp. Aber wenn man unseren Kölner Dom gesehen hat – der ist einfach nicht zu toppen.»

«Das kann man nicht vergleichen», protestierte Selma, von Edith durch entschiedenes Nicken unterstützt. Sie hatte zahllose Male auf den Auslöser ihrer kleinen Kamera gedrückt, wobei die Hälfte der Bilder die mittelalterlichen Madonnen im angeschlossenen Museum zeigen würden, in dem ein unübersehbares Schild das Fotografieren strikt verbot. «Kein Vergleich», wiederholte sie, «überhaupt nicht.»

Sonst sagte niemand etwas. Auch Jakob nicht. Er hatte sich schon lange angewöhnt, auf solche Art Kommentare seiner Schäfchen ebenso wenig zu reagieren wie auf verbotenes Fotografieren.

«Weiter geht's», rief er und bog mit raschen Schritten in die Gasse zum Hauptportal der Kathedrale ein.

Nichts von der Fassade schien zu dem zu gehören, was sie gerade gesehen hatten. Sie war Ende des 18. Jahrhunderts im neoklassizistischen Stil mit dem unvermeidlichen Säulenquartett vor das gotische Gotteshaus gebaut worden, auch die beiden haubenbewehrten Türme stammten aus jener Zeit. Dass der rechte die größte Glocke Spaniens barg, mehr als zwölf Tonnen schwer und im 16. Jahrhundert gegossen, beeindruckte Sven endlich doch. Auf Leos unschuldige Frage, wie schwer die Glocken des Kölner Doms seien, wusste er leider keine Antwort.

«Macht ja nichts», murmelte sie und dachte an die Warnung ihrer Freundin Annelotte, ihr spitzes Mundwerk werde sie eines Tages sehr einsam machen.

Das Rathaus, ein barockes Schmuckstück, erinnerte an eine überdimensionale eckige Hochzeitstorte, es hielt sie nur kurz auf, woran sicher einzig der Regen Schuld trug.

«Und durch diese Straße», erklärte Jakob, als sie in eine

Fußgängerzone einbogen, in der fast jedes Haus ein Restaurant oder einen Imbiss barg, «werden bei der Fiesta im Juli die Stiere getrieben; das heißt, wenn sie hier ankommen, haben sie den größten Teil ihres Weges von dem *corral* bei der Stadtmauer schon hinter sich. Da rennen sie, vom Geschrei der Zuschauer angefeuert, längst von selbst und versuchen den einen oder anderen todesmutigen Zweibeiner aufzuspießen, der mit ihnen um die Wette rennt. Und dort hinten», wieder beschleunigte er seine Schritte, «wartet die Arena auf die armen Viecher. Und auf uns Ignacio mit dem Bus.»

Der Bus war noch nicht da, was angesichts der von hupenden Autos und Mopeds verstopften Straße, die an der Arena vorbeiführte, niemand wunderte. Und auch nicht enttäuschte. Die von Jakob versprochene besondere Sehenswürdigkeit unter den Platanen vor dem blutrot gestrichenen Portal forderte noch Zeit.

«Hemingway», rief Felix. Er war den ganzen Morgen schweigsam vor sich hin getrottet, nun war er plötzlich wieder munter und beobachtete mit spöttischem Grinsen, wie seine Mitwanderer fleißig die hohe Granitstele mit dem Kopf aus grünpatinierter Bronze fotografierten. Als genug posiert und geknipst war und alle ihre Kamera wieder eingesteckt hatten, zog er die verdutzte Leo neben den stierkampfliebenden Schriftsteller und Freund der Stadt Pamplona und streifte ihre Kapuze zurück.

«Nein», rief sie, aber da machte es schon klick, und Felix schob, noch breiter grinsend, die kleine Kamera in die Tasche seines Anoraks.

«Ich will Revanche!», rief Leo. «Stell dich neben den Meister und mach ein Gesicht wie ein Fan.»

Felix schüttelte entschieden den Kopf. «Keine Chance,

ich bin ein ganz mieses Modell. Der alte Ernest hatte immer eine Frau dabei, den muss man mit weiblicher Gesellschaft fotografieren. Alles andere würde er übelnehmen, glaub mir, und das können wir nicht brauchen. Pech hatten wir schon genug.»

Kapitel 3

Dienstag

Es war erstaunlich, wie rasch eine Gruppe von nur zwölf Menschen einem geräumigen Reisebus die Anmutung eines Zeltlagers geben konnte. Über freien Sitzlehnen trockneten Regencapes und Windjacken, die Gepäcknetze waren mit Ersatzkleidung vollgestopft, im hinteren Mittelgang schaukelten neben zwei Paar Wanderstiefeln prall mit Obst, Paprikaschoten, Weißbroten und fetten spanischen Würsten gefüllte Tüten für das Picknick zur Mittagszeit. Wasserflaschen wurden durch die Reihen gereicht, erste Souvenirs bewundert. Felix kniete, den Schirm seiner Baseball-Kappe in den Nacken geschoben, rittlings auf seinem Sitz und erörterte über eine leere Bankreihe hinweg mit Eva und Caro die Vor- und Nachteile verschiedener Sorten spezieller Pflaster für wunde Füße. Die beiden Müllers diskutierten so leise wie energisch den Kauf einer Rotweinflasche, die Fritz als ein Schnäppchen empfand und Rita als reinsten Touristen-Nepp. Edith und Selma waren in ihre Reiseführer vertieft, Helene und Sven dösten, ein Bild süßer Eintracht, aneinandergelehnt, sein Arm um ihre Schultern, auf der letzten Bank.

Als der Bus durch die Vororte gerollt war und schließlich Pamplona hinter sich gelassen hatte, hörte es auf zu regnen. Das Land wurde wieder hügelig – in Deutschland spräche man schon von einer Mittelgebirgslandschaft –, und die bleigraue Bergkette am Horizont stellte für die nächsten Tage wieder anstrengende Wanderungen in Aussicht. Zwischen Getreidefeldern, Weideland und ersten, wie mit dem Lineal gezogenen Reihen von Weinstöcken ließ die Feuchtigkeit die Erde rot leuchten.

«Eisenhaltig», erklärte Enno, der sich in die Bank hinter Leo gesetzt hatte, und wedelte mit seinem Reiseführer, der auch geologische Auskünfte gab. «Wie in Oklahoma. Da sieht es auch so rot aus, meilenweit. Weinstöcke haben die dort aber nicht, nur Bohrtürme. Ziemlich öde Gegend.»

Leo grinste, und Hedda runzelte unmutig die Stirn. Vielleicht klang ihr ‹eisenhaltig› zu sehr nach Chemie anstatt nach romantischer Fremde und den Farben großer spanischer Maler.

«Mit dem Wein», fuhr Enno unbeirrt fort, «wird's erst heute Abend interessant, dann sind wir im Rioja-Gebiet. Schwere Weine da, gute Tropfen allesamt. Vor allem, wenn sie noch nach alter Tradition im Holzfass gereift sind.»

Leider zeigte niemand Interesse an einem Vortrag über die Wirkung alter Eiche auf die Reifung der Weine, Enno schwieg und sah – wie Hedda auf der anderen Seite – wieder zum Fenster hinaus.

Der Bus verließ die starkbefahrene Landstraße und folgte einem schmalen, gewundenen Asphaltband hinauf in die Hügel. Auch Leo blickte aus dem Fenster, doch sie nahm nichts wahr. Obwohl sie nur wenige Stunden mit Benedikt und Nina verbracht hatte, erschien es ihr über den Schrecken des Unglücks hinaus seltsam, dass sie nun fehlten. ‹Ihre› Bank drei Reihen hinter Ignacio war leer, niemand hatte darauf Platz genommen. Vielleicht war es Zufall, in dem großen Reisebus blieben etliche Sitze frei, aber das glaubte sie nicht. Ob aus Pietät, Scheu oder Aberglauben, diese beiden Plätze würden frei bleiben. Zumindest für die nächsten Tage, es sei denn, Nina gesellte sich wieder zu ihnen. Auch das glaubte Leo nicht. Sie würde ihren schwerverletzten Freund kaum alleinlassen, erst recht nicht in einer fremden Stadt.

«Wir halten gleich auf einem kleinen Parkplatz unterhalb eines Pilgerdenkmals», klang Jakobs Stimme blechern aus den Lautsprechern. «Von dort könnt ihr weit über das Land und auch schon unser nächstes Ziel sehen, zumindest mit dem Fernglas: die sogenannte Templerkapelle von Eunate. Aber geht nicht zu weit weg, es ist wirklich nur ein kurzer Stopp für die Fotofreaks unter euch. Dieses Pilgerdenkmal ist nämlich wieder etwas Besonderes, auch wenn es nicht aus dem Mittelalter, sondern aus unserer Zeit stammt.»

Der Himmel war noch grau, und als sie aus dem Bus stiegen, empfing sie scharfer Wind. Das Land war zwischen Feldern und Wiesen von Buschwerk und struppigem Niederwald durchzogen, Flecken und Streifen wie von grünem Pelz, doch kein Hochwald brach seine Wucht. Die Rotorblätter eines Windkraftrades, dem ersten einer sich kilometerweit, einbeinigen Riesen gleich über die Hügel ziehenden Reihe, knarrten bedrohlich. Auch die das Denkmal bildenden Gestalten, zwölf aus rostbraunen Metallplatten geschnittene lebensgroße Pilgerfiguren – Männer, Frauen, Kinder –, zeigten, dass Sturm auf diesen Höhen alltäglich war. Zu Fuß, zu Pferd oder einen Esel hinter sich herziehend, stemmten sie sich einer hinter dem anderen mit nach Westen gerichteten Gesichtern gegen den Wind. Wie die vier menschlichen Wanderer auf dem sich hügelabwärts schlängelnden, von leuchtendem Klatschmohn gesäumten sandigen Weg.

«Sonniger Süden», knurrte Felix, wenig beeindruckt von

dem metallenen Pilgerzug, und zerrte die Kapuze seines Sweatshirts bis über die Stirn. «Wie wär's, Leo? Gibst du dich wieder zur Denkmalsbelebung her?»

Leo hörte nicht zu. Sie dachte an Frau Siemsen. Sie würde Benedikts Mutter gerne fragen – was? Was wollte sie fragen? Ob ihr Sohn zum Leichtsinn neige? Ob er in Bilbao Männer im grauen Anzug kannte, die selbst im Museum eine Sonnenbrille trugen? Ob er, wie in Ennos schwarzer Phantasie, Kontakte zur Unterwelt, zu Terroristen oder sonstigen Dunkelmännern habe? Frau Siemsen würde begeistert sein.

🐚

Die Sonne ließ das Wasser der sich an dieser Stelle zu einem kleinen See erweiternden Bille glitzern. Jenseits der Brücke wurde der Fluss zu einem Kanal, der unter dem Gewirr der Auto- und Eisenbahnbrücken hindurchführte und sich in den Wasserflächen des Hafens verlor. Industriegebiet, Hamburg City Süd. Jetzt im Sommer war dieses Areal mit seinem Buschwerk, den Bäumen entlang der Straßen und den Wasserläufen erträglich, bei diesem strahlenden Wetter sogar von einer herben Romantik. In den grauen Wintermonaten, ohne das wuchernde Grün, war es nur hässlich.

Auf einem alten Gemälde hatte er die Billemündung – damals noch weit vor der Stadt – als ein Idyll gesehen, eine einsame Flusslandschaft mit einem Fischerhaus unter knorrigen Weiden, im Hintergrund ein geduckter Kirchturm, wie es heute noch einige in den Vier- und Marschlanden südöstlich der Stadt gab. Am Steg des Fischers war ein Ewer mit gerefftem Segel festgemacht. Oder war es eine Schnigge? Er kannte sich mit den alten Schiffstypen nicht aus. Wozu auch? Sie waren

67

längst Geschichte. Sein Vater hätte es gewusst. Wie er immer alles gewusst hatte. Auch das war Geschichte. Der alte Mann konnte ihm nicht mehr mit dieser ewig gestrigen Besserwisserei in sein Leben und seine Geschäfte pfuschen. Nur noch in Albträumen, aber das war ein geringer Preis. Auch diese nächtlichen irrealen Schrecken würden vergehen.

Nie zuvor hatte er vor einer solchen Entscheidung gestanden. Sie hatte ihn gequält, tage-, wochenlang, doch nachdem er sie getroffen hatte, allein, endgültig, unwiderrufbar in die Tat umgesetzt, hatte er nicht mehr gezweifelt. Denn da war ihm etwas begegnet, das er nicht gekannt hatte. Das Gefühl absoluter Macht. Er war zu intelligent, um nicht zu wissen, dass das trügerisch war. Aber er spürte und genoss diese überraschende Wirkung. Er hatte eine Grenze überschritten, die er bis vor wenigen Monaten nicht gesehen und somit nicht in Frage gestellt hatte. Dass er sie nun missachtet, besser gesagt: überwunden hatte, gab ihm endlich die Souveränität, die ein Mann in seiner Stellung für den großen Erfolg brauchte. Das spürten auch die Menschen seiner Umgebung, im Betrieb, in der Familie, bei geschäftlichen Treffen mit denen, die diese Souveränität schon immer hatten. Natürlich erwähnte es niemand, vielleicht war es ihnen nicht einmal bewusst, doch er schien etwas auszustrahlen, das ihm eine neue Art von Respekt einbrachte. Die archaische Achtung vor dem Alpha-Tier. Darum hatte er sich sein Leben lang vergeblich bemüht. Abgestrampelt wie ein Pennäler, der unbedingt Liebling des Rektors sein wollte, die Nummer eins.

Natürlich war es eine Gratwanderung, doch wer die nicht wagte, erreichte nie die Spitze und wurde Bodensatz.

Das war ein Credo seines Vaters gewesen, in diesem Punkt war er mit ihm einig. Dass er sich auf einen viel schmaleren Grat gewagt hatte, als sein Vater je in Betracht gezogen hätte, war ihm eine besondere Genugtuung und wischte Skrupel und Zweifel weg wie lästige Spinnweben. Er bedauerte nur, dass der alte Patriarch seine neue Stärke nicht mehr erlebte.

Endlich konnte er seine Pläne Realität werden und auch dieses schmuddelige Industriegebiet hinter sich lassen – das war ein Symbol für den Beginn einer neuen Ära. Endlich eine repräsentative Firmenzentrale in der Hafencity, nur zehn Minuten entfernt, dennoch eine andere Welt. Aus deren Fenstern ging der Blick nicht auf dieses Flüsschen zweiter Klasse im Hinterhaus der Stadt, sondern direkt auf die Elbe und die schönen alten Speicher und Kontorhäuser, auf die neue erste Geschäftsadresse der Stadt. Wie der Blick vom Platz des Kapitäns auf der Brücke eines Ozeanriesen. Ein unerfahrenes Mädchen mit schwärmerischen Ideen und einer Portion zu viel Neugier würde diesen Plan nicht zur Seifenblase machen.

‹Sie ist in Spanien›, hatte seine Frau gerade gesagt. ‹Diesmal geht das Mädchen wandern, stell dir das mal vor. Pilgern, genauer gesagt, auf diesem Jakobsweg, von dem neuerdings alle sprechen. Hast du gewusst, dass sie einen Hang zur Religiosität hat? Aber sie war schon immer ein bisschen seltsam.›

Das Mädchen. So nannten sie sie immer, wenn sie von ihr sprachen, was früher selten, in den letzten Monaten häufig geschehen war. Er bemerkte, dass er immer noch das Telefon in der Hand hielt, und legte es auf die Halterung zurück. Sollte sie doch in Spanien herumwandern. Wenn es kein Zufall war und sie dort etwas suchte, jemanden suchte – sie würde zu spät kommen. Wahrscheinlich hatte sie nur neuerdings einen religiösen Tick oder einfach die Lust am Wandern entdeckt. Und wenn es anders war – kam sie zu spät. Alles würde gutgehen, sein Plan war perfekt. Und die Ausführung …

Eine Wolke schob sich vor die Sonne und ließ das Wasser stumpf aussehen. Irgendwo jaulte ein Martinshorn auf, plötz-

lich fröstelnd griff er nach seinem Einstecktuch, tupfte den Schweiß von der Oberlippe und schloss das Fenster.

«Sie haben sich gestritten», sagte Hedda plötzlich zu Leo gewandt, als der Bus weiterrollte. «Sogar ziemlich heftig.»

«Nina und Benedikt?» Es war nicht schwer zu erraten, von wem Hedda sprach.

«Ja. Am ersten Abend. Mein Zimmer lag direkt neben ihrem, ich konnte es nicht überhören.»

«Und nun denkst du, das hat etwas zu bedeuten.»

Hedda hob unschlüssig die Schultern. «Vielleicht», sagte sie zögernd. «Oder auch nicht. Es fiel mir nur gerade ein.»

Ihr Blick glitt rasch über die benachbarten Sitzreihen, sie waren leer. Enno hatte seinen Platz hinter Leo mit der Bank neben Edith und Selma getauscht und ließ sich von ihnen die Flora des Kantabrischen Gebirges erläutern.

«Ich konnte nicht verstehen, worum es ging, und sicher hat es nichts zu bedeuten», fuhr Hedda mit gedämpfter Stimme fort. «Jeder streitet mal. Oder? Ich hätte das gar nicht erwähnen sollen. Aber irgendwie – ich weiß nicht, ich dachte nur, weil Nina doch ziemlich nah bei der Unfallstelle war. Sie kann nicht weit voraus gewesen sein, als du Benedikt entdeckt hast. Felix hat gesagt, sie haben Nina getroffen, nachdem sie umgekehrt waren. Ach, verdammt. Ich rede Blödsinn. Ich will wirklich nicht behaupten, dass ausgerechnet Nina …»

Sie sprach nicht weiter, es war unnötig.

Leo räusperte sich, sie wusste nicht, was sie sagen sollte. Nina und Benedikt hatten sich nicht gerade als Muster an Harmonie und Verliebtheit gezeigt, die Vorstellung jedoch, sie habe ihren Freund den Abhang hinuntergestürzt, ob im Streit oder mit Berechnung, fand Leo noch absurder als Ennos Geschichten von Terroristen und ertappten Schmugglern. Andererseits zeigten die Statistiken, dass die meisten Gewalttaten innerhalb der Familie oder des Bekanntenkreises geschehen. Dort, wo Menschen sich besonders sicher fühlten. Fühlen sollten. Beziehungstaten. Ein mieses Wort.

«Ja», sagte sie endlich und bemerkte den ungewohnt schroffen Ton in ihrer Stimme, «das solltest du nicht behaupten. Falls du weiter darüber nachdenkst, ob der Unfall tatsächlich keiner war, vergiss *mich* nicht. Ich war als Erste da, also noch näher als Nina.»

«Du hattest keinen Grund. Du kennst ihn doch gar nicht.»

«Bist du sicher? Vielleicht kenne ich ihn aus früherer Zeit und hatte eine alte Rechnung mit ihm offen. Die er inzwischen nur vergessen hat, wie auch mich. So was kommt vor. Du meine Güte, Hedda, starr mich nicht so entgeistert an, es ist nur ein Gedankenspiel. Ich habe Benedikt erst auf dem Flug nach Bilbao kennengelernt.»

«Klar. Nur ein Gedankenspiel.» Hedda lachte, es klang entschuldigend. «Für einen Moment habe ich es fast geglaubt. Du spielst ziemlich überzeugend mit Gedanken.»

Leo nickte vage. «Phantasie ist schön», sagte sie, «kann aber auch lästig werden.»

Der Bus rollte weiter die Hügel hinab in das weite Tal und hielt schließlich zwischen Wiesen und schmalen, von klatschmohnroten Rainen gesäumten Getreidefeldern vor der Kirche Santa María de Eunate. Der Wind bewies auch hier seine Energie und zauberte tanzende Wellen auf das grüne Meer der Felder. Am Himmel zerwirbelte das geschlossene Grau der Wolkendecke zu aufgeplusterten, weißen und blaugrauen Haufen, schaffte Spalten und Löcher für die Strahlen der Sonne, damit sie dem bescheidenen Gotteshaus Glanz verliehen.

Der achteckige Sandsteinbau mit seiner fünfeckig angebauten Apsis, dem stummeligen Seitentürmchen und dem schlichten Dachreiter mit den beiden frei hängenden kleinen Glocken mochte nur Kapelle genannt werden, aber einsam in der herben Landschaft stehend, hatte er einen ganz eigenen Reiz. Im Abstand von einigen Schritten umrundete eine Arkadenreihe das Oktogon, als brauche es Schutz gegen den Wind oder einen besonders würdigen Rahmen. Wozu sonst sollten die Rundbogen dienen? Sie waren nicht überdacht wie bei manchen anderen Kirchen, die Pilgern damit ein geschütztes Lager für die Nacht geboten hatten. Eva plädierte für einen magischen Kreis.

Leo hörte nur mit halbem Ohr zu, als Jakob seiner Reiseleiter-Pflicht nachkam und von der Geschichte der Kirche erzählte. Sie hörte Satzfetzen wie «Ende des 12. Jahrhunderts erbaut», «romanischer Stil mit mozarabischen Anteilen, der von arabischen Traditionen beeinflussten christlichen Baukunst» oder «statt Fensterglas dünne Scheiben von Alabaster». Denn da waren verlockendere Töne. In den zwitschernden Gesang der über den Feldern tanzenden Lerchen mischte sich ein weiterer, der aus der Kirche kam. Männerstimmen, zwei oder drei?, sangen einen Choral. Die Melodie hatte etwas Weihevolles, gleichwohl klang der Gesang so kraftvoll und – kämpferisch? Ihre Stimmen harmonierten, und die Männer sangen ungemein gut. Ganz und gar nicht schleppend und unsicher, wie sie es aus deutschen Gottesdiensten kannte. Wahrscheinlich waren es Mönche aus einem der nahen Klöster, ausgebildet und geübt in christlichem Chorgesang.

Das Lied endete in einem langgezogenen Ton, und sie

hörte Jakobs Stimme wieder deutlich. Diese Kirche sei wohl nie das Zentrum einer Gemeinde gewesen, erklärte er gerade, sondern wahrscheinlich, genau wisse das niemand, Hospiz und Friedhofskapelle für mittelalterliche Pilger. Sie habe schon immer so einsam gestanden, sei aber von sehr vielen Pilgern besucht worden. In alten Gräbern um diese Kapelle habe man Muscheln als Grabbeigaben gefunden, das weise eindeutig auf Jakobspilger hin. Ganz in der Nähe, bei dem alten Städtchen Puente la Reina, träfen die beiden über die Pyrenäen führenden Pilgerrouten zusammen und vereinten sich zur Hauptstrecke nach Santiago de Compostela. Die romanische Brücke Puente la Reina über den Río Arga, der der Ort seinen Namen verdanke, sei die schönste auf dem gesamten *camino*. Sie sei im 11. Jahrhundert von einer navarresischen Königin gestiftet worden, es sei nicht ganz sicher, von welcher, um den mittelalterlichen Pilgern den Weg über den Fluss zu erleichtern. Dort habe es damals auch ein großes Pilgerhospiz gegeben.

«Vielleicht war hier, abseits der Dörfer, ein besonderes Hospiz für Pestkranke», überlegte Edith.

«Kann sein. Früher bezeichnete man alle schweren Fiebererkrankungen als Pestilenz. Aber auch sonst», fuhr er fort, «bedeutete das Pilgern wie jede Reise ein lebensgefährliches Unternehmen. Es war üblich, vorher ein Testament zu machen, auch wenn es nur ein Daunenbett oder ein Messer zu vererben galt. Krankheiten, Überanstrengung, Unwetter, Räuber, Straßenhändler mit vermeintlichen, zumeist höchst ungesunden Wundermitteln – das kam alles vor. Sicher gab es viele Männer und Frauen, für die eine Wallfahrt das Abenteuer ihres Lebens bedeutete, waren sie halbwegs wohlhabend, konnte es durchaus ein vergnügliches Abenteuer werden. Aber die große Menge pilgerte einzig, um von

Sünden befreit zu werden, um die Zeit im Fegefeuer zu ver-
kürzen, oder weil man es bei einer Bitte an Gott oder die
Heiligen gelobt hatte. Viele gingen den Weg auch, um von
einer Krankheit geheilt zu werden. Eine solche Reise, die
schon Gesunde an die Grenzen ihrer Kraft bringen konnte,
bewirkte damals leicht das Gegenteil. Erst recht bei denen,
die den Weg im Winter gingen, um wegen der größeren
Beschwerlichkeit auch einen größeren Sündenablass zu bekommen. Da waren Hospize unterwegs bitter nötig. Und
Friedhöfe», fügte er hinzu, «Gräber in geweihter Erde.»

Heute sei der *camino* eine gutausgebaute und mit vielen
Wasserstellen und sicheren Herbergen versehene Wander-
route. Zwar seien wie an allen mittelalterlichen Pilgerwegen
auch an diesem bald Kirchen und Klöster gebaut worden,
hätten sich schnell Dörfer und Handelsplätze gebildet, seien
Gasthäuser oder Stationen zum Pferdewechsel eröffnet worden, denn Pilger seien immer auch ein Geschäft, dennoch
habe der Weg zumindest in den ersten Jahrhunderten zum
größten Teil durch Wildnis geführt.

«Er hat bei den Gefahren die Unfälle vergessen», murmelte jemand hinter Leo; als sie sich umdrehte, sah sie nur aufmerksame, Jakob zugewandte Gesichter.

«Ich dachte, dies ist eine Kirche der Tempelritter», sagte Felix. «So steht es in meinem Reiseführer. Stimmt das nicht?»

«Jein», begann Jakob. «Die Kruzifix-Kirche in Puente la
Reina, früher Santa María des las Huertas genannt, ist eine
Gründung der Templer, bei dieser ist das strittig.»

«Natürlich stimmt das», fiel Eva ihm entschieden ins Wort.
«Deshalb ist sie auch ein Oktogon, die Templer haben ihre
Kirchen häufig auf achteckigem Grundriss erbaut, nämlich
nach der Heiliggrabkirche in Jerusalem.»

«Schön und gut», sagte Felix, «ich hab nichts gegen die

Geschichten über die Templer, ich finde sie interessant. Prinz Eisenherz, Richard Löwenherz – all diese Storys. Ich weiß, Eva», kam er ihrem Protest zuvor, «die waren keine Tempelritter, sondern – na, ist ja egal. Das ist alles lange her, da weiß man nie ganz genau, wie es wirklich war. Wie die Sache mit dem Heiligen Gral. Trotzdem finde ich es komisch, dass Wer-auch-immer diese Kirche mitten in die Pampa gebaut hat. Eine Kirche gehört doch in ein Dorf, in die Mitte der Menschen.»

Eva schüttelte milde lächelnd den Kopf. Sie hatte beschlossen, nachsichtig zu sein. «Nein, Felix, diese Kirche steht direkt an der Camina-Route, die vom weiter südöstlich gelegenen Pyrenäenübergang nach Puente la Reina führt. Außerdem stehen oder standen nicht alle Kirchen bei den Wohnungen der Menschen. Viele wurden an heiligen Orten erbaut, an Kraftorten. Plätzen mit Kraftfeldern in der Erde. Manchmal entstehen sie auch über sich kreuzenden Wasseradern. Aber egal, wie sie entstanden sind, die Menschen haben dort seit Jahrtausenden ihre Tempel, heiligen Haine und andere Kultstätten errichtet. Es gibt diese Kraftzentren überall, sensible Menschen spüren das. Manchmal steht dort nur ein einzelner besonderer Baum oder Fels, manchmal ist es eine Höhle oder ein Hügel oder eine Bergspitze. Orte, an denen Menschen in Verbindung mit dem Göttlichen Kraft und innere Ruhe finden, von Urzeiten an bis heute. Die christlichen Missionare haben diese Kultstätten mit Vorliebe zerstört und darauf ihre Kirchen gebaut. Heute heißt es, weil es so einfacher war, die ‹Heiden› zu bekehren. Die glaubten nämlich, wenn ihre Götter die christlichen Tempel nicht zerstörten, wenn dieser neue, einzige Gott stark genug war, seinen Tempel dort zu erhalten, dann musste er stärker als die alten Götter sein. Und schon ließen sie sich taufen. Das ist Humbug. Zweifellos konnten die frühchristlichen Missionare diese Kraftorte noch spüren.»

«Feng-Shui in der Steinzeit», warf Felix grinsend ein, doch Eva ließ sich nicht irritieren.

«Kraftorte», betonte sie. «Die Menschen, auch die frühen Missionare, wussten, dass man sich die nicht beliebig aussuchen kann. Die befinden sich eben oft in einsamen Gegenden. Die Stiftskirche von Roncesvalles und die Kapelle beim Ibañeta-Pass, dort stand im Mittelalter auch ein bedeutendes Kloster, stehen ebenso an solchen Orten. Und hier», sie schloss die Augen und breitete die Arme aus, «hier spürt man es doch ganz deutlich.»

«Klar», unterbrach Enno sie abrupt und drückte wippend die Knie durch, als müsse er sich gegen ein imaginäres oder reales Kraftfeld stemmen, «wie in Lourdes. Da ist es jetzt natürlich nicht mehr einsam. Nettes Örtchen, eigentlich, nur halb so groß wie Aurich, hat aber fast so viele Hotels wie Paris. Die heilige Bernadette ist der Jungfrau Maria vor hundertfünfzig Jahren auch bei einer einsamen Grotte begegnet. Und über die haben sie auch eine Kirche gebaut.»

«Und drum herum nochmal zwanzig», fügte Jakob hinzu, «das Geschäft läuft dort hervorragend. Ob die Kraftorte nun existieren oder nicht, man sagt das neben vielen anderen auch von der Pfalzkapelle Karls des Großen in Aachen, wir werden noch andere einsam stehende Klöster und auch Kirchen sehen. Manche waren einem oder einer Heiligen geweiht, die heute niemand mehr kennt oder die vom Vatikan wieder von der Heiligenliste gestrichen worden sind. Was übrigens der Verehrung mancher dieser entheiligten Heiligen keinen Abbruch tut, zumindest den regionalen.»

Einige dieser Kirchen und auch Klöster seien verfallen oder ganz verschwunden, zum Beispiel durch Kriegsverheerungen oder weil die nahen Dörfer verlassen wurden. Bei dieser sei es anders.

«Ihr seht ja, wie sorgfältig sie restauriert ist. Für mein Empfinden ein bisschen zu gründlich. Die Arkadenreihe sieht neu erbaut aus. Man weiß tatsächlich wenig Verlässliches über ihre Ursprünge, überhaupt über ihre Geschichte. Dafür gibt es wie ständig am *camino* etliche Legenden. Zum Beispiel, dass diese wie andere den Templern zugeschriebene Kirchen in ihrem oktogonalen Grundriss der nicht mehr erhaltenen Grabeskirche in Jerusalem nachgebaut ist oder dem Felsendom. Tut mir leid, Eva, da bist du auf eine Legende hereingefallen. Die Templer – falls sie die Bauherren waren, was gut möglich ist – wollten mit dem achteckigen Grundriss wohl eher an die Aachener Pfalzkapelle erinnern, diese war nämlich ihr Vorbild. Natürlich kann man auch darüber streiten. Selbst seriöse Wissenschaftler können häufig nur mutmaßen. Die Form dieses Kuppelgewölbes lässt auf Vorbilder aus dem Heiligen Land schließen, was einen Zusammenhang mit den Templern nahelegt. Nun lasst uns hineingehen, wir können das nachher im Bus weiterdiskutieren, oder beim Picknick.»

Als wolle der Himmel Jakob unterstützen, schob sich eine dunkle Wolke vor die Sonne, die ersten Regentropfen scheuchten die Gruppe durch die eiserne Pforte in der Arkadengang und Gotteshaus umgebenden Mauer und in die Kapelle. Leo blieb vor dem uralten Bauschmuck des wulstigen Portalbogens stehen. Die Kunst der frühmittelalterlichen Steinmetze, diese Fratzen, die das Böse abwehren sollten, die Heiligenfiguren, mythischen Tiergestalten, Widderhörner, Ranken und Rosetten, diese in aller Schlichtheit so eindringlichen Bilder, bewunderte sie schon lange. Vielleicht gab es sie doch, die geheimnisvolle Kraft des Ortes? Der Gedanke gefiel ihr. Zu ihrer eigenen Überraschung sogar ausnehmend gut.

Drei Männer traten aus der Kapelle. Während sie gruß-los an ihr vorbeigingen, schob der älteste einen Rosenkranz in seine Jackentasche. Die Ähnlichkeit ihrer kantig-strengen Gesichter ließ in ihnen Großvater, Vater und Sohn vermuten, ihre Kleidung war derb, sie sahen weniger nach touristischen Pilgern als nach navarresischen Bauern aus. Die Bergstiefel des Jüngsten allerdings waren neu und teuer. Bevor Leo die Kirche betrat, drehte sie sich noch einmal nach ihnen um und sah die drei zu einem schlammbespritzten, verbeulten Pick-up gehen, der etwa fünfzig Meter entfernt unter einer Esche stand.

Keine Mönche hatten so wunderbar gesungen, sondern Männer aus einem der umliegenden Dörfer. Bei ihrem Auto angekommen, griff der Jüngste durch das offene Fenster, zog ein Fernglas heraus und hielt es auf die Kirche gerichtet an die Augen. Plötzlich fühlte Leo sich als Störenfried, als schnöde Touristin, die in Santa María de Eunate nicht den geweihten Ort, das Gotteshaus suchte, sondern nur eine von vielen am Weg liegenden Sehenswürdigkeiten. Sie fühlte sich als genau das, was sie war. Für tiefgläubige Menschen moch-te das einem Sakrileg sehr nahekommen.

Die Sonne hatte sich als stärker erwiesen und mit der Hilfe des unermüdlichen Windes gewonnen. Am wieder blitzblauen Himmel schwebten Wolken wie dicke Sahne-hauben, und über dem Land lag der Duft frühsommerlicher Felder und Wiesen, in den Gärten selbst der bescheidens-ten Häuschen blühten üppig die Rosen, weiß und in allen

Gelb-, Rot- und Rosatönen, die die Palette der Natur ihnen zugedacht hatte. Leider war die ganze Pracht vorerst nur durch die Fenster zu genießen und zu erahnen, der Bus rollte immer weiter. Jakob saß, das Mikrophon in der Hand, hinter der Frontscheibe und erzählte, was die Luxuswanderer darüber hinaus nicht oder nur wie auf einer großen Leinwand vorbeigleiten sahen. Da war die elegante romanische ‹Brücke der Königin› über den Rio Arga in Puente la Reina, die berühmteste am Jakobsweg, dann die kleine Stadt Estella, ehemalige Königsresidenz mit barocken Stadtpalästen und dem am *camino* ältesten, aus dem 2. Jahrhundert stammenden Profanbau, schließlich Logroño, die Hauptstadt der Provinz Rioja.

«Wenn ihr denkt, die vielen Bau- und Kunstwerke aus dem Mittelalter seien in dieser Region wahrhaft alte Zeitzeugen, irrt ihr», erklärte Jakob. «Selbst die Hinterlassenschaften der Römer oder Relikte steinzeitlicher Besiedelungen sind in der Provinz Rioja nicht die ältesten. Zwanzig, dreißig Kilometer weiter südlich, dort, wo die Berge ansteigen, kann man rund fünftausend versteinerte Fußspuren von Dinosauriern finden, vor allem von Tyrannosauriern und den fleischfressenden Carnosauriern. Die Wissenschaftler halten die Abdrücke für hundertzwanzig Millionen Jahre alt und zählen sie zu den bedeutendsten auf der Welt. Wenn ihr irgendwann wieder herkommt, um all die phantastischen Klöster, Kirchen und Orte zu besichtigen, die wir auf unserer kurzen Reise auslassen müssen, lohnt sich in dieser Region auch ein Abstecher in die Frühgeschichte. Bei Munilla und Cornago sind die Abdrücke besonders deutlich. Da spitzt man unwillkürlich die Ohren, ob womöglich so ein Carnosaurier mit knurrendem Magen angetrabt kommt.»

In Nájera lenkte Ignacio den Bus durch enge Straßen auf

einen dieser Plätze, wie sie im Süden in jeder Stadt zu finden sind. Unter Bäumen standen Bänke, auf denen alte Männer saßen, rauchten und redeten und mit unbewegter Miene die neue Ladung Touristen beobachteten. Zu ihren Füßen schliefen zwei gescheckte Hunde undefinierbarer Rasse, auf den Stufen eines hölzernen Pavillons hockte eine Clique herablassend grinsender Jungen, ersten Flaum und Pickel am Kinn, Werbetafeln vor einem Kiosk versprachen Bier und Eis, leider war er geschlossen.

Jakob dirigierte seine Schäfchen gleich weiter über den schmalen Fluss am Rande des Platzes, den Río Najerilla, in die Gassen der Altstadt bis zu dem von zwei Häuserreihen und einem vernachlässigten ummauerten Garten begrenzten Platz vor Kirche und Kloster Santa María La Real. Hier herrschte erst recht die träge Ruhe des frühen Nachmittags. Die halbrunden bräunlichen Ziegel, mit denen die Dächer des Klosters und der Häuser gedeckt waren, gaben der ganzen Altstadt eine sepiabraune Anmutung.

Leo fand es aufdringlich, wenn Touristen ausgerechnet auf den Bänken der Kloster-Plaza Käse, Paprika, Melonen, *chorizos*, die scharfen spanischen Mettwürste, und Brote aus ihren Tüten packten und ihr Mittagspicknick zelebrierten. Doch die meisten Fenster waren gegen die Sonne verschlossen, und die wenigen Passanten, Frauen mit Einkaufstaschen oder Männer in Arbeitskleidung, beachteten die Gruppe unter den jungen Platanen kaum. Vor Jahrhunderten hatte ein bedeutendes Hospiz zum Kloster gehört, und auch jetzt befand sich die Pilgerherberge, mit ihren drei Stockwerken eine der größeren am *camino*, direkt daneben. In diesem zwischen dem Río Najerilla und einem Felsmassiv eingeklemmten alten Stadtviertel war man den Anblick Fremder mit sonnenverbrannten Gesichtern und staubigen Wanderstiefeln gewohnt. Auch solcher, die nicht unbedingt dem Muster frommer Pilger entsprachen.

In wenigen Wochen musste der Platz einem schnatternden Heerlager von Wanderern gleichen, die Ferienmonate im Sommer bedeuteten trotz der Hitze auch für Jakobspilger Hauptsaison. Sie kamen vielleicht nicht aus aller Welt, aber aus ganz Europa und Nordamerika, zumeist im Studenten- oder im Rentneralter. Nur wenige Menschen in den mittleren Jahren erlaubten sich eine wochenlange Auszeit, die waren eher unter Mitgliedern von Reisegruppen zu treffen, die wie diese den größten Teil der Strecke im Bus absolvierten und so schneller ans Ziel kamen. Man erkannte sie an dem leichten Tagesrucksack und den stets frischgewachsten Stiefeln.

Auch die meisten US-Amerikaner waren einfach auszumachen. Nämlich an der auf den Rucksack genähten heimatlichen Nationalflagge und ihrer Neigung, die Ruhe und Eintönigkeit des Gehens mit weithin vernehmbaren Gesängen zu unterbrechen, gerne mit allgemein bekanntem Liedgut wie *Old McDonald had a farm* oder *We shall overcome*. Von anderen Wanderern wurde das nicht immer als erfreulich empfunden. Doch angesichts der zahlreichen, stoisch die schmalen Wege blockierenden, von Hunden mit sehr großen Zähnen umkreisten Schafherden und der Hoffnung, den langen Weg bis zu seinem Ende in der Heil und Heilung versprechenden Kathedrale von Santiago zu bewältigen, mochten gerade diese beiden Lieder einer gewissen Logik folgen. Zweifellos erschollen solcherlei musikalische Darbietungen auch am Abend auf dem Platz vor dem Kloster, allerdings kaum bis spät in die Nacht, auf dem *camino* begann der Tag mit dem Sonnenaufgang.

«Pilger stören hier nicht, die bringen Geld», sagte Enno schlau. «In dieser Gegend drücken die Leute ganz andere

Probleme. Habt ihr eben in der Gasse die Graffiti an den Häusern gesehen? Ich hab's doch gesagt: lauter Terroristen. Hier ist Baskenland. *Puta Madrid* stand da», erklärte er auf Leos fragenden Blick. «Und *puta* heißt Hure. Es ist immer das Gleiche, wie auf dem Balkan oder im Kaukasus. Hungrige kleine Stämme, aber alle wollen unabhängig sein. Und dann hängen sie sich an den Brüsseler Tropf. Nur dass Tropfen nicht reichen, da müssen unsere Steuergelder rüberrauschen wie eine Sturzflut. Phantasten allesamt. Woher die nur das Geld für ihre Bomben haben? Und was Benedikts fragwürdigen Unfall betrifft – man sollte das wirklich in Erwägung ziehen. Unbedingt. Aber die spanische Polizei wird das kaum kümmern. Für die sind wir nur leichtsinnige Wanderer. Und vor allem: Ausländer.»

«Ja», murmelte Leo in ihren Kaffeebecher, «außer im eigenen Land ist jeder ein Ausländer.»

Enno blinzelte irritiert, diese Redewendung gefiel ihm nicht. Er lud eine Portion von den in Streifen geschnittenen Paprikaschoten auf seinen Pappteller, schnitt ein Stück Käse ab und begann, mit wissendem Gesicht, wieder zu kauen. Leo fühlte ihr schlechtes Gewissen pochen. Es wäre einfach, Ennos Weisheiten mit einem unverbindlichen Lächeln zu ignorieren, er war so begierig nach ergebenen Zuhörern. Doch gerade das und der Ton der Selbstgewissheit in seinen kleinen Vorträgen provozierte umgehend ihre Abwehr. Dabei kannte sie sich mit dem Thema Selbstgewissheit selber ziemlich gut aus.

Die ganze Gruppe hatte sich von der Trägheit des Ortes und der Stunde anstecken lassen. Nur Felix und Hedda unterhielten sich leise, worüber, war nicht zu verstehen, sie hatten sich für die einige Schritte abseits stehende Bank entschieden.

«Da bahnt sich was an», hatte Enno ihr grinsend die Hände reibend zugeflüstert, «da bahnt sich was an. Ich seh so was sofort. Na, macht ja nichts, wenn die Frau ein paar Jahre älter ist, oder?»

Caro blätterte in einer alten Zeitung, Sven hielt dösend zurückgelehnt sein Gesicht in die Sonne, alle anderen widmeten sich dem Essen und dem Kaffee, den alle Mitglieder der Gruppe zur Freude des Wirts in der winzigen Bar neben dem Uhrengeschäft erstanden hatten.

Leo empfand es immer noch als befremdlich, dass zwei fehlten. Benedikt und Nina. Zehn kleine Negerlein, dachte sie und schüttelte unwillig den Kopf. Eindeutig zu viel Phantasie – anders als in dem alten Kinderlied würde während dieser Reise ganz gewiss nicht Tag für Tag ein weiteres Mitglied der Gesellschaft fehlen.

Wer waren diese Leute wirklich? Was wusste sie von ihnen? Konnte jemand Benedikt schon vor der Reise gekannt haben? Dann nur, ohne dass er sich daran erinnerte. Ein zufälliges Wiedersehen so weit von zu Hause wäre kaum ohne laute Begrüßung vonstattengegangen. Oder? Wie wäre es, wenn sie selbst unerwartet eine alte Freundin aus ihrer Studentenzeit wiederträfe? Großes Trara. Großes weißt-du-noch, hast-du-jetzt, bist-du-nun. Im Prinzip. Es gab einige in ihrer Vergangenheit, die wiederzusehen weder Freude noch Neugier auslösen würde, doch es bliebe kein Geheimnis.

Leo ließ ihren Blick über die Gesichter ihrer Mitreisenden wandern. Es waren durchschnittliche Gesichter, hübsche und weniger hübsche, sympathische und weniger sympathische. Sie hatte in ihnen Gelassenheit und Neugier gesehen, Vergnügen und Ärger, Schrecken, Müdigkeit, auch Verdrießlichkeit, an der Absturzstelle hinter dem Pass Angst. Was sich hinter ihnen verbarg, wusste sie nicht.

Da waren die beiden älteren Frauen, Edith und Selma, Freundinnen oder Cousinen, das erinnerte sie nicht mehr, es war unerheblich. Beide wohnten in Augsburg und hatten erwachsene Kinder, lebten aber allein. Edith mit der Vorliebe für Pink war Hebamme gewesen. Und Selma mit den graumelierten Locken? Lehrerin für Biologie und Sport, das mochte ihre erstaunliche Fitness erklären, obwohl sie sich, wenn Leo es richtig erinnerte, nach der Geburt ihres zweiten Kindes Heim und Herd gewidmet hatte.

Edith, die bis zu ihrer Pensionierung vor einigen Jahren neuen Erdenbürgern auf die Welt geholfen hatte, hatte die Bemerkungen ihrer Freundin zu Frauen, die ihre Karriere über das Wohl ihrer Familie stellten, gleichmütig überhört und es Caro überlassen, mit Selma zu streiten. Was der sichtlich gefiel, denn Caro, so versicherte Selma triumphierend, könne das als kinderlose Frau gar nicht beurteilen. Nur wenn man selbst die unlösbare Bindung der Nabelschnur erlebe, sei man da kompetent. Theoretisch sei das nicht zu beurteilen. Die eigentliche Natur der Frau ...

Man müsse auch kein Bratwürstchen sein, um zu wissen, dass es in der Pfanne heiß ist, hatte sich da die sonst so zurückhaltende Eva empört. Das war zwar kein gelungener Vergleich, weil über die eigentliche Natur des Bratwürstchens nun mal wenig bekannt ist und ihm auch die Nabelschnur fehlt. Aber die im anstrengenden Lauf der vergangenen Tage abhandengekommene Harmonie zwischen Caro und Eva war umgehend wiederhergestellt gewesen.

Hedda war offenbar auf Evas und Caros Seite. Sie hatte geschwiegen, doch beim Stichwort Natur der Frau waren ihre Lippen schmal und ihre Augen dunkel geworden. Womöglich hatte es im Halbschatten unter den Bäumen nur so gewirkt, oder sie hatte an etwas ganz anderes gedacht.

Dann waren da die Müllers aus Hildesheim. Fritz leitete eine Sparkasse, Rita betrieb einen ‹Shop für Dekoratives›. So hatte sie es ausgedrückt. Wohnungsausstattungen von der Übergardine bis zum Nippes für den Kamin. Ein Angestellter, gelernter Dekorateur. Darauf war sie stolz. Die Kinderbilder hatte Fritz aus der Tasche gezogen, zwei Knirpse, einer noch mit Zahnlücken. Als Selma Rita nach ihren Fotos fragte, hatte die kühl erklärt, natürlich habe sie auch welche im Hotelzimmer. Sie finde es nicht nötig, ständig Kinderbilder herumzuzeigen. Tatsächlich interessiere man sich doch nur für die eigenen und die Sprösslinge von Verwandten und Freunden.

Enno Lohwald lebte in Aurich, dort wartete eine Ehefrau auf ihn, die das Wandern verabscheute. Sicher bot dieser Unterschied in den Vorlieben gute Gelegenheiten für die eine oder andere Woche Urlaub von der Zweisamkeit. Enno war Ingenieur, ein Tüftler, er hatte für irgendeinen Konzern gearbeitet und etwas Technisches für die Schifffahrt erfunden, das Leo trotz seiner ausführlichen Erklärung nicht begriffen hatte, weil sie von Technischem, besonders aus der Schifffahrt, wenig verstand. Wenn sie sich auch hier richtig erinnerte, hatte es mit kostengünstiger Reinigung und Entsorgung giftiger Frachtreste von Tankern zu tun. Seine Erfindung hatte ihm zu einem sorgen- und überwiegend arbeitsfreien Leben verholfen. Mehr wusste sie nicht von ihm.

Doch, noch etwas hatte sie inzwischen bemerkt. Enno war ein tiefgläubiger Katholik. Das hatte sie nicht nur überrascht, weil er aus einer Region stammte, in der Katholiken Seltenheitswert hatten. Nach ihrer Vorstellung zeigte ein tiefgläubiger Mensch Ernsthaftigkeit, Demut, fromme Fröhlichkeit – Eigenschaften, die sie bei Enno nicht entdecken konnte. Natürlich waren das dumme Vorurteile, es gab keinen Grund, an seinem Glauben zu zweifeln. In jeder Kirche, die sie bisher besucht hatten, hatte er sich abseits der anderen in eine Bank gesetzt und still für sich gebetet, jeder Opferstock – es gab hier viele! – wurde von ihm bedacht. Wahrscheinlich war sie wieder einmal zu schnell und unbarmherzig mit ihrem Urteil, und Enno barg eine wahrhaft reine Seele.

Es war unwahrscheinlich, dass die Müllers, Edith und Selma und auch Enno eine alte Verbindung zu Benedikt hatten.

Ihr Blick wanderte weiter zu Hedda und Felix. Hedda zerkrümelte ihr letztes Stück Brot vor einer erwartungsvoll herumhüpfenden Großfamilie von Spatzen und wandte Leo im Aufstehen ihr Gesicht zu. Sie sagte etwas zu Felix, der warf lachend den Kopf in den Nacken, und sie lachte auch, leicht, es war nicht viel mehr als ein Lächeln. Aller Missmut war aus ihrem schon leicht von der Sonne gebräunten Gesicht unter den rabenschwarzen Haaren verschwunden, zum ersten Mal sah sie heiter und gelöst aus und ließ erkennen, was sie hinter ihrer Strenge verbarg: eine noch junge Frau mit Lust auf das Leben.

«Komische Vögel», sagte Fritz in Leos Überlegungen hinein. Er blickte, die Augen mit der Rechten gegen das Sonnenlicht beschirmend, zum Turm der Klosterkirche hinauf, auf dessen flachem Dach Störche zwei Nester gebaut hatten. Auch auf der Spitze und der Querstange des vom Dach aufragenden Kreuzes hockten einige der eleganten schwarzweißen Vögel auf ihren roten Beinen. «Acht Störche? Da kann es sich nicht gemütlich wohnen lassen. Wenn die Glocken mit ihrem Geläut loslegen, platzen denen doch die Eier im Nest.»

«Gar so schlimm wird es nicht sein», wandte Eva ein. Sie

zeigte mit ausgestrecktem Finger auf die oberen Turmöffnungen: «Die Glocken sind relativ klein. Ich glaube nicht, dass die den ganzen Turm erbeben lassen.»

«Und die Aussicht von da oben», ergänzte Enno, genüsslich auf einem Stück *chorizo* kauend, «ist garantiert fabelhaft. Die sehen nicht nur, ob Verwandtenbesuch im Anflug ist, sondern weit über die Landschaft. Nájera», fügte er, endlich mit leerem Mund, hinzu, «kommt aus dem Arabischen und heißt ‹Ort zwischen den Felsen›. Man sieht's ja schon von hier.» In der Tat erhoben sich direkt hinter dem Kloster am Rande der kleinen alten Stadt mager begrünte schroffe Hügelkuppen, an deren Abhängen einige schwarze Löcher Öffnungen zu Höhlen erkennen ließen.

«Die Stadt wurde aber schon 923 durch christliche Ritter von den Mauren zurückerobert», erklärte Edith und klappte ihren Reiseführer zu. «Hier war ja ständig Krieg und Gerangel um die Macht. Seitdem führt der Jakobsweg über diese Route. Vorher verlief er über beschwerlichere Pfade weiter nördlich.»

«Und das Kloster und die Kirche Santa María La Real wurden um 1050 gegründet», fiel ihr Selma eifrig ins Wort. «Die Mauern dort, meine Lieben, sind zum Teil tausend Jahre alt. Ich finde so etwas enorm beeindruckend. Was die alles erlebt haben, möchte ich gerne wissen. Besonders das, was nicht in den Reiseführern steht.»

«Stimmt», Jakob fegte die Brotkrümel von den Knien, warf seinen Teller in die Abfalltüte und schraubte seine Wasserflasche zu, «allerdings ist das meiste, das wir gleich sehen werden, erst in der Renaissance oder später entstanden. Als Napoleons Truppen hier einmarschierten, wurde auch viel zerstört, noch mehr während der jahrzehntelangen, nahezu das ganze 19. Jahrhundert andauernden innerspanischen

Machtkämpfe. Da wurden zahlreiche Kirchen verkauft oder aufgelöst, auch in Nájera wurde fleißig geplündert und dieses Kloster als Lagerhaus und Kaserne missbraucht. Eine Zeit lang soll sogar ein Tanzlokal darin untergebracht gewesen sein, bevor nach der Wiederbelebung des Jakobsweges aufwendig restauriert wurde. Eine der wenigen Kostbarkeiten aus romanischer Zeit ist der Sarkophag der im frühen 12. Jahrhundert gestorbenen Königin Blanca von Navarra. Nach unserer Debatte in Eunate wird euch das, was direkt dahinterliegt, stärker interessieren. Ich bin sicher», er schickte ein verschmitztes Lächeln zu Eva, «du kannst uns die Legende von der Klostergründung erzählen.»

«Natürlich kann sie», murmelte Caro aufseufzend, griff nach einem Apfel und begann, ihn mit ihrem Taschenmesser zu zerteilen.

«Irgendwann in der Mitte des 11. Jahrhunderts ging König García auf die Falkenjagd, eine von den Mauren übernommene adelige Liebhaberei», begann Eva unerschüttert. «Als ein Rebhuhn vorbeiflatterte, ließ er den Falken los und folgte ihm durch einen dichten Wald am Rande eines Felsmassivs bis in eine tiefe Höhle und stand plötzlich vor einer Madonnenstatue. Zu Füßen der Madonna waren betörend duftende weiße Lilien ausgebreitet, dort hockte auch der Jagdfalke, friedlich vereint mit dem Rebhuhn. Weil nur göttliche Kräfte Friede zwischen Jäger und Opfer schaffen konnten, befahl García, an dieser Stelle ein Kloster zu errichten, und gründete bald darauf den ersten spanischen Ritterorden. Die Grotte mit der Marienstaue, die Höhle *Santa María*», schloss Eva, «befindet sich heute noch hinter der Gruft mit den Grabmälern der Fürsten und Könige.»

«Und ist zur Besichtigung freigegeben», erklärte Jakob. «Rápido!», rief er, «beeilt euch, sonst muss ich für heute das

Wandern streichen. Es wird sowieso nur eine kurze Strecke, höchstens drei Stunden.»

Wenngleich es nicht alle als Verheißung von Glück empfanden, am fortgeschrittenen Nachmittag noch drei Stunden über so steile wie felsige Hügel zu pilgern, beeilten sich doch alle. Sogar Helene und Sven, deren Füße schon besonders reich mit Pflastern bestückt waren.

«Wo ist eigentlich Ignacio?», fragte Enno Leo leise, während Jakob an der Kasse des Klosters die Eintrittskarten kaufte.

«Keine Ahnung», sie drehte weiter an dem Postkartenständer, «sicher hält er im Bus Siesta. Er macht diese Tour mehrmals im Jahr, er wird wenig Lust haben, mit jeder Gruppe immer wieder dieselben Kirchen und Klöster abzuklappern.»

«Klar.» Enno nickte. «Aber wenn er nicht gerade hinter dem Lenkrad sitzt, lässt er sich auch sonst kaum blicken. Selbst am Abend. Gestern Nacht, als ich nochmal aus dem Fenster nach dem Wetter sah, habe ich ihn zurückkommen sehen. Mitten in der Nacht. Das gibt doch zu denken. Oder etwa nicht? Wen mag er da getroffen haben? Der Mann ist in San Sebastián zu Hause, das ist eine Baskenhochburg, und die ETA ...»

«Vergiss doch endlich die Basken und die ETA, Enno. Die interessieren sich nicht für uns, und sie haben Benedikt auch nicht den Abhang hinuntergestoßen. Ignacio wird noch einen kleinen Nachtspaziergang gemacht haben, oder er hat in Burguete eine heimliche Zweitfamilie. Vertraue deine Befürchtungen der Madonna in der Grotte an. Vielleicht verhilft sie dir zu Klarheit.»

Kaum ausgesprochen, tat Leo ihre Ruppigkeit leid. Enno war zurückgezuckt, als habe sie ihm einen Schlag versetzt. Er fing sich gleich wieder. «Lass die Madonna aus dem Spiel», sagte er leichthin, «sie wird schon mehr als genug missbraucht.»

Damit schlenderte er davon. Leo sah ihm noch nach, als er schon im Kreuzgang verschwunden war. Und überlegte, wie der wahre Enno sein mochte, der Mann hinter dieser Maske aus launiger Schwätzerei und Biederkeit.

Durch die enge Straße tief unter dem Fenster flanierten wie alle Tage um diese Stunde die Menschen von Burgos und, stets ein wenig eiliger, die Touristen. Dazwischen gingen auch ein paar Wanderer oder Pilger auf der Suche nach einer der Herbergen der Stadt, sie waren an schweren staubigen Stiefeln und hochbepackten Rucksäcken leicht zu erkennen. Die Stimmen hallten zwischen den Mauern der alten Häuser, ein heiterer Chor, der nichts mehr von der Geschäftigkeit und Eile des Nachmittags hatte. Eine spanische Stadt am frühen Abend, geprägt von ihrer mehr als zweitausend Jahre alten Geschichte, voller Kunst, voller Leben.

An anderen Tagen hätte Nina den Blick aus dem Fenster, die Geräusche und Gerüche in der sanften Abendluft genossen. Diese ganz eigene südliche Atmosphäre. Die gab ihr sonst das Gefühl, in einer unbeschwerteren Welt zu leben. Oder in einem Roman. Die Vorstellung, eine Figur in einer erfundenen Geschichte zu sein, gefiel ihr, seit sie gelernt hatte, Bücher zu lesen. Damals hätte sie selbst mit Alice in ihrem unheimlich-bedrohlichen Wunderland brennend gerne getauscht. Alle Kinder wünschen sich in die Abenteuer ihrer Lieblingsbücher, ihr war diese Phantasie mit dem Erwachsenwerden nicht verlorengegangen. Das war eines ihrer Geheimnisse, die jene Nina, die sich hinter der Fassade von

Vernunft und Strenge verbarg, niemandem preisgab. Selbst Benedikt hatte sie nicht davon erzählt, obwohl er es verstehen würde. Wahrscheinlich würde er das. Sie hoffte es.

‹Später›, dachte sie, ‹wenn wir uns noch besser kennen.›

Sie spürte ihre Lippen zittern und presste sie fest aufeinander. Es gab dieses ‹später›. Es *musste* es geben. Wie sollte sie weiterleben, wenn er nicht mehr aufwachte? Wie?

Mit noch mehr Schuld? Das würde sie nicht ertragen.

Sein weißes Gesicht mit den blutigen Schrammen, die tiefen Schatten unter den Augen, die blassen Lippen, das Krankenzimmer mit den Geräten und ihren rhythmischen Geräuschen, die Nonne mit der sanften Stimme und dem prüfenden Blick – sie sah alles vor sich, auch mit geöffneten Augen. Dass heute Benedikts Mutter an seinem Bett gesessen hatte, hatte sie zutiefst erschreckt. Wenn man sie benachrichtigt und nach Burgos gebracht hatte, musste es noch schlimmer stehen, als der Arzt ihr gesagt hatte. Was hatte er überhaupt gesagt? Alles werde gut, man müsse nur Geduld haben, ein gesunder und kräftiger junger Mann wie Señor Siemsen bewältige einen solchen Unfall. Beruhigende Worte, denen seine besorgt blickenden Augen widersprochen hatten.

Bevor Frau Siemsen sie bemerkte, hatte Nina sich umgedreht und war zurückgelaufen, durch die langen Gänge, durch gläserne Türen und die Treppen hinunter. Erst als sie vor dem Hospital stand, selbst in der warmen Sonne frierend, hatte sie wieder zu denken begonnen. Es war dumm gewesen zu flüchten. Dumm und herzlos. Benedikts Mutter musste ungeduldig darauf warten, mit jemandem zu sprechen, der dabei gewesen war. Bei dem, was alle ‹den Unfall› nannten. Nichts war so schlimm, wie nichts zu wissen. Auch musste sie erfahren haben, dass Benedikts Verlobte, denn als die hatte sie sich ausgegeben, damit man sie überhaupt zu ihm ließ, dass diese Verlobte in Burgos war und ihn besuchte.

Die Flucht, anders war ihr rasches Verschwinden nicht zu bezeichnen, war ein Reflex gewesen. Mehr nicht. Auf dem Vorplatz des Hospitals hatte sie zu den Fenstern hinaufgesehen, eines im zweiten Stock musste zu Benedikts Zimmer gehören, doch sie war nicht zurückgegangen.

Sie war weitergelaufen, kreuz und quer durch die Stadt, hinauf zum *castillo*, der Burgruine, von deren Mauerresten der Blick so weit über das Land ging, dass sie sich ganz klein gefühlt hatte, und weiter – sie wusste nicht mehr wohin. In ihrem Kopf kämpften wirre Gedanken mit vernünftigen. Sie war mit einem Plan auf diese Reise gegangen, doch er war vage gewesen. Sie hatte niemals gedacht, dass er Gefahr barg. Sie hatte besonders vorsichtig sein wollen, behutsam, und hatte alles falsch gemacht.

In der Nähe der Plaza del Cid hatte sie sich plötzlich beobachtet gefühlt. Von der anderen Straßenseite starrte ein Mann zu ihr herüber, er setzte rasch die Sonnenbrille auf, als sie ihn bemerkte. Sie war sicher gewesen, ihm schon eine halbe Stunde zuvor auf dem Weg hinauf zum *castillo* begegnet zu sein. Sie war davongelaufen, ohne sich noch einmal umzudrehen.

Hatte sie sich das nur eingebildet? Warum sollte er ihr nicht nachsehen? Das taten andere Männer auch. Warum sollte er nicht eine dunkle Brille aufsetzen? Die Sonne blendete selbst am Nachmittag noch. Die vernünftige Nina hatte sich töricht geschimpft, die wahre Nina war – wieder einmal – geflohen. Zurück ins Hotel, die Treppen hinauf und in ihr Zimmer. Sie hatte den Schlüssel zweimal umgedreht.

Der in violettem Rot glühende Abendhimmel hinter dem

weitgeöffneten Fenster ließ die Türme und Türmchen der Kathedrale Santa María noch weißer und unwirklicher erscheinen. Wäre diese Reise auch für sie das, was sie für die anderen war – nur ein besonderer Urlaub auf einem besonderen Weg –, hätte sie der Anblick begeistert. Wäre sie nur eine Touristin, wäre sie auch längst in der Kathedrale gewesen, die viele als das schönste und kunstvollste Gotteshaus Spaniens betrachteten.

Nun erschienen ihr die beiden hoch aufragenden gotischen Spitzen bedrohlich. Als Finger Gottes. Und dieser Gott war zornig. Sie hatte Verantwortung übernehmen und eine alte Schuld begleichen wollen und eine neue verursacht.

Die Sonne hatte die Wärme des Tages mit hinter den Horizont genommen, die Abendluft drang kalt herein. Bevor Nina das Fenster schloss, sah sie noch einmal in die Gasse, mit der kindlichen Sehnsucht, zu diesen Menschen dort unten zu gehören, die den Maiabend genossen, unterwegs zu einem der vielen Restaurants waren, zu einer Bar auf ein Glas Rioja und eine Portion *tapas* oder nach Hause zu ihren Familien. Da sah sie ihn wieder. Er stand neben dem Zeitungskiosk und blickte zu ihr herauf. Nun hob er die Hand.

Hastig trat sie zurück und presste sich mit dem Rücken gegen die Wand. Er war ihr gefolgt, und sie hatte es nicht einmal bemerkt.

Das ist Unsinn, flüsterte die vernünftige Janina in ihrem Kopf, wieder nur pure Einbildung. Wenn man Angst hat und sich schuldig fühlt, sieht man Gespenster. Das sind Kinderängste, jetzt bist du erwachsen.

Sie atmete tief und trat, halb hinter der Gardine verborgen, zurück ans Fenster. Er war noch da. Aber er hatte nicht zu ihr hinaufgewinkt, er begrüßte eine junge Frau, vertraut und liebevoll. Sie schob ihren Arm unter seinen, und das Paar schlenderte, die Köpfe im leisen Gespräch zueinandergeneigt, die Gasse hinunter und verschwand in einer Bodega.

Kinderängste. Sie hätte es gleich erkennen müssen, er war nicht so elegant gekleidet wie der Mann bei der Plaza del Cid, wohl auch kleiner und – eben ein anderer Mann. Sie ignorierte das Zittern ihrer Hände, während sie energisch das Fenster schloss, und fuhr doch erschreckt zurück, als die Glocken zu schlagen begannen. Die großen, tief und warm tönenden der Kathedrale, dann die von San Lorenzo und San Gil, gefolgt von anderen, weiter entfernten Kirchen. Ob die Glocken zu einem späten Gottesdienst riefen oder nur an die nahende Nacht gemahnten, für sie war es ein Signal. Sie wusste nicht, was sie morgen tun würde. Oder übermorgen. An den Tagen danach. Aber sie wusste, was sie jetzt tun musste.

Hastig, als sei keine Minute mehr zu verschwenden, stopfte sie das wenige, das sie ausgepackt hatte, in ihre Reisetasche, löschte das Licht, trat hinaus in den Hotelflur und hängte das Schild an die Tür, das dem Stubenmädchen sagte, sie möge nicht stören. Noch einmal holte sie tief Luft, sah den schattenreichen Gang hinunter und entschied sich für die Hintertreppe, die sie gestern fälschlich für die Haupttreppe gehalten hatte. Sie führte durch den Eingang für Personal und Lieferanten in einen engen Hof, in dem sich auch die Mülltonnen und Stapel von Kisten leerer Flaschen befanden. Das Zimmer war mit der Reise bezahlt, und ganz gleich, wer nach ihr fragte, in der Rezeption würde man nicht wissen, dass sie fort war. Nicht vor morgen, mit Glück erst am späten Nachmittag, wenn die Wandergruppe eintraf. Dann würde Jakob nach ihr fragen. Gleich, bevor er sich auf den Weg zum *hospital* machte.

Die Dämmerung versickerte rascher in der Dunkelheit als zu Hause im Norden, die Nacht war schon schwarz. Der von einer flackernden Laterne spärlich beleuchtete Hof lag voller Schatten, sie hörte gedämpfte Stimmen von den umliegenden Straßen, die Küchenlüftung schnarrte und schickte dampfend südliche Essensgerüche in die erkaltende Nacht. Für einen Moment ließ Panik ihren Herzschlag stolpern. Wenn sie sich geirrt hatte, wenn dort draußen doch jemand auf sie wartete? Wenn … Nun war nicht die Zeit für ein Wenn. Ihr Plan mochte vage sein, doch sie hatte keinen besseren. Und sie würde nicht einfach aufgeben, jetzt erst recht nicht. Dazu war der Preis schon zu hoch.

Sie hatte Glück. Das Tor zu der kaum mehr als schulterbreiten Hintergasse war verschlossen, doch der Schlüssel steckte und drehte sich leise kratzend in dem alten Schloss. Noch einmal lauschte sie, da waren keine Schritte, nichts, niemand bewegte sich. Nicht einmal eine Katze oder Ratte. So schlüpfte Nina durch das Tor und tauchte ein in die Nacht.

Kapitel 4

Joaquín Obanos öffnete das Fenster seines Büros, zog den Pullover über den Kopf und schleuderte ihn auf den Stuhl neben seinem Schreibtisch. Schlecht gezielt. Der Pullover rutschte in den Papierkorb. Dort würde er ihn vergessen, bis ihn die Putzfrau herauszog, frühestens in drei Tagen, und anklagend in die Höhe hielt. Niemand im Kommissariat, so glaubte sie, warf so leichtfertig noch gut Verwendbares weg wie dieser Inspektor.

Am Morgen hatte das Thermometer acht Grad angezeigt. Die Sonne strengte sich an, und obwohl gegen Mittag immer noch der Wind von der Sierra durch die Stadt fegte, behauptete die elektronische Anzeige auf der Reklamesäule gegenüber dem Kommissariat, es seien nun 26 Grad. Die Menschen auf den Straßen von Burgos zogen ihre Jacken aus und verlangsamten die Schritte zum Schlendern.

Obanos ignorierte den Straßenlärm. Er beschwerte Papiere und Akten mit Büchern, Locher und Tacker, damit der Wind nicht beim ersten Türöffnen die Ordnung auf seinem Schreibtisch verwüstete, und stemmte die Fäuste in die Taille. So stand er gerne, wenn er nachdachte, die Fäuste in der Taille und ein bisschen breitbeinig, die Augen fest auf das grünstichige Werbeposter für die Provinz Burgos gerichtet. Der weite Blick über die Ruine des Castillo von Poza de la Sal und die dahinterliegende Bergkette gab ihm Ruhe und Konzentration. Selbst wenn es wie in diesem Moment um eine so private Frage wie das richtige Geburtstagsgeschenk für seinen Sohn ging.

«Verdammt, Joaquín!» Subinspektor Prisa, ein hagerer Mann mit kurzgeschorenem tiefschwarzem Haar, dem selbst bei 36 Grad ohne Schatten niemals einfiel zu schlendern, fegte in das kleine Büro. Er fischte den Telefonhörer aus der obersten Schreibtischschublade und knallte ihn auf den Apparat. «Wann hörst du endlich auf, den Hörer neben die Kiste zu legen, sobald du ein bisschen nachdenken willst? Es könnte schließlich mal was Wichtiges sein, ein Mord im Rathaus zum Beispiel.»

Obanos grinste. «Der Hörer, verehrter Esteban, liegt extra dort, damit du ab und zu einen Grund zum Rennen hast. Und das Rathaus ist mir piepegal. Besonders an einem so schönen Tag wie heute.»

Er grinste noch breiter. Die Sache mit dem Rathaus war ein alter Witz zwischen ihnen, seit Joaquíns Bruder als Mitglied des Stadtrats falsche Töne spuckte. Joaquín Obanos liebte seine Frau Pilar, seine beiden Kinder, seine Mutter und auch seine Schwester. Sogar einige der entfernteren Familienmitglieder, was nicht immer einfach war. Mit seinem Bruder, den er für einen Opportunisten und frömmelnden Schleimer hielt, sprach er jedoch nur, wenn es sich bei Familientreffen nicht umgehen ließ. Eine Tatsache, die beide wenig beeinträchtigte.

«Ich habe mich gerade gefragt, ob du mit mir essen gehst», fuhr Obanos fort. «Unter einer Platane auf dem Paseo del Espolón. Nun frage ich dich. Falls du es noch nicht gemerkt hast: Seit einer Stunde haben wir Sommer.»

«Auf keinen Fall. Die Platanen auf dem Paseo sind mal wieder übel amputiert, der Anblick erinnert mich an die Beinstümpfe und quietschenden Prothesen von Onkel Fernando. Da vergeht mir der Appetit. Außerdem kannst du noch nicht gehen. Was glaubst du, warum ich mir die Mühe mache, dein nichtsnutziges Telefon aus der Lade zu zerren? Ich habe einen Anruf in der Leitung, der Kerl will unbedingt dich sprechen, mit mir mag er sich nicht begnügen. Dr. Helada oder so ähnlich, er ruft aus irgendeiner Klinik an und behauptet, du kennst ihn. Werd nicht blass, es ist nichts mit deiner Familie, danach habe ich natürlich gleich gefragt. Dienstlich, sagt er. Sprich mit ihm, und vielleicht geh ich dann doch mit dir zu den Amputierten. Der Mensch muss essen, auch wenn er nur Polizist ist.»

Damit rannte er davon, die Tür rumste, und Obanos schloss, plötzlich missmutig, das Fenster und damit den Straßenlärm aus. Was wollte dieser Doktor von ihm? Helada. Der Name gefiel ihm überhaupt nicht. Wenn Pilar von dem Arzt auf der Intensiv-Station und seinen ‹sensiblen Händen› erzählte, was seiner Meinung nach eindeutig zu oft geschah, glänzten ihre Augen. Sie behauptete zwar, das sei blanker Unsinn, auch wenn es ihr schmeichele, dass ihr Ehemann nach fünfzehn gemeinsamen Jahren etwas so Törichtes wie Eifersucht produziere. Aber fünfzehn Jahre waren eben fünfzehn Jahre, eine so lange Zeit machte womöglich Hunger auf ein bisschen Abwechslung. Und Pilar war immer noch eine bildschöne Frau, nicht nur in den Augen eines liebenden Ehemannes. Als das Telefon klingelte, zog er den Bauch ein, strich seinen Schnurrbart glatt und beschloss, fünf Kilo abzunehmen und endlich wieder Sport zu treiben.

Leider fand Obanos Dr. Helada ziemlich sympathisch. Seine Stimme war angenehm kühl, er sprach ohne falsche Vertraulichkeit und kam schnell zur Sache.

«Entschuldigen Sie, wenn ich darauf bestanden habe, mit

Ihnen zu sprechen, Inspektor Obanos, und auch noch behauptet habe, Sie zu kennen. Aber ich kenne Ihre Frau aus unserem Labor, sie erzählt gerne von Ihnen, und ich dachte, so ist es nur halboffiziell. Tatsächlich weiß ich gar nicht, ob Sie für solche Dinge zuständig sind.»

«Wir werden sehen», sagte Obanos und erlöste seine untrainierten Bauchmuskeln. «Ich höre zu.»

«Danke. Wir haben hier einen Patienten, der bei einer Wanderung verunglückt ist. Ich hatte ein paar freie Tage und habe ihn erst heute gesehen. Er ist einen Abhang hinuntergestürzt, ziemlich übel, aber, nun ja, er hat auch einige Hämatome, eins am Hals und eins am linken Unterarm, von denen ich nicht glaube, dass sie bei einem solchen Sturz entstehen.»

Obanos kreuzte seine Füße auf dem Papierkorb und heftete den Blick wieder auf das Castillo von Poza de la Sal und die Berge. «Und was glauben Sie?»

«Ich möchte nicht leichtfertig Verdächtigungen in die Welt setzen», Dr. Helada holte tief Luft, «aber ich glaube, dass sie durch Schläge entstanden sein können. Ich betone ‹können›. Karateschläge zum Beispiel. Ich habe während des Studiums selbst einige Zeit Karate gemacht, deshalb kann ich mir vorstellen, wie so was aussieht. Bei normalem Training sollte man Blessuren dieser Art natürlich nicht bekommen.»

Obanos schob die Vorstellung von Pilar beim Anblick des durchtrainierten Körpers eines Karatekämpfers mit Doktortitel weg und pfiff leise durch die Zähne.

«Das heißt, Sie glauben deshalb auch, dass er nicht einfach so gestürzt ist, sondern dass jemand nachgeholfen hat.»

Für einen Moment blieb die Leitung stumm.

«Möglicherweise, ja», bestätigte Dr. Helada endlich.

«Doch, das nehme ich an. So in etwa. Dass er die Hämatome schon aus Deutschland mitgebracht hat, ist wenig wahrscheinlich. Er liegt seit Montag auf meiner Station, wären die Blutergüsse älter, sähen sie anders aus.»

«Moment. Wieso Deutschland?»

«Habe ich das nicht erwähnt? Er gehört zu einer deutschen Wandergruppe. Pilger, wenn Sie so wollen, auf dem Jakobsweg.»

Aus einem unerfindlichen Grund amüsierte Obanos die Vorstellung von Pilgern, die sich, den Stab in der Hand, die Jakobsmuschel am Hut, ein frommes Lied auf den Lippen, gegenseitig Abhänge hinunterstießen. Er war lange genug an der Costa Brava stationiert gewesen, um eine gesunde Abneigung gegen Touristen zu entwickeln. Nichts gegen Urlauber, nicht einmal gegen die aus dem kalten Norden Europas, solange sie nicht in unübersehbaren Massen auftraten, sich betranken und nach Pizza, Schnitzel und Diskotheken verlangten. Leider war es genau das, was sie Sommer für Sommer taten. Massenhaft. Zum Glück fast nur an der Mittelmeerküste, die war von Burgos aus weit weg.

«Ich denke, Doktor, wir sollten uns gründlicher unterhalten. Sind Sie jetzt in der Klinik? Haben Sie in einer halben Stunde ein paar Minuten Zeit?»

«Natürlich, auch ein paar mehr. Ich bin froh, wenn Sie herkommen. Wahrscheinlich sehe ich Gespenster, aber ich möchte nichts versäumen. Sie verstehen das sicher.»

Obanos vergaß, dass der Arzt ihn nicht sehen konnte, und nickte. «Was sagt denn Ihr Patient dazu? Oder haben Sie ihn nicht gefragt, woher er diese Blutergüsse hat?»

«Das würde ich nur zu gerne, glauben Sie mir. Dann hätte ich Sie womöglich gar nicht zu bemühen brauchen. Leider geht das nicht. Er liegt im Koma.»

«Das ist allerdings übel. Wann wacht er wieder auf? Was denken Sie?»

Am anderen Ende der Leitung seufzte es schwer. «Um ehrlich zu sein und meine Schweigepflicht für die Polizei weit zu dehnen: Ich habe keine Ahnung. Genau weiß man das ja nie, aber in diesem Fall bin ich froh, wenn er überhaupt wieder aufwacht.»

Das Frühstück in Santo Domingo de la Calzada war schlicht gewesen, was niemand überrascht hatte, denn die *hospedería* in der Calle Mayor wurde von Zisterzienserinnen betrieben, und am unteren Ende der Hierarchie sind Ordensleute nicht für Völlerei bekannt.

Nach ihrer Ankunft gestern hatte es zum Abendessen allerdings Unmengen von gebratenem Fisch und Kartoffeln gegeben, die eine kugelrunde Nonne immer wieder auf die Teller geschaufelt hatte. Sie war im wehenden Habit unermüdlich um den langen Tisch ihrer Gäste gekreist und hatte jedes gestöhnte ‹*Gracias, no!*› fröhlich ignoriert, bis die riesigen fettigen Pfannen leer gekratzt waren.

Leo hatte einen Schlafsaal befürchtet, doch auch in den *hospederías* wusste man, was Touristen erwarteten. Wer sich mit einem Saal und Stockbetten begnügen wollte, kehrte in der Pilgerherberge ein paar Häuser weiter ein. Ihr Zimmer hatte Leo für sich allein. Über dem handtuchschmalen Bett hing ein einfaches Kruzifix, ein Schrank und ein Korbsessel komplettierten die Einrichtung. Das Fenster ging auf eine durch ein steinernes Geländer gesicherte Dachterrasse hinaus, die am schnellsten durch ebendieses Fenster zu erreichen war. Auf dem Dach waren Leinen gespannt, an denen sich nach notdürftiger Wäsche im Handbecken noch tropfende Wanderkleidung im Abendwind bauschte.

Dazwischen luden ein paar Gartenstühle in der klaren Nacht zum Betrachten der Sterne und des vom Scheinwerferlicht vor dem schwarzen Himmel blassgelb erstrahlenden Turms der Kathedrale. So begleitete Leo leises Geplauder auf Deutsch, Dänisch, Englisch und Spanisch in den Schlaf. Es störte sie nicht, sondern gab ihr das beruhigende Gefühl, nicht allein zu sein. Allerdings hätte sie auch an diesem Abend selbst eine veritable Blaskapelle nicht am Einschlafen gehindert. Die Wanderung nach Santo Domingo de la Calzada war vergleichsweise kurz, doch von einigen kräftigen Steigungen beschwert gewesen. Wie Enno wieder versichert hatte: Gehen und frische Luft verhelfen am besten – und am schnellsten – zu tiefem Schlaf.

Anders als an den ersten beiden Tagen hatte die Gruppe sich nur wenig auseinandergezogen, die Steigungen waren letztlich doch zu gering, als dass sich die Unterschiede in der Kondition bemerkbar gemacht hätten. Sie begegneten nur wenigen anderen Wanderern. Einmal saßen zwei junge Frauen mit aufgeschnürten Stiefeln und sonnenverbrannten Gesichtern und Schultern am Wegrand, schwenkten fröhlich ihre Wasserflaschen und riefen mit deutlich französischem Akzent das obligatorische *buen camino*. Kurz hinter Cirueña überholten sie einen einsamen, unter seinem mit Zelt, Iso-Matte und anderen Camping-Utensilien behängten, prallgefüllten Rucksack keuchenden und schwitzenden Wanderer. Als sich der Weg dem Ziel entgegenneigte, sausten drei Mountainbike-Fahrer in glänzender Radlerkluft vorbei, die Daumen an den Klingeln, und hüllten sie in eine Staubwolke. Wenn man die immer wieder über den Feldern tanzenden und unermüdlich singenden Lerchen, einen hoch oben kreisenden Raubvogel, zwei streunende Hunde und ein paar ihrer umzäunten Weide entkommene Schafe nicht mitzählte, war ihnen sonst niemand begegnet.

Nach gut zwei Stunden war die letzte Höhe erreicht und in einer Senke die gotische Kathedrale del Salvador mit dem um einige Jahrhunderte jüngeren, frei stehend fast siebzig Meter aufragenden Turm zu sehen. Ihre Größe entsprach so gar nicht dem kleinen Ort. Nach einer weiteren Stunde zwischen Feldern, Weinbergen und Wiesen, stetig sanft bergab, war das Tagesziel erreicht.

Diese Bilder begleiteten Leo in den Schlaf. Zu schnell. Da war noch etwas gewesen, über das sie hatte nachdenken wollen. Eine Unstimmigkeit in einem Satz, einer Geschichte, die sie an diesem Tag gehört hatte. Aber dann hatten die Mountainbiker die Gruppe vom Weg gescheucht, die zarte Eva hatte fluchend hinter ihnen hergeschrien und den schon in ihrer Staubwolke verschwundenen Pilger-Rowdys einen Stein nachgeworfen. Sven hatte gelacht, und die offene Frage war vergessen gewesen.

Eine Unstimmigkeit also, ein Widerspruch. Von wem? Von Felix und Ignacio? Nein. Rita und Fritz?

Das stundenlange Wandern zeigte eine seltsame Wirkung. Leo hatte gedacht, es mache den Kopf frei, gebe Raum, alles zu bedenken, vielleicht sogar zu entscheiden, was an kleinen und großen Dingen zu bedenken und zu entscheiden war. Wie es mit ihrem Leben weitergehen sollte, zum Beispiel. Ob es nicht an der Zeit war, über einen Plan nachzudenken, über Ziele, die erreicht, Träume, die verwirklicht werden sollten. Aber ihre Gedanken blieben wie die Wolken, vage, ohne Substanz, ungreifbar in ihrer Flüchtigkeit. Sie kamen und gingen, folgten dem Blick durch die Weite der Landschaften, kreisten um vergessene Namen von Blumen und Kräutern am Wegesrand, darum, ob sich an der empfindlichen Stelle der rechten Ferse womöglich eine Blase entwickelte, ob die Madonna in der letzten Dorfkirche nicht tatsächlich eine heilige Katharina oder wie weit es bis zum nächsten Brunnen war. Wahrhaft Weltbewegendes.

«Macht nichts», hatte Edith lächelnd versichert, als sie ein Stück des Weges gemeinsam gingen. «Das ist eben so. Die reine Erholung für deinen unruhigen Geist. Trotzdem klärt sich manches, das wirst du erkennen, wenn du wieder zu Hause bist. Mir ist es bei jeder langen Wanderung so ergangen. Der Kopf macht nur scheinbar Urlaub, er ist ein unermüdlicher Geselle, aber er ist so freundlich, uns hin und wieder zu schonen und seine Arbeit heimlich zu verrichten. Wir müssen ihm nur die Chance dazu geben.»

Überraschenderweise empfand Leo diese ungewohnte Leere im Kopf, sie nannte es lieber ‹Leichtigkeit der Gedanken›, als angenehm. Wie eine Meditation ohne das für ungeduldige Menschen so lästige Stillsitzen. Andererseits bewegte sich ihr Denken von jeher nur selten auf gerader Linie, sondern folgte ständig Abzweigungen, Ablenkungen und Widersprüchen. Das Leben – ein Labyrinth. Es hatte sie nie ernstlich gestört oder beeinträchtigt, sie kannte sich in ihrem Irrgarten inzwischen ganz gut aus und fühlte sich darin zufrieden. Doch nun, wenige Jahre von ihrem vierzigsten Geburtstag entfernt, war es an der Zeit, ein Resümee zu ziehen und neue Weichen zu stellen. So war sie auf dieser Reise doch eine Pilgerin.

Kurz vor dem Einschlafen machte sie einen letzten Versuch, dem verlorenen Gedanken auf die Spur zu kommen, doch schon lenkte sie wieder ein anderer ab. Wenn das Fenster ihres Zimmers einen direkten Weg auf die Dachterrasse, damit zu einigen anderen Zimmern, zum Korridor und letztlich hinaus in die Stadt und die Dunkelheit bot, war es auch ein Leichtes, unbemerkt den umgekehrten Weg zu nehmen. Leo war schon zu schläfrig, um noch einmal aufzustehen und das Fenster zu schließen, und wer sollte denn … Da wurde sie schon fortgetragen in das geheimnisvolle Land des Schlafs.

Nur einmal war sie erwacht. Die Dunkelheit war so absolut gewesen, dass sie gezweifelt hatte, überhaupt wach zu sein. Doch sie hatte einen kühlen Luftzug vom Fenster gespürt und dünnen Glockenschlag gehört. Während Leo versucht hatte, die Schläge zu zählen, hatte sie begriffen, dass ein Schrei sie geweckt hatte. Ein jammernder Schrei. Und während sie noch überlegt hatte, aufzustehen und nachzusehen, ob jemand Hilfe brauchte, war sie zurück in den Schlaf geglitten. Womöglich war der Schrei nur Teil eines Traumes gewesen.

Die ersten beiden Stunden des neuen Tages gehörten der kleinen Stadt, einem kurzen Rundgang durch alte Straßen, über den weiten Rathausplatz und vorbei an dem zum luxuriösen Hotel umgebauten einstigen Pilgerhospiz zum eigentlichen Ziel, der Kathedrale.

Vor einem knappen Jahrtausend, zu Zeiten Domingos, nach dem das Städtchen benannt ist, war die Beschaffenheit des *camino* das größte Problem der Pilger, es gab nur wenige erkennbare Wege, ein Pilger war zugleich ein Pfad-Finder. Viele verlängerten so ihre Reise unfreiwillig, mancher ging in der Wildnis verloren. Die größten Hindernisse bildeten die Flüsse, natürliche Barrieren und echte Härtetests. Brücken gab es nicht, auch wer eine Furt gefunden hatte, stand häufig vor unpassierbar reißenden Wassermassen.

So begann Domingo, gerade fünfundzwanzig Jahre alt, Wege durch diese Wildnis anzulegen. Er ließ Straßen pflastern, die ihm seinen Ehrennamen *de la Calzada*, von der Pflasterstraße, einbrachten. Er baute eine Brücke mit vierundzwanzig Bögen über den Oja und ein Hospiz, um das bald ein Dorf wuchs, das später nach ihm benannt wurde, Santo Domingo de la Calzada. Auch in der irdischen Welt hatte er gute Verbindungen und verstand es, großzügige Spenden zu sammeln und Helfer anzuwerben, die sein Adlatus und Nachfolger Juan de Ortega zu seiner Mönchsgemeinschaft machte. Auch Ortega wurde tief verehrt, immerhin hatte er eine Wallfahrt nach Jerusalem überlebt. Die Betreuung der Pilger wurde zu Aufgabe und Inhalt Domingos neunzig Jahre währenden Lebens. Beeindruckt von so engagierter christlicher Initiative, schenkte ihm der König ein Grundstück, um darauf eine Kirche zu errichten. Aus dem ersten, im Sinne Domingos noch bescheidenen romanischen Gotteshaus war im Laufe weniger Jahrhunderte eine prunkvolle Kathedrale geworden, die vor allem durch ein Wunder, Kleingläubige mochten es eine Kuriosität nennen, populär wurde.

«Wo sind denn nun die Hühner?», fragte Helene, als die Gruppe im Hauptschiff stand.

Jakob grinste. Die dreischiffige gotische Kathedrale bot Besuchern unter dem hohen, im Altarraum als Sternenhimmel gestalteten Kreuzrippengewölbe eine Fülle an bedeutender sakraler Kunst. Allein das himmelhohe, goldglänzende Renaissance-Retabel des Hauptaltars mit all den geschnitzten Szenen aus dem Leben Marias und Christi, die Gemälde, das reichgeschnitzte Chorgestühl, die Heiligenfiguren und Grabmäler, allen voran das prunkvolle des heiligen Domingo – zuerst hörte er immer die Frage nach den Hühnern. Es gab eben keine zweite Kirche, die unter ihrem geweihten Dach lebendes Federvieh beherbergte. Jedenfalls hatte Jakob von keiner gehört.

Er wies wortlos zum südlichen Querschiff, und obwohl die Mitglieder der Gruppe für gewöhnlich nach ihren Vorlieben auseinanderstrebten, eilten sie ihm diesmal geschlossen nach.

«Da sind sie», sagte er. «Es steht zu befürchten, dass die Hühner und ihre Legende diesen Ort bekannter und beliebter gemacht haben als sein Namensgeber.»

In einer Wandnische unter einem vergoldeten Renaissancebogen hockte, von einem kunstvollen Gitter gesichert, die Prominenz der Stadt im Stroh, ein Hahn und eine Henne.

«Das ist doch Tierquälerei», empörte sich Eva. «Die armen Tiere haben überhaupt keinen Auslauf.»

«Wer berühmt sein will, muss leiden», murmelte Felix, aber Jakob versicherte, immer noch grinsend, die Hühner litten nicht an Klaustrophobie und würden regelmäßig ausgetauscht.

«Klar», murmelte Felix weiter, «traurige Hühner sind schlecht fürs Touristengeschäft.»

Selmas Angebot, die Legende um die Hühner und das mit ihnen verbundene Wunder zu erzählen, eines der populärsten am *camino*, wurde verhalten aufgenommen. Alle hatten davon gelesen. Sogar Sven, der nicht einmal die Madonna unter den Heiligenstatuen erkannte. Selma ließ sich trotzdem nicht aufhalten.

Ein junger deutscher Pilger, berichtete sie, war in Santo Domingo de la Calzada fälschlich des Diebstahls bezichtigt und ruck, zuck gehenkt worden. Bevor die verzweifelten Eltern ihre Pilgerreise fortsetzten, erkannten sie, dass ihr Sohn am Galgen wunderbarerweise noch lebte. Santo Domingo persönlich, nach einer anderen Variante sogar der Apostel Jakobus, hatte die Beine des frommen Gehenkten gestützt, sodass er am Leben blieb. Sofort eilten die Eltern zum Richter, der sich gerade an einem gebratenen Hahn und einer gebratenen Henne gütlich tun wollte. Falls diesen beiden wieder Flügel wüchsen, spottete er, und der Hahn krähte, wolle er das glauben. Sogleich wuchsen die Flügel, der gebratene Hahn begann zu krähen, und so geschah es, dass der Heilige für Recht sorgte und die Familie ihre Pilgerreise zum Jakobus-Grab vollzählig fortsetzen konnte.

«Wem der Hahn in diesem Käfig nun etwas kräht», ergänzte Jakob, «dem ist das Glück auf der weiteren Pilgerreise hold.»

Leider blieb der Hahn an diesem Tag stumm.

Dr. Helada holte den Inspektor an der Tür zur Intensivstation ab. Obanos musterte ihn so verstohlen wie zufrieden. Der Arzt war zwar einen halben Kopf größer als er, sicher um ein Jahrzehnt jünger, doch sein mattes nussbraunes Haar über dem schmalen Gesicht war schlecht geschnitten, sein Rücken leicht gebeugt, und sein Körper wirkte unter dem unförmigen Kittel mit den ausgebeulten Taschen eher hager als gut trainiert. Pilars auffällige Sympathie für diesen unauffälligen Mann musste ihre Ursache in rein mütterlichen Gefühlen haben.

«Nett, dass Sie gleich gekommen sind.» Dr. Helada streckte ihm die Hand entgegen.

«Nett, dass Sie angerufen haben. Bei Ihren Kollegen geht eine ganze Menge als Unfall durch, was keiner war.»

«Möglich.» Dr. Helada hob bedauernd die Hände. «Eigentlich achten wir sehr auf solche Dinge, manchmal übersieht man eben etwas. Einfach, weil zu viel zu tun ist. Und weil man keinen Argwohn hat. Wie bei Señor Siemsen. Er ist einen felsigen Abhang hinuntergestürzt, so was kommt in den Bergen vor, er hat Brüche, Platz- und Schürfwunden, zudem hat ein Ast oder Wurzelstrunk seine Lunge verletzt. Er liegt im Koma, ein paar eher unscheinbare Hämatome mehr oder weniger können da in der Hektik schon mal unbeachtet bleiben. Wir sind nicht die Gerichtsmedizin. Doch kommen Sie. Der Moment ist günstig, Luzia hat seine Mutter davon überzeugen können, dass sie für eine halbe Stunde in die Kantine gehen soll. Ich hoffe, Señora Siemsen ist vernünftig und isst etwas.»

«Seine Mutter? Aus Deutschland? Sie ist hier?»

«Ja, sie ist gestern angekommen und sitzt, wann immer wir sie lassen, an seinem Bett. Das ist hilfreich, aber auch Koma-Patienten brauchen mal Ruhe.»

«Und wer ist Luzia? Seine Frau?»

Dr. Helada lächelte. «Er ist nicht verheiratet. Allerdings hat er eine Verlobte, die auch schon hier war. Luzia ist – nun, Sie werden sie gleich kennenlernen.»

Er eilte mit raschen, leises Quietschen erzeugenden Schritten über den Flur voraus. Obanos kam sich albern vor, als er ihm sozusagen mit gerafften Röcken folgte und im Gehen versuchte, den sperrigen Stoff über den Bindegürtel hochzuzerren. Der sterile Kittel, den eine der Schwestern ihm im Vorraum gegeben hatte, war für einen Riesen mit dem Umfang einer Tonne gemacht.

Die Wände zu den Zimmern bestanden zur Hälfte aus Glas, die meisten Türen waren geöffnet, doch Obanos blickte starr geradeaus auf den Rücken des Arztes. Erst vor wenigen Monaten war sein Vater in einem dieser Zimmer gestorben. Es reichte, wenn er heute *einen* Schwerkranken sehen musste, den Anblick der anderen, besonders der alten Männer, konnte er sich ersparen.

Benedikt Siemsen lag in dem Bett am Fenster, das zweite war frisch bezogen und leer. Obwohl eine weiße Jalousie die Sonne aussperrte, wirkte der Raum licht, und die schnarrenden und piepsenden Geräusche der Apparaturen um das Kopfende des Bettes unterstrichen die Stille mehr, als dass sie sie aufbrachen. Obanos dachte an seine heimlich geliebte Fernsehserie über das Raumschiff, das auf der Suche nach dem Weg zurück zur Erde durch die unendlichen Weiten des Alls flog. Ein sentimentaler Gedanke, gewiss, doch auch dieser junge Mensch zwischen den weißen Tüchern erschien ihm wie ein Verirrter auf der verzweifelten Suche nach einem Weg zurück durch die Wirrnis seiner Albträume. Zurück ins Leben. Das hoffte Obanos. Die Verlockung, einfach aufzugeben, sich in die Unendlichkeit fallenzulassen und aller Angst, allem Schmerz zu entkommen, musste in diesem Zustand nahe dem Tod groß sein.

«Er wird beatmet», erklärte Dr. Helada und wies auf das Gerät am linken Kopfende, in dem sich eine wie bei einem Kinderlampion gefältelte Manschette schnaufend auf und ab bewegte. Der Monitor darüber zeigte in leuchtend gelben Linien das Elektrokardiogramm und in ständig springenden roten Zahlen Blutdruck, Pulsfrequenz und Körpertemperatur.

Auch auf der anderen Seite des Bettes stand eine Maschine, die, von einem Computer überwacht und gesteuert, den kranken Körper mit den richtigen Rationen von lebenserhaltenden Flüssigkeiten und Medikamenten versorgte. Obanos erinnerte sich gut an die schrillen Töne, die diese Geräte von sich gaben, sobald die gemessenen Werte von der eingegebenen Norm abwichen. Er hatte der ‹Apparatemedizin› stets misstraut, seit der langen Krankheit seines Vaters war er sich seiner Ablehnung nicht mehr sicher. Und dieser junge Patient wäre ohne die Schläuche und Maschinen wohl tot.

Benedikt Siemsens Kopf und Oberkörper waren bandagiert, eine flächige Schürfwunde ließ sein Gesicht noch blasser erscheinen, als es ohnedies war. Das linke Bein lag unter der Decke auf einer Schiene im Streckverband.

«Sehen Sie, Inspektor.» Dr. Helada legte die Hand auf die Schulter des Verletzten, als wolle er ihn beruhigen oder sich wortlos für die Störung entschuldigen, und zeigte mit der anderen auf die besonderen Hämatome an der linken Halsseite und am linken Unterarm. «Das ist doch eigenartig, finden Sie nicht?»

Obanos schob schweigend die Unterlippe vor. Er sah nichts Seltsames, nur zwei blaue Flecken, die sich bereits ins Violettgrünliche verfärbten.

«Ich weiß», sagte der Arzt, «sie sehen auf den ersten Blick nicht besonders spektakulär aus. Für mich aber doch. Vor allem die Verfärbung an der Halsbeuge, dort ist es ziemlich schwer, bei einem Sturz Hämatome zu bekommen. Das hat die Natur gut eingerichtet, da verläuft nämlich die *Arteria carotis*, die große Halsschlagader. Wer sich an der ernsthaft verletzt, hat schlechte Chancen.»

«Ich weiß», murmelte Obanos und zog die Schultern hoch. Der Anblick der beiden Opfer des irren Mörders, der diese Stelle sehr genau kannte, war ihm noch nach einem Jahr deutlich in Erinnerung. Sie waren verblutet wie Lämmer beim Schächten.

«Außerdem liegen dort sehr empfindliche Presso-Rezeptoren, spezielle Zellen, die auf Druck reagieren», erklärte Dr. Helada weiter, die Hand immer noch leicht auf der Schulter seines Patienten. «Eigentlich sind sie an dieser Stelle für die Blutdruckregelung zuständig, doch ein heftiger, gutgezielter

Schlag auf den richtigen Punkt führt sofort zur Bewusst-losigkeit. Mindestens.»

«Das reicht jetzt.» Eine leise, gleichwohl strenge Stimme ließ Obanos herumfahren. «Solche Sachen bereden Sie lieber vor der Tür. Wenn der Patient das hört, wird es ihm davon kaum bessergehen. Sind Sie der Inspektor?»

Obanos nickte. Ihm war schleierhaft, wie er die Nonne in ihrer Ecke bei dem Tisch mit allerlei Behältnissen voller Spritzen, Schläuchen, Handschuhen, Verbandsmaterial und ähnlichen Utensilien hatte übersehen können, als er den Raum betrat. Sie würde leicht den Kittel ausfüllen, den er sich um den Körper gewickelt hatte und der immer noch bis auf seine Füße reichte. Ihre Hände in den Latexhand-schuhen lagen streng gefaltet auf ihrem Bauch, ihr rosiges altersloses Gesicht verriet tiefen Grimm. Schlagartig fühlte er sich wie ein Junge, der beim Äpfelstehlen erwischt wird, was er keineswegs angemessen fand.

«Sie haben recht, Schwester Luzia. Natürlich, man weiß ja nie.» Dr. Helada machte ein zerknirschtes Gesicht, und Oba-nos stellte verblüfft fest, dass die Zerknirschung echt war. Schwester Luzia hatte nicht nur ihre Patienten und deren Versorgung fest im Griff.

Dr. Heladas Stimme, ohnehin seit Betreten des Raumes leise, senkte sich zu einem Flüstern, als er von dem Bett zu-rücktrat. «Das ist Inspektor Obanos», stellte er vor. «Und Schwester Luzia. Sie ist unser guter Geist und kann Wunder vollbringen.»

«Dafür sind Gott und die Heiligen zuständig.» Das Ge-sicht der Schwester wurde trotz der Schmeichelei nicht mil-der, anstatt bei der Erwähnung des himmlischen Vaters das Kreuz zu schlagen, wie es sich für eine gute Katholikin und eine Ordensfrau insbesondere gehörte, hielt sie die Hände weiter fest wie eine Barriere vor dem Bauch. «Ich hoffe, Sie kriegen diesen Unmenschen, Inspektor», sagte sie und blickte auf Obanos hinunter wie, ja, wie auf einen Apfeldieb. «*Falls* Dr. Helada recht hat! Aber das hat er ja meistens. Und nun gehen Sie besser, Kranke brauchen Ruhe.»

Es war Obanos wirklich peinlich, als er beim Hinausgehen über seinen Kittel stolperte und gegen das zweite, zum Glück leere Bett fiel. Die festgestellten Räder protestierten quietschend, und er sah sich lieber nicht nach Schwester Luzia um. Er konnte sich ihren Blick vorstellen, er spürte ihn in seinem Rücken.

Dr. Helada lehnte gegen eine Fensterbank im Flur und sah ihm amüsiert entgegen. «Lassen Sie sich nicht täuschen. Luzia ist ein Juwel. Auch wenn diese Meinung nicht alle teilen. Sie wäre eine verdammt gute Ärztin geworden, leider muss eine Nonne tun, was ihr Orden für sie entscheidet. Aber nun sagen Sie, was halten Sie von meiner Vermutung?»

«Sie hat etwas für sich. Obwohl ich es – sagen wir mal – ziemlich absurd finde, dass jemand versucht, einen frommen Jakobspilger umzubringen. Im Mittelalter, als die bußfertigen Männer mit dem Wanderstab noch einen Batzen Geld mit sich trugen, um ihre monatelange Reise zu finanzieren, hat sich das gelohnt, aber im 21. Jahrhundert? Die haben doch nur ein paar Euro und ihre Kreditkarte in der Tasche. So was raubt sich leichter und mit weitaus geringerem Aufwand im Gedränge jeder Stadt. Da müsste es einen ganz anderen Grund gegeben haben.»

«Das Motiv ist Ihr Problem, Inspektor. Vielleicht gab es Streit in der Gruppe. Eine Prügelei? Was weiß ich? Ich werde gerade Ihnen nicht erklären müssen, welch seltsame unberechenbare Wesen Menschen sind. Was machen wir nun?»

«Am besten schicke ich Ihnen jemanden von der Gerichtsmedizin. Die können jeden Kratzer zuordnen. Wissen Sie, wo diese Gruppe jetzt ist?»

«Sie erreicht heute Abend Burgos. Oder am Spätnachmittag. Ich habe mit dem Reiseleiter telefoniert, ein Señor Seifert, er scheint mir ganz vernünftig zu sein. Er will gleich herkommen, sobald er seine Leute in ihrer Unterkunft abgeliefert hat. Der Unfall – bleiben wir vorerst noch bei dieser Bezeichnung – ist in der Nähe von Roncesvalles passiert, am Montag.»

Es war etliche Jahre her, seit Obanos selbst auf dem Jakobsweg gepilgert war, für viele Spanier gehörte das zu den Abenteuern der Sommer ihrer jungen Jahre, aber er erinnerte sich noch genau – viel genauer als an alle anderen Reisen, wie lang der Weg und seine einzelnen Etappen waren. Damals war der *camino* noch eine echte Anforderung gewesen, nicht nur wegen der Steigungen und der Dauer. Anders als heute hatte es weder die perfekte Ausschilderung noch die vielen Trinkwasserstellen und Pilgerherbergen gegeben. Er hatte manche Nacht im Freien geschlafen. Und oft Durst gehabt.

Da er sich keinen sechs oder sieben Wochen langen Urlaub hatte leisten können, um den Weg ohne Unterbrechung zu bewältigen, hatte er seine Wallfahrt wie viele andere auch auf drei Sommer-Etappen verteilt. In Santiago de Compostela hatte ihn eine überraschende Traurigkeit erfasst. So, wie es manchmal geschieht, wenn man ein lange ersehntes, ob der Beschwerlichkeiten unterwegs sogar hin und wieder angezweifeltes und ungeliebtes Ziel erreicht und begreift, dass damit etwas Besonderes unwiederbringlich vorbei ist. So war er weitergelaufen, noch einige Tage bis ans Meer zum Cabo de Finisterre, der in den Atlantik ragenden Landzunge, die den Spaniern in alter Zeit als das Ende der Welt gegolten hatte.

Er gab es nicht gerne zu, aber vielleicht war er unterwegs wirklich zum Pilger geworden. Wie viele, vielleicht sogar die meisten der Jakobsjünger, hatte er sich versprochen, irgendwann den ganzen Weg von den Pyrenäen bis an den Atlantik noch einmal und ohne Unterbrechung zu gehen. Wenn ihm heute in der Stadt eines der Schilder mit der Muschel oder ein gelber Pfeil an einer Wand begegnete, dachte er manchmal daran, wohl wissend, dass er dazu erst sein Berufsleben abschließen musste. Dann wollte er sich mindestens zwei Monate Zeit nehmen, Mai und Juni, um unterwegs Muße zum Verweilen zu haben. Oder September und Oktober, der Herbst reizte ihn noch mehr. Vielleicht, dachte er in solchen Momenten mit einem Anflug von Melancholie, weil er dann im Herbst seines Lebens angekommen sein würde. Oder – an weniger melancholischen Tagen – weil er den Weg im Frühsommer schon kannte, die herbstliche Wanderung würde eine wirklich neue Erfahrung sein.

«Sie haben gesagt, die kommen heute schon in Burgos an? Und wieso ist Ihr Patient überhaupt hierhergebracht worden?», fuhr Obanos fort. «Warum nicht nach Pamplona?»

«Die Intensivstationen in Pamplona werden überfüllt sein. Sie haben sicher von dieser furchtbaren Explosion in der Düngemittelfabrik gehört? Jede Menge Schwerverletzte. Zu Ihrer ersten Frage: Diese Leute sind keine echten Pilger, die sechs oder acht Wochen investieren, Inspektor. Sie wandern jeden Tag eine Strecke und reisen zwischendurch mit einem Bus, wahrscheinlich klimatisiert. So schaffen sie es in zwei Wochen. Werden Sie mit den Leuten sprechen?»

Dr. Helada hatte abgesehen von den üblichen Strafzetteln noch nie mit der Polizei zu tun gehabt, die Sache begann ihm Spaß zu machen.

«Natürlich. Es sei denn, der Gerichtsmediziner ist anderer

Meinung als Sie. Wissen Sie, wo die Leute übernachten? Im Pilgerhospiz in der Calle El Paral?»

Dr. Helada schüttelte mit leisem Lachen den Kopf. «Nein. Sie wohnen in einem Hotel in der Altstadt, zwischen der Kathedrale und San Gil. Ich habe es im Dienstzimmer notiert, ich gebe Ihnen die Telefonnummer. Señor Seifert ...»

«Sie sind der Reiseleiter?»

Obanos und Helada hatten Ruth Siemsens Schritte nicht gehört. Zu ihrem unauffällig-eleganten grauen Kostüm und der weißen Bluse trug sie völlig unpassende bequeme Leinenschuhe mit dicken Sohlen. Zwei Strähnen hatten sich aus ihrem blonden, im Nacken zu einem weichen Knoten zusammengefassten Haar gelöst, ihre Augen über den dunklen Schatten blickten Obanos ausdruckslos an.

«Señora Siemsen?» Obanos hatte sich keine schlanke, in seinen Augen sogar dünne, sondern eine kleine füllige Frau im geblümten Kleid vorgestellt. Einzig die Farbe ihres Haares entsprach seiner Phantasie von einer deutschen Mutter. Bis auf die schlanke Figur ähnelte sie ihrem Sohn kaum. «Ich bin Inspektor Obanos, Kriminalpolizei Burgos. Ich möchte ...» ‹... gerne mit Ihnen sprechen›, hatte er sagen wollen, doch sie schwankte, und er griff rasch nach ihrem Arm. «Erschrecken Sie nicht, Señora», bat er und log: «Es ist nur Routine.»

Er führte sie zu den Stühlen in der nächsten Fensternische und nickte Dr. Helada zu, der nur zögernd dem Ruf eines seiner Kollegen aus dem Ärztezimmer folgte.

Ruth Siemsen kauerte auf ihrem Stuhl, die Schultern vorgebeugt, die Knie fest aneinandergepresst. «Ich wusste es», stieß sie hervor, «es war kein Unfall. Benedikt war nie leichtsinnig. Nie. Ich habe es gewusst, er hätte sich nicht darauf einlassen dürfen.»

Obanos zog einen zweiten Stuhl heran und blickte Señora Siemsen prüfend an. Sie sah weder dumm noch hysterisch aus. Mütter, so war seine feste Überzeugung, wussten wenig vom wahren Leben ihrer Söhne, egal welchen Alters. Vielleicht war es in diesem Fall anders.

«Worauf, Señora Siemsen?», fragte er sanft. «Worauf hätte Ihr Sohn sich nicht einlassen dürfen?»

Kapitel 5

Mittwoch

Der Bus mit Ignacio am Steuer war nun schon zum rollenden Zuhause geworden. An diesem Tag brachte er die Gruppe nach San Juan de Ortega, dem kleinen, nach dem Erbauer von Hospizen, Straßen und Brücken entlang des *camino* benannten Ort. Der Heilige stand auch im Ruf eines Nothelfers bei Unfruchtbarkeit. Sogar Königin Isabella die Katholische, die mächtigste Frau in der spanischen Geschichte, war anno 1477 hierher zu seinem Grab gepilgert, als sie nach sieben langen Ehejahren immer noch vergeblich darauf wartete, schwanger zu werden. Vielleicht schätzte der Heilige mächtige Frauen nicht, selbst diese, die wenige Jahre darauf in Kastilien und Aragonien für die Einführung der Inquisition sorgen sollte. Vielleicht wollte er die stolze Dame Demut lehren – sie gebar nach zwei Jahren ein Kind, aber nur eine Tochter, Johanna. Die wurde in Ermangelung eines Infanten Königin, Mutter Kaiser Karls V. und ‹die Wahnsinnige› genannt.

Auf Wald- und Feldwegen ging es fünf Stunden durch hügeliges Land und Wälder, bis eine Dunstglocke am Himmel die Nähe einer Stadt ankündigte und der Bus sie in Villafría de Burgos wieder aufnahm. Der Ort ging nahtlos in die von grauen Gewerbegebieten eingekreiste Hauptstadt der Provinz Burgos auf der altkastilischen Hochebene über. Schon der Anblick des südlichen Stadttors zur Altstadt war eine Verheißung. Der Arco de Santa María, zu Ehren Karls V. errichtet, glich trotz seiner Türme und Zinnen eher der mit Statuen geschmückten Fassade einer Kathedrale als dem Teil einer Festung.

Leos Haar war noch nass von der eiligen Dusche, als sie die Hoteltreppe hinunterflitzte und sich, mit beiden Händen ihr zerknittertes Leinenhemd glatt streichend, in der Hotelhalle umsah. Sie war schnell genug gewesen, Jakob sprach in raschem leisem Spanisch mit der jungen Frau an der Rezeption. Obwohl aus einem kalten Morgen ein heißer Tag geworden war, wirkte sie in ihrem schwarzen Kostüm und dem perfekten Make-up beneidenswert kühl und makellos. Leo schwitzte immer noch. Die Wärme des Tages stand auch am späten Nachmittag noch in den Räumen. Von der Wanderung fühlte sie sich immer noch aufgeheizt, als könne sie nie wieder frieren. Trotz eifrigen Einsatzes von Sonnenmilch zeigten ihre Schultern, Stirn und Nase die Farbe reifer Tomaten.

Jakob bemerkte sie nicht. Als er mit langen Schritten zum Ausgang eilte, folgte sie ihm auf die Straße.

«Ich komme mit zu Benedikt», sagte sie. «Du hast sicher nichts dagegen.»

Das war keine Frage, und Jakob widersprach nicht. Ohne die professionelle Miene steter Heiterkeit sah er unter der Sonnenbräune bleich und müde aus, nun spiegelte sein Gesicht Erleichterung.

Die Taxifahrt zum Hospital General Yague in einem nordöstlich gelegenen Teil der Stadt war kurz, sie redeten wenig unterwegs. In der Vorhalle des Krankenhauses blieb Jakob seufzend stehen.

«Ich habe es vor der Gruppe ein bisschen schöngeredet»,
erklärte er, «weil ich keine schlechte Stimmung verbreiten
wollte. Benedikt ist zwar das, was die Ärzte lapidar ‹stabil›
nennen, aber es geht ihm nicht gut. Also erschrick nicht,
wenn du ihn siehst.»

Die Señora am Empfang musterte sie streng. Besuche auf
der Intensivstation seien nur Verwandten erlaubt, erklärte
sie, dann griff sie doch zum Telefon, um Señor Seifert und –
nach kurzem, abschätzend zweifelndem Blick – seine *esposa*
zu melden. Sie nannte ihnen Stockwerk und Zimmernummer und widmete sich wieder ihrem Kreuzworträtsel.

«Entschuldige, wenn ich dich zu meiner Ehefrau gemacht
habe», raunte Jakob Leo auf der Treppe zu, «du hättest sonst
nicht mit hineingedurft. Als Benedikts Frau kann ich dich
schlecht ausgeben, der Arzt hat gestern am Telefon von Nina
als der Verlobten seines Patienten gesprochen. Wir wollen
Benedikt nicht zum potenziellen Bigamisten machen.»

An der Tür zur Station empfing sie eine rosige Lern-
schwester und reichte ihnen sterile Kittel. Der Señor und die
Señora möchten im Flur Platz nehmen, sagte sie, Dr. Helada
sei noch beschäftigt, er komme gleich.

Gleich erwies sich als dehnbarer Begriff. Dumpfe Stille
lag über dem Flur, nur aus den Räumen hinter dem abkni-
ckenden Gang kamen schwache Geräusche, leise, stets eilige
Schritte, einmal auf quietschenden Gummisohlen, einmal
waren es laufende Schritte, begleitet von einer Frauenstim-
me, die knappe, hastig ausgestoßene Anweisungen gab. Jedenfalls klang es nach Anweisungen. Leo verstand kein Wort
und hoffte, sie beträfen nicht Benedikt. Dann war es bis auf
entfernt summende und piepsende Geräusche, wieder gedämpfte Stimmen und gelegentlich Schritte, still genug, um
Jakobs immer gleichmäßiger werdenden Atem zu hören. Er

war, die Arme vor der Brust verschränkt, den Kopf an die Wand gelehnt, eingeschlafen. Leo fand, sie habe lange genug gewartet. Sie erhob sich behutsam von dem knarrenden Stuhl und machte sich auf den Weg zu Zimmer 321.

Jakobs Warnung nützte wenig. Sie erschrak. Im ersten Augenblick war sie nicht einmal sicher, ob der mit Schläuchen und Kabeln an Geräte mit stoisch blinkenden elektronischen Anzeigen angeschlossene wachsbleiche Kranke wirklich Benedikt war. An seinem Bett saß eine blonde Frau, sie kehrte Leo ihren schmalen Rücken zu. Nina? Nur die Farbe des Haares war ähnlich. Es musste Ruth Siemsen sein, Benedikts Mutter. Sie saß weit vorgebeugt, ihre Hand über der ihres Sohnes auf der Bettdecke. Sie sprach leise, Leo glaubte für einen Moment, Jakob sei falsch informiert und es gehe Benedikt besser, gut genug, um sich zu unterhalten, zumindest zuzuhören. Doch er war ohne Bewusstsein, sein Mund von einem Beatmungsschlauch verschlossen. Ruth Siemsen flüsterte zärtlich wie zu einem Trost suchenden Kind, sie sprach von der wunderbaren Sonne und der schönen Altstadt, die draußen auf ihn warteten, von dem Tag, als es ihm zum ersten Mal gelungen war, den ganzen Teich zu durchschwimmen, von den Bäumen, auf die er so gerne geklettert war, wie sie sich damals geängstigt und doch stolz auf seinen Mut gewesen war, furchtbar stolz. Dass er bald wieder gesund werde, ganz und gar gesund, und dann …

Im leisen Ton der Stimme mischten sich liebevolle Erinnerung und Aufmunterung mit Angst und verzweifelter Hoffnung. Leo störte einen Moment der Intimität, wie es ihn nur zwischen einander zutiefst verbundenen Menschen gibt. Sie wollte fortschleichen, da wandte sich Frau Siemsen um.

«Wer sind Sie?», fragte sie, schüttelte irritiert den Kopf und begann die Frage auf Spanisch zu wiederholen: «Qué …»

«Ich nehme an, Sie sind Benedikts Mutter», unterbrach Leo und trat behutsam an das Bett, «ich gehöre zu seiner Wandergruppe. Leo Peheim. Wir sind heute in Burgos angekommen, und ich wollte gleich sehen …»

‹… wie es Benedikt geht›, wollte sie fortfahren. Die Veränderung in Ruth Siemsens Gesicht ließ sie verstummen. Deren Augen wurden dunkel, die Lippen pressten sich aufeinander, an ihrer rechten Schläfe pulsierte eine Ader.

«Wie können Sie es wagen», stieß sie hervor, trotz der gedämpften Stimme klang es wie ein Schrei. «Kommen einfach her, hierher zu meinem Sohn, als wäre es ein ganz normaler Krankenbesuch. Sie werden das zu verantworten haben, Sie und Ihr verdammtes Reiseunternehmen.»

«Aber nein, Frau Siemsen, ich bin doch nur …»

Ruth Siemsens Hand schnitt hart durch die Luft. «Ihre Ausreden will ich nicht hören. Wir werden Sie zur Verantwortung ziehen.»

«Sie irren sich», hörte Leo Jakobs Stimme in ihrem Rücken. Er schob sie zur Seite und trat vor, als müsse er sie beschützen, was Leo absolut überflüssig fand. «Wenn Sie jemanden verantwortlich machen wollen, dann mich. Ich bin der Reiseleiter, Frau Peheim ist ein Mitglied der Gruppe. Wie Ihr Sohn.» Auch seine Stimme klang gedämpft und ruhig, Leo kannte ihn schon genug, um auch die Anstrengung darin zu hören. «Sie müssen ihr im Gegenteil dankbar sein. Frau Peheim hat Benedikt nach seinem Sturz entdeckt, sie ist in die steile Schlucht hinuntergestiegen, hat ihn festgehalten und so vor dem Abrutschen bewahrt, bis wir anderen zu Hilfe kamen. Ohne Leos Achtsamkeit und Mut … aber wir sollten Benedikts Ruhe nicht stören und uns im Gang weiter unterhalten.»

Der kurze wütende Ausbruch, der erste, seit sie die Nachricht vom Unfall ihres Sohnes bekommen hatte, hatte Ruth Siemsens Kräfte verbraucht. Zitternd, die Hände vor den Mund gepresst, starrte sie Leo und Jakob an. Ihre Augen füllten sich mit Tränen, ein Schluchzen erstickte in ihrer Kehle.

«Kommen Sie.» Leo legte leicht die Hand auf ihre Schulter. Sie fühlte sich zerbrechlich an, wie Heddas. «Lassen Sie uns in den Flur gehen und reden. Sicher wollen Sie wissen, was vorgestern geschehen ist.»

Ruth Siemsen war eine beherrschte Frau. Zumindest in den letzten zwanzig Jahren hatte niemand ihre Stimme laut werden gehört, hatte niemand sie weinen sehen. Sie hatte viele schwere Jahre erlebt, einzig ihre Selbstdisziplin hatte sie die schwere Zeit bewältigen lassen. Daran glaubte sie fest. Nun saß sie neben diesem Mann, auf den sie ihren geballten hilflosen Zorn konzentriert hatte, spürte seine Hand unbeholfen über ihren Rücken streichen und ließ den Tränen ihren Lauf.

Als sie ruhiger wurde, als ihre Schultern nicht mehr bebten, begann Jakob zu erzählen. Er stünde wie alle Mitglieder der Gruppe vor einem Rätsel. Der Weg sei auch an der Stelle des Unfalls in gutem Zustand und sogar breit genug für die Range Rover der Forstverwaltung und die Fuhrwerke der Holzfäller. Niemand könne sich erklären, warum Benedikt in die Schlucht gestürzt sei.

«Nein, Frau Siemsen», fuhr er rasch fort, als sie sich heftig aufrichtete, «ich will Ihrem Sohn keinen Leichtsinn vorwerfen. Vielleicht hat er sich aus einem triftigen Grund zu nah an die Kante gewagt. Vielleicht hat er, wie später Leo, etwas von unten gehört und wollte nachsehen, ob jemand Hilfe braucht.»

Er hob verzagt die Schultern und sah Leo an. Was sollte man einer Mutter in dieser Situation Tröstliches sagen? Sie brauchte einen Schuldigen, der konnte in keinem Fall ihr schwerverletzter Sohn sein. Benedikt war das Opfer. Etwas anderes konnte für sie nicht in Frage kommen. Jakob verstand das gut.

Leo sah einige Schritte hinter seinem Rücken einen Mann im weißen Kittel um die Ecke biegen, das Stethoskop in der Hand. Er blieb stehen und legte mit fragend gehobenen Augenbrauen einen Finger auf die Lippen. Auf Leos Nicken verschwand er so geräuschlos, wie er gekommen war, in einem der Zimmer, und sie begann das wenige zu erzählen, was sie wusste. Es war nichts, das zur Klärung des Unfalls beitrug, vielleicht würde es Frau Siemsen trotzdem helfen, die angstvollen Bilder ihrer Phantasie von Benedikts Sturz mit denen seiner Rettung zu überdecken. Das war nicht viel, aber besser als nichts.

Ruth Siemsen hörte mit gesenktem Kopf zu. Als das Papiertuch in ihren Händen nur noch ein klebrig nasser Klumpen war, ließ sie es einfach fallen und zog ein frisches aus ihrer Rocktasche. Mechanisch, ohne zu denken. Doch allmählich fand sie zu ihrer Contenance zurück.

«Waren da noch andere?», fragte sie, als Leo schwieg.

Jakob runzelte die Stirn. Er hatte erwartet, sie werde Leo danken, sich womöglich für ihren Ausbruch entschuldigen. Das hätte zu ihr gepasst.

«Andere?», frage Leo. «Sie meinen aus der Gruppe? Die kamen bald, nachdem ich den Hang hinuntergestiegen war. Alleine hätte ich Benedikt keinen halben Meter bewegen können, schon gar nicht bergauf.»

«Nein, *andere*. Männer, die nicht zur Gruppe gehörten, die Sie nicht kannten. Oder auch Frauen.»

«Im Hotel wohnten außer uns eine kleine Gruppe aus Schweden und zwei oder drei Paare, die alleine unterwegs waren. Allerdings glaube ich nicht, dass die den *camino* gewandert sind. Sie reisten alle mit ihren Autos. Und auf dem Weg?»

«Da waren natürlich noch andere Wanderer», erklärte Jakob, «oder Pilger, wenn Sie so wollen. Es ist Vorsaison, erst ab Mai sind auch die Pässe sicher schneefrei, jetzt trifft man noch nicht viele, aber doch einige auf dem Jakobsweg.»

Er fand es unnötig, von dem Sturm zu erzählen, der wenige Tage bevor er mit seiner Gruppe über den Pass gegangen war, eine andere zur Umkehr gezwungen hatte, weil ein eisiger Orkan Bäume umgestürzt und mit seiner Wucht die Wanderer gefährdet hatte.

«Wir sind einigen begegnet, ja. Wir haben sie überholt oder sie uns. Alle pilgern nach Westen, nach Santiago, kaum jemand geht den *camino* auch wieder zurück. Also trifft man unterwegs außer in den Pilgerherbergen nur wenige, zum Beispiel, wenn jemand Pause macht oder unter einem zu schweren Rucksack besonders langsam vorankommt. Oder wenn man selbst besonders schnell ist, was für uns nicht zutrifft. Wir gehören zu denen, die häufiger überholt werden, als dass sie andere überholen.»

«Benedikt ist nicht leichtsinnig», sagte Ruth Siemsen nachdrücklich, als hätte sie nicht zugehört, «das war er nie. Er ist sehr verantwortungsbewusst. Irgendetwas muss geschehen sein, jemand …»

Wieder pressten sich ihre Lippen aufeinander, und ihre Hände ballten und streckten und ballten sich ruckartig.

«Ich habe nur einmal gesehen, wie Benedikt mit einem Mann gesprochen hat, der nicht zu unserer Gruppe gehört», sagte Leo. «Sie schienen sich zu kennen. Es war in Bilbao im Guggenheim-Museum, ich nehme an, Benedikt kannte ihn von einem Besuch bei Nina, als sie dort hospitiert hat.

Felix hat den Besuch erwähnt, ein weiteres Mitglied unserer Gruppe. Benedikt hatte ihm am ersten Abend in der Hotelbar in Burguete davon erzählt. Er war sicher keiner, der auf den Pilgerweg wollte. Dazu war er zu elegant gekleidet, einen solchen Anzug hat man bei einer Wandertour nicht im Gepäck.» Sie versuchte zu erkennen, was in Ruth Siemsens Gesicht, was hinter ihrer Stirn vorging, doch die sah starr geradeaus gegen die Wand.

«Warum fragen Sie nach anderen Leuten? Haben Sie einen Verdacht?» Ohne Jakobs abwehrend gehobene Hände zu beachten, fragte Leo weiter: «Glauben Sie, jemand hat Benedikt den Abhang hinuntergestoßen?»

Nun sah Frau Siemsen sie an. Ihre Augen blickten hart, prüfend und zugleich abweisend.

«Es ist nur die Angst einer Mutter», sagte sie endlich mit blassem Lächeln, «wenn man Kinder hat, unterliegt man ständig einem gewissen Verfolgungswahn. Ich danke Ihnen, dass Sie gekommen sind», sie erhob sich abrupt, «nun möchte ich wieder zu meinem Sohn und bitte Sie zu gehen. Er braucht Ruhe. Der Stationsarzt hat meine Erlaubnis, Ihnen Auskunft zu geben, Herr Seifert. Falls Sie kein Spanisch sprechen, dürften Sie trotzdem keine Schwierigkeiten mit der Verständigung haben, Dr. Helada spricht gut Französisch und ein bisschen Englisch.»

‹Sauber abserviert›, dachte Leo, gleichwohl empfand sie Respekt für die Kraft, mit der Ruth Siemsen ihre Fassung zurückgewonnen und ihre Vermutungen und ihr Misstrauen für sich behalten hatte. Die Vermutung, ein Mitglied der Gruppe trage – absichtlich oder unabsichtlich – Schuld an Benedikts Absturz.

So einfach ließ Leo sich nicht wegschicken. Ruth Siemsens Andeutung hatte ihre eigene Neugier und Unruhe verstärkt – selbst wenn sie tatsächlich nur Ausdruck eines ‹gewissen Verfolgungswahns› einer geängstigten Mutter war.

«Nina muss am besten wissen, ob Benedikt außer uns jemanden getroffen hat. Haben Sie sie nicht gefragt?»

«Sie weiß auch alles, was Sie gerade von uns gehört haben», ergänzte Jakob. «Und noch mehr, sie ist doch mit Benedikt hierhergeflogen.»

«Nina.» Ruth Siemsen hatte sich bemüht, den Namen ohne Emotion auszusprechen. Es war ihr nicht gelungen. «Nina war hier, ja, das hat mir der Arzt erzählt. Seine Verlobte, so hat er gesagt – ich weiß allerdings nichts von einer Verlobung –, habe ihn begleitet und gestern und heute besucht. Obwohl ich im selben Hotel wohne, bin ich ihr bisher weder dort noch hier begegnet, zufällig oder weil sie die wenigen Stunden abgepasst hat, die ich nicht bei Benedikt bin. Schwester Luzia schickt mich ab und zu für eine Stunde in den Garten oder in die Kantine.»

«Die Verlobung dürfen Sie nicht ernst nehmen», beschwichtigte Jakob. «Nina hat das behauptet, damit sie ihn begleiten konnte. Als seine Freundin hätte sie dazu kein Recht gehabt. Sie war sehr couragiert, und dank ihres guten Spanisch hat sie sich durchgesetzt. Dass sie da war, muss für Benedikt trotz der Bewusstlosigkeit beruhigend gewesen sein. Menschen spüren immer vertraute Nähe, sie gibt ihnen Kraft.»

«Das hoffe ich, Herr Seifert. Das hoffe ich sehr, mit all *meiner* Kraft.»

Dr. Helada erwartete sie im Arztzimmer. Auch er fragte nach den Umständen des Unfalls. Ja, sagte der Arzt, als Jakob seinen knappen Bericht beendet hatte, das Gleiche habe Señorita Instein schon erzählt. Im Übrigen könne er nichts

Neues sagen. Der Patient halte sich gut, er sei von starker Konstitution, nein, es bestehe kein Grund zu ernster Sorge, man müsse dem Patienten nur Zeit lassen und Geduld haben. Falls nicht, nun ja – damit sei nicht zu rechnen.

«Falls nicht?», fragte Jakob alarmiert.

«Falls nicht», er räusperte sich in die vorgehaltene Hand, «nichts Unvorhersehbares geschieht. Aber, wie gesagt, damit rechnet hier niemand. Wir erwarten eine völlige Gesundung. Wenn Sie mich nun bitte entschuldigen wollen, meine Patienten warten. Rufen Sie in den nächsten Tagen gerne wieder an, Señor Seifert, Señora Siemsen hat erlaubt, Ihnen Auskunft zu geben, also werde ich es tun.»

«Danke», sagte Jakob, als sie wieder vor dem Hotel standen.

«Wofür?»

«Für deine Unterstützung.» Er zog ein Tuch aus der Tasche und rieb umständlich die Gläser seiner Sonnenbrille. Obwohl es längst dämmerte, hatte er sie auch auf dem Rückweg getragen. «Zuerst war ich nicht wirklich begeistert, als du mitkommen wolltest. Ich dachte, Benedikts Mutter ist eine aufgeregte Frau genug. Jetzt bin ich froh, dass ich diesen Canossa-Gang nicht alleine machen musste.»

«Wieso Canossa-Gang? Du hast absolut keine Schuld und keinerlei Abbitte zu tun.»

«Stimmt. Das interessiert allerdings selten. Reiseleiter sind immer schuld. Versteh mich nicht falsch, ich trage die Verantwortung für den Ablauf der Reise und will keineswegs klagen, ich mag meinen Job und kann mir keinen anderen vorstellen. Aber solche Situationen zerren stärker an meinen Nerven als ein halbes Jahr Schreibtischarbeit. Gott sei Dank habe ich bei meinen Gruppenreisen einen solchen Unfall nie zuvor erlebt.»

«Wenn ich dir tatsächlich eine Hilfe war, habe ich etwas gut, einverstanden?»

«Völlig einverstanden. Was kann ich für Señora Peheim tun?»

«So schlimm ist es nun auch wieder nicht. Wir haben vorhin im Bus beschlossen, dass du die Liste mit den Namen und Adressen an alle verteilst. Ich möchte sie schon heute Abend haben. Spätestens morgen nach dem Frühstück.»

Jakob hatte mit einer Einladung zu einem echt spanischen Essen mit viel Rioja aus alten Eichenfässern gerechnet. Etwas in der Art jedenfalls.

«Ich nehme an, du brauchst sie nicht schon jetzt fürs heimische Adressbuch? Okay, du bekommst die Liste, sobald ich den Hotelkopierer benutzen kann. Spätestens morgen früh. Ich frage nicht, was du vorhast, Leo. Aber lass es mich wissen, wenn du etwas herausfindest, das *ich* wissen sollte. Selbst wenn ich es gar nicht wissen will.»

Die kühle junge Dame hatte ihren Platz hinter der Rezeptionstheke verlassen, dort stand nun ein Empfangschef, wie ihn sich durchschnittliche Nordeuropäer in einem spanischen Hotel vorstellen. Seine Augen glänzten so schwarz wie sein geöltes Haar, sein Bauch unter dem schwarzen Jackett war so gewölbt wie die überdimensionale Vase mit den Madonnenlilien am Rand der Theke, sein Lächeln über schneeweißen Zähnen noch strahlender, als seine Profession es erforderte. Als er Jakob seinen Schlüssel reichte, beugte er sich vor und raunte ihm, den Blick bedeutungsvoll auf die Sitzgruppe in der Empfangshalle gerichtet, etwas zu, das Leo mal wieder nicht verstand, weshalb sie sich – auch mal wieder – vornahm, spätestens im Herbst, wenn keine lieblichen Sommerabende ihren Lerneifer erstickten, mit einem Spanisch-Kurs zu beginnen.

Jakob seufzte tief. «Ich habe gedacht, das wäre erledigt, für heute reicht es mir eigentlich. Würdest du mich beim Abendessen entschuldigen, Leo? Ich muss noch, sagen wir mal: Verwaltungskram erledigen und mit der Zentrale in Frankfurt telefonieren. Ich komme so schnell wie möglich nach.»

«Keine Chance», Leo schüttelte entschieden den Kopf. «So einfach wirst du mich nicht los. Wenn ich auch kein Spanisch spreche, habe ich die Worte *policía* und *inspector* verstanden, und dass er dir mit bedeutungsvollen Blicken gesagt hat, dort drüben warte jemand auf dich, konnte ein Blinder erkennen. Ich komme mit, Jakob. Diesmal gibst du mich am besten als deine Assistentin aus.»

«Obanos», stellte sich der Mann im leichten Sommeranzug im Aufstehen vor, «Inspektor Obanos von der *Policía Nacional*. Sie sind Señor Seifert, nehme ich an, der Leiter der Pilgergruppe. Und das ist …?» Er sah Leo mit mehr als höflichem Interesse an.

«Frau Peheim», sagte Jakob. «Sie gehört zur Gruppe und unterstützt mich, wenn, ja, wenn ich Unterstützung brauche.» Leos Vorschlag hatte ihm gefallen, leider sah der Inspektor mit seinen wachsamen Augen nicht aus, als könne man ihn leicht hinters Licht führen. Im Übrigen zog er es immer vor, der Polizei gegenüber so weit als möglich bei der Wahrheit zu bleiben, erst recht im Ausland. «Ich nehme an, Sie sind wegen des Unfalls eines unserer Gruppenmitglieder gekommen», fuhr er fort. «Ihr Besuch überrascht mich. Wir haben schon mit Ihren Kollegen in Roncesvalles gesprochen.»

Obanos nickte. «Ja, wegen des Unfalls. Ich weiß, dass Sie

mit den Kollegen gesprochen haben. Es ist nur Routine, Señor Seifert, wahrscheinlich überflüssig. Unfälle kommen vor, auch auf dem *camino*», fügte er mit verbindlichem Lächeln hinzu und strich leicht über seinen gepflegten Schnurrbart, «wo die Reisenden unter dem besonderen Schutz unseres geliebten Nationalheiligen stehen. Ich bin nur neugierig. Sicher können Sie ein paar Minuten für mich erübrigen.»

Tatsächlich war Obanos vor allem neugierig, man könnte es auch unfreundlicher ausdrücken: misstrauisch. Nach seinem Besuch im Hospital hatte er bei der für Roncesvalles zuständigen Polizeistation den Unfallbericht angefordert. Der war so belanglos, wie er erwartet hatte. Danach war ein Tourist leichtsinnig zu nahe an die Kante eines steilen Abhangs getreten, ausgerutscht und hinuntergestürzt. Es gebe weder Hinweise auf Einfluss von Alkohol noch sonstiger Drogen. Ein Selbstmordversuch sei auszuschließen. Es folgten einige Zeilen zur Rettung des Verunglückten mit dem abschließenden Satz, der Verletzte sei nach Burgos ausgeflogen worden, seine Verlobte, Señorita Janina Instein, habe ihn begleitet. Von den erwähnten Namen der an der Bergung Beteiligten erinnerte Obanos auch Eleonore Peheim. Sie musste stärker und mutiger sein, als sie aussah. Oder leichtsinniger. Er fand sie eindeutig zu dünn und trotzdem attraktiv, er mochte ihre wachen Augen, diesen Hauch von Sommersprossen, das ungebärdige Haar. Auch ihr Vorname gefiel ihm, besonders, wenn man ihn auf spanische Weise mit einem a am Ende aussprach. Eleonora – das klang nach großer Oper. Leider war anzunehmen, dass ihr stolzer Name im Alltag zu einem kleinen Lied verkürzt wurde.

Nach der Lektüre des Berichts hatte Obanos darauf verzichtet, noch einmal bei den Kollegen anzurufen und nach nicht zuzuordnenden Spuren zu fragen. Er kannte solche

Unfallorte. Wenn eine ganze Wandergruppe und die Besatzung des Rettungswagens dort herumgetrampelt waren, konnte auf einem unbefestigten Weg mit einer Graskante an einem von Steinen und Wurzeln durchsetzten bröckeligen Saum von aussagekräftigen Spuren keine Rede mehr sein. Erst recht, wenn die Erde nach Sturm und Regentagen aufgeweicht war und schon vor dem Unfall zertrampelt und zerfurcht gewesen sein musste.

Auch die Einschätzung der Hämatome des Unfallopfers durch den Rechtsmediziner hatte wenig ergeben. Tatsächlich nichts, was eindeutig darauf schließen ließ, jemand habe mit kräftiger Faust nachgeholfen oder es habe vor dem Sturz gar einen Kampf oder eine Rangelei gegeben. ‹Nicht eindeutig› hinterließ bei Obanos grundsätzlich ein ungutes Gefühl. In diesem Fall umso mehr, als der von ihm für sein unbestechliches Auge und Gespür bewunderte Leiter der Abteilung auf einem Kongress in Kopenhagen über die Tücken der Nachweismöglichkeiten obskurer synthetischer Gifte diskutierte und seine Kollegin das Bett hütete, weil sie sich bei ihren Sprösslingen mit Windpocken angesteckt hatte. Der verbleibende Dr. Milan zählte zu Obanos' Lieblingsfeinden. Er hielt ihn für einen Schwätzer und Dilettanten, reaktionär und eitel, und war überzeugt, der Kerl habe seine Stellung nur noch, weil ein Onkel oder Cousin ein hohes Tier in Madrid war.

‹Wenn du nicht achtgibst›, hatte Subinspektor Prisa neulich geknurrt, ‹landest du wegen deiner Verschwörungstheorien noch in der Klapsmühle. Es sind nicht alle wie dein ehrbarer Bruder, und ob der tatsächlich nur halb so korrupt ist, wie du behauptest, scheint mir bei Licht betrachtet höchst zweifelhaft.›

Prisa übertrieb natürlich wie meistens maßlos, völlig

unrecht, das gestand Obanos zu, hatte der Subinspektor gleichwohl nicht. Was sollte man machen? Bei diesem Beruf. Und einem solchen Pfuscher in einer so wichtigen Abteilung wie der Rechtsmedizin.

Die Hämatome, hatte Dr. Milan gesagt, seien eben Hämatome, wie sie vorkommen, wenn es hart bergab gehe und dazu noch Felsen und steinharte spitze Wurzelstrünke im Weg seien. Mal verfärbten sie sich schneller, mal langsamer. Überhaupt, diese Pilgertouristen! Tollpatsche die meisten, dazu untrainierte Städter. Marschierten einfach los, und peng!, bei der ersten Gelegenheit gebe es einen Unfall, und dann sei das Geschrei groß.

Den letzten Satz hatte Obanos nur noch durch den Flur hallen gehört. Er hatte sich schon umgedreht und war mit langen Schritten zurück in sein Büro gegangen. Das war die einzige Möglichkeit gewesen, eine unfruchtbare Debatte über Verallgemeinerungen und Vorurteile zu vermeiden. Er wäre dabei selbst auf Verallgemeinerungen verfallen, das war unausweichlich bei solcher Streiterei.

Trotzdem, Unfälle wie dieser geschahen auf dem *camino* selten. Die gesamte Strecke war ausgebaut, für seinen Geschmack in einigen Regionen zu sehr, Unfälle gab es eher dort, wo der Weg parallel zur Landstraße oder direkt auf ihr verlief. An einigen Abschnitten maß der Abstand zwischen der Fahrbahn und den steil aufragenden oder abfallenden Hängen keinen Meter, es kam einem Wunder gleich, dass dort nicht ständig Pilger unter die großen Räder der vorbeidonnernden Lastwagen gerieten. Autos und ihre Fahrer waren weitaus lebensgefährlicher als Bergsteiger, Schluchten oder wilde Tiere.

Es konnte also nicht schaden, die Mitreisenden des Abgestürzten ein wenig unter die Lupe zu nehmen. Obanos machte eine auffordernde Handbewegung zur Sitzgruppe und beobachtete, wie sich Señor Seifert müde in den Sessel fallen ließ, während seine Begleiterin kerzengrade auf der vorderen Kante Platz nahm. Aus ihren Augen sprach weder Nervosität noch Angst vor der Polizei, nur gespannte Neugier.

«Sie sprechen ausgezeichnet Deutsch, Inspektor Obanos», stellte Leo fest, bevor er mit seinen Fragen beginnen konnte.

«Danke für die charmante Übertreibung. Ich habe den größten Teil meiner Kindheit und Jugend in Süddeutschland verbracht. Als Gastarbeiterkind, wie es bei Ihnen heißt, ich bemühe mich, nicht alles zu vergessen. Sie haben also Señor Siemsen in der Schlucht vor dem Abrutschen bewahrt. Kannten Sie ihn schon vor dieser Reise? Sie haben Ihr Leben für ihn riskiert.»

«Nein, das habe ich nicht. Der Abhang war verflixt steil, zugegeben, aber da war kein glatter Fels. Mit den Wanderstiefeln hatte ich genug Halt. Außerdem musste bald Hilfe kommen. Bei dem scheußlichen Wetter dort oben wusste ich nicht, wer vor mir und wer hinter mir auf dem Weg war, aber ganz gewiss waren einige Mitglieder der Gruppe und Jakob in der Nähe. Der Reiseleiter geht immer mit den Langsamsten», erklärte sie auf Obanos' fragend gehobene Brauen, «so besteht nie die Gefahr, dass jemand allein zurückbleibt. Ich ging sozusagen im Mittelfeld.»

«Bevor Sie mich nun nach meiner Verantwortung für die schnelleren Wanderer fragen, Inspektor», sagte Jakob, «ich führe keine Kindergartengruppe. Alle sind erwachsen. Obwohl ich auf die Sicherheit achten muss und sehr achte, ist es unmöglich, unterwegs ständig alle im Blick zu haben. Wanderer sind je nach Kondition schneller oder langsamer. Jeder geht gern mal ein Stück allein mit seinen Gedanken, niemand möchte gezwungen sein, ständig in der Gruppe zu gehen. Das wäre anstrengend und frustrierend für die Langsamen, weil sie sich dann Mühe geben, niemanden aufzuhalten, und für die Schnellen, weil sie sich ständig gebremst fühlen. Eine Gruppe zieht sich immer auseinander, besonders bei anstrengenden Etappen wie der über die Pässe.»

«Ich weiß, wie Wanderungen in Gruppen ablaufen», unterbrach Obanos sanft. «Darum geht es nicht, Señor Seifert.»

«Da bin ich froh. Frau Siemsen scheint anderer Meinung zu sein. Sie denkt daran, mich oder das Reiseunternehmen, für das ich arbeite, zu verklagen. Ich hoffe für sie, sie hat einen vernünftigen Anwalt, der ihr davon abrät.»

«Hat sie das gesagt? Dass sie Sie verklagen wird? Zu mir hat sie von einem anderen Verdacht gesprochen.» Kaum gesagt, bereute Obanos den letzten Satz. «Das war nur eine vage Idee», fuhr er rasch fort. «Menschen in ihrer Situation brauchen ein Ventil für Angst und Zorn.»

Wie er befürchtet hatte, fragte Leo trotzdem: «Was ist das für ein Verdacht, Inspektor?»

«Ach, Verdacht ist ein zu großes Wort, es ist nur eine Phantasie. Sie wissen also nicht, wer die Unfallstelle vor Ihnen passiert hatte?»

«Als ich Benedikt fand, noch nicht. Abends haben wir darüber gesprochen, und jeder hat auch erklärt, wo er zur Zeit des Unfalls gerade war. Wie man so etwas eben gemeinsam überlegt. Benedikt kann erst kurz bevor ich an der Stelle eine Rast machte, abgestürzt sein.»

Sie sprach nicht weiter. Es erschien ihr wie Verrat, einem Polizisten zu erzählen, wer Gelegenheit gehabt hätte, Benedikt in den Abgrund zu stoßen. Bisher war diese Vorstellung absurd gewesen, unter den wachsamen Augen eines spanischen Inspektors wurde sie bedrohlich. Jakob war keine Unterstützung. Er betrachtete konzentriert die Schwielen in seiner rechten Hand.

«Jakob», sagte sie. «Hilf mir mal, ich bin mir nicht mehr sicher.»

Endlich blickte er auf, sah von Leo zu Obanos und zurück zu Leo, als habe er während der letzten Minuten nicht zugehört.

«Es waren nur vier. Felix, Enno, Selma und Nina. Aber es ist doch lächerlich, Inspektor. Zu glauben, einer von ihnen … nein, das ist mehr als lächerlich. Die Gruppe hatte sich erst am Tag zuvor kennengelernt, in manchen Gruppen riecht es gleich, von der ersten Stunde an, nach schlechter Chemie, in dieser nicht. Am Tag unserer Ankunft in Burguete und auch am Tag des Unfalls herrschte richtig gute Stimmung. Es gab keine Konflikte, wenn man von Klagen über das Fehlen von Tee und Vollkornbrot auf dem Frühstücksbüfett absieht. Glauben Sie mir, da war und ist niemand, der nicht tief betroffen ist. Benedikt Siemsen ist ein ausgesprochen liebenswürdiger Mensch, alle mochten ihn. Mögen ihn, meine ich.»

Obanos dachte flüchtig an den guten Hirten, der seine Schafe vor dem Wolf beschützen will, und dass schon ganze Familien von einem der ihren massakriert worden waren, von dem alle Nachbarn schworen, er sei ein ungemein liebenswürdiger Mensch.

«Zudem sind die vier, die vorausgingen, zusammen gegangen», fuhr Jakob wieder ruhiger fort. «Sollten vier Menschen, die sich vor achtundvierzig Stunden noch nicht kannten, gemeinschaftlich einen fünften, den sie ebenso wenig kennen, in eine Schlucht stürzen? Eine so geballte Psychopathologie gibt es in dieser Gruppe nicht.»

Leo spürte einen rasch prüfenden Blick des Inspektors und bemühte sich um ein neutrales Gesicht. Je mehr Jakob seine Gruppe verteidigte, umso deutlicher wurde ihr, dass das, was er sagte, nicht auf alle zutraf, die die Absturzstelle vor Benedikt passiert hatten.

«Sicher haben Sie recht, Señor Seifert, allerdings übersehen Sie etwas. Der letzte Name ...» Obanos blätterte in seinen Notizen, fand das Gesuchte und klopfte mit dem Finger auf eine in sauberer Handschrift notierte Liste. «Sie sagten Nina? Steht das für Janina Instein, die Verlobte Señor Siemsens? Sie wird ihn länger als achtundvierzig Stunden gekannt haben, nicht wahr? Ich möchte mich mit ihr unterhalten. Können Sie mir sagen, wo ich sie finde?»

«Nina, ja. Sie kennt Benedikt natürlich länger. Sie ist eine zarte, stille Person, sehr beherrscht. Ich kann mir überhaupt nicht vorstellen, sie würde so etwas auch nur in Erwägung ziehen. Sie haben sie nicht an der Unfallstelle erlebt, Inspektor, sie war außer sich, als sie mit den anderen zurückkam, nachdem sie Leos Hilferufe gehört hatten. Schneeweiß im Gesicht und ihr Blick – pure Angst um Benedikt. Aber es mag sein», Jakob seufzte und ließ die Hände schwer auf die Sessellehnen fallen, «das eine muss das andere nicht ausschließen. Nicht *unbedingt*. Sprechen Sie mit Nina, dann werden Sie selbst sehen. Sie wohnt hier im Hotel, unsere Zimmer waren für heute und morgen reserviert, ihre frühere Ankunft war kein Problem. Ich habe heute noch nicht mit ihr gesprochen, bei unserer Ankunft hat man mir gesagt, sie sei im Haus und wolle nicht gestört werden. Das habe ich respektiert, obwohl ich sie vor unserem Besuch im *hospital* sehr gerne gesprochen hätte. Ich nehme an, sie ist auch jetzt in ihrem Zimmer.»

«Leider nicht, Señor Seifert. Ich dachte, Sie wüssten, wo

sie ist, aber ich sehe, Sie sind überrascht. Bei Ihrer Ankunft haben Sie eine falsche Auskunft bekommen, sicher war es nur ein Irrtum. Señorita Instein hat das *Bitte-nicht-stören*-Schild an die Tür gehängt, das stimmt, aber sie ist nicht in ihrem Zimmer. Als das Schild am Nachmittag immer noch an der Klinke hing und das Zimmermädchen von innen nicht das geringste Geräusch hörte, hat sie sich Sorgen gemacht und die Tür geöffnet. Sie war unverschlossen, das Zimmer leer, der Schlüssel lag auf dem Nachttisch. Von der Señorita und ihrem Gepäck keine Spur. Zuletzt wurde sie gestern am Spätnachmittag gesehen, als sie ihren Schlüssel am Empfang holte und auf ihr Zimmer ging. Seitdem – *nada*.»

«Sie wird in ein anderes Hotel gezogen sein», überlegte Leo laut. «Ich verstehe gut, wenn sie ihre Ruhe will und keine Lust auf unsere mitleidigen Gesichter und Fragen hat.»

Jakob sagte nichts. Er starrte auf den Teppichboden, als zähle er die Bourbonenlilien des Musters.

«Gewiss besteht kein Grund zur Sorge, Señor Seifert.» Die Milde in Obanos Stimme klang wenig überzeugend, eher wie das Schnurren einer Katze vor dem Sprung. «Rufen Sie sie an, und wir werden sehen. Sie haben doch ihre Handynummer?»

Jakob schüttelte müde den Kopf. «Ich habe keine Ahnung. Und im Moment, Inspektor, fühle ich mich für Nina nicht verantwortlich. Wenn sie es vorzieht, woanders zu wohnen und mir keine Nachricht zu hinterlassen, ist das ihre Sache. Sie wird sich schon wieder melden, zumindest offiziell gehört sie noch zu unserer Gruppe. Und jetzt möchten Frau Peheim und ich in den Speisesaal gehen. Wir hatten einen anstrengenden Tag und haben seit vielen Stunden nichts gegessen, wobei mir im Moment allerdings mehr nach einem doppelten Veterano Osborne ist. Falls Sie noch jemand von uns sprechen wollen, befragen, was auch immer, muss es bis morgen Zeit haben. Wir frühstücken ab acht, um halb zehn beginnt unser Stadtrundgang. Bis dahin erreichen Sie uns hier, nachmittags sind wir außerhalb von Burgos unterwegs. Oder kommen Sie gleich jetzt mit. Unsere Gruppe hat eine Ecke für sich und isst an einem gemeinsamen Tisch, da haben Sie alle auf einen Streich. Außer Nina natürlich.»

Damit marschierte er mit grimmig vorgeschobenem Kinn in Richtung Speisesaal davon.

Leo sah ihm verblüfft nach. Solche Heftigkeit hatte sie von ihm nicht erwartet. Wahrscheinlich lag es am Hunger, der machte gereizt.

Inspektor Obanos war ganz andere Reaktionen auf harmlose Fragen gewöhnt, er lächelte unerschüttert. Wie Leo ließ er sich nicht leicht fortschicken. Er stopfte achtlos seine Notizen in die Jacketttasche und ließ ihr mit einer galanten Handbewegung den Vortritt.

Es war spät geworden, sie hoffte, die Schüsseln waren noch nicht alle leer. Bis Jakob es erwähnte, hatte sie es nicht bemerkt, nun spürte sie ihren Hunger, wahrhaft nagenden Löwenhunger.

Kapitel 6

Donnerstag / 5. Tag

Das Frühstück stand noch ganz unter dem Eindruck des Besuchs von Inspektor Obanos. Edith schwärmte von seiner Höflichkeit. Die südländischen Männer hätten eben doch mehr Stil. Selma, die anders als ihre Freundin stets den skandinavischen Typ bevorzugt hatte, war beeindruckt, weil er als Gastarbeiterkind das Abitur und eine solide Karriere geschafft hatte. Dass er immer noch, nach all den Jahren, gut Deutsch spreche, wenn auch mit leichtem schwäbischen Akzent, beweise eine überdurchschnittliche Intelligenz. Rita mochte dem nicht zustimmen, im Übrigen sei der Ring, den er am kleinen Finger seiner rechten Hand trage, total geschmacklos. Caro widersprach Letzterem vehement, auch wenn sie nicht wie Rita die erklärte Expertin für Dekoratives und Design sei. Möglicherweise litten beide an einem Kater.

Inzwischen versuchte Eva Enno davon zu überzeugen, dass ein gepflegter Schnauzbart wie der des Inspektors keineswegs an einen Gigolo erinnere, sondern männliche Eleganz beweise, daran könne sich mancher deutsche Mann ein Beispiel nehmen.

Leo hörte staunend zu. Gewöhnlich löste der Besuch eines Polizisten andere Reaktionen aus. Erst recht, wenn es um die Untersuchung einer möglichen Schuldfrage ging und der Verdacht eines Anschlags im Raum stand.

Inspektor Obanos hatte es verstanden, mit wenigen Sätzen das Erschrecken aufzulösen, das seine Vorstellung durch

Jakob hinterlassen hatte. Die Gruppe war beim Dessert, einem milchigen, mit Keksröllchen garnierten Pudding, der Kellner eilte in die Küche und servierte den beiden Nachzüglern den Hauptgang, ein gründlich durchgebratenes Steak mit viel gerösteten Kartoffeln und wenig Broccoli. Der Inspektor hatte dankend abgelehnt und sein Sprüchlein von der Routine aufgesagt. Man solle sich nicht stören lassen, Essen und Trinken halte Leib und Seele zusammen, so sage man doch in Deutschland? Das sei besonders auf dem *camino* von Wichtigkeit.

Während sie ihren Pudding löffelten, einzig Helene hatte sich wegen der Kalorien für Kaffee entschieden, berichteten alle mit wachsendem Eifer, wo sie zu jener fatalen Stunde gegangen seien, mit wem und – was den Inspektor kaum interessieren konnte – in welchem Zustand sich ihre Füße und Regenkleidung befunden hatten. Sven begann, seine Aussage um Überlegungen für einen verlässlichen regionalen Wettervoraussagedienst speziell für die Pilger zu ergänzen, verstummte jedoch nach einem ungeduldigen Seufzer Helenes.

Obanos nickte bedächtig, schickte hier ein aufmunterndes Lächeln, dort ein interessiertes «Aha» in die Runde und blickte schließlich Rita und Fritz an.

«Und wo gingen Sie?»

«Wir gingen gar nicht», antwortete Fritz. «Wir sahen die schwarzen Wolken über den Bergen, und Rita hatte auf diese erste, gleich anstrengendste Strecke sowieso wenig Lust.»

«Das stimmt doch gar nicht», begehrte sie auf. «*Du* wolltest nicht in den Regen kommen. Du hast gesagt, da oben wird es bald schneien oder hageln und warum wir uns das antun sollen. Ich hätte es riskiert. Wie die anderen. Ich bin doch nicht aus Zucker.»

Obanos überging den kleinen ehelichen Zwist. Damit kannte er sich aus, so etwas ignorierte man am besten.

«Dann sind Sie also in St.-Jean-Pied-de-Port geblieben? Ein hübsches Städtchen für einen Sommertag.»

«Den Stadtrundgang hatten wir schon mit der Gruppe absolviert», erklärte Fritz. «Wir sind gleich mit dem Bus nach Burguete zurückgefahren und haben einen Spaziergang gemacht.»

«Einen *kurzen* Spaziergang», betonte Rita. «Wir sind nur nach Roncesvalles gegangen und haben uns die Kirche angesehen und diesen Gedenkstein für eine mittelalterliche Schlacht, ich weiß nicht mehr welche, hier gab es wohl etliche. Wenn Sie glauben, wir sind den Weg hinter dem Kloster raufgeklettert und haben uns bis zur Absturzstelle geschlichen, liegen Sie total daneben. Total! Wir sind gleich zurück ins Hotel gegangen und haben den Rest des Tages dort verbracht. Fritz hat gelesen, und ich habe den ganzen Nachmittag geschlafen. Der Klimawechsel hatte mich furchtbar müde gemacht.» Fritz legte ihr beruhigend die Hand auf den Arm, leider hatte Rita drei Gläser Rotwein getrunken, sie vertrug höchstens zwei. «Wir waren im Hotel», beharrte sie und schob seine Hand weg. «Ignacio kann das bezeugen, er hat uns bis vor die Tür gefahren, und von dort kommt man nicht weg, es sei denn, man mietet ein Auto, was wir nicht getan haben. In Burguete, diesem verpennten Nest, gibt's keine Autovermietung, und unser eigenes steht in Bilbao in einer Garage. Wir», betonte sie noch einmal und klopfte sich mit steifem Zeigefinger aufs Brustbein, «waren weit weg, als es passierte.»

«Es ist ja gut, Herzchen», raunte Fritz ihr zu, «ist ja gut. Beruhige dich, niemand will uns etwas anhängen.»

«Na, hoffentlich. Das wäre ja noch schöner. Die sollen

sich hier lieber um ihre Terroristen kümmern, als anständige Leute zu verdächtigen.»

Das war das Stichwort für Enno, der schon seit geraumer Zeit auf eine günstige Gelegenheit für seinen Einsatz gewartet hatte. Seine Ausführungen über die aktuellen Aktivitäten der ETA wurden von dem immer noch geduldig, wenn auch schon etwas schmaler lächelnden Obanos mit ein paar politisch korrekten Allgemeinplätzen über die Sorge der Polizei und der Politiker wegen der baskischen Terrororganisation elegant abgewürgt. Bald darauf leerte er sein Glas und verabschiedete sich. Jakob begleitete ihn in die Halle. Dort überreichte der Inspektor ihm seine Visitenkarte und bat um Jakobs Karte und eine Kopie der Reiseroute mit den Namen der Hotels, in denen sie bis Santiago wohnen würden – es klang allerdings nicht nach einer Bitte –, man wisse doch nie, womöglich ergäbe sich noch die eine oder andere Frage.

Als Leo am Ende dieses langen Abends eines noch längeren Tages todmüde in ihr Bett gefallen war, hatte sie überlegt, was dieser Besuch dem spanischen Polizisten gebracht haben mochte. Viel konnte es nicht sein. Trotzdem war er gegangen, ohne anzukündigen, er komme morgen wieder und wolle diesen oder jenen noch einmal allein sprechen. Das hätte sie beruhigen sollen. Wenn er so locker mit möglicherweise einer kriminellen Tat Verdächtigen umging, konnte er keinen ernsten Verdacht haben, und der Fall war für ihn abgeschlossen. Ein anderer Gedanke hinderte sie am schnellen Einschlafen: Sie hätte zu gerne gewusst, von welcher Vermutung Ruth Siemsen dem Inspektor berichtet hatte.

Sollte sein Auftauchen bei den anderen Mitgliedern der Gruppe Herzklopfen hinterlassen haben, dann weniger wegen seines Berufs und seiner Fragen als seines spanischen Charmes. Allerdings zeigten sich abgesehen von Ennos Gigolo-Vergleich nur die weiblichen Mitglieder der Gruppe von Inspektor Obanos beeindruckt. Helene fehlte noch, wahrscheinlich hantierte sie in ihrem Zimmer mit dem Föhn, das konnte dauern. Sven hatte sie mit wichtigen Telefonaten entschuldigt, aber das glaubte niemand.

Er hatte inzwischen am Kiosk auf der Plaza del Rey San Fernando eine deutsche Zeitung aufgetrieben und Fritz den Wirtschaftsteil überlassen, beide widmeten sich lesend ihrem Frühstück. Felix erläuterte Hedda mit Hilfe einer Hochglanzbroschüre der Touristeninformation die Sehenswürdigkeiten von Burgos, die sie an diesem Vormittag besichtigen wollten. Das mochte die gegenseitige Sympathie vertiefen, war aber sicher auch sonst hilfreich. Alle hatten vor dem Beginn der Reise zumindest einen Reiseführer gründlich studiert. Sogar Sven, der nur begrenztes Interesse an Kunst und Geschichte des *camino* zeigte, punktete ab und zu mit Kenntnissen, besonders wenn sich Vergleiche mit dem Kölner Dom anboten. Hedda schien die Tour in dieser Hinsicht unvorbereitet angetreten zu haben, dafür waren ihre Muskeln für die Wanderungen gut trainiert. Sie bewältigte Steigungen ohne Atemnot, und war Selma mal ihr Rucksäckchen zu schwer, hängte sie es wortlos über ihr eigenes Gepäck und trug es mit bergauf. Dass sie nun zumindest mit halbem Ohr den Gesprächen der Frauen zuhörte, nahm Felix in seinem Eifer nicht wahr. Vielleicht hatte Enno recht gehabt: Da bahnte sich was an.

«Und? Leo? Wie findest du unseren Kriminalen?», fragte Jakob, als für einen Moment Stille eintrat.

«Schlau», sagte sie und betrachtete stirnrunzelnd ihr steinhartes Frühstücksei, «und undurchschaubar. Er hat hier mit uns gesessen, ab und zu eine Frage gestellt und sich im Übrigen verhalten wie ein Gast. Und sonst? Charmant. Die grauen Schläfen stehen ihm auch gut.»

«Reizend, nicht wahr?», schwärmte Edith. «Er hat sogar Wein getrunken. Im Dienst. Ach, diese Spanier. Die sind nicht so verbissen, die wissen zu leben.»

«Und Leute auszuhorchen, ohne dass sie es merken», versetzte Enno. Sein männliches Ego hatte offensichtlich einen schweren Schlag erhalten.

«Ach was.» Selma machte eine wegwerfende Handbewegung. «Sei nicht miesepetrig, Enno. Señor Obanos hat sehr schnell gemerkt, dass er bei uns an der falschen Adresse war. Natürlich ist es absurd, uns zu verdächtigen. Was sollten wir gegen Benedikt haben? Außerdem waren wir gar nicht in seiner Nähe, als es passierte. Höchstens Leo, aber die kennt ihn auch erst seit Sonntag, und einen Streit zwischen den beiden hätten wir bemerkt. Warum hätte sie überhaupt in diese grässliche Schlucht absteigen sollen, wenn sie ihn vorher hinuntergestoßen hat? Nein, Leo ist genauso unverdächtig wie wir anderen. Das war alles nur Routine, wie er gesagt hat. Natürlich sagen sie das immer, aber dieser Polizist ist hochintelligent. Er weiß jetzt, an wen er sich halten muss.»

«Das solltest du nicht sagen, Selma.» Edith schob unwirsch ihren Teller zurück und fegte die Brotkrümel vom Tisch. «Darüber haben wir doch vorhin gesprochen. Leichtfertige Verdächtigungen reichen nah an üble Nachrede.»

Schlagartig war es still, alle blickten Edith und Selma an. Sven und Fritz ließen ihre Zeitung sinken, Hedda und Felix sahen von ihrer Broschüre auf.

«Überhaupt nicht, Edith. Man wird doch nachdenken und Schlüsse ziehen dürfen.» Selma sah Zustimmung

heischend in die Runde. «Ist es etwa nicht höchst verdächtig, wenn die einzige Person, die den armen Benedikt
schon lange kennt und zudem dort oben in seiner Nähe
war, plötzlich untertaucht? Ausgerechnet in Burgos, wo die
Polizei uns erwartet hat? Dass sie nicht gerade ein Herz
und eine Seele waren, haben wir alle gemerkt. Soll man das
schönreden?»

«Stopp, Selma.» Jakob fand es an der Zeit, dem Disput ein
Ende zu machen. «Das ist überhaupt nicht verdächtig. Zum
einen konnte niemand ahnen, dass die Polizei noch Fragen an
uns hat. Damit war nicht zu rechnen. Zum anderen ist Nina
nicht ‹untergetaucht›. Davon kann keine Rede sein. Sie ist
ausgezogen, mehr wissen wir nicht. Sie hat keine Nachricht
hinterlassen, das mag nicht nett sein, ist aber kein Grund für
Verdächtigungen. Sie war gestern noch im Krankenhaus bei
Benedikt. Es ist schwer für sie, ich mache mir eher Sorgen.
Ich weiß, Selma», lenkte er ein, wie es seiner Rolle und Aufgabe entsprach, «du bist beunruhigt. Aber das ist überflüssig.
Ich erinnere euch alle an eines: Benedikt hatte einen Unfall.
Punkt. Es gibt absolut keinen Hinweis auf etwas anderes.
Wäre es so, hätte Inspektor Obanos sicher keinen Wein mit
uns getrunken, wenn es auch nur ein halbes Glas war. Lasst
eure Phantasie nicht mit euch durchgehen. Und jetzt hätte
ich gerne Kaffee. Ist noch welcher da?»

«Wo ist überhaupt Ignacio?», fragte Rita und reichte ihm
die Kanne über den Tisch.

«Sicher hat er längst gefrühstückt und poliert seinen Bus.
Wir brauchen ihn erst heute Nachmittag. Er isst alleine, weil
er so gut wie kein Deutsch spricht, nicht weil ich ihn wie
einen Domestiken in der Küche essen lasse. So was hat Leo
schon vermutet, obwohl sie es freundlicher ausgedrückt
hat. Er fährt die Strecke regelmäßig und hat inzwischen in

den meisten unserer Hotels alte Bekannte. Mit denen setzt er sich lieber an den Tisch. Mit uns zu essen bedeutet für ihn, in einem Film in fremder Sprache ohne Untertitel zu sitzen – sehr anstrengend.»

«Warum hat der Inspektor nicht mit ihm gesprochen? Er hat nicht mal nach ihm gefragt, oder? Ich habe gestern doch gesagt, Ignacio kann bezeugen, dass wir in Burguete waren.»

«Kein Grund zur Aufregung, Rita. Das kann nur bedeuten, dass er an keinem deiner Worte gezweifelt hat.» Jakob grinste. «Du warst sehr energisch.»

«Ich fürchte, ich war vor allem ein bisschen betrunken. Nie wieder spanischen Rotwein! Na ja, nicht vor morgen Abend. Urlaub ist Urlaub.»

Jakob irrte sich. Nachdem er in den Speisesaal zurückgekehrt war, hatte Inspektor Obanos an der Rezeption nach Ignacio Cristobal gefragt und ihn in der kleinen Bodega ein paar Häuser weiter gefunden, in der er sich bei seinen Stopps in Burgos gewöhnlich mit einem Freund zu einem Schlaftrunk traf. Ja, hatte der Fahrer bestätigt, er habe Señora und Señor Müller mit zum Hotel in Burguete zurückgenommen. Den Rest des Tages habe er bei der Familie einer Freundin seiner Frau verbracht, die in der Nähe lebe, deshalb habe er die Müllers danach nicht mehr gesehen.

Die bescheidene Kapelle in Eunate mochte ihren ganz eigenen Reiz und eine geheimnisvolle Atmosphäre haben, die Kirchen in Pamplona, Puente la Reina oder Nájera beeindruckend sein – die Kathedrale Santa María in Burgos war schon in ihrer äußeren Gestalt überwältigend. Gigantisch wie eine Pyramide und zart wie ein weiblicher Schmuck, hatte sie ein französischer Kunstkritiker des 19. Jahrhunderts beschrieben. Enno hatte darauf hingewiesen, ein überdimensioniertes heidnisches Grabmonument sei keinesfalls mit einem christlichen Gotteshaus zu vergleichen, Leo hingegen fand, treffender konnte man es kaum ausdrücken. Edith hatte Enno daran erinnert, auch eine Kathedrale sei stets voller Sarkophage und Gräber. Im Übrigen sei Toleranz eine christliche, leider wieder zunehmend vernachlässigte Tugend.

Mit ihren Schwestern in Sevilla und Toledo zählte Santa María, gut hundert Meter lang, sechzig Meter breit und im Mittelschiff fast dreißig Meter hoch, zu den drei größten Spaniens. Ihre beiden Haupttürme waren nach gründlicher Restaurierung und Reinigung wie der ganze Komplex der Kathedrale im klaren Sonnenlicht eher weiß als kalksteinfarben. Sie erinnerten aus gutem Grund an den Kölner Dom. Sven, der die Kathedrale von Pamplona nicht mit dem ehrwürdigen rheinischen Gotteshaus für vergleichbar hielt, konnte mit überraschendem Wissen auftrumpfen. Die achtzig Meter aufragenden gotischen Türme aus dem 15. Jahrhundert, erklärte er, seien das Werk des Baumeisters «Juan de Colonia», des Johannes von Köln.

Für die Kölner hatte er zur Ehre Gottes und in Konkurrenz zu anderen europäischen Kirchen zwei gigantische Türme von etwa hundertfünfzig Metern Höhe geplant. Ihre Errichtung hätte sich über etliche Generationen, wahrscheinlich weit mehr als hundert Jahre hingezogen. Den Stadtvätern war das zu viel und zu teure Ehre. Anno 1410, hundertzweiundsechzig Jahre nach der Grundsteinlegung, drehten sie den Geldhahn für den Dombau zu. Die Kirche wurde zur Bauruine, die Türme wie ein großer Teil der heutigen Kirche erst im 19. Jahrhundert errichtet, weitgehend nach den alten Plänen.

Baumeister Johannes war zu seiner Zeit ein weithin berühmter Mann. Als er um 1440 zum Bau der Kathedralentürme nach Burgos gerufen wurde, brachte er seine alten Ideen vom Rhein an den Río Arlanzón mit. Seine Vorstellung von wahrer Turmhöhe mochte bescheidener geworden sein, in Sachen Schönheit und Meisterschaft filigraner Steinmetzarbeit hatte er keine Abstriche gemacht.

Auf den Stufen vor dem Westportal hockten zwei alte, schwarzgekleidete Frauen, die mit tiefgebeugten Köpfen ihre Hände den Kirchenbesuchern entgegenstreckten.

«Schön dumm», sagte Rita, als Hedda und Leo in ihren Taschen nach Münzen suchten. «Dies ist ein lukrativer Platz zum Betteln. Sicher haben sie ihn gemietet und steigen abends mit den Einnahmen um die Ecke in ihren Mercedes.»

«Du liest die falsche Zeitung.» Hedda gab beiden Frauen eine Münze und bemühte sich, nicht auf die gesenkten Köpfe zu starren. «Betteln ist immer der letzte Ausweg, da kannst du sagen und vermuten, was du willst. Oder findest du es nicht demütigend, nur fürs Handausstrecken Geld zu bekommen?»

«Ach, das ist doch leicht verdient. Ich muss für mein Geld zehn Stunden am Tag arbeiten. Mindestens.»

«Dann versuch es zur Abwechslung doch mal vor eurer Kirchentür.» Hedda stopfte das Portemonnaie in ihren Tagesrucksack und rief, schon am Portal, über die Schulter zurück: «Vielleicht hast du dann weniger Stress.»

«Blöde Kuh», hörte Leo Rita murmeln. Leo schluckte eine Antwort hinunter und beeilte sich, aus der Schusslinie und in die Kathedrale zu kommen. An diesem Ort hatte sie keine

Lust auf eine fruchtlose Diskussion. Sie war nur neugierig auf die berühmte Kathedrale. Es war ihr ganz recht, dass der Computer, der den Gästen im Hotel zur Verfügung stand, heute Morgen streikte. Nach dem Frühstück hatte Jakob die Adressenliste verteilt, sie hätte sich unter einem Vorwand – sie hatte an Migräne gedacht, obwohl das niemand geglaubt hätte – gleich an die Schnüffelei im Internet gemacht. Inzwischen fand sie es auch ohne das Mysterium des Unfalls spannend, im Netz zu surfen, um ein wenig darüber herauszufinden, mit wem sie reiste und wanderte. Sie hatte flüchtig daran gedacht, es könne indiskret sein, ein Blick durchs Schlüsselloch, und den Gedanken beiseitegeschoben. Die Informationen, die sich im Netz fanden, waren nun mal öffentlich.

Es dauerte keine fünf Minuten, bis Leo die Jakob und seinen Erläuterungen folgende Gruppe verlor. Sie wich den anderen Besuchern aus, verschloss die Ohren vor den Vorträgen in Englisch, Französisch oder Spanisch, ließ sich treiben und folgte nur ihren Augen.

Sie war nie in Rom gewesen, nur dort konnte sich mehr Pracht und Kunst von Malern, Bildhauern, Schnitzern, Goldschmieden, überhaupt von allen gestaltenden Künsten befinden als hier.

Auf den Altären und ihren Retabeln – diesen weitaufgeschlagenen vergoldeten Bilderbüchern –, an den Wänden, an den sechzig mächtigen Säulen bis unter das Dach waren Tausende von Skulpturen, Statuen, Reliefs zu entdecken. Die Gemälde und schmiedeeisernen, teilvergoldeten Gitter, das aus Nuss- und Buchsbaumholz geschnitzte Chorgestühl mit seinen hundertdrei Plätzen. Wie oft suchte ihr Auge Erholung im aufwärtsgerichteten Blick. Auch die lichtdurchflutete Kuppel über dem achteckigen Vierungsturm war ein einziges Kunstwerk. Aber leicht in seiner Helligkeit und raffinierten Eleganz der Formen, den sich sternförmig ausfächernden Streben, wie verglaste Spitze aus Kalkstein, voller zierlicher barocker Ornamente, den beiden in schwindelnder Höhe verlaufenden Galerien.

Kein Wunder, dass der Bau eine unendlich lange Zeit in Anspruch genommen hatte, dachte sie vernünftig. Es mussten zahllose Arbeiter beteiligt gewesen sein, dazu die Schnitzer, Steinmetze, Glaskünstler, Zimmerleute, Goldschmiede oder Maler, deren Namen bis auf wenige vergessen waren. Das Übermaß an Prachtentfaltung ließ beinahe übersehen, dass dies kein Schloss oder Museum, sondern ein Gotteshaus war.

Egal, wenn die Gewölberippen den Erfordernissen der Statik dienten. Für Leo glichen sie in diesem Moment sich ausfächernden, schlank zum Himmel strebenden Ästen. Die alten Kultplätze fielen ihr ein, die Kraftzentren, die Eva so wichtig waren, die heiligen Bäume an manchen dieser Orte. Es war leicht, sich vorzustellen, dass solche Baumriesen zu den Ahnen der Kathedralen zählten.

Die Santiago-Kapelle auf der rechten Seite des Hauptaltarumgangs war in dieser Stadt Ziel der *camino*-Pilger, auch wenn sie heute zum Kirchenmuseum gehörte. Sie war eine der größten unter den neunzehn Seitenkapellen, Santa María de Eunate hätte problemlos hineingepasst. Als Erstes fiel Leos Blick auf die Statue eines kämpferischen Santiago im Hauptretabel, einzig identifizierbar an der Muschel auf seiner Brust. In kriegerischem Gewand mit wehendem, blutrot gefüttertem Umhang, den Degen in der erhobenen Faust, ritt er auf einem Schimmel und beugte sich in mörderischer Absicht zu zwei im Staub liegenden Mauren hinab. «Santiago Matamoros», Jakobus der Maurentöter.

Als christliche Heere in Spanien gegen die Mauren zogen, ruhten seine Gebeine der Legende nach schon knapp achthundert Jahre unter dem Sternenfeld in Galicien, doch der nach dem Neuen Testament als cholerisch bekannte Apostel war bei der Schlacht von Clavijo nahe dem Jakobsweg der beste Verbündete, die gerechte Sache zum Sieg zu führen. Auch die kriegerische Variante des Jakobus ist Legende wie die ganze Schlacht, ihre Verbreitung erwies sich als geschickter politischer Schachzug, sie machte den populären Heiligen zum ideellen Führer der *reconquista*, der Rückeroberung Spaniens von den Mauren, dieses Kreuzzuges auf westeuropäischem Boden.

Leo betrachtete den Apostel zu Pferd stirnrunzelnd. Der Künstler, der ihn erschaffen hatte, hatte ihm selbst in der Gestalt des Kriegers ein asketisch und entrückt blickendes Gesicht gegeben. Sie zog die Darstellungen Jakobus' im Pilgergewand, wie sie sich überall entlang des *camino* fanden, trotzdem vor.

Gleichwohl spendete Leo in dieser Kapelle zwei Kerzen. Eine für Benedikt und eine für ihren Vater. Nachdem er ihre Mutter und besonders sie, seine einzige Tochter, verlassen hatte, hatte sie ihn mit verzweifelter, vermeintlich unerwiderter Liebe gehasst. Mit den Jahren war sie nachsichtiger geworden, und da er zwar wohlhabend, aber früh gestorben war, während ihre Mutter mit der zweiten Liebe ihres Lebens, dem absolut treuen und überaus gemütlichen Ludi, den Herbst ihres Lebens auf Gran Canaria zum Dauerfrühling machte, überdeckte nun die Erinnerung an den liebevollen Vater ihrer ersten zehn Jahre den alten Groll. Meistens.

Das Erbe, das er ihr hinterlassen hatte, mochte dabei geholfen haben, dieser völlig unerwartete Beweis, dass er sie eben doch nicht vergessen hatte. Es war eine Überraschung gewesen, sie und ihre Mutter hatten seit vielen Jahren nichts von ihm gehört, und jede hatte für sich versucht, ihn zu vergessen. Er war irgendwann verschwunden – wie sich später herausstellte, auf der Suche nach Erleuchtung in den Gebirgen Indiens. So blieb es, bis vor einigen Jahren der Brief von dem Züricher Anwalt kam, der mitteilte, Eleonore Peheim sei Erbin eines bescheidenen Vermögens.

Robert Peheim hatte sich als meditierender, doch veritabler Kapitalist erwiesen und in Indien billig produzierte Textilien, Schmuck und allerlei asiatischen Krimskrams nach Europa verkauft. Ob er Erleuchtung und inneren Frieden gefunden, ob er seine Sünden bereut oder gebüßt hatte, wusste sie nicht.

Sie hatte das Geld mit ihrer Mutter geteilt, es bescherte beiden keine arbeitsfreie, doch eine halbwegs gesicherte Existenz.

So erlaubte ihr das Erbe ein angenehmes Leben. Aber sie verstand es noch, wenn andere verlassene Kinder selbst im Erwachsenenalter zu keiner Versöhnung bereit waren und die verlorenen Eltern, ob Vater oder Mutter, hassten. Hass und Bitterkeit waren eine immer schwärende Wunde, sie war glücklich, dass ihre vernarbt war. Dank der Wärme und Verlässlichkeit ihrer Mutter schon, bevor der Brief aus Zürich gekommen war.

Leo beobachtete das Flackern der kleinen Lichter, die hier nur winzige Glühbirnen waren, und spürte wieder diesen zähen Rest des nagenden Schmerzes, der ihre Kindheit und Jugend begleitet hatte. Ganz würde er wohl nie vergehen.

Sie glaubte nicht wirklich an die Kraft der Kerzen, doch an das uralte symbolische Ritual der Hoffnung und der Erlösung aus der Finsternis. Es berührte sie, die sich für eine Ungläubige hielt, tiefer, als sie je zugegeben hätte. Sie gaben ihr das warme Gefühl der Verbindung zu den Menschen, für die sie die Kerzen entzündete.

Eine Klasse spanischer Schulkinder drängelte sich fröhlich polternd und schnatternd in die Kapelle, dreißig kleine Mädchen, uniformiert in rot-grün karierten Röcken, weißen Blusen und dunkelblauen Strickjacken. Leo nutzte die erste Lücke in dem Gewusel, um zurück in das Hauptschiff zu gelangen.

Und dann, im linken Arm des Querschiffes nahe der berühmten Goldenen Treppe, einem von der Renaissance geprägten Meisterwerk, sah sie Nina. Oder nur eine junge Frauengestalt, die ihr glich? Als Leo ihren Namen rief, fuhr sie herum – es war Nina. Ihre Blicke trafen sich, und es sah aus, als wolle sie Leo entgegenkommen. Doch dann trat sie einen Schritt zurück und wandte sich um, hastig, als habe sie von anderswo einen warnenden Ruf gehört. Eine dicht-geschlossene Gruppe Nonnen, geführt von einem Priester, der die heilige Kunst erläuterte, schob sich einer schweben-den Mauer aus schwarzen Gewändern und Schleiern gleich zwischen sie. Als sie vorüber waren, war auch Benedikts Freundin verschwunden.

‹Geflüchtet?›, dachte Leo. Warum? Auch über eine Ent-fernung von zehn oder fünfzehn Schritten hatte Nina müde und grau ausgesehen. Versteinert. Und sehr allein.

Vor dem Hauptportal traf Leo wieder auf ihre Gruppe.

«Wo warst du?», fragte Felix leise, während Jakob das Programm für den Rest des Tages in Erinnerung rief. «Wir haben dich vermisst.»

«Meine Sünden beichten.» Leo amüsierte sich über Felix' verblüfftes Gesicht.

«Du auch?»

«Auch? Wer noch?»

«Enno. Ich habe ihn in einem der Beichtstühle verschwinden sehen, er ist noch nicht zurück. Was sollte er dort sonst machen?»

«Wahrscheinlich warnt er den Priester vor der ETA. Habt ihr Nina gesehen?»

«Ist sie hier?» Felix reckte den Hals und sah sich suchend um.

«Ich habe sie gerade in der Nähe der Goldenen Treppe entdeckt, allerdings verschwand sie gleich wieder. Sie muss hier vorbeigekommen sein.»

«Ich habe sie nicht gesehen. Hey», wandte er sich an die anderen, «habt ihr Nina gesehen? Leo sagt, sie ist hier.»

«*War* hier», korrigierte Leo.

Niemand hatte Nina gesehen.

«Wir sollten sie suchen», schlug Rita vor, «es geht doch nicht, dass ein Mitglied der Gruppe einfach abhaut, ohne Bescheid zu sagen.»

«Lass sie doch», fand Fritz. «Sie wird schon wissen, was sie tut, und so richtig gehört sie ja nicht mehr zur Gruppe.»

«Das arme Mädchen», murmelte Edith, «ganz allein mit ihrem Kummer in einer fremden Stadt», und Leo sagte: «Vielleicht habe ich mich geirrt.»

Dann wanderten alle erschöpft von der langen Führung und der Flut der Bilder ohne weiteren Kommentar zum Westportal, um in einem der umliegenden Restaurants zu einer frühen Mittagsmahlzeit einzukehren, bevor die Fahrt zu dem Benediktinerkloster Santo Domingo de Silos und einer anschließenden Wanderung durch die Yecla-Schlucht begann. Der Weg entlang der engen Schlucht, kaum mehr als ein schrundiger Spalt mit überhängenden Felswänden über einem reißenden Bach, erforderte Trittsicherheit, Jakob hatte empfohlen, möglichst wenig in die Rucksäcke zu packen.

🐚

Kein tiefes Blau heute, nur Grau, schmutziges Grau. Wie das der tiefhängenden Wolkendecke. Sein Blick krallte sich an der unruhigen Wasserfläche der Bille fest, sie bot keinen Halt.

«Warum sind Sie nicht längst verschwunden?», zischte er in das Telefon und dachte: So ein Dilettant. Oder er will mich erpressen. Von wegen Auftrag erledigen, Geld auf das Nummernkonto und dann auf Nimmerwiedersehen. «Was tun Sie dort noch?»

Durch das Telefon drang ein Geräusch, das entfernt einem unfrohen Lachen glich. «Das geht Sie nichts an», sagte die metallische Stimme. «Nennen wir es einfach Urlaub. Es ist schön hier, jede Menge frische Luft. Das sollten Sie auch mal probieren, Sie klingen gestresst.»

«Machen Sie woanders Urlaub, verdammt. Wenn Ihnen jemand auf die Spur kommt ...»

«Ich hinterlasse nie Spuren», unterbrach ihn die Stimme. «Ich habe eine Information für Sie, gratis. Ihr Problem ist, wie es scheint, nur halb bereinigt. Sie haben schlecht recherchiert, es gibt noch jemanden, der Ihren Plänen im Weg ist.»

«Woher wissen Sie das? Woher wissen Sie, ob mich das interessiert? Und worum es überhaupt geht? Sie hatten einen Auftrag, mehr hat Sie nicht zu interessieren.»

Für einen Moment war es still am anderen Ende der Leitung. «Gründlichkeit gehört zu meinem Metier», sagte die Stimme dann mit einem Anflug müder Ungeduld. «Meine Kunden erwarten saubere Ausführung, dazu gehört die entsprechende

Vorarbeit. Das ist förderlich für das Geschäft und unerlässlich für meine Sicherheit. Ich handle nicht mit Bananen, das sollten Sie bedenken. Dies ist nur eine Information – hätten Sie Ihren Teil der Vorarbeit geleistet, wäre sie überflüssig. Nun können Sie überlegen, ob Sie meinen Auftrag erweitern wollen. Oder ob Ihnen detaillierte Informationen reichen. Ich dränge mich nicht auf, es ist Ihre Entscheidung. Überlegen Sie schnell. Ihnen läuft die Zeit davon, und mein – Urlaub dauert nicht ewig.»

Ein sanftes Klicken zeigte, dass das Gespräch beendet war. Wie immer war es kurz gewesen, zweimal hatte er es abgebrochen, nur um eine halbe Stunde später wieder anzurufen und es fortzusetzen. Die Stimme schnarrte noch in seinem Kopf: «Sie hätten es wissen müssen … läuft die Zeit davon … noch jemanden …» Die Worte, die Sätze – und was sie bedeuteten. Eine hilflose Wut auf diese Stimme stieg in ihm auf, diese verzerrte Maschinenstimme, die nicht einmal erkennen ließ, ob sie einem Mann oder einer Frau gehörte.

Er hatte gedacht, es sei vorbei. Das war ein Irrtum.

Eine heftige Bö rüttelte am Fenster und jagte hektische kleine Wellen über die dahinterliegende Wasserfläche. Zwei Kinder, ein Junge und ein Mädchen, kämpften mit ihren Paddeln gegen den Wind, doch der trieb ihr schaukelndes Schlauchboot vom Ufer weg und immer weiter auf die Brücke zu.

Kinder? Ein Kind?

Abrupt wandte er dem Fenster den Rücken zu und starrte auf das Telefon. Er wusste nicht, ob er auf das nächste Klingeln hoffte. Aber er wusste, dass er sich davor fürchtete.

Leo hatte sich gegen Migräne und für eine Magenverstimmung entschieden. Ihre leidende Miene und die ausführlich dargelegte Vermutung, der Fisch, den sie am Paseo del Espolón gegessen habe, müsse daran schuld sein, fielen so überzeugend aus, dass auch Selma umgehend Übelkeit spürte und verkündete, sie müsse ebenfalls auf den Ausflug verzichten, werde den reizenden Señor Saura am Empfang um eine Wärmflasche und eine Tasse Kamillentee bitten und sich zu Bett begeben.

«Du kommst mit», protestierte Edith energisch, «das geht vorbei, und die Bewegung wird dir guttun. Außerdem hast du etwas anderes gegessen als Leo, nur ein Kartoffelomelett mit grünem Salat, und vor fünf Minuten ging es dir noch fabelhaft. Du kannst den heiligen Domingo von Silos um Hilfe bitten, du darfst ihn nur nicht mit seinem Namensvetter von Calzada verwechseln.» Dass die bedeutenden Männer des Mittelalters so wenige Namen zur Auswahl gehabt hätten, führe doch zu mancher Verwirrung.

Leo stand in ihrem Zimmer hinter der Gardine und beobachtete, wie sich die Gruppe vor dem Hotel sammelte und gemeinsam zum Arco de Santa María marschierte, vor dem Ignacio mit dem Bus wartete. Selma ging munter plaudernd neben Jakob an der Spitze. Enno fehlte, doch als Leo schon überlegte, ob es besser sei, in der Altstadt nach einem Internetcafé zu suchen, damit er die vermeintlich Kranke nicht putzmunter bei der Schnüffelei erwischen konnte, trat er auf die Straße und eilte der Gruppe nach.

Die Hotelhalle war bis auf den reizenden Señor Saura hinter dem Empfangstresen verlassen, der Platz vor dem Gäste-Computer leer. Er stand in einer Nische nahe dem Empfang, eine Reihe von üppigen Grünpflanzen schützte vor Störungen und gewährte Diskretion.

Leo begann ihre Suche mit den Namen und dazugehörigen Wohnorten. Unter den Stichworten «Edith Wendel» und «Selma Enkenbach» aus Augsburg fand die Suchmaschine keine «übereinstimmenden Dokumente». Unter «Eva Boll Hannover» gab es einige Fundstellen, die sich auf eine Wiener Werbekauffrau bezogen, eindeutig eine andere Eva Boll. Helene Vitus tauchte auf der Homepage ihrer heimischen Stadtverwaltung als Sachbearbeiterin im Gartenbauamt auf, als Mitglied des Rudervereins war sie nach einer zwei Jahre alten Zeitungsmeldung mit ihrem Vierer als Dritte durchs Ziel gegangen. Weitere Meldungen über sportliche Aktivitäten gab es nicht, offenbar hatte sie sich vom Rudern oder der Teilnahme an Regatten verabschiedet.

Über Sven Bowald verriet das Netz, er dribbele in der Altherrenmannschaft als Libero und sei Verkäufer im Autohaus Mappe & Sohn. Über dessen Homepage wiederum erfuhr Leo, dass Sven im vergangenen Jahr zum Verkäufer des Jahres seines Bezirks gekürt worden war. Ein Foto von mangelhafter Qualität zeigte ihn mit der Urkunde in der Rechten und einer Champagnerflasche in der Linken. An seiner Seite lächelte eine unbenannte junge Dame mit sehr schönen Zähnen, die Helene nicht im mindesten glich, was aber nichts aussagte. Sicher hatte sie als Glücksfee den Champagner überreicht. Auch Sven sah sich auf dem Foto wenig ähnlich. Sein Haar war vor einem Jahr länger gewesen, sein Gesicht wirkte schmaler, und obwohl er tatsächlich jünger war, wirkte er älter als jetzt. Fotos sagen nicht immer die Wahrheit.

Eine Carola Finke gab es als Mitarbeiterin einer Brandenburger Bank, also war es die falsche, auch Caro Finke blieb ohne Ergebnis. Einen Enno Lohwald kannte das ganze weltweite Netz ebenfalls nicht. Das war seltsam, wer eine lukrative technische Neuerung entwickelt hatte, müsste doch zu finden sein. Im Zweifelsfall über die Firma, für die er gearbeitet hatte, oder über die Bezeichnung der Erfindung selbst – Leo wusste weder die eine noch die andere.

Bei Felix Bernulf wurde sie wieder fündig. Was hatte er bei der Vorstellung gesagt? Er habe gerade sein Studium der Geowissenschaften mit dem Schwerpunkt Paläontologie in Hamburg abgeschlossen? Das mochte sein, hier tauchte er mit seinem in der Liste vermerkten Wohnort Bremen auf einem Aufruf zur «wehrhaften Demonstration» gegen einen Transportzug radioaktiver Abfälle nach Gorleben als Mit-organisator auf. Interessant, in Bezug auf Benedikt jedoch ohne Belang.

Weiter. Hedda Meyfurth – Fehlanzeige. Es gab nur einen Lothar Meyfurth im Abiturjahrgang 1962 eines nordhessi-schen Gymnasiums. Da war Hedda noch nicht einmal ge-boren. Vielleicht war dieser Lothar ihr Vater, das half auch nicht weiter.

Blieben noch die Müllers, Nina und, ja, auch Benedikt.

Mit seinem Namen setzte sie die Suche fort. Benedikt Siemsen war auf der Liste der Rechtsanwälte und Notare einer großen Hamburger Kanzlei aufgeführt. Einer sehr großen Kanzlei. Leo zählte *sechsundzwanzig* Namen und Hinweise auf vier Dependancen in anderen europäischen Städten, dazu je eine Kooperationskanzlei in New York und Kapstadt. Elf der deutschen Anwälte und Notare waren promoviert, zwei habilitiert. Keine denkbare Sparte fehlte, Benedikt gehörte zu den auf Strafrecht spezialisierten An-wälten. In Klammern war Wirtschaftsrecht vermerkt, was immer die Klammern bedeuten mochten.

Das klang nach großen Fischen. Und nach einer guten Chance auf sehr viel Ärger. Benedikts Name fand sich als vorletzter auf der Liste seiner Abteilung, Leo schloss daraus, dass er noch am unteren Ende der Anwaltshierarchie ackerte. Das passte zu seinem Alter, wenn er aber überhaupt in einer solchen Kanzlei angestellt war, musste er sehr gut sein. Und schon ziemlich gut verdienen.

Sie gab den Namen der Kanzlei ein – und stöhnte. Es machte wenig Sinn, in dieser Flut von Meldungen zu suchen. Es sei denn … Sie fügte dem Kanzlei-Namen das Wort Spanien hinzu. Das war schon besser: nur noch sechsundzwanzig Meldungen. In einigen ging es um Immobilien, zumeist an der Costa del Sol gelegen, in anderen um eine Reihe von Prozessen, die im vergangenen Jahr nicht nur die Stadt an der Elbe als ihren Schauplatz in Atem gehalten hatte, die ganze Republik hatte die Berichte über das Labyrinth aus Betrug, Korruption, Geldwäsche und, und, und verfolgt. Noch waren nicht alle Prozesse abgeschlossen, bei den Ermittlungen – als sie denn endlich aufgenommen worden waren – waren immer neue Eiterbeulen aufgebrochen. Die Angeklagten waren ein Clan von Brüdern oder Cousins und Freunden, die meisten stammten ursprünglich aus Serbien und hatten es mit vermeintlich ehrbaren, weitverzweigten Geschäften zu einem immensen Vermögen gebracht. Es wurde von Waffen- und Drogenhandel geredet, von Prostitution, Anlagebetrug mit Offshore-Deals, von so gut wie allem, das schnell das ganz große Geld brachte, und das scheffelte sich selten legal. Es war den Männern mit ihren guten Verbindungen zu Wirtschaft und Politik lange gelungen, nach außen das Image honoriger Kaufleute aufrechtzuerhalten.

Kriminelle hatten das Recht auf Verteidigung, und sehr reiche Kriminelle wurden gewöhnlich von renommierten Spitzenanwälten vertreten. Leo überflog noch einmal die

Meldungen, in denen das Wort Spanien auftauchte. Der Angeklagte, las sie, sei in Logroño/Spanien geboren und seit fünf Jahren deutscher Staatsbürger. Es ging um den sechsundzwanzigjährigen Luis Domingo – noch ein Domingo!, wenn auch gewiss kein Heiliger –, der in der Reihe der Angeklagten und Prozesse als kleines Licht galt, er war wegen Betrugs zu drei Jahren Gefängnis verurteilt worden. Seine Anwälte, drei an der Zahl, hatten angekündigt, in Revision zu gehen. Die Chancen auf ein neues Verfahren mit einem milderen Urteil oder gar Freispruch am Ende wurden von einem Experten, wie sie die Redaktionen in solchen Fällen als Sprachrohr parat haben, als äußerst gering eingeschätzt. Eher sei ein höheres Strafmaß zu erwarten.

Gebürtig aus Logroño. Die Hauptstadt der Provinz Rioja lag etwa dreißig Kilometer östlich von Nájera am Río Ebro. Sie war eine bedeutende Station auf dem Jakobsweg, denn in einem Dorf ganz in der Nähe hatte angeblich die legendäre Schlacht mit Jakobus als Maurentöter stattgefunden. Heute war die Stadt mehr für ihre Restaurantmeile als für ein Übermaß an sakraler Kunst bekannt. Sie waren nur daran vorbeigefahren. Vielleicht hatte Enno recht, halbwegs. Sollten dieser unheilige Domingo und sein Prozess Grund für Benedikts «Unfall» sein, ging es nur nicht um die ETA oder simple Schmuggler, sondern um Rache an einem Rechtsanwalt, der vor Gericht nicht den erwarteten Freispruch oder auch nur ein mildes Urteil erreicht hatte. Ziemlich weit hergeholt, dachte Leo, und wenig wahrscheinlich. Benedikts Name tauchte in den Berichten nicht auf, aber als junger Anwalt konnte er gut einer der weniger Exponierten im Verteidiger-Team gewesen sein.

Das war reine Spekulation. Ennos dunkle Phantasie erwies sich als ansteckend. Andererseits, falls sie Nina doch noch traf, konnte es nicht schaden, danach zu fragen. Leo schloss die Internetseite und beugte sich in ihrem Stuhl weit genug zurück, um den Empfang sehen zu können. Sie wunderte sich, dass Señor Saura nicht längst gekommen war, um zu fragen, was sie so lange trieb. Señor Saura war nicht zu sehen. Seinen Platz hatte wieder die makellose Señorita eingenommen.

Weiter mit den Müllers. Nach der Liste wohnte Fritz im Ulmensteig 12, Rita in Nummer 21. Ein Zahlendreher. Darauf hatte Rita mit schrillem Lachen hingewiesen, als Jakob die Liste verteilte. Das komme immer wieder vor. Für ihren Laden in der Hildesheimer Innenstadt hatte sie eine eigene Homepage eingerichtet. Sie bot «exklusive Innendekoration für Ihr ganzes Heim» an, zurzeit warb sie mit einer Sonderaktion für Stoffe, Möbel und «Raumschmuck» im Stil spanischer und südfranzösischer Landhäuser. Vielleicht verbuchte sie die Tour auf dem Jakobsweg als Geschäftsreise.

«Fritz Mueller Hildesheim» ergab 591 Treffer. Mit dem Zusatz «Sparkasse» wurde es übersichtlicher. Fritz leitete eine Filiale – wie er gesagt hatte, oder war es Rita gewesen? –, die wie deren Laden in der Innenstadt lag. Im Privatleben war er Vorsitzender eines Tennisclubs, das besondere Engagement des Vaters zweier sportlicher Kinder gehörte der Nachwuchsförderung. Bilder oder Porträts zeigten weder die Homepage der Sparkasse noch die des Tennisclubs. Seine Ehefrau Marisa, der «gute Geist der Villa im Ulmensteig» und halbtags Erzieherin in einer Kindertagesstätte, unterstützte ihn in seinem Engagement, die einstige niedersächsische Jugendtennismeisterin (1975) trainierte zudem persönlich die Kleinsten.

Leo starrte auf die zu Zeilen geronnenen Pixel. Seine

Ehefrau Marisa? War das doch ein anderer Fritz Müller? Ein Irrtum? Eine Zeitungsente? Marisa? Rita? Als sie begriff, entfuhr ihr ein Pfiff. Die verschiedenen Hausnummern bedeuteten *keinen* Zahlendreher – sie stimmten. Beide hießen Müller, wohl kein Name war häufiger in Deutschland, aber Rita und Fritz wohnten nicht im selben Haus, nur in derselben Straße, was unter diesen Umständen ein beachtliches Risiko sein musste. Leo konnte sich nicht erinnern, dass Rita je behauptet hatte, Fritz' Ehefrau zu sein, alle hatten es ganz selbstverständlich angenommen. Allerdings hatte sie dem nie widersprochen.

Wie mochten die beiden sich kennengelernt haben? Beim Grillfest mit Nachbarn im Garten der Müller'schen Villa, während die zweifellos tüchtige Marisa die Würstchen wendete und den Kindern die Nasen putzte? Der brave Fritz, der so treu wirkte wie ein Bernhardiner – ein schnöder Ehebrecher unterwegs mit seinem Seitensprung. Ausgerechnet auf einem Pilgerweg. Sünde, Ablassreise inbegriffen. Wie praktisch und rationell.

Kurz entschlossen klickte Leo auch diese Seite weg. Im ersten Moment hatte ihre Entdeckung sie amüsiert, im zweiten das schale Gefühl schmuddeliger Indiskretion ausgelöst. Für moralische Urteile fühlte sie sich nicht zuständig, sie würde das Geheimnis hüten. Auch wenn sie schrecklich gern gewusst hätte, wie Fritz seine Abwesenheit zu Hause begründet hatte. Rita und er waren nicht mit dem Flugzeug nach Bilbao gekommen, sondern mit dem Auto. Das verlängerte die Reise um mindestens vier Tage. Sogar um einige mehr, denn Rita hatte erzählt, sie seien auf dem Herweg ‹noch ein bisschen herumgefahren›. Egal, es ging sie nichts an.

Sie gab den letzten Namen ein, Janina Instein, und fügte

automatisch Hamburg hinzu. Sie hatte gedacht, Nina lebe dort, wie Benedikt, auf der Liste stand hinter ihrem Namen als Ortsangabe jedoch Aumühle. Die Hamburger betrachteten die kleine Stadt als einen ihrer noblen Vororte, tatsächlich lag sie schon in Schleswig-Holstein. Also «Janina Instein Aumuehle». Nichts. Sie löschte «Aumuehle» und landete einen mageren Treffer. Besser als nichts. Es war eine Veröffentlichung Ninas über eine Ausstellung nordamerikanischer bildender Künstler im Guggenheim-Museum Bilbao in einer Kunstzeitschrift, die Leo nicht kannte. Sie hätte den Artikel gerne gelesen, doch dazu war nun keine Zeit.

Und jetzt?

Instein. Irgendetwas sagte ihr der Name. Was? Sie hatte ein schlechtes Namensgedächtnis, wenn er ihr bekannt vorkam, musste er etwas bedeuten. Also Instein, ohne Vornamen, ohne Ortsangabe – die Zahl der Meldungen stieg auf weit über tausend. Als sie es doch mit dem Zusatz Hamburg versuchte, lieferte das Netz immer noch etliche Seiten. Beim Überfliegen der Titel begriff sie, woher sie den Namen kannte. Instein & Pfleger stand für eine Hamburger Pharma-Firma, jedenfalls befanden sich die Zentrale und die Forschungsabteilung noch dort. Für den eigentlichen Betrieb war das alte Firmengrundstück zu klein geworden, um die Auslagerung der Produktion hatte es Ärger gegeben. An mehr erinnerte sie sich nicht, es war etliche Jahre her.

Irgendwo in dieser Flut der Meldungen musste die Geschichte stecken. Es war für ihre Suche nicht wirklich wichtig, doch nun wollte sie es wissen. Gut möglich, sogar wahrscheinlich, dass Nina zu dieser Familie gehörte. Dann war sie eine ausnehmend gute Partie, und es sprach für Ruth Siemsens Charakter, wenn sie Nina trotzdem nicht als Freundin ihres Sohnes schätzte. Womöglich fürchtete sie, er könne in der reichen Gesellschaft missachtet oder als Mitgiftjäger verdächtigt werden. Auf der Rückfahrt vom Hospital hatte Jakob erzählt, Benedikt sei in bescheidenen Verhältnissen aufgewachsen. Ruth Siemsen hatte ihren Sohn alleine aufgezogen, sie arbeitete in einem Hotel als Gästebetreuerin, irgendwas Leitendes und in einem der ersten Häuser der Stadt, aber es klang keinesfalls nach Villa mit Pool und schwarzer Limousine. Danach sah sie auch nicht aus, und wäre sie wohlhabend, würde sie kaum in demselben Drei-Sterne-Hotel wohnen wie die Wandergruppe. Es war ein schönes und gemütliches Hotel, aber nicht gerade als luxuriös zu bezeichnen.

Da tauchte eine andere Frage auf. Wenn Nina so wohlhabend war, warum hatte sie sich dann gerade für diese Reise entschieden? Auch auf dem Jakobsweg gab es Gruppenreisen in echter Luxusvariante. Andererseits musste sie nicht selbst wohlhabend sein, arme Verwandte gab es auch in solchen Familien.

«Entschuldigung, brauchen Sie noch lange?» Hinter Leo stand ein Mann und machte ein höflich fragendes Gesicht. «Ich will Sie nicht drängen», sagte er, «aber ich glaube, Sie haben das Zeitlimit schon überzogen, und ich muss ein paar sehr wichtige Mails schreiben.»

«Klar.» Leo klickte die Meldungen weg, nahm Notizheft und Bleistift und stand auf. Von einem Zeitlimit wusste sie nichts, vielleicht hatte er sich das ausgedacht, um sie auf höfliche Art zu vertreiben. Es war ihr recht, sie hatte genug gegründelt, es war höchste Zeit, durch die Stadt zu schlendern und sich einer großen Portion Eiscreme und den Sehenswürdigkeiten zu widmen. Genau in dieser Reihenfolge.

Als sie sich noch einmal nach dem Mann am Computer

umsah, trafen sich ihre Blicke. Er lächelte, tippte grüßend an die Stirn und wandte sich dem Bildschirm zu. Leo würde ihn nicht als schönen Mann bezeichnen, sondern als verdammt attraktiv und fabelhaft gewachsen. Ohne sein akzentfreies Deutsch hätte sie ihn im Vorbeigehen für einen Spanier gehalten, das dunkle, gutgeschnittene Haar, die tiefbraunen Augen, die leichte Sonnenbräune, schwarze Jeans und weißes Leinenhemd. Eine Augenweide, würde ihre Mutter mit ihrer Vorliebe für altmodische Metaphern sagen.

«Papperlapapp», murmelte Leo und schob mit beiden Händen die entzückt lächelnden Mundwinkel zurück in die Gerade. Schließlich hatte sie sich nach ihrem letzten Liebesdesaster fest versprochen, nie wieder auf eine schöne Larve hereinzufallen.

Nach kurzer Überlegung, ob sie noch einmal zum *hospital* fahren sollte, entschied sie sich dagegen. Ruth Siemsen saß an Benedikts Bett wie ein Zerberus, sie würde ihren Besuch als Störung empfinden.

Als sie eine Viertelstunde später durch die Altstadt zur Casa del Cordón schlenderte, dem Stadtpalast aus dem 15. Jahrhundert, in dem Christoph Kolumbus vor seiner zweiten Fahrt über den Atlantik von den Katholischen Majestäten Isabella und Ferdinand empfangen worden war, fiel ihr ein, dass sie nicht daran gedacht hatte, die Namen Jakob Seifert und Ignacio Cristobal einzugeben. Ein lässliches Versäumnis, wozu hätte es gut sein sollen? Als Benedikt in die Schlucht stürzte, war weder der eine noch der andere in seiner Nähe.

Leo versuchte gar nicht erst, leidend auszusehen, als sie beim Arco de Santa María auf die gerade von ihrem Ausflug zurückkehrende Gruppe traf. Jakob murmelte etwas von einem dringenden Telefonat mit der Zentrale und eilte mit langen Schritten voraus. Rita und Fritz folgten ihm, die anderen machten sich gemächlicher auf den Weg zum Hotel. Bis auf Enno, der ein verdrießliches Gesicht machte, sahen alle verschwitzt, müde und zufrieden aus, ihre Stiefel waren mit einer gelben Staubschicht bedeckt.

«Die Magenverstimmung ist dir gut bekommen, Leo», fand Felix, «im Gegensatz zu uns siehst du blendend aus.»

«Falls du nur faul warst», sagte Caro, «bist du selbst schuld. Du hast wirklich etwas verpasst.»

«Leider», gestand Leo zu und bemühte sich wenigstens um eine zerknirschte Miene. «Aber mit einem rebellischen Magen ist Busfahren unbekömmlich. Das Kloster ist also schön?»

«Schön?!» Eva schlug euphorisch die Hände ineinander. «Es ist traumhaft, dabei sieht es von außen völlig schlicht aus. Dort leben noch eine ganze Anzahl Benediktinermönche, man kann nur den Kreuzgang und die alte Apotheke besichtigen, die Kirche und ein Stück vom Garten. Aber dieser Kreuzgang! Das ist nun wirklich ein *echter* Kraftort, ein achthundertfünfzig Jahre altes Gesamtkunstwerk, zweistöckig mit Rundbogen auf zierlichen Doppelsäulen. Man könnte stundenlang dort sitzen und einfach die Atmosphäre auf sich wirken lassen. Es ist, als trage sie dich in andere Welten. Es ist magisch, Leo, wirklich magisch. Allein die Reliefplatten an den Eckpfeilern und den Säulenkapitellen sind einen Besuch wert. Bis ins kleinste Detail ausgeformte Darstellungen von mythischen Tieren, biblischen Szenen und Blattrankenschmuck. Auf einer Platte ist Christus als

Jakobspilger dargestellt, mit Muschel und Pilgertasche. Wenn wir nur mehr Zeit gehabt hätten! Maurische Sklaven haben an diesen Kunstwerken mitgearbeitet, das erklärt die islamischen Motive, die finden sich dort überall. Gerade in unserer Zeit ist es so tröstlich, zu sehen, wie sich in einem christlichen Kloster zwei Kulturkreise und Religionen friedlich vereinen.»

«Ob das so friedlich ist, wenn fromme Klosterbrüder Sklaven für sich schuften lassen, weiß ich nicht», unterbrach Caro Evas beseelten Eifer, «aber damals fand man das wohl normal. Vergiss den jungen Mönch nicht, der uns durch seine heiligen Hallen geführt hat! Der war auch ganz schön magisch. Er trug seine Kutte, als sei sie von Armani, wirklich schade, dass er sich fürs Kloster entschieden hat, die reinste Verschwendung. Eva hat sich gleich in ihn verliebt, auf den ersten Blick, sie hing während der ganzen Führung an seinen schönen Lippen. Leider nur mit den Augen. Vielleicht auch mit der Seele, falls so was geht.»

«Du spinnst ja, Caro.» Eva war tief errötet und begann mit gesenktem Kopf in ihrem Rucksack zu kramen, das schamhafte Lächeln der schönen Erinnerung ließ sich trotzdem nicht verbergen. «Er ist ein sehr würdiger und tiefgläubiger Mensch, das merkte man gleich. Davor habe ich Respekt.»

«Macht ja nichts.» Caro tätschelte ihr großmütig die Schulter. «Ich fand ihn auch ziemlich sexy.»

«Sexy?» Edith hatte nur den letzten Satz gehört. «Wer?»

«Die Mönche in der Klosterkirche, die uns die gregorianischen Gesänge geboten haben», antwortete Caro mit todernstem Gesicht.

«Findest du? Ich weiß nicht, die meisten waren doch recht graue Kerle. Sie singen wunderbar, wirklich wunderbar, aber sonst? Bei sexy denke ich eher an den jungen Bruder, der uns den Kreuzgang erläutert hat.»

Caro lachte schallend und zog die kichernde, wieder errötende Eva mit sich davon.

Edith blickte den beiden irritiert nach. «Was haben sie denn? Habe ich was Dummes gesagt? Nur weil ich selbst schon grau bin, bin ich nicht blind.»

«Überhaupt nicht», grinste Leo, «die beiden sind absolut deiner Meinung. Was ist mit Enno passiert? Humpelt er?»

Enno überquerte einige Schritte voraus die Calle Paloma und verschwand in einer Apotheke, über deren Tür ein grünes Neonkreuz hektisch blinkte. Er humpelte tatsächlich leicht, über seinen linken Arm zog sich eine tiefrote Schramme, eine zweite, breitere, über die linke Wade bis unter das Hosenbein seiner knielangen Shorts.

«Frag ihn besser nicht.» Obwohl Enno sie nicht mehr hören konnte, dämpfte Edith ihre Stimme. «Er ist in der Yecla-Schlucht abgerutscht. Ich glaube, es ist ihm peinlich, Männer sind in diesen Dingen oft komisch. Als wir am Ende der Schlucht den Pfad zurück zur Straße hinaufkletterten, hat Sven dazu eine Bemerkung gemacht, nicht sehr geschmackvoll oder komisch.»

«Er hat es nicht böse gemeint», behauptete Selma.

«Wohl nicht», stimmte Edith halbherzig zu. «Enno war anderer Meinung. Er hat wütend gekontert, Sven solle doch sein blödes Maul halten. Hättest du das von ihm erwartet, Leo?»

Wieder auf der Landstraße bei den wuchtigen, über die Schlucht aufragenden grauweißen Felsen angekommen, hatte Sven zum Himmel hinaufgezeigt, erzählte Edith. Hoch über ihnen hatten ein Dutzend oder gar zwanzig große Vögel gekreist.

170

‹Sieh mal da oben, Enno›, hatte er gerufen, ‹jede Menge Gänsegeier. Die hatten sich schon auf dich gefreut. Wäre Fritz nicht zur Stelle gewesen, müssten sie sich jetzt kein anderes Abendbrot suchen.›

Leo schluckte. Nachdem schon ein Mitglied der Gruppe schwer verletzt auf der Intensivstation lag, empfand sie Svens Humor als makaber. Schlagartig fühlte sie sich an den steilen Abhang beim nebligen Pass zurückversetzt, meinte sie wieder Benedikts kaum wahrnehmbaren Hilferuf zu hören. Sie hatte gelesen, diese Raubvögel seien die größten Geier Europas, die Spannweite ihrer Flügel betrug fast drei Meter. Bis zum Verbot während der BSE-Krise hatten die nordspanischen Bauern verendetes Vieh auf ihren Wiesen diesen Geiern zur Entsorgung überlassen, auch in der Hoffnung, die fliegenden Aasfresser ignorierten dann noch lebendes Vieh. Ein so preisgünstiger wie praktischer Beitrag zum ewigen Kreislauf der Natur.

«Erzähl», sagte Leo. «Was ist in der Schlucht passiert?»

Edith sah zögernd dem Rest der Gruppe nach, der gerade um eine Hausecke verschwand, sie sehnte sich nach einer ausgiebigen Dusche. Doch sie setzte sich mit einem Ächzer auf eine Bank unter einer jungen Platane. Selma nahm neben ihr Platz und klopfte auffordernd auf das grüngestrichene Metall. Jakob hatte um Eile gebeten, sie seien spät dran, die Kellner warteten sicher schon mit dem Abendessen. Sollten sie warten, dachte Leo, setzte sich und hörte zu.

Der Weg durch die Schlucht sei relativ kurz, begann Edith, trotzdem hatte sich die Gruppe wieder schnell auseinandergezogen. Enno ging als Letzter in die Schlucht, weil er am Eingang seine Stiefel nachschnüren musste. Normalerweise ging Jakob immer als Letzter, doch Selma hatte den schmalen, nur von einem Draht gesicherten feuchten Steg entlang

der Felswand und die in den Pfad ragenden schroffen Fels-
beulen gesehen und um seine Hilfe gebeten. ‹Geht schon
los›, hatte Enno gerufen, ‹ich komme sofort nach.› Enno
konnte hier nicht verlorengehen und war zudem ein erfahrener Bergwanderer, so war Jakob mit Selma und Edith den
anderen gefolgt.

Die engen Felswände verstärkten das Rauschen des in
einigen Metern Tiefe durch sein felsiges Bett strömenden
Baches zum Tosen. Als sie den in der täuschenden Akustik
der Felsspalte seltsam verzerrten Schrei hörten, klang es, als
habe jemand aus Vergnügen an Hall und Echo geschrien.
Doch Jakob kannte die Schlucht und ihre Täuschungs-
manöver und eilte zurück.

Nur ein geringes Stück des Weges zurück sah er zuerst
Fritz, der auf dem felsigen Steg kniete. Dann erkannte Jakob die beiden Fäuste, die Fritz' Unterarm umklammerten,
Ennos Kopf und Schultern, die über die Kante ragten. Mit
einem Satz war er neben Fritz, gemeinsam zogen sie Enno
nach oben.

Als alle drei schwer atmend gegen die Felswand gelehnt
saßen, hatte Jakob gefragt, was passiert sei.

Fritz hatte sich den Schweiß von der Stirn gewischt und
gesagt, sie hätten nur zum Bach hinuntersehen wollen und
wohl unterschätzt, dass der Weg ein bisschen abschüssig
und durch die Feuchte glatt sei, jedenfalls sei Enno plötzlich
abgerutscht.

Jakob hatte nur müde genickt. Zum Glück fiel die Felswand an dieser Stelle nicht senkrecht oder nach innen
geneigt zum Bach ab, sondern schräg. Nach dem ersten
Schrecken hätte Enno es auch ohne Hilfe geschafft, wieder
hinaufzuklettern.

«Trotzdem», sagte Selma, als Edith schwieg, «wenn Fritz

nicht gleich nach ihm gegriffen und so den Sturz abgeschwächt hätte, hätte er sich auf den schroffen Steinen den Schädel einschlagen können. Ich glaube nicht, dass er heute Appetit aufs Abendessen hat. Mir dreht sich schon der Magen um, wenn ich nur an diese Felsspalte denke.»

«Ach was.» Edith sah ihre Freundin streng an. «Dir wird immer gleich mulmig, wenn es irgendwo eng wird oder direkt an einem Abhang langgeht. Du solltest besser auf Eiderstedt wandern, da ist meilenweit nur plattes Land. Ich fand den Weg spannend und habe mich keine Sekunde unsicher gefühlt. Na ja, ein- oder zweimal vielleicht, als der Fels so stark überhing, dass man sich zur Seite nahezu über den Bach beugen musste. Das war schon ungemütlich, aber deshalb ist die Yecla-Schlucht so berühmt, wenn's ein schlichter Sonntagsspaziergang wäre, ginge kein Mensch hindurch. Leo? Ein Königreich für deine Gedanken.»

«Das sind sie nicht wert. Ich habe nur überlegt, ob es mit Ennos Erfahrungen als alpiner Bergwanderer vielleicht nicht ganz so weit her ist, wie er erzählt hat», log sie. «Jetzt sollten wir uns beeilen, sonst findet das Abendessen ohne uns statt.»

«Woher wisst ihr so genau, was in der Schlucht passiert ist?», fragte sie, als sie weitergingen.

«Den letzten Teil haben wir gesehen.»

«Und gehört», ergänzte Selma.

«Ja, das, was Fritz und Jakob gesagt haben. Wir sind natürlich *nicht* stehen geblieben. Wir haben Ennos Schrammen gleich mit unserer Wundersalbe versorgt, Ringelblumen und Beinwell, das hilft immer. Das Übrige hat Jakob erzählt, bevor wir am Ausgang der Schlucht die anderen einholten. Wir wollten es natürlich genau wissen, da konnte er machen, was er wollte. Die anderen haben nur eine Kurzfassung gehört:

173

Enno ist gestolpert und abgerutscht, Fritz und Jakob haben ihm wieder auf den Steg geholfen. Punkt. Damit hätten wir uns nicht zufriedengegeben.»

«Klar, ich auch nicht. Was hatte Enno dazu gesagt?»

«Gar nichts», sagte Edith und sah Selma an. «Oder?»

«Gar nichts», betätigte Selma. «Der arme Mann war wohl zu erschreckt.»

Leo nickte. «Sicher war er das. Wo war Rita, als es passierte?»

«Ganz vorne.» Selma neigte sich ihr mit wissendem Lächeln zu. «Die beiden Müllers hatten nämlich in Sachen Harmonie einen schlechten Tag, das kommt in den besten Ehen vor.»

An der Rezeption angekommen, ließen sie sich ihre Schlüssel geben, Leo folgte den beiden Freundinnen langsam die Treppe hinauf. Heute Mittag hatte sie eine Magenverstimmung simuliert, nun war ihr wirklich übel. Enno war zurückgeblieben, um seine Stiefel nachzuschnüren, Fritz hatten Edith, Jakob und Selma weiter voraus bei den anderen vermutet. Wieso war er plötzlich hinter ihnen bei Enno gewesen?

Sosehr sie es versuchte, der Gedanke ließ sich nicht beiseiteschieben. Er zeigte ein Vexierbild. Von einer Seite betrachtet, zog Fritz als Retter in der Not Enno zurück auf den Steg. So, wie Jakob es gesehen hatte. Von der anderen Seite zeigte es, wie Enno sich an Fritz' Arm klammerte, der versucht hatte, ihn hinunterzustoßen.

In ihrem Zimmer rannte Leo schnurstracks zur Minibar und leerte eines dieser winzigen Brandy-Fläschchen in einem Zug. Der Alkohol brannte in ihrem Hals und ließ sie nach Luft schnappen. Schon wieder Fritz. Hatte er nicht von Burguete aus die Möglichkeit gehabt, auf den Pass zu steigen und Benedikt abzupassen? Und nun? Hatte Jakob womöglich nur Schlimmeres verhindert? Jetzt begann sie endgültig Gespenster zu sehen. Welchen Grund sollte ein biederer Sparkassenfilialleiter haben, einen nicht minder biederen Ingenieur im Vorruhestand in einen tosenden Gebirgsbach zu stoßen? Und warum hätte Enno dann geschwiegen?

Kapitel 7

Beim Abendessen fehlte Enno. Es gehe ihm gut, versicherte Jakob, nur zöge er es heute vor, auf seinem Zimmer zu essen. Sein Gesicht, gewöhnlich freundlich und gelassen, wirkte verschlossen. «Wir sind alle froh», fügte er hinzu, «dass Fritz zur rechten Zeit zur Stelle war. Es gibt eine gute Nachricht.» Sein Blick heftete sich unübersehbar auf Selma. «Nina hat sich bei Inspektor Obanos gemeldet, und er hat sich mit ihr im Kommissariat oder wie das hier heißt unterhalten.»

«Dann ist sie noch in Burgos?», rief Rita. Es klang weder freundlich noch besorgt.

«Ja, sie hat nur das Hotel gewechselt. Warum auch immer. Und zu eurer Beruhigung: Sie hat eben auch mich angerufen und sich für ihr wortloses Verschwinden entschuldigt. Vielleicht schließt sie sich uns bald wieder an, denn die allerbeste Nachricht ist, dass es Benedikt besserzugehen scheint. Genaueres weiß ich nicht, aber das ist doch schon was. Wenn es mit ihm weiter bergauf geht, macht sie den Rest der Tour mit uns.»

«Also, ich weiß nicht.» Helene spitzte missbilligend die Lippen. «Wenn Sven hier im Krankenhaus läge, bekämen mich keine zehn Pferde von seiner Seite und aus der Stadt.»

Als Selma bestätigend nickte und beifällig auf den Tisch klopfte, sagte Leo: «Der Platz ist besetzt, Helene. An Benedikts Bett sitzt seine Mutter und weicht keinen Zentimeter. Nina kennt Benedikt besser als wir. Sie haben die Reise gemeinsam geplant und sich sehr darauf gefreut. Es wird in seinem Sinn sein, wenn wenigstens sie bis Santiago kommt und – na ja, dort in der Kathedrale für seine Gesundheit bittet. Ich meine: betet.»

Sie wusste nicht, warum sie Nina verteidigte, eigentlich teilte sie Helenes Meinung.

«Das finde ich auch», sagte Felix. «Der gute alte Jakobus und seine Getreuen helfen immer. Denkt nur an die Hühner-Geschichte von Calzada. Ein voller Erfolg.»

Rita unterdrückte ein glucksendes Lachen, Eva warf Felix einen ärgerlichen Blick zu. «Das ist überaus geschmacklos, Felix», sagte sie. «Um Witze darüber zu machen, ist Benedikt zu krank.»

Erst beim Hauptgang besserte sich die Stimmung, und alle fanden zum üblichen Geplauder und Austausch des am Tag Erlebten zurück. Sven und Caro ereiferten sich noch einmal in einer Meinungsverschiedenheit. Es ging um El Cid, den legendären spanischen Nationalhelden, der mit seiner Gattin Doña Jimena in der Kathedrale begraben lag. Burgos war stolz auf den berühmten Sohn der Stadt, seine Bürger hatten vor fünfzig Jahren auf der nach ihm benannten Plaza ein seinem Beruf entsprechend kriegerisches Reiterdenkmal errichtet. Da saß der eiserne Ritter mit erhobenem Schwert im Sattel und blickte über den Fluss nach Süden, wo es vor einem knappen Jahrtausend gegolten hatte, die Mauren zu schlagen und von der Iberischen Halbinsel zu vertreiben.

Sven schwärmte von dem Mut und den Verdiensten des Ritters Rodrigo Diaz de Vivar, der fast nur unter seinem Ehrennamen bekannt war.

«Ehrennamen, genau», triumphierte Caro. «Den hat er von wem bekommen? Von den Mauren, nach dem arabischen Wort *sayyid* für Herr, daraus haben die Spanier später Cid gemacht. Der edle kastilische Ritter hat nämlich gern mal die Seiten gewechselt. Komischer Begriff von Ehre, findest du nicht? Ich nenne das opportunistische Kriegsgewinnlerei.»

Jakob sah sich besorgt nach dem Kellner um und hoffte, der verstehe kein Deutsch. Die Debatte um die strittigen Details des Seitenwechsels und warum der spanische König El Cid trotzdem hoch geehrt und immens reich gemacht hatte, endete mit dem Servieren des Desserts. Diesmal gab es Vanilleeis mit frischen Pfirsichen, und Jakob nutzte den Moment der Ruhe, um die Pläne für den nächsten Tag zu besprechen. Vorher hatte er Leo einen verstohlen fragenden Blick zugeworfen. Sie hatte genauso verstohlen den Kopf geschüttelt. Die belanglosen Ergebnisse ihrer Internet-Recherche hatten bis morgen Zeit.

Ruth Siemsen stellte fest, dass sie keine Freunde hatte. Es gab Bekannte, auch sogenannte «alte Freunde», doch niemanden, den sie mitten in der Nacht anrufen konnte. Und daran, so hieß es doch, beweise sich echte Freundschaft. Die Erkenntnis schien ihr banal, es war nichts Neues, aber sie machte die Nacht um sie herum trotz der grell angestrahlten Kathedrale schwarz. Sie fühlte sich wie ein in der Fremde ausgesetztes Kind.

Früher hatte sie nie darüber nachgedacht, sie war einfach zu beschäftigt gewesen. Intensive Freundschaften erforderten Zeit und Pflege. Ihre Arbeit im Hotel bedeutete ständige Begegnungen mit Menschen, viele waren schwierig, auf alle hatte sie sich einzustellen. In ihren freien Stunden und Tagen wollte sie Ruhe haben, keine Konflikte und auf keine

Wünsche oder Ansprüche reagieren müssen. Ihr Leben bestand aus ihrer Arbeit, die sie mochte, und ihrem Sohn, den sie liebte. Sogar nachdem Benedikt im dritten Semester ausgezogen war, um mit zwei Freunden eine billige Wohnung in einem billigen Stadtbezirk zu teilen, als er also endgültig begonnen hatte, sein eigenes Leben zu führen, war es so geblieben. Äußerlich hatte sie ihn losgelassen, auch in der Rolle als Mutter folgte sie ihrem Prinzip der Disziplin. Wenn ein Kind erwachsen wurde, musste man es seine eigenen Wege gehen lassen, sich nicht mit ungebetener Fürsorglichkeit aufdrängen, nicht zu viel fragen, noch weniger urteilen. Besonders bei der Wahl seiner Freundinnen.

Es war ihr schwergefallen, entsetzlich schwer, aber sie hatte es geschafft. So, wie sie es geschafft hatte, ihn nach dem Tod seines Vaters alleine gut zu erziehen und ihm die Ausbildung zu ermöglichen, die er sich wünschte. Abgesehen von der komplizierten Phase der Pubertät, in der sie zu wenig Zeit für ihn gehabt hatte, war er ihr immer ein liebevoller Sohn gewesen, auch ein fürsorglicher, besonders in den letzten Jahren, seit er mehr verdiente als sie. Manchmal hatte sie das Gefühl gehabt, er vertausche die Rollen. Das hatte ihr gefallen, sie war es schon lange nicht mehr gewöhnt, umsorgt zu werden.

Beide waren zu beschäftigt, um sich oft zu sehen. Wenn es wieder einmal misslang, einen gemeinsamen freien Abend zu finden, musste ein Telefonat reichen. Ihre Liebe und Vertrautheit war trotzdem stark und verlässlich geblieben, da war stets dieses Gefühl, er sei in ihrer Nähe. Sie war es zufrieden gewesen und hatte nichts vermisst. Im Lauf der Jahre sogar immer weniger eine neue Liebe, einen neuen Mann. Auch dafür hatte sie sich keine Zeit erlaubt. Vielleicht war das falsch gewesen.

Ruth Siemsen schloss ihr Adressbuch, schob es in die Tasche und blickte den Passanten nach. Um diese Stunde waren es nur noch wenige, die meisten gingen raschen Schrittes, nach dem heißen Tag war es wieder kühl geworden. Noch luden keine lauen südlichen Nächte zum Schlendern ein.

Paare, dachte sie, wohin man sieht, Paare.

Niemand beachtete sie, nicht einmal der räudige alte Hund, der an den Ecken schnüffelnd vorbeihumpelte. Sie rieb fröstelnd die kalten Hände gegeneinander und schob sie in die Taschen ihrer Strickjacke. Es war eine gewöhnliche Strickjacke mit ausgebeulten Taschen, die bei dem eiligen, von Panik bestimmten Packen in den Koffer geraten war. Bis vor drei Tagen wäre sie in einer solchen Jacke nicht einmal zum Supermarkt gegangen. Ruth Siemsen, dieses Musterbeispiel an Korrektheit.

Als sie heute das Hospital verlassen hatte – nicht ganz freiwillig, Schwester Luzia hatte sie mit sanftem, aber energischem Druck hinauskomplimentiert und schlafen geschickt –, hatte sie sich wie betäubt gefühlt. Benedikt war «endlich auf dem Weg bergauf», so hatte Dr. Helada gesagt, er sei zuversichtlich, Señor Siemsen werde bald wieder bei Bewusstsein sein. Da war sie beinahe zusammengebrochen, Sterne hatten vor ihren Augen geflirrt, ihr Kopf war schlagartig leer gewesen, der Boden hatte erst aufgehört zu schwanken, als sie Luzias große Hand fest und warm auf ihrer Schulter gefühlt hatte.

Sie hatte nicht gehen wollen. Wenn Benedikt aufwachte, durfte er nicht allein sein, dann wollte sie neben ihm sitzen und ihm die Angst nehmen, die ihn in dieser fremden Umgebung überfallen musste.

Das werde noch dauern, hatte Dr. Helada gesagt, doch der

Blick, den er der Schwester zugeworfen hatte, Ruth Siemsen hatte es genau gesehen, bewies, dass er sie nur beruhigen oder loswerden wollte.

Sie passe auf ihren Sohn auf, hatte Luzia versichert, sie bleibe die ganze Nacht. Ihr Rosenkranz werde sie wach halten.

Ruth Siemsen löste den Blick von den Passanten, die sie ohnedies kaum wahrgenommen hatte, und sah zu den Türmen der Kathedrale hinauf. Während der letzten beiden Tage und Nächte hatte sie gebetet, inbrünstig, flehentlich. Sie hoffte, Gott verzeihe ihr, dass es das erste Mal seit vielen Jahren gewesen war. Die Uhrglocke schlug, vielleicht bedeutete das ein Ja.

Mit Benedikt ging es bergauf. Sie müsste glücklich sein, unendlich erleichtert, voller Zuversicht. Das war sie. Ganz sicher. Warum fühlte sie es nicht? Warum fühlte sie sich nur erschöpft, verloren in einem Sumpf voller schwarzen Nebels?

Vielleicht lag es an der Formulierung. «Bergauf» hatte sie sofort an den Weg in den Pyrenäen erinnert, auf dem der Unfall geschehen war. Der Unfall. Sie hatte darüber nachgedacht, in den vielen Stunden im *hospital* war genug Zeit gewesen und keine Möglichkeit, diesen Gedanken zu entkommen, und endlich hatte sie beschlossen, es bei der Version vom Unfall zu belassen. Vorerst. Was sonst sollte sie tun?

Jetzt sollte sie sich zusammenreißen, endlich in ihr Hotelzimmer gehen und sich in die Badewanne legen, auch ihr Haar brauchte dringend eine Wäsche.

Sie blieb sitzen.

Die Stille des engen Einzelzimmers, der Blick aus dem Fenster in den Hinterhof und gegen die nächste Wand würden ihr wieder das Gefühl geben, im Käfig zu sitzen. Laufen, dachte sie, einmal quer durch die Stadt und dann am Fluss entlang. Wenn man steckenbleibt, muss man sich bewegen, das war ihre strenge Devise.

In dieser Nacht nicht. Sie blieb sitzen, fröstelnd und starr.

Zwei Stimmen lachten, ein bisschen schrill und betrunken. Ein Mann und eine Frau kamen aus der Bodega an der Ecke zur Calle Paloma und gingen, die Arme um die Schultern des anderen, mit nicht ganz sicherem Schritt über die Plaza del Rey, stolperten kichernd die Treppe zur Plaza Santa María hinauf und verschwanden in einer der engen Seitenstraßen. Plötzlich hörte sie auch andere Stimmen, sie hörte Autos, ein knatterndes Moped, Musik aus einer Bar, das Plaudern der Vorbeigehenden. Ihr Kokon aus Einsamkeit hatte sich geöffnet, das Leben der Stadt war wieder da.

Ruth Siemsen erhob sich mit einem entschlossenen Ruck. Sie war nie zuvor abends alleine in eine Bar oder Bodega gegangen, kaum einmal in ein Restaurant. In dieser Nacht war alles besser als das einsame Zimmer. Wenn es niemanden gab, der mit ihr ein Glas auf Benedikts Rückkehr ins Leben trank, tat sie es eben allein.

Schließlich waren die Weinkaraffen geleert, alle verabschiedeten sich und gingen auf ihre Zimmer. Fritz und Rita waren als Erste gegangen, beide schweigsam wie während des ganzen Essens. Die Anerkennung, die Helene auf ihn als Retter mit erhobenem Glas ausgesprochen hatte, hatte er abgewehrt. Es sei nichts gewesen, Enno wäre auch ohne ihn nichts Ernstes passiert. Dann hatte er Jakob nach dem Wetterbericht für morgen gefragt, und das Thema war erledigt.

Auch Hedda war still gewesen, doch bei ihr war das nichts Besonderes.

Leo hatte noch keine Lust, auf ihr Zimmer zu gehen. Sie war hellwach und beschloss zu erkunden, was Burgos bei Nacht bot. Jakob trug ihr halbherzig seine Begleitung an, sie sah sein erschöpftes Gesicht und lehnte dankend ab.

«Mir wäre lieber, du bliebest hier», sagte er. «Burgos ist nicht Neapel oder Mexico City, versprich mir trotzdem, dunkle Gassen zu meiden. Es reicht mir nämlich. Wenn noch etwas passiert, breche ich die Tour ab.»

«Keine Sorge, mir tut keiner was. Mit meinen eins zwei-undachtzig und in diesem Outfit», sie sah an ihrem zerknit-terten Anorak und den Jeans hinunter, «sehe ich weder ver-führerisch noch nach dickem Portemonnaie aus. Ich möchte nur eine Viertelstunde an die frische Luft.»

«Dann verlauf dich nicht, die Nacht ist kalt. Ich bin froh, dass deine Internetrecherche nichts ergeben hat, wobei ich eigentlich nicht weiß, wonach du gesucht hast.»

«Ich auch nicht, Jakob. Das weiß man häufig erst, wenn man es gefunden hat.»

«Kann es sein, Leo, dass du einfach nur verflixt neugierig bist?»

Er hob mit freundlichem Schmunzeln die Hand zum Ab-schied und wandte sich zur Treppe. Nach den ersten Stufen drehte er sich noch einmal um. «Hoffentlich wacht Benedikt wirklich bald auf. Dann erfahren wir endlich, was geschehen ist.»

Leo wies ihn nicht darauf hin, dass das menschliche Ge-hirn in solchen Fällen oft so gnädig war, die Erinnerung an die Momente des größten Schreckens zu löschen.

Sie ließ sich durch die Altstadtgassen treiben, überquer-te die Plaza Mayor und ging weiter bis zum Denkmal des schillernden Nationalhelden El Cid mit dem wilden, bis zur Taille reichenden Bart. An der Brücke über den Río Arlanzón, der Puente de San Pablo, in deren Richtung er drohend sein Schwert schwang, blies ihr kalter Wind entgegen. Sie verzichtete auf den Weg am Fluss entlang und wandte sich wieder nach Norden, zurück in den Schutz der Gassen. Am Tag hatten sich hier die Menschen gedrängt, Autos gehupt, Männer mit Sackkarren laut rufend Platz erbeten, allerdings transportierten sie keine Säcke mehr, sondern Kartons, Kisten oder Kleinmöbel. Jetzt waren nur noch wenige Menschen unterwegs, zumeist raschen Schrittes. Aus gutem Grund, am Himmel zogen schwarze Wolken auf und verdeckten die letzten Sterne.

Aus der offenen Tür einer Bodega hörte sie gedämpfte Musik, ein mit Inbrunst gesungener spanischer Schlager, es klang nach sehr unglücklicher Liebe. Warmer Lichtschein fiel auf die Gasse, als wolle er Leo den Weg zeigen. Sie blickte durch das Fenster neben der Tür, ein Schlaftrunk wäre nicht schlecht.

Die Bodega war klein und von der Art, die sich Touristen wünschen, aber selten finden. Sechs, vielleicht acht Tische, alte Holzstühle und -bänke, auf der Theke thronte ein Sherry-Fässchen, an der Rückwand standen Flaschen aufgereiht, von der Decke baumelten drei Schinken. An dem Tisch nahe der Tür saßen zwei Männer, beide gerade über das Alter hinaus, das man als «die besten Jahre» bezeichnete, an einem anderen ein junges einheimisches Paar, das nur sich selbst beachtete.

Auch an der Theke lehnte ein Paar, die Frau war für Leos Augen von einem so breitschultrigen wie beleibten Mann fast verdeckt. Er lachte, dann beugte er sich vor, legte seine Hand, es war eine wirklich große Hand mit einem breiten Ehering, an den Hinterkopf seiner Partnerin und versuchte, sie zu sich heranzuziehen. Ein Glas fiel um, roter Wein rann über den Tresen, wieder lachte er und zwang die offenbar widerstrebende Frau näher. Ein schmaler Arm in einer nicht mehr ganz sauberen weißen Strickjacke kämpfte sich aus der Umklammerung, holte aus, und eine klatschende Ohrfeige traf das feiste Gesicht des Mannes.

Er fuhr zurück, griff schwankend nach ihren Handgelenken und polterte: «Du blöde Gans. Tu doch nicht so zimperlich. Du hast ja 'ne Meise.»

Er stöhnte auf, seine Schultern ruckten vor. Eine Schuhspitze hatte ihn punktgenau am Schienbein getroffen, was ihn nicht sanfter stimmte.

Die beiden Männer am Tisch, nur zwei Schritte entfernt, beobachteten feixend und einander mit den Ellbogen stoßend die Szene. Das junge Paar rückte nur noch näher aneinander.

Mit zornrotem Gesicht hob der Dicke an der Theke die Hand – und fuhr wütend herum, als sich zwei Fäuste fest um seinen Unterarm schlossen. Er starrte in Leos Gesicht, und der Widerstand seiner Muskeln erlahmte. Sie war einen halben Kopf größer, ihr Anorak täuschte breite Schultern vor, und sie sah mindestens so wütend aus, wie er war.

«Verpiss dich», nuschelte er, um den Rest seiner Ehre zu retten, und versuchte, seinen Arm aus der Umklammerung zu zerren. «Das hier geht dich nichts an. Das ist privat.»

«Das hättest du gerne. Wer sich hier zu verpissen hat, steht außer Frage. Ich bin es nicht.»

Der Wirt kam aus dem Durchgang zur Küche gesaust, das große Schinkenmesser noch in der Hand.

«¿Qué ocurre?», rief er, erkannte, dass ausnahmsweise nicht seine Stammkunden, sondern die Touristen in Streit geraten waren, und fragte noch einmal: «What's going on?»

«Dieser Herr», erklärte Leo ebenfalls auf Englisch, «möchte zahlen und gehen. Und zwar *rápido*.»

Sie ließ den Arm ihres Kontrahenten fallen, starrte ihm in die Augen wie ein Rottweiler, der lange nichts mehr zwischen den Zähnen gehabt hatte, und verkniff sich ein Grinsen, als es funktionierte.

«Scheißweiber», knurrte der Dicke mit dem unterdrückten Zorn des beleidigten Verlierers, warf einen Zwanzig-Euro-Schein auf die Theke und trottete hinaus in die Gasse, immer noch nette Komplimente wie «verlogene Emanzen» und «Scheißlesben, allesamt» vor sich hin grummelnd.

«Ach, du meine Güte», sagte Leo. Sie meinte nicht den verschwundenen Amateur-Macho, sondern die blonde Frau, die mit zitternden Lippen neben ihr stand und versuchte, mit ihrem Ärmel die Weinlache aufzuwischen. Benedikts Mutter war die Letzte, die sie eine halbe Stunde vor Mitternacht und eindeutig beschwipst an der Theke einer schummerigen Bodega erwartet hatte.

«Das sollten Sie dem Wirt überlassen, Frau Siemsen», sagte sie, etwas Klügeres fiel ihr nicht ein, «sonst können Sie Ihre Jacke morgen in den Müll werfen.»

Ruth Siemsen nickte ernst, als habe Leo etwas Bedeutendes verkündet. «Sowieso», sagte sie, «das alte Ding. Ich hatte gehofft, Sie erkennen mich nicht. Aber vielen Dank. Ich wollte mich nur ein bisschen unterhalten, und dann hat dieser Mensch gedacht …»

Sie schwankte, Leo griff nach ihrem Arm und führte sie zur Enttäuschung der immer noch herüberglotzenden beiden Männer hinter eine Säule zu einem Tisch am letzten Fenster.

Sie bat den Wirt um ein Glas Weißwein, eine Karaffe Wasser und einen Kaffee. «Nein», korrigierte sie, «besser Tee.»

Das Bestellte kam prompt, dazu ein Schälchen mit Oliven, ein Teller mit einigen Scheiben der traditionellen Blutwurst und hauchdünn geschnittenem Schinken, ein Körbchen mit Weißbrotscheiben. Die Señora solle essen, erklärte der Wirt mit besorgtem Blick, aber nicht zu viel, das sei ihr jetzt gewiss nicht bekömmlich.

Während er sich hinter seinen Tresen zurückzog, rief er den beiden Gaffern in schnellem Spanisch etwas unfreundlich Klingendes zu, die beiden zogen die Köpfe ein, machten eine wegwerfende Handbewegung und widmeten sich wieder ihrem Gespräch und ihrem Wein.

«Ich hoffe, er hat den Kerlen die Leviten gelesen, weil sie nur neugierig gegafft haben, anstatt Ihnen zu helfen», sagte Leo.

«Das hat er.» Ruth Siemsen ließ den Teebeutel in dem dampfenden Wasserglas kreisen. «Ein oder zwei seiner Worte kenne ich nicht, wahrscheinlich stehen die in keinem Lehrbuch, aber ja, er hat sie abgekanzelt.» Leise aufstöhnend stützte sie die Stirn in die gespreizten Hände. «Es ist mir schrecklich peinlich, Frau Peheim, ich fürchte, ich bin betrunken und habe mich sehr dumm benommen.»

«Sie sind ein *bisschen* betrunken. Das kommt in den besten Familien vor, besonders, wenn man so viel Grund zur Sorge hat wie Sie und wahrscheinlich den ganzen Tag nichts Vernünftiges gegessen hat. Schämen muss sich nur dieser eklige Typ.»

Sie schob Benedikts Mutter Aufschnitt, Oliven und Brot zu, nahm selbst eine Scheibe Schinken und aß genüsslich. Er stellte alles in den Schatten, was sie unterwegs an Geräuchertem bekommen hatten, und stellte den guten Ruf des berühmten *serrano* wieder her.

«Unser Schutzengel hält Sie ganz schön auf Trab», sagte

Ruth Siemsen, «erst schickt er Sie zu Benedikt, jetzt zu mir. Sie sind immer zur Stelle.»

Leo ließ die Olive, die sie gerade aus dem Schälchen gefischt hatte, zurückfallen. «Ich hoffe, Sie wollen damit nicht sagen, das könne kein Zufall sein.»

«Nein. So habe ich es nicht gemeint. Wirklich nicht. Es tut mir leid, dass ich im *hospital* so grob zu Ihnen war. Die Angst um Benedikt», ihre Augen füllten sich mit Tränen, sie wischte sie mit unsicherer Hand fort, «die Angst ist wie ein schwarzes Loch. Ich sehe ihn dort liegen und kann nichts tun. Das ist das Schlimmste, dieses Nichts-tun-Können. Manchmal macht es mich einfach nur wütend.»

Sie zog eine Papierserviette aus dem Brotkorb, putzte sich die Nase und versuchte vergeblich ein ironisches Lächeln. Es sah sehr traurig aus.

«Ich grübele und grübele», fuhr sie fort, als Leo schwieg und sie nur aufmerksam anblickte, «die Gedanken sind wie ein Mühlrad, inzwischen habe ich das Gefühl, gar nichts mehr zu wissen.» Sie wiederholte, als habe sie es auswendig gelernt, was sie schon im *hospital* zu Leo und Jakob gesagt hatte und sich selbst ungezählte Male: Benedikt sei nicht leichtsinnig, der Weg müsse unsicher sein, vielleicht sei eine heftige Bö schuld gewesen.

Sie sprach hastig, als habe sie lange darauf gewartet, dass ihr jemand zuhöre, und könne nicht auf die Geduld ihres Gegenübers vertrauen. Niemand falle ihr ein, der einen Groll auf ihren Sohn haben könne. Das sei einfach nicht vorstellbar. Sie griff nach Leos Wein, nahm einen Schluck und stellte das Glas wieder auf den Tisch. Sicher hatte sie auch niemals zuvor, ohne zu fragen, aus einem fremden Glas getrunken.

«Aber ich muss immer … es ist nur eine Idee, die ist verrückt, aber sie geht mir nicht aus dem Kopf. Nicht mal jetzt.» Sie holte tief Luft, bevor sie fortfuhr. «Als er mir Nina vorstellte, habe ich gedacht, das Mädchen ist nicht gut für ihn. Sie kommt aus sehr reichem Haus, und Benedikt hat nur, was er selbst verdient. Ich finde, das ist viel. Sehr viel sogar. Aber in ihren Kreisen», Ruth Siemsen hob unbehaglich die Schultern, «in ihren Kreisen ist das wenig. Nichts. Ich fand, ihr Einfluss sei nicht gut. Er begann, sich den Gewohnheiten ihrer Freunde anzupassen, jedenfalls war das mein Eindruck. Natürlich geht es mich nichts mehr an, ich habe mir trotzdem Sorgen gemacht.»

«Sind Sie Nina begegnet? Hier in Burgos?»

Ruth Siemsen schüttelte den Kopf. «Ich weiß, dass sie hier ist und Benedikt jeden Tag besucht. Ich bin ständig im Hospital, es gelingt ihr trotzdem, die Stunden abzupassen, wenn ich nicht an seinem Bett sitze. Sie wird ihre Gründe haben, mir aus dem Weg zu gehen. Ich habe mich bemüht, meine Vorbehalte bei unseren wenigen Begegnungen in Hamburg nicht zu zeigen, aber sicher hat sie sie gespürt. Und jetzt, in diesen Tagen, wäre es doch gut gewesen, mit ihr zu reden. Das habe ich mir wohl verscherzt.» Sie blickte Leo mit unruhigem Blick an. «Sie waren dort, als es passierte, nein, verzeihen Sie, kurz nachdem es passiert war. Ich muss es jetzt wissen: War Nina auch da? In der Nähe der Absturzstelle?»

«Nein. Sie war schon ein Stück weiter vorne. Benedikt wollte ständig Fotos machen, obwohl man in dem Nebel dort oben nichts als Dunst vor die Linse bekam, es war eiskalt, da ist sie vorausgegangen. Das ist keineswegs ungewöhnlich, jeder von uns geht mal ein Stück allein, und irgendwo treffen alle wieder zusammen. Frau Siemsen, ich muss es jetzt auch wissen: Nehmen Sie an, Ihr Sohn wurde in die Schlucht gestoßen? Von Nina oder sonst jemand?»

Die beiden Männer am Tisch bei der Tür schoben geräuschvoll ihre Stühle zurück, zahlten an der Theke und gingen hinaus. Zwei neue Gäste kamen herein, offenbar Freunde des Wirts, er begrüßte sie freudig und lautstark und füllte ihre Gläser, ohne eine Bestellung abzuwarten. Ruth Siemsen beobachtete die alltägliche kleine Szene mit zusammengekniffenen Augen.

«Ich mag Ihre Frage nicht», sagte sie zögernd, «weil ich sie mir selbst immer wieder gestellt habe. Benedikt würde es mir nie verzeihen, aber, ja, ich habe daran gedacht. Doch Nina zu verdächtigen ist absurd. Und wenn ich Sie nun richtig verstehe, war sie gar nicht in Benedikts Nähe, als er abstürzte. Sie hatte auch überhaupt keinen Grund zu einem solchen Hass. Man muss doch hassen, um so etwas zu tun. Benedikt hat die Reise ihr zuliebe gebucht. Eigentlich hatten sie eine andere geplant, plötzlich wollte sie unbedingt auf diesem verdammten *camino* wandern, der heilige Jakobus möge mir verzeihen.»

In den Wochen zuvor hatten die beiden Streit gehabt, eine echte Krise, es war von Trennung die Rede, deshalb sei sie erstaunt gewesen, als sie von dem gemeinsamen Urlaub hörte. Benedikt hatte gelacht und gesagt, so sei es eben mit der Liebe, immer auf und ab, da müsse man mal zurückstecken, und die Reise sei auch eine Versöhnungsreise.

«Ich weiß nicht, worum es bei ihrem Streit ging, ich frage Benedikt nie nach diesen Dingen, wenn er nicht von allein erzählt. Es kann nicht bedeutend gewesen sein, dann hätte er es nämlich erzählt.» Sie seufzte und lächelte dünn. «Jedenfalls bilde ich mir das ein. In den endlosen Stunden der letzten Tage habe ich versucht, ehrlich mit mir zu sein, und gemerkt, dass ich gar nicht so viel vom Leben meines Sohnes weiß. Nein, Nina sicher nicht. Ich kann mir auch nicht vorstellen, dass sie zu einem plötzlichen Zornausbruch in der Lage ist. Sie ist so schrecklich beherrscht. Sie strahlt etwas – Einsames aus, finden Sie nicht?»

«Ein bisschen», sagte Leo und dachte, es müsse etwas dran sein an der These, nach der Männer sich mit Vorliebe in Frauen verlieben, die ihrer Mutter ähneln. «Woran haben Sie sonst gedacht? An wen?»

«Ich glaube, ich werde wieder nüchtern, Frau Peheim. Ich registriere nämlich, dass ich hier mit Ihnen sitze, einer mir völlig fremden Person, und von absolut privaten Angelegenheiten rede, die dazu ins Reich der Verschwörungstheorien gehören. Das ist sonst nicht meine Art. Aber ich bin noch nicht nüchtern genug, meinen Mund zu halten. Denken Sie, der Wirt schenkt mir trotz des Auftritts von vorhin noch ein Glas ein?»

Leo lachte, stand auf und kam nach einer Minute mit einem Glas und einem tönernen Krug zurück. Sie füllte das Glas, schenkte auch sich nach und sah ihr Gegenüber aufmunternd an.

«Ich glaube, nicht nur Nina ist schrecklich beherrscht. Haben Sie keine Sorge. Wir reisen morgen früh weiter, dann werden wir uns nicht mehr sehen. Im Übrigen bin ich berüchtigt für meine Neugier, von Indiskretion war noch nie die Rede. Ich weiß, dass Sie mit Inspektor Obanos gesprochen haben, Frau Siemsen, wir auch. Er hat uns alle befragt. Wenn es einen ernsthaften Verdacht gibt, wird er dem ohnedies nachgehen. Aber Verschwörungstheorie klingt interessant. Vielleicht hilft es Ihnen beim Nüchternwerden, wenn wir sie auseinandernehmen. Wer, fürchten Sie, könnte an Benedikts Unfall schuld sein? Hat es mit seinem Beruf zu tun?»

Ruth Siemsens Hände schlossen sich fest um den Weinkrug, während sie Leo kurz und prüfend musterte.

«Wie kommen Sie darauf?», fragte sie. «Ach, egal. Es ist einfach zu abenteuerlich, ein ganz schlechter Film. Trotzdem, es hat mit seinem Beruf zu tun. Er ist Anwalt, das wissen Sie vielleicht, und arbeitet in einer großen Kanzlei. Ich bin so stolz gewesen, es ist eine Kanzlei mit Verbindungen in der halben Welt. Ich hatte gedacht, so etwas gibt es nur in den USA. Inzwischen bin ich nicht mehr ganz so stolz und weiß, ich war naiv. Sie haben sicher von den Prozessen gegen diesen Bradovic-Clan gelesen. Unsaubere Immobiliengeschäfte, Korruption, Geldwäsche, Anlagebetrug – lauter Millionengeschäfte. Diese Männer werden von einer Gruppe von Anwälten der Kanzlei vertreten, für die Benedikt arbeitet, ja, und bei einem der Prozesse gehörte mein Sohn dazu. Der Angeklagte gilt nur als Randfigur in dem vermuteten kriminellen Netz, er ist erst sechsundzwanzig Jahre alt. Kurz und gut», sie nahm einen tiefen Schluck aus ihrem Glas, «die Anwälte hatten wohl eine Bewährungsstrafe in Aussicht gestellt, mit sehr viel Glück sogar einen Freispruch. Das Gericht sah es anders. Es tauchten neue Zeugen auf, es gab neue Beweise – ach, ich weiß nicht, jedenfalls wurde er zu drei Jahren Gefängnis verurteilt. Ohne Bewährung.»

«Aber Ihr Sohn war doch nur *einer* der Anwälte. Und hat er nicht vor allem im Hintergrund gearbeitet?»

Ruth Siemsens Blick wurde schlagartig wieder wachsam. «Woher wissen Sie das? Kannten Sie Benedikt schon vor der Reise?»

«Nein», beeilte sich Leo zu versichern, «natürlich nicht. Sie sagten, er arbeite erst seit kurzer Zeit für diese Kanzlei. Außerdem ist er ein noch junger Anwalt, Mandanten dieser Art lassen sich von erfahrenen Spitzenanwälten vertreten.»

«Wenn es ernst wird, von einer ganzen Armee. Entschuldigen Sie, eigentlich bringt mich nichts so schnell aus der

Ruhe, aber in diesen Tagen macht mich die Fliege an der Wand misstrauisch. Benedikt gehörte dazu, er war, wie Sie vermuten, nur einer von mehreren. Er hat den großen Kollegen zugearbeitet.»

«Und nun befürchten Sie trotzdem, dass dieses Urteil zu einem Racheakt geführt hat?»

«Befürchte ich das?» Sie nippte an ihrem Tee und rührte eine doppelte Portion Zucker hinein. «Mal ja, mal nein. Benedikt hatte mehrfach Kontakt zu diesem Mandanten, der mochte meinen Sohn, vielleicht weil er ihm vom Alter her am nächsten war. Vielleicht glaubte er auch, er könnte auf ihn Eindruck machen. Er hat davon geredet, dass er ihm besonders lukrative Aufträge verschaffen will, sobald er aus der Untersuchungshaft entlassen ist. Ich denke, er wollte sich nur wichtig machen, ein Angeber. Andererseits heißt es, er sei ein Liebling des Clan-Chefs, ein möglicher Schwiegersohn in spe. Mein Gott», ihr Mund verzog sich zu einem bitteren Lachen, «das hört sich an wie eine mittelalterliche Ritterschmonzette.»

«Da sind wir in der richtigen Region», sagte Leo, «hier wimmelt es von mysteriösen Abenteuer- und Rittergeschichten.» Sie bereute den Satz sofort, er musste Ruth Siemsens Phantasien anfachen wie der Wind das Feuer. «Wäre das nicht zu umständlich und aufwendig?», fuhr sie rasch fort und versuchte, sich nicht anmerken zu lassen, dass sie diese Spur schon im Internet entdeckt hatte. «Der Prozess war in Hamburg, diese Leute leben in Hamburg, und soviel ich weiß, betreiben sie ihre Geschäfte von dort. Warum sollten sie sich die Mühe machen, ihren Anschlag ausgerechnet weit entfernt in den spanischen Pyrenäen auszuführen? Das ginge in einer Großstadt wie Hamburg leichter und unauffälliger.»

«Ganz einfach», Ruth Siemsens Augen glänzten, vielleicht vor Triumph, vielleicht nur vom Wein, «weil der verurteilte Mandant wohl deutscher Staatsbürger ist, aber aus einer nordspanischen, ich glaube aus einer baskischen Familie stammt. Er wird hier noch genug Verwandtschaft haben. Dies ist nicht Albanien, wo es noch die Pflicht zur Blutrache gibt, aber Familie gilt hier noch mehr als bei uns.»

Sie lehnte sich mit unterdrücktem Stöhnen zurück und presste beide Hände auf ihr Gesicht. Leo blickte zur Theke, die Freunde des Wirts verabschiedeten sich, er trocknete gähnend die letzten Gläser. Es war weit nach Mitternacht, sie waren die letzten Gäste.

«Was soll ich nur tun?», murmelte Ruth Siemsen. «Ich hatte gedacht, wenn er erwachsen ist, hört die ständige Sorge auf. Ich kann doch nicht mein Leben lang auf ihn aufpassen.»

«Kommen Sie, Ruth, wir müssen gehen.» Leo stand auf. «Unser geduldiger Wirt schläft schon im Stehen.»

Sie ging zur Theke und zückte ihr Portemonnaie. Sie verstand nicht, was der Wirt ihr wortreich zu erklären versuchte, die Müdigkeit ließ ihn vergessen, dass er eine Touristin vor sich hatte, die seine Sprache nicht beherrschte. Als sie ihr Wechselgeld zurückbekam, begriff sie. Er hatte sich nur den Wein bezahlen lassen.

Leo nahm Ruth Siemsens Arm, sie ließ sich willig in die Gasse hinausführen. Während des Gesprächs hatte sie wieder nüchtern gewirkt, vielleicht ließ nur die Erschöpfung sie jetzt schwanken.

Nach einigen Schritten blieb Leo stehen und sah sich um. Die Gasse lag im Dunkel, nur hinter wenigen Fenstern in den oberen Stockwerken brannte noch Licht. In den Parterreräumen befanden sich kleine Werkstätten, Lagerräume und Läden, die Material für Klempner- oder Gartenarbeiten und altmodisches Haushaltsgerät wie Zinkwannen, Plastikgeschirr und Fleischwölfe anboten, dazwischen ein Antiquitätengeschäft, die staubige Auslage ließ selbst in der Dunkelheit eher auf Trödel als antike Schätze schließen.

«Wissen Sie, wo wir sind?», fragte Ruth Siemsen und versuchte vergeblich, einen Schluckauf zu unterdrücken. «Ich habe nämlich keine Ahnung.»

«Ich schon», behauptete Leo, «so ungefähr.»

Sie vertraute auf ihren guten Orientierungssinn, mit dem Gewirr der Altstadtgassen mochte er allerdings überfordert sein. Kein Grund, das zu erwähnen. Niemand war mehr unterwegs, den sie hätten fragen können. Von den großen Straßen außerhalb der Altstadt klang das Geräusch von Automotoren herüber, aus einem Hof hinter einer hohen Pforte das kämpferische Fauchen zweier Kater, irgendwo klappte eine Holztür zu – sonst war es ruhig. Einmal glaubte sie, Schritte zu hören; als sie sich umdrehte, war die Gasse leer und still. Sie hatte den Stadtplan gründlich studiert und sorgte sich nicht, in Burgos gelangte man unweigerlich auf einen der großen Plätze, an den Fluss im Süden, den Burgberg mit dem Arco de San Esteban im Norden oder einfach zu einem Wegweiser zur Kathedrale. Das konnte einen lästigen Umweg bedeuten, doch wie Jakob gesagt hatte: Burgos war weder Neapel noch Mexico City.

«Hier entlang.» Leo zog Ruth Siemsen in eine abzweigende Gasse und zeigte zum Himmel. «Was über den Häusern so leuchtet, kann nur der Lichtschein der Kathedrale sein, von dort sind es nur ein paar Schritte zum Hotel.»

Ruth Siemsen kämpfte immer noch mit ihrem Schluckauf. Sie hatte zwanzig Jahre lang stets und ständig für alles und jedes Verantwortung getragen und Entscheidungen treffen müssen. Es gefiel ihr, nun einfach zu folgen, ohne eine Sekunde an den Gedanken zu verschwenden, ob sie auf dem richtigen Weg waren. Nüchtern hätte sie sich nicht darauf eingelassen, nüchtern musste sie stets die Kontrolle behalten.

«Was ist los?», fragte sie, als Leo stehen blieb. «Geht's hier nicht weiter?»

«Doch.» Leo blinzelte mit zusammengekniffenen Augen in die sich zum Gang verengende Gasse und senkte unwillkürlich die Stimme. «Ich weiß nur nicht, ob wir hier in einer fremden Garage oder Werkstatt landen», flüsterte sie, «oder ob es am Ende dieses schwarzen Schlauches weitergeht. Vielleicht sollten wir besser umkehren.»

«Umkehren? Auf keinen Fall. Wissen Sie *ungefähr*, wo wir sind?»

«Fast am Hotel. Glaube ich. Auf alle Fälle in der richtigen Richtung, vor uns ist immer noch der helle Schein von der Kathedrale.»

«Dann gehen wir weiter.»

«Durch diesen Tunnel?»

«Egal. Ich brauche mein Bett, sonst müssen Sie mich gleich tragen.» Ruth Siemsen kicherte mit ungewohnter, doch höchst angenehmer Leichtfertigkeit. «Gemeinsam sind wir stark. Sie und ich und unser Schutzengel.»

«Na gut», sagte Leo. «Für zwei samt Schutzengel ist der Gang nicht breit genug. Ich gehe vor, halten Sie sich an meinem Anorak fest.»

«Wir sind doch nicht im Kindergarten», nuschelte Ruth und griff trotzdem folgsam nach dem Anorak. «Los, gehen Sie schon, es kann ja nicht mehr weit sein.»

Leos Augen versuchten, sich an die Dunkelheit zu gewöhnen, vor allem nahm sie Gerüche wahr – danach war dies kein für Menschen gedachter Durchgang, sondern die Abflussrinne einer Kloake. Wieder hörte sie ein rhythmisches Geräusch, ohne erkennen zu können, ob es von vorne oder hinten kam. Aus beiden Richtungen? Ein Königreich für eine Taschenlampe. Die lag gut verwahrt in ihrem Rucksack im Hotel. Leo hielt sich für halbwegs mutig, aber sie wusste auch, wann es besser war, die Beine in die Hand zu nehmen. Nämlich jetzt. Leider war das unmöglich, Ruth Siemsens tapsige Schritte verrieten, dass an schnelleres Vorankommen nicht zu denken war. Es war auch längst zu spät. Das Geräusch, das so verdächtig nach Schritten klang, war sehr nah. Es kam nun eindeutig von vorne, von dort, wo sich ein Schatten rasch auf sie zubewegte.

Die Töne schnitten wie scharfe Messer in den Körper und die Seele. Auch wenn sie wie oft leise begannen, sich aus der Ferne langsam, doch unaufhaltsam näherten, klangen sie schon schrill, tanzten auf und ab in einer furiosen Melodie. Es war keine Melodie, es war ein Schreien. Je näher es kam, umso unerträglicher wurde es, bohrte sich in die Ohren, in den Kopf, füllte den ganzen inneren und äußeren Raum. Und dann tauchte der Mund auf, zahnlos und verzerrt. Endlich die Augen. Das war das Schlimmste. Die leeren Augen über dem schreienden Mund. Das Schreien übertönte das Hämmern, dieses unerklärliche Hämmern. Fäuste auf Holz? Es schrie und schrie und schrie – und plötzlich war es still. Grauenvoll und erlösend zugleich.

Stille.

Nur die Augen waren noch da. Und der Mund. Und das Hämmern. Das Hämmern hörte nicht auf. Bis der Traum endete, einer Explosion gleich den Schlaf zerriss, der in diesen

Nächten die Qual zurückbrachte. Die Qual. Das Entsetzen. Den ohnmächtigen Zorn.

Der grelle Schein einer Taschenlampe blendete Leo, bevor sie sich umwenden konnte. Es wäre auch nutzlos gewesen, mit Ruth Siemsen war Flucht unmöglich.

«Kann es sein, dass Sie sich verirrt haben?», fragte eine Männerstimme.

«Das sage ich Ihnen, wenn Sie die blöde Lampe senken», fauchte Leo. «Soll ich blind werden? Und dann lassen Sie uns vorbei, wir finden unseren Weg alleine.»

Der Lichtschein senkte sich, und sie sah in ein gespenstisch von unten beleuchtetes Gesicht. Ruth Siemsen drängte sich mit einem erschreckten Schluckauf nach vorne.

«Ach, Sie sind's nur», sagte sie mit einem erleichterten Seufzer und ließ sich erschöpft gegen die Mauer fallen.

«Ja», sagte der Mann, «ich bin's nur. Wir kennen uns auch», erklärte er, an Leo gewandt. «Ich habe Sie heute Nachmittag vom Computer vertrieben, erinnern Sie sich? Wir wohnen im selben Hotel.»

Leos Knie wurden vor Erleichterung weich. Nie wieder würde sie behaupten, Dunkelheit könne sie nicht schrecken.

«Ich glaube gern, dass Sie den Weg alleine finden.» In seiner Stimme schwang unüberhörbar Amüsement mit. «Wenn Sie erlauben, werde ich Sie trotzdem begleiten, wir haben den gleichen Weg. Sie gehen zwar eine passable Abkürzung, die sonst nur Einheimische kennen, aber in der falschen Richtung. Für einen ausgedehnten Nachtspaziergang ist es zu kalt, finden Sie nicht?»

Ohne eine Antwort abzuwarten, schlüpfte er aus seiner Lederjacke, hängte sie der frierenden Ruth um die Schultern und übernahm die Führung. Auch im kurzärmeligen Polohemd störte ihn die Kälte offenbar wenig. Ruth Siemsen folgte ihm, diesmal ohne die Hand an einem Anorak, Leo schloss sich erleichtert an.

Schon nach wenigen Minuten standen sie vor ihrem Hotel. Die Rezeption war um diese späte, besser gesagt: frühe Stunde nicht mehr besetzt. Ihr Retter in der Nacht zog seinen Schlüssel heraus, öffnete die Tür und ließ ihnen höflich den Vortritt.

Ruth Siemsen bedankte sich, endlich ohne Schluckauf, bei dem Mann, dessen Namen sie nicht wussten, und reichte ihm seine Jacke. Er legte sie sich über den Arm, nicht schnell genug, dass Leo die dezente Tätowierung übersehen hätte, doch zu schnell, als dass sie erkennen konnte, was sie zeigte. Es hatte nach einem Kreuz ausgesehen. Nach einem Kreuz und …?

Es interessierte sie nicht. Nicht jetzt. In dem sicheren Hort angekommen, spürte sie plötzlich bleierne Müdigkeit. Sie wollte nur schlafen. Er begleitete Ruth fürsorglich bis zu ihrer Tür, Leos Zimmer lag vier Türen weiter auf derselben Etage. Nachdem sie sich verabschiedet und sogar daran gedacht hatte, Ruth viel Glück zu wünschen, drehte sie sich nicht mehr um, doch sie spürte den Blick des fremden Mannes noch im Rücken, als sie die Tür hinter sich ins Schloss zog und den Schlüssel zweimal umdrehte.

Kapitel 8

Freitag / 6. Tag

Am Morgen fand Leo vor ihrer Tür ein Kuvert mit dem Hotel-Logo und ihrem Namen, auf der Rückseite standen in akkurater, sehr aufrechter Schrift die Buchstaben R. S. Trotz der nächtlichen Turbulenzen war Ruth Siemsen sehr früh aufgestanden. Obwohl Leo wie meistens spät dran war, öffnete sie in der Fensternische bei der Treppe den Brief. Die wenigen Zeilen zeigten, dass Benedikts Mutter den Schutzwall ihrer Contenance wieder aufgerichtet hatte. Sie bat um Nachsicht für ihre unentschuldbare Unbeherrschtheit und den leichtfertigen Umgang mit dem ungewohnt starken Wein, bedankte sich für die Unterstützung und bat zu vergessen, was sie berichtet habe, insbesondere von Benedikts Beteiligung an dem Domingo-Prozess. Ihre Erinnerung hatte den Namen also doch wieder hergegeben.

Im hellen Licht des Morgens, schrieb sie weiter, sei klar zu erkennen, dass diese Überlegungen einzig der Sorge um ihren Sohn zuzuschreiben seien. Sie vertraue auf die zugesicherte Diskretion, wünsche eine angenehme Weiterreise und verbleibe mit besten Grüßen.

Seltsamerweise hatte sie trotz des kühlen Tons in der unteren linken Ecke ihre Handy-Nummer notiert. In kleiner Schrift, als habe sie Sorge, aufdringlich zu wirken. Nach kurzem Zögern klopfte Leo an ihre Tür, Ruth Siemsen öffnete nicht, und auch bei angestrengtem Lauschen war aus dem Zimmer kein Geräusch zu hören.

Punkt neun verließ die Gruppe das Hotel und machte sich auf den Weg zum Bus vor dem Arco de Santa María. Enno zeigte wieder die gewohnte Munterkeit, nur ein sehr misstrauischer Mensch konnte annehmen, sie wirke ein wenig künstlich und er halte Abstand zu Fritz und Rita. Am Bus angekommen, sah Leo sich nach Nina um, sie war nicht da. Die Reise ging ohne sie weiter.

Dieser Tag verlief endlich wie ein ganz normaler Wandertag. Ignacio fuhr die Gruppe bis Tardajos, einem bescheidenen Dorf zehn Kilometer westlich von Burgos inmitten einer kargen, dünnbesiedelten Meseta-Landschaft. Es war warm geworden; selbst als es zu regnen begann, blieb die Luft auch auf der Hochebene mild. Sie passierten Hornillos del Camino, ein Straßendorf der Region wie aus der Werbebroschüre, mit einem Kirchlein in seiner Mitte und hermetisch wirkenden Steinhäusern, die wohl schon die Tempelritter hatten vorbeiziehen gesehen, vor Türen und Fenstern blühten üppig Rosen und Geranien.

Weiter ging es vorbei an Pappelplantagen aus schnurgeraden Baumreihen und durch endlose Getreidefelder, die hier und da von aus der Ackerkrume geklaubten, mit Klatschmohn und wilder Kamille überwucherten Feldsteinhaufen gekrönt waren. Bunte Inseln in einem grünen Meer.

Meseta bedeutete «hohes flaches Land», hier wellten sich harmlos aussehende, gleichwohl anstrengende Hügel. Richtig beschwerlich wurde der Weg auf den letzten Kilometern vor Hontanas, wo der sanfte, doch unermüdlich fallende Regen entlang eines Baches die lehmige Erde durchweicht hatte. Sie klumpte sich bei jedem Schritt unter den Wanderstiefeln zusammen und verwandelte sie in matschige Stelzen. Ein schillernder Doppelregenbogen, dessen Enden vor einem Himmel aus Azur und Schwarzblau aus den leuchtend grünen Feldern aufstiegen, entschädigte für die Beschwerlichkeit.

Wenn man beide Enden sehe, erklärte Eva Leo mit strahlendem Lächeln unter ihrer tropfenden Kapuze, sei das ein Glückszeichen, bei einem der noch selteneren doppelten Bögen müsse das doppeltes Glück bedeuten.

«Hoffentlich», knurrte Caro, während sie sich mit einem spitzen Stein mühte, die dicken Lehmklumpen von ihren Schuhen zu lösen. «Heute will ich gerne an die wundersamen Wirkungen banaler Luftspiegelungen glauben. Mir reicht zu meinem Glück schon, wenn die Wolken endlich den Hahn zudrehen und meine Füße Asphalt oder soliden Schotter unter den Sohlen spüren.»

Beides ging in Erfüllung. Als der *camino* sich am Rand der Meseta plötzlich steil zum Dorf hinunterwand, versiegte der himmlische Wasserfall, die Sonne gab ihr Bestes, die Erde dampfte, und der wieder feste Weg machte die Schritte leicht. Ein Milchkaffee in der kleinen Dorfkneipe nahe dem uralten Gebäude des ehemaligen Pilgerhospizes komplettierte das Glück. Noch glücklicher war Leo, als sie am Dorfausgang, wo der Weg die Landstraße querte, den Bus entdeckte. Sie waren seit gut sechs Stunden unterwegs – genug für einen Tag.

Die Hälfte der Gruppe teilte ihre Meinung. Nur Enno, Caro, Felix, Rita und Hedda nahmen mit Jakob den letzten Teil der Tagesetappe bis Castrojeriz in Angriff. Die «Faultiere», als die Felix sie lachend beschimpft hatte, befreiten ihre müden Füße von den schweren lehmverkrusteten Stiefeln, verspeisten die Reste des Picknicks oder legten sich auf ihren Regenumhängen ins feuchte Gras und ließen sich von der Sonne bescheinen. Leo sah den ziehenden Wolken nach, lauschte dem behäbigen Summen einer Hummel – die sich an einer schwankenden blauvioletten Glockenblume gütlich tat – und war schon eingeschlafen.

Als Edith sie weckte – Ignacio warte, es sei nun Zeit aufzubrechen –, schrak Leo aus einem flüchtigen Traum auf, dessen Bilder sofort schwanden. Ein schönes Gesicht war darin erschienen und eine kleine Tätowierung.

Der Nachmittag war weit fortgeschritten, der Himmel hatte wieder einen grauen Vorhang vorgezogen. Sie war immer noch schläfrig, zu sehr, um sich selbst auf die Lektüre von Cees Nootebooms «Der Umweg nach Santiago» zu konzentrieren, diese so wunderbar und umfassend erzählte Reise durch die vielfältigen Landschaften Spaniens. Am Morgen hatte sie sich vorgestellt, während der langen Wanderung dieses Tages alles zu überdenken, was bisher geschehen war, was sie von Ruth Siemsen erfahren und im Internet gefunden hatte. Ein fruchtloser Vorsatz. Der Sog des Gehens, das Gleichmaß der Schritte, hatten ihre Gedanken wieder in tausend Richtungen wandern und schon im nächsten versickern lassen. Die Weite und Stille, die Ruhe dieser Landschaft, in der ihnen außerhalb der Dörfer bis auf einen Schäfer mit seiner Herde und ein schwerbepacktes Pilgerpaar niemand begegnet war, zeigte das Geschehen der letzten Tage in blassem Licht. Als sei es schon weit entfernt.

Tatsächlich war, was sie wusste, wenig und belanglos. Wäre in Burgos nicht dieser Inspektor aufgetaucht, hätte er nicht angedeutet, dass mit Benedikts Unfall womöglich etwas nicht stimme, hätte sie bei aller Neugier und ihrem Hang, Dingen auf den Grund zu gehen, kaum länger darüber nachgedacht. *Wahrscheinlich* nicht.

Leo ließ ihren Blick träge durch den Bus gleiten. Alle dösten oder lasen, Ignacio hatte eine CD eingeschoben, mehr für sich als für seine Passagiere. Das «Concerto de Aranjuez», für Liebhaber klassischer spanischer Musik der reinste Gassenhauer, klang so leise aus den Lautsprechern, dass es sich mit dem Motorgeräusch vermischte.

Ihr Blick fiel auf ein dickes, in dunkelrote Pappe gebundenes Heft auf der Nachbarbank. Auch heute war dort Heddas Platz, sie hatte das Heft am Morgen aus ihrem Rucksack gezogen, um sich auf der langen Strecke dieses Tages mit möglichst wenig Gepäck zu belasten. Sie hatte es unter einem Halstuch verborgen, das durch das Schaukeln des Busses heruntergerutscht war. Es sah wie ein Skizzenblock aus, und während Leo noch halbherzig überlegte, ungefragt einen Blick hineinzuwerfen, trotteten zwei gehörnte weiße Rinder auf die Straße, Ignacio trat herzhaft fluchend auf die Bremse, und der Block sauste vom Sitz unter die vordere Bank. Natürlich konnte sie es dort nicht liegen lassen und erst recht nicht einfach wieder zurücklegen.

Was Leo sah, machte sie hellwach. Hedda war keine, von der man auf den ersten Blick oder auch nach wenigen Tagen vermuten konnte, was sie bewegte, welche Vorlieben oder Talente sie barg. Sie zeigte sich freundlich, aber verschlossen, sie gab selten preis, was sie dachte, nie, was sie fühlte, nichts an ihr ließ vermuten, dass sie das zeichnend auszudrücken verstand.

Leo hatte sie niemals mit Block und Zeichenstift gesehen, doch die Skizzen mussten Heddas eigenes Werk sein. Sie erkannte die aus wenigen Strichen eines weichen Bleistifts entstandenen Porträts von Ignacio und Enno, die Frau mit der Muschel auf der Stirn musste Eva sein, Rita mit strengem Blick, Selma – oder Edith? – steckte ihre Nase in eine Rosenblüte. Der lachende Felix war so leicht zu identifizieren wie die vergnügte dicke Nonne mit der Zahnlücke in der *hostele-*

ría von Santo Domingo de la Calzada, Hedda hatte ihr einen krähenden Hahn auf die Schulter gesetzt.

Andere, die Hedda für misslungen halten mochte, waren halb fertig durchkreuzt. Dazwischen angedeutete Landschaften und Gebäude, die Silhouette eines Dorfes, der ebenfalls durchkreuzte Versuch des Arco de Santa María in Burgos. Ein Blatt war allein schroffen Felsen vorbehalten, über denen hoch am Himmel große Vögel kreisten. Weiter zurückblätternd fand sie eine Serie von Madonnen mit dem Kind, alle mit diesen traurig-leidenden Gesichtern, wie sie sie während der letzten Tage oft in den Kirchen gesehen hatten. Märtyrergesichter. Die Marien mit frohem oder beseeltem Lächeln entdeckte sie nicht.

Noch weiter zurück das Kind ohne Madonna, noch einmal, zehn oder zwölf Versuche. Keiner war beendet worden. Ein anderes Gesicht wiederholte sich mehrfach. Es zeigte einen Mann, besonders flüchtig gemalt, doch erkennbar.

Der Bus hielt an einer Abzweigung, eine schmale, von Bäumen gesäumte Straße nach dem nur in alter Zeit bedeutenden Castrojeriz und der auf einer Hügelkuppe über dem Ort thronenden trutzigen Burgruine. Ein sehr altes steinernes Pilgerkreuz und ein sehr neues blaues Schild mit dem gelben Muschelzeichen standen nebeneinander zwischen Disteln und Gestrüpp, als ungleiches Paar ein Symbol für die Verbindung von Geschichte und Gegenwart auf dem *camino*.

Auf dem Weg, der ein wenig oberhalb der Straße durch die Felder heranführte, näherte sich der wandernde Rest der Gruppe, nah beieinander, niemand fehlte. Enno schwang winkend einen nahezu schulterhohen kräftigen Wanderstock, ein nützliches Fundstück. Seinen alten hatte er bei der ersten Wanderung im Nebel bei einer Rast liegengelassen.

«Nun reicht es aber für heute», rief Felix stöhnend, als er in den Bus kletterte, «dreißig Kilometer! Ich gehe keinen Schritt mehr. Selbst ins Bett müsst ihr mich tragen.»

Alle lachten, und als jeder seinen Platz gefunden und Jakob pflichtschuldig durchgezählt hatte, rollte der Bus weiter. Bis Frómista, dem Ziel für die Nacht, waren es nur noch fünfundzwanzig Kilometer.

Hedda lehnte sich erschöpft in die Bank, ihren Skizzenblock im Schoß. Leo hatte ihn rasch zurückgelegt, als sie die Wandernden entdeckte.

Sie hörte den Berichten von der letzten Etappe zu, die zwischen den Sitzreihen ausgetauscht wurden, sie hatte nichts versäumt.

«Und was habt ihr gemacht?», fragte Hedda. «Gefaulenzt?»

«Ja. Geschlafen, Bus gefahren, gefaulenzt. Ich muss dir etwas beichten. Vorhin ist dein Skizzenbuch vom Sitz gerutscht, ich habe es aufgehoben und, na ja, da habe ich hineingesehen. Ich hoffe, du nimmst es mir nicht übel. Du zeichnest fabelhaft, Hedda. Warum versteckst du das?»

«Das tue ich gar nicht.» Hedda saß nun sehr aufrecht, öffnete ihren Rucksack, schob das Skizzenbuch hinein und schloss ihn sorgfältig. «Soll ich es etwa hochhalten? ‹Guckt mal, hier!›, ich kann auch was›? Ich zeichne überhaupt nicht fabelhaft. Hast du mal die Zeichnungen von Albrecht Dürer gesehen? Die sind fabelhaft. Dagegen sind meine nichts. Gar nichts. Ich mache das nachts oder wenn ich sehr früh aufwache. Nur für mich. So soll es auch bleiben. Du hast es doch nicht herumgezeigt?»

Leo schüttelte den Kopf. Sie fand den Vergleich mit einem Genie wie Dürer falsch, der konnte nur deprimierend ausfallen, aber sie verstand Heddas Scheu. Die Artikel, die sie schrieb, wurden veröffentlicht, doch sie kannte die Leser nicht. Obwohl ihr Name darunterstand, blieb das schützende Gefühl der Anonymität. Freunden zeigte sie ihre Manuskripte nie.

«Wenn es dir lieber ist, behalte ich mein Wissen um deine Kunst natürlich für mich, aber …»

«Keine Kunst.» Heddas Stimme klang abwehrend und rau. «Es ist nur wie Tagebuchschreiben. Das interessiert niemand. Soll es auch nicht.»

«Schon verstanden. Trotzdem, wo hast du das gelernt?»

«Wo? In einem Kurs», erklärte sie achselzuckend. «Ein Kurs in … so einer Art Volkshochschule. Dort kann man manches lernen, wenn man lange genug Zeit hat.»

Sie lehnte sich wieder zurück und schloss die Augen. «Ich bin müde», murmelte sie. Und: «Es hat so lange gedauert.»

Leo hingegen war immer noch hellwach. Sie griff nach ihrem Buch und vertiefte sich für die letzten Kilometer in das Kapitel «Wintertage in Navarra».

Die östliche Provinz Nordspaniens lag längst hinter ihnen, sie durchquerten nun das nördliche Kastilien, auch von Wintertagen konnte keine Rede sein. Aber so schöne Sätze wie *«graue, braune, purpurne Landschaften, der große Malkasten der Elementarfarben»* oder *«Heute weht ein böser Wind über die Ebene, ein Wind, der von weit her kommt und unterwegs niemandem begegnet ist.»* oder *«Wenn man anhält, hört man die Stille rauschen.»* beschrieben die verschiedenen Etappen auch ihrer Tour. Sie hatte begonnen, dieses Buch zu lieben, allerdings barg es eine Gefahr: Es machte die eigene kleine Reise banal und weckte den brennenden Wunsch, sich wie der niederländische Autor durch dieses weite fremde Land mit seiner wilden Geschichte treiben zu lassen, hier abzubiegen, dort ein Weilchen zu bleiben, noch einen unbekannten Weg einzuschlagen, eine geheimnisvoll im Dunst aufragende Festung zu suchen.

«Aussteigen, Leo!», hörte sie plötzlich Jakobs Stimme, «du schläfst besser wie wir im Bett.»

Sie hatte nicht bemerkt, wie alle ausstiegen, und sah sich verblüfft um. Der Bus stand auf dem Parkplatz vor San Martín in Frómista gegenüber dem Hotel für diese Nacht. Die berühmte, fast ein Jahrtausend alte romanische Kirche war die letzte Überlebende einer großen Klosteranlage, sie wirkte restauriert, geputzt und, obwohl sie unverkennbar eine sehr lange vergangene Zeit repräsentierte, als sei sie gerade erst erbaut. Wie hatte sie eben gedacht? Das fremde Land, die wilde Geschichte? Das saubere kleine Frómista ließ bei allem Staub, den der Abendwind über den Platz wirbelte, auf den ersten Blick wenig davon erahnen.

Nina legte den Hörer auf das altmodische Telefon und sank gegen das Kopfende des wuchtigen Bettes. Das Bett aus dunklem Holz war von einem schweren weißen Leinenüberwurf bedeckt und nahm die Hälfte des Zimmers ein. Für einen Schrank war kein Platz, nur für eine schmale Kommode, darauf ein halbblinder Spiegel und eine Vase mit staubigen roten Plastikblumen, daneben ein noch schmalerer Stuhl, an der Wand hing das goldgerahmte Bild einer Madonna im blauen Gewand, auf der Brust ein von zwei Pfeilen durchbohrtes und einer Gloriole gefasstes Herz.

Sie hatte immer in großen Räumen gelebt, gewöhnlich fühlte sie sich in Kammern wie dieser unbehaglich. Nun war es anders. Hier hatte sie alles im Blick, keine Ecke, kein hinter einer Tür diesen Blicken entzogenes Badezimmer, ein schlichtes Rollo und eine dünne himbeerfarbene Gardine anstelle bodenlanger, üppiger Stores. In diesem Zimmer, in der ganzen Pension der Señora Peralta fühlte sie sich sicher und unbeobachtet. Bei ihrer Suche nach einer neuen Bleibe hatte sie die Hotels gemieden und sich für ein Privatzimmer entschieden. Pension war ein zu großes Wort, die Señora vermietete nur zwei Räume ihrer Wohnung, dieser sah aus, als sei er außerhalb der Saison ihr eigenes Schlafzimmer. Weder gab es in dieser Wohnung lange, unübersichtliche Flure, noch verfügte das Haus über einen Hintereingang oder eine Feuerleiter. Wer eintreten wollte, musste an der Tür mit den beiden Schlössern klingeln, auch die Untermieter, und wurde umgehend vom jaulenden Gekläff des so kurzbeinigen wie fetten gelben Hündchens der Señora gemeldet.

Im zweiten Zimmer wohnte ein junger Belgier, Nina war ihm bisher nicht begegnet. Sie hatte ihn nur früh am Morgen das Haus verlassen und spät zurückkehren gehört, und wenn er durch sein Zimmer ging, knarrten die Dielen. Die Señora hatte mit sichtlichem Stolz erzählt, er studiere an der Universität Burgos Medizin und sei ein ungemein fleißiger und frommer junger Herr, er studiere bis in den Abend und besuche jeden Tag die Messe. Nina mochte die Señora, sie hoffte, sie werde nie herausfinden, dass er seine Zeit womöglich ganz anders verbrachte und nur zu viele Stunden allein in dem engen Quartier mied.

Nina hatte Glück gehabt, als sie dieses Versteck fand. Sollte der Mann, von dem sie sich beim *Castillo* und auf der *Plaza del Cid* beobachtet gefühlt hatte, sie tatsächlich verfolgt haben, hatte er ihre Spur verloren. Sie hatte niemand mehr bemerkt und war inzwischen sicher, sich alles nur eingebildet zu haben.

Das Kind hat eine so furchtbar lebhafte Phantasie, das

hatte sie früher oft gehört. Hören müssen, es hatte ihr nicht gefallen, denn der Satz, dieser typische Erwachsene-wissen-alles-besser-Satz, war von einem ungeduldigen oder mokanten Unterton begleitet gewesen.

Sie bemerkte, dass sie immer noch auf den schwarzen Apparat starrte, der zweifellos aus Señora Peraltas ersten Ehejahren stammte, und schloss die Augen. Es war leichter gewesen, Gerdas Telefonnummer zu bekommen, als sie gedacht hatte. Ein Anruf bei der Auskunft hatte gereicht, die alte Hauswirtschafterin wohnte noch am gleichen Ort, seit sie das Haus der Insteins verlassen hatte. Warum hatte sie Gerda nicht längst angerufen und gefragt? Warum war ihr nicht gleich eingefallen, dass sie etwas wissen konnte? Gerda hatte ihn immer besonders gemocht, trotz allem.

Als sie sich überstürzt zu dieser Reise entschloss, hatte sie sich verhalten wie ein Kind. Nur mit einer Idee, ohne festen Plan, ohne sinnvolle Vorbereitung, ohne einen Versuch herauszufinden, ob es der richtige Weg zum richtigen Ort sein würde. Das war verrückt. Sie hatte den umständlichsten Weg gewählt, allmählich begriff sie, warum. Sie hatte Angst, am Ziel erkennen zu müssen, dass sie einer Illusion gefolgt war, nur einer Hoffnung. Oder einer fixen Idee. Inzwischen war sie dessen fast sicher.

Vielleicht war das der unerwartete Sinn des langen Weges: Er sollte Zeit und Kraft geben, sich darauf einzustellen, falls ihr Plan scheitern sollte.

Sie hatte nicht geahnt, nicht einmal in ihren dunkelsten Gedanken befürchtet, dies könne einen so hohen Preis haben. Sie hatte sich wie gelähmt gefühlt. Alles, was sie seit dem Moment bei dem Pass getan hatte, alles, was so vernünftig aussah, so praktisch und zielgerichtet, hatte ein Teil in ihr entschieden, eine fremde Frau, agierend wie ein Automat.

Das war nun vorbei. Sie konnte und musste sich wieder auf den Weg machen, egal, was sie erwartete. Morgen wollte sie sich von Benedikt verabschieden, und diesmal würde sie seiner Mutter nicht ausweichen. Es war an der Zeit, die Scheu vor dieser Begegnung zu überwinden.

Plötzlich fühlte sie sich wie befreit. Die Automatenfrau gab es nicht mehr, ab jetzt handelte sie wieder selbst und brachte zu Ende, was sie begonnen hatte. Jetzt musste sie herausfinden, wann ein Bus fuhr, der sie in die Nähe der Wandergruppe brachte. Bis zum Busbahnhof in der Calle Madrid war es nur ein Katzensprung. Aber zuerst eine Dusche, zuerst den Rest der Benommenheit fortspülen.

Sie nahm Toilettentasche und Handtücher von der Stuhllehne, öffnete die Tür zur Diele und blieb, den Atem anhaltend, stehen. Da war ein Geräusch, es klang, als komme es aus dem Nebenzimmer. Es war noch zu früh für die Heimkehr des fleißigen Belgiers, und die Señora war mit ihrem gelben Hündchen und der großen Markttasche über dem Arm ausgegangen. Sie lauschte noch einmal, dann öffnete sie achselzuckend die Tür zum Badezimmer. Sie war ein überempfindlicher Hasenfuß. Da ging nur jemand in der Wohnung im oberen Stockwerk herum. Oder im Treppenhaus. So einfach wollte sie sich nicht mehr erschrecken lassen.

Der Blick aus dem Hotelfenster in Frómista fiel direkt auf die Kirche San Martín, die zu den vier großen in ihrem ursprünglichen romanischen Stil rein erhaltenen Gotteshäusern am Jakobsweg zählte. Vor dem Abendessen hatte Leo rasch einen Blick hineingeworfen, ein junger Mann hatte schon die Kerzen gelöscht und bereitgestanden, das Portal abzuschließen. Wie oft bei von außen gedrungen wirkenden Gebäuden überraschte sie die Weite und Höhe des kargen dreischiffigen Raumes unter den schlichten Rundbögen. Mit dem Geruch von Weihrauch und altem feuchtem Sandstein drängte sich auch ohne viel Phantasie eine Zeitreise zurück in das 11. Jahrhundert auf, die Vorstellung von asketischen, in Gebet und Meditation versunkenen Mönchen, von Tempelrittern, die mit wehenden weißen Mänteln über Kettenhemden durch den Mittelgang schritten.

Für die eigentliche Attraktion sollte am nächsten Morgen Zeit sein, die von Steinmetzen geschaffenen Bibelszenen und für christliche Symbole stehende Tiere wie Löwe, Adler oder Pelikan an den Kapitellen der Säulen, für die mehr als dreihundert Darstellungen von Fabelwesen, Pflanzen und Tieren an den äußeren Enden der Sparren unter dem vorragenden Dach. Dazwischen sollte sich auch eine seltene Symbolik am *camino* verstecken, ein Mann mit ausgeprägtem Phallus. Genau waren die steinernen Bildnisse nur mit dem Fernglas zu erkennen. Sie umzogen die Kirche wie eine magische Linie und erinnerten mehr an vorchristliche Magie zur Abwehr des Bösen als an fromme Kunstwerke zu Ehr und Preis Gottes.

In dieser Nacht träumte Leo trotzdem weder von Templern noch von Fabelwesen oder dämonischen Fratzen. In dieser Nacht reiste sie mit dem Orientexpress, Agatha Christie war mit von der Partie. Die englische Lady mit den kriminellen Leidenschaften dirigierte das Personal ihres berühmtesten Romans mit großem Vergnügen und stritt mit Hercule Poirot um die Größe der Mordwaffe. Mrs. Christie war für ein Fleischmesser, ihr belgischer Meisterdetektiv hielt das für vulgär und eine Beleidigung seiner kleinen grauen Zellen. Er forderte ein Stilett mit einem Griff aus Ebenholz und Elfenbein.

Die Traum-Leo fand das gar nicht amüsant, denn die Rolle des bösen Opfers war ihr zugedacht. Lauren Bacall, Ingrid Bergman und Sean Connery ignorierten die Debatte zwischen Detektiv und Autorin. Sie hatten sich von El Cids Schwert inspirieren lassen und waren lüsternen Blicks damit beschäftigt, es an einem riesigen schrundigen Schleifstein zu schärfen, wie Leo vorgestern einen im Hof eines Bauernhauses gesehen hatte. Im wahren, nämlich wachen Leben hatte sie von einer romantischen Reise in dem alten Luxuszug geträumt. Nun war von Romantik nichts zu spüren, sie fühlte blankes Entsetzen. Bis plötzlich ein neuer mörderischer Feind auftauchte: ein zweiköpfiges Fabelwesen, das markerschütternd heulend den Echsenschwanz gegen die Scheibe schlug.

Keuchend und schweißnass schoss Leo aus dem Bett. Das Wesen jaulte immer noch, doch weder hatte es zwei Köpfe noch einen Echsenschwanz. Es war nur ein Hund. Ein ganz reales irdisches Wesen auf vier Beinen, das mutterseelenallein auf dem weiten Platz um San Martín hockte und den Mond anjaulte. Womöglich war es doch kein irdisches Geschöpf. Das Tier war groß, schwarz und struppig, ein wahrer Höllenhund. Begleiter des allgegenwärtigen Seelenjägers Satan, der sich von jeher auf dem Jakobsweg herumtrieb und auf Beute lauerte?

Zum Glück glaubte Leo selbst mitten in der Nacht nicht an die Existenz von Höllenhunden und des Satans. Sie schloss das Fenster, das grelle Jaulen wurde zum Wimmern, und schlüpfte wieder unter die Decke.

Die Uhr zeigte Viertel nach vier, keine gute Zeit, wach zu sein. Sie war trotz der geträumten Schrecken müde genug, um gleich zurück in den Schlaf zu gleiten, doch erlaubte sie sich eine Schwäche und ließ das Nachttischlämpchen an.

Der Schlaf dachte nicht daran, sie in sein Reich zu holen. Sie löschte tapfer das Licht – und wurde in der Dunkelheit immer wacher.

Plötzlich verstand sie und setzte sich in neuem Schrecken auf. Nicht die kalte Nacht hatte die Erinnerung an einen alten Roman und Film zu Traumbildern geformt. In «Mord im Orientexpress» hatte sich ein Dutzend sehr unterschiedlicher Menschen zusammengetan – einer für alle, alle für einen –, um sich gemeinschaftlich an einem widerwärtigen Entführer und Mörder zu rächen, der ihrer aller Leben verdüstert hatte und der weltlichen Gerechtigkeit entkommen war.

Wenn sie nun sich selbst und Benedikt als das Opfer abzog, die Rolle des unbeteiligten Direktors der Eisenbahngesellschaft Ignacio zuschrieb, blieben auch in dieser Reisegruppe auf dem *camino* zwölf Personen. Ein Dutzend.

Was für ein Vergleich! Ein aus der Dunkelheit und Nähe zu alten Mysterien geborener Albtraum. Ärgerlich zog Leo sich die Decke über den Kopf, sperrte die Welt mit allen wirren Gedanken aus und schlief endlich wieder ein. Der Hund jaulte immer noch die Dämonen unter dem Dach von San Martín an.

Samstag / 7. Tag

Schon wenige Kilometer hinter dem ersten Dorf nach Frómista brannte die Sonne vom Himmel, wie es sich für spanische Gefilde gehört, ein sanfter Wind schenkte wenig Milderung. Bis am Horizont vage und nur als schmaler Streifen die nächste Bergkette aufstieg, erstreckte sich die kastilische Meseta platt wie ein Pfannkuchen. Es gab kaum Häuser, nur endlose grüne Felder, rotbraune Erde, Pappelhaine, hoch aufragende, tiefgelb blühende Ginsterbüsche am Straßenrand. Die Farben prahlten mit leuchtender Intensität wie in einem Breitwandfilm in Technicolor. Ein Schild gab bekannt: 475 Kilometer bis Santiago.

Leos Gedanken waren noch bei der Villa mit dem von Säulen getragenen Vordach, die am Rand des letzten Dorfes dem Verfall preisgegeben war. Sie stand in einem von rostigen Gittern geschützten verwilderten Garten, zwei längst ihrer Glühbirnen beraubte, aus Schmiedeeisen zierlich geformte Laternen ragten letzten Wächtern gleich in den Himmel. Ein Schild bot das Anwesen zum Verkauf. Ein geheimnisvoll anmutendes altes Haus – auch das war einen Traum wert. Wer mochte darin gewohnt haben? Gelebt, gelitten? Oder gefeiert? Leo favorisierte glückliche Sommerfeste vor möglichen Familiendramen und der Einsamkeit des letzten Bewohners unter einem Dach, durch das schon Schnee und Regen eindrangen.

«Glaubst du?», hatte Helene gefragt, die mit ihr am Zaun gestanden und versucht hatte, durch die Gitterstäbe zu fotografieren. «Lustige Sommerfeste gibt es überall. Bei dieser vornehmen Hütte mit ihrem verblichenen Glanz stelle ich mir etwas anderes vor. Etwas Dramatischeres. Eine steinalte Witwe zum Beispiel, eine stolze Señora mit der Mantilla aus schwarzer Spitze auf silberweißem Haar. Sie lebt allein mit ihrer Katze, hängt von alten Familienfotos umgeben Erinnerungen nach und wartet als Letzte des Geschlechts auf ihr Ende im Familiengrab. Zu Besuch kommt nur noch der Priester aus dem Dorf, der ist auch nicht mehr der Jüngste, sie trinken dann zusammen ein Schnäpschen und beten den Rosenkranz.»

Leo lachte, so sehr, dass Helene sie verblüfft ansah, bevor sie sich anstecken ließ.

«Stimmt schon», sagte sie, «das ist eine verstaubte Geschichte. Aber sie passt in diese einsame Gegend. Findest du nicht?»

«Sie ist perfekt», versicherte Leo. «Ich sehe die beiden vor mir in abgeschabten roten Sesseln sitzen und auf den verschollenen Gatten der Señora anstoßen.»

«Auch nicht schlecht. Ein verschollener Gatte lässt eine tragische Liebe vermuten. Aber vielleicht war sie froh, dass sie den groben Kerl los war. Das kommt vor. Meinst du, sie hat was mit dem Priester gehabt?»

«Auf keinen Fall. Nicht deine stolze Señora. Das hätte sie sich niemals erlaubt.»

«Schade. Ich hätte es ihr gegönnt.» Helene bändigte ihr rotes Haar zum Pferdeschwanz, um ihrem Nacken die Kühlung des Windes zu gönnen, nahm einen Schluck aus ihrer Wasserflasche und machte sich wieder auf den Weg. Sonst war weit und breit niemand von der Gruppe zu sehen.

Leo folgte ihr, sie lächelte immer noch. Schon beim Frühstück hatte sie sich und ihre Orientexpress-Geschichte verspottet. Helenes unbeugsame alte Señora, dieses so kitschig schöne Klischee, hatte sie so sehr lachen lassen, weil sie ihre nächtliche Phantasie vollends ad absurdum führte. Helene, eine Frau, die solche Mädchengeschichten mit sich herumtrug, als Teil eines mörderischen Dutzends – das war wirklich kurios.

Als der Weg eine sanft abschüssige Schotterstraße kreuzte, gerade breit genug für einen Traktor, blieb sie stehen und sah sich um. Helene hatte sich für die abzweigende Straße entschieden, die etwa nach einem Kilometer bei einem Dorf an der quer verlaufenden Landstraße endete. Sie war nur noch eine kleine bunte Figur auf staubigem Weg kurz vor dem Asphaltband, das kilometerweit schnurgerade nach Carrión de los Condes führte, dem nächsten Treffpunkt.

Helene war dem Muschelzeichen gefolgt, doch ein zweites direkt daneben wies zum Pfad, der halbrechts weiterverlief. Leo zögerte. Wo waren die anderen? Der Pfad vor ihr verschwand nach wenigen Metern hinter einem mit Gestrüpp bedeckten Ackerwall, dort war niemand zu sehen, und entlang der Landstraße versperrten haushohe, von goldgelben Blüten schwere Ginsterbüsche die Sicht.

Leo beschloss, Helene habe sich für den falschen Weg entschieden, sicher für den unangenehmeren – wer mochte schon zwölf Kilometer auf einem staubigen Schotterweg entlang einer öden Landstraße pilgern? –, und folgte dem schmalen Pfad. Extratour, flüsterte es in ihrem Kopf, mal wieder so eine fragwürdige Extratour.

«Na und?», sagte sie laut. Die Karte zeigte, dass zwei Wanderwege nach Carrión führten. Oder nicht? Leider hatte sie sie im Bus gelassen.

Schon nach wenigen Minuten fühlte sie sich, als habe sie die reale Welt des 21. Jahrhunderts und seine Menschen hinter sich gelassen. Sie ging auf einem kaum mehr als fußbreiten Pfad entlang eines munteren flachen Flüsschens mit Binsen auf winzigen Sandbänken. Ackerraine und verwilderte Wiesen zeigten sich als buntes Gewebe von Margeriten und Klatschmohn, Klappertopf und Wolfsmilch, purpurfarbenem Dost, violetten Disteln und Lupinen. Nahe dem Wasser und auf beiden Seiten des Pfades wucherten Sumpfkresse und gelber Acker-Senf, manchmal schulterhoch. Es war so still, dass sie das Fließen des Wassers zu hören meinte, das Gurgeln über einer Untiefe. Kein Vogel sang, nur der warme Wind raunte im Laub der Pappeln und Weiden, ab und zu quakte ein Frosch, als in den Wiesen am jenseitigen

Ufer die Dächer eines Dorfes auftauchten, verwehte Glockenklang.

Der Pfad wurde noch enger und holperiger, in diesem Frühjahr war ihn ohne Zweifel noch niemand gegangen. Nicht Helene, sie selbst hatte den falschen Weg eingeschlagen. Aber da war das Muschelzeichen gewesen, also führte er in die richtige Richtung – hoffentlich hatte niemand schlechten Humor bewiesen und das Schild in eine falsche Richtung gedreht. Umkehren kam nicht in Frage, dafür war sie schon zu weit gegangen. Und gehörte eine Prise Abenteuer, ein Ausflug in die Irre, nicht dazu?

Immer wieder musste sie sich durch in den Weg wuchernde Stauden wilden Senfs kämpfen, zweimal über Steinbrocken in einem quer verlaufenden, tiefliegenden schlammigen Bach balancieren. Einzeln stehende Bäume zeichneten sich als schwarze Silhouetten gegen die Sonne und aufziehende Wolken ab. Manchmal, wenn das Gestrüpp am Weg besonders hoch und dicht stand und ihr den Blick auf das verwehrte, was vor ihr lag, glaubte sie ihr Herz schlagen zu hören.

Wenn Leo die Karte richtig erinnerte, konnte es nicht mehr weit sein, bis der Pfad bei einer alten Steinbrücke über den Fluss, nahe einer noch älteren Eremitage, wieder auf eine Straße traf. Sie war allein auf der Welt, aber sie hatte keine Angst, natürlich nicht, dazu gab es keinen Anlass. Nur eine Viertelstunde entfernt hinter den Feldern rollten Autos über die Straße, eine halbe Stunde entfernt wartete eine kleine Stadt mit Kaffee und einem Mittagessen in der Bar an der Plaza gegenüber der Kirche. Nein, sie hatte keine Angst. Sie hielt nur bei jeder Biegung den Atem an, ob sie wollte oder nicht. Und erstarrte, als sich vor ihr ein Schatten durch das wuchernde gelbe Gestrüpp bewegte, näher kam, ohne das geringste Geräusch.

Sie stand unbeweglich, jede Faser ihres Körpers gespannt. Ein Arm schob sich durch die Zweige mit den giftig gelben Blüten, bog sie zur Seite – vor ihr stand Hedda. Mit dunklen Augen, doch nicht im mindesten überrascht.

«Verdammt, Hedda», keuchte Leo und versuchte zu lachen, «warum schleichst du dich so an? Du hast mich zu Tode erschreckt.»

Joaquín Obanos war schlechter Stimmung. Er vergaß gerne, dass es Vorgesetzte gab, die ihren Untergebenen sagten, was sie zu tun hatten. Nicht jeden Tag, nicht bei jeder Kleinigkeit, aber bei jedem Fall. Noch lieber vergaß der Inspektor, dass auch er einen solchen Chef hatte. Gewöhnlich verlief ihre Zusammenarbeit reibungslos, sie gingen nicht nach Feierabend zusammen in eine Bar, aber der Ton zwischen ihnen war kollegial, ab und zu beinahe freundschaftlich. Sie respektierten einander, jeder kannte und schätzte die Stärken des anderen. Was konnte man mehr verlangen?

Heute jedoch war ohne vorherige Diskussion eine besonders strikte Anweisung aus der Chefetage gekommen, die ihm nicht gefiel. Danach hatte Obanos den Fall Benedikt Siemsen abzuschließen. Nach Zeugenberichten und Aktenlage sei der Absturz ein vom Opfer selbstverschuldeter Unfall gewesen und als solcher zu behandeln.

Er starrte missmutig auf die dünne Mappe. Diese Entscheidung war richtig, das wusste er, es gab nichts, das ein Fortsetzen der Ermittlung rechtfertigte – und doch. Und doch?

Er hatte genug anderes zu tun. Auch Prisa maulte schon, obwohl es ihm als seinem Subinspektor nicht zustand. Esteban kümmerte sich seit jeher wenig darum, was ihm zustand. Das war schlecht für seine Karriere und für Obanos oft lästig, gleichwohl schätzte er die Widerborstigkeit seines Kollegen. Zudem amüsierte sie ihn oft, nicht zuletzt, weil es in seiner Macht stand, ihm zu zeigen, dass er der Chef war, und zu entscheiden, was *er* wollte.

Ja, die Entscheidung war richtig. Wenn es nach gradliniger Polizeiarbeit ging. Er hatte selbst daran gedacht, bis, ja, bis Esteban ihm vor einer Stunde einen schon etliche Tage alten Zeitungsausriss auf den Tisch gelegt hatte.

«Keine Ahnung, warum ich das tue», hatte er geraunzt. «Ich finde, du rennst einer Chimäre nach. James Bond würde so was nie tun. Das solltest du dir mal durch den Kopf gehen lassen.» Damit war er aus dem Zimmer gefegt.

Es war nur eine kurze Meldung in einer Regionalzeitung von Astorga. Bei Foncebadón, stand darin zu lesen, sei es zu einem bedauerlichen Unfall in der Nähe des Jakobsweges gekommen. Obanos war sofort elektrisiert gewesen.

Dietrich W., Mitbetreiber eines abseits gelegenen Pilgerhostals, war bei einem nächtlichen Spaziergang, wie er ihn oft und bis dahin ohne jeglichen Schaden unternommen hatte, einen Abhang hinuntergestürzt. Noch bevor er gefunden wurde, war er seiner Kopfverletzung erlegen. Obwohl er nicht verheiratet war, hinterließ er einen minderjährigen Sohn und dessen Mutter, beide lebten zurzeit in Santiago de Compostela. Das Unglück hatte sich nicht auf dem offiziellen *camino* ereignet. Für Pilger und andere Wanderer, betonte der Autor der Zeilen abschließend, bestehe keinerlei Gefahr. Die Unfallstelle liege abseits der Route, der *camino* sei auch in dieser bergigen Region ein Musterbeispiel an Sicherheit, das seinesgleichen weltweit suche.

Der reinste Werbetext, dachte Obanos, absolute Sicherheit mit einer Prise Thrill. Das berührte ihn nicht, die ganze Meldung hätte kaum sein Interesse geweckt, wäre da nicht die Art des Unfalls gewesen, der Sturz den Abhang hinunter, und der Name des Toten. Dietrich. So hieß kein Spanier, so hießen nur Deutsche oder Männer aus dem deutschen Sprachraum.

Ein Anruf mit dieser Nachricht in der Chefetage, und die Akte Siemsen konnte wieder geöffnet werden.

Er irrte. Foncebadón gehöre nun wirklich nicht zum Bezirk Burgos, tönte es ungeduldig durch das Telefon, wo käme man hin, wollte man sich in Zuständigkeiten anderer einmischen und einem Ereignis nachgehen, das zweifellos verlässliche und erfahrene Kollegen vor Ort als Unfall erkannt hatten. Die Akte Siemsen sei ein für alle Mal abzulegen, der Tote von Foncebadón zu vergessen.

Seltsamerweise spürte Obanos Zorn auf Esteban Prisa. Warum hatte der Subinspektor den Wisch nicht einfach in den Papierkorb geworfen? Manchmal war es einfacher, etwas *nicht* zu wissen.

Obanos griff nach seinem Jackett, brüllte in Richtung Prisas Arbeitsplatz «Ich mache jetzt Mittag» und verließ schnurstracks das Kommissariat. Akte hin, Chefanweisung her, ein Abschiedsbesuch musste erlaubt sein.

Señora Siemsen saß am Bett ihres Sohnes – Inspektor Obanos hatte nichts anderes erwartet. Aber anders als bei seinem letzten Besuch sah sie nicht nur das Gesicht ihres Sohnes oder die Displays der Apparaturen, sie las in einem Taschenbuch, dessen Titel er bei aller Neugier nicht erkennen konnte. Jedenfalls war es keine Bibel, was Schwester Luzia zweifellos besser gefunden hätte. Die Nonne versorgte einen Patienten im Nebenzimmer, das durch die zur Hälfte verglaste Wand abgetrennt war. Sie erkannte ihn durch die

Scheibe und nickte ihm knapp zu. Wie er inzwischen von Pilar erfahren hatte, konnte er das als Sympathiebekundung werten.

Als er seiner Frau von seinem ersten Besuch erzählt hatte, hatte er sich gewundert, dass Pilar die strenge Nonne kannte. In dem großen Hospital konnten sich nicht alle kennen, zudem war das Revier seiner Frau die Laborabteilung, in der die Pflegerinnen der Intensivstation nichts zu tun hatten. Aber Pilar hatte glucksend versichert, es gebe niemanden im Hospital General Yague, der Luzia nicht kenne. Sie sei blitzgescheit, ein echtes Unikat und werde garantiert zur Legende. Allerdings stünden ihre Chancen, heiliggesprochen zu werden, schlecht, dazu fehle es ihr an der nötigen Demut.

Ruth Siemsen sah auf, sie lächelte, doch ihr Blick war unruhig fragend. Leider fiel Obanos erst jetzt ein, dass sein Abschiedsbesuch zugleich bedeutete, einer auf Klärung hoffenden Mutter sagen zu müssen, die Ermittlung sei eingestellt, die Akte geschlossen. Sie sah auch heute müde aus, aber ihre Kleidung war gepflegt und die Verzweiflung aus ihrem Gesicht verschwunden, er erkannte darin eine tiefe Sorge, mehr nicht. Aber das war ja auch genug.

«Der Schlauch ist weg», sagte sie leise, «sehen Sie?» Sie betrachtete ihren Sohn, als habe er eine besondere Leistung vollbracht, was womöglich zutraf. «Er atmet selbst, und Dr. Helada versichert, er atmet gut.»

Obanos nickte. Er hatte nicht mehr an den Beatmungsschlauch in Benedikt Siemsens Luftröhre gedacht. Es war kein Anblick, den man gern in der Erinnerung bewahrte.

«Von mir gibt es keine Neuigkeiten», erklärte er behutsam. «Ich fürchte, es wird auch in Zukunft keine geben.»

Er betrachtete sie aufmerksam, gefasst auf eine heftige

Reaktion. Sie blieb ruhig, nur ihre Hand glitt über die von Benedikt.

«Ich habe schon damit gerechnet», sagte sie endlich. «Ich lerne hier Geduld, Inspektor. Mein Sohn wird bald aufwachen, Dr. Helada ist dessen sicher, dann wird sich alles klären.»

Wieder nickte Obanos. Tatsächlich war er da überhaupt nicht sicher. Das menschliche Gehirn gab längst nicht alles preis, was es gespeichert hatte. Immerhin sah der junge Mann in seinen weißen Laken schon viel weniger grau und eingefallen aus. Was immer sie ihm durch die Schläuche einflößten, es bekam ihm gut.

Obanos zögerte, dann fand er, wie stets könne eine Frage auch hier nicht schaden.

«Es hat bestimmt nichts zu sagen, Señora, aber kennen Sie jemanden, der Dietrich heißt? Dietrich W.?»

Ruth Siemsen dachte stirnrunzelnd nach, den Blick auf das Gesicht ihres Sohnes geheftet. «Nein, ich kenne überhaupt keinen Dietrich, der Name ist nicht mehr häufig. Ich kenne einen Dieter, einer meiner Kollegen heißt so, ich bin recht sicher, dass es keine Verkürzung von Dietrich ist. Außerdem heißt er mit Nachnamen Dittmann. Warum fragen Sie?»

«Ach», Obanos hob gleichmütig die Hände, «es war nur so eine Idee. Ganz vage.»

Als sie ihn immer noch unverwandt und fragend ansah, erklärte er: «Es hat noch einen Unfall gegeben, na ja, die gibt es ständig und überall. Dieser passierte schon vor dem Ihres Sohnes.»

«Auf dem Jakobsweg?» Ihre Stimme klang alarmiert, Obanos entschloss sich zu lügen.

«Ja, aber weit entfernt von Roncesvalles im Westen. Es war

nur ein kleiner Unfall ohne schwerwiegende Folgen. Es hat nichts zu sagen, Señora. In meinem Beruf entwickelt man chronisches Misstrauen und stellt immer zu viele Fragen, manche sind überflüssig. Es ist nur, weil beide Deutsche sind. Dabei sind mir die Deutschen», versuchte er einen matten Scherz, «früher immer als besonders diszipliniert und achtsam erschienen. Nein, es hat nichts zu sagen, nur eine zufällige Duplizität der Ereignisse.»

Er hörte sich zu und hoffte, sie merke nicht, dass er zu viel und zu schnell redete.

«Trotzdem haben Sie vermutet, dieser Dietrich habe irgendeine Verbindung zu meinem Sohn? Dann sollten Sie besser *ihn* fragen. Die Zeiten, als ich die Namen aller Freunde und Bekannten meines Sohnes wusste, sind doch lange vorbei. Er ist erwachsen und lebt sein eigenes Leben.»

«Vergessen Sie meine Frage einfach. Der – Verunglückte war auch kein Wanderer oder Pilger, er lebte und arbeitete schon lange in Spanien.»

Des Letzteren konnte Obanos nicht sicher sein, wenn der Mann jedoch ein *hostal* oder eine Pilgerherberge betrieben hatte, war das anzunehmen. Außerdem klang es gut und beruhigend. So hoffte er.

Dr. Helada trat ein, er begrüßte Obanos schon wie einen Freund des Hauses, was mehr an der Bekanntschaft mit Pilar lag als an Obanos' Besuchen im Hospital. Er beugte sich mit aufmerksamem Blick über den Kranken, prüfte die Displays und versicherte Ruth Siemsen, alles stehe bestens, er sei sehr zufrieden.

Dann zog er sich mit dem Inspektor zur Tür zurück. Er habe gerade gesagt, wie es sei, raunte er Obanos zu, Señor Siemsen sei wirklich über den Berg, man könne hoffen, dass er bald erwache, obwohl, er rieb sich seine dünnen nussbraunen Haare über der Schläfe und zuckte bedeutungsvoll mit den Achseln. Obanos verstand: Man wusste auch hier nie verlässlich, was geschehen würde.

«Dr. Helada!» Ruth Siemsens Stimme klang wie ein Schrei. «Schnell, kommen Sie!»

Der Arzt schob Obanos zur Seite und stürzte an Benedikts Bett. Der Kranke lag ruhig wie zwei Minuten zuvor.

«Er hat die Augen geöffnet», rief Ruth Siemsen, «gerade eben. Er *hat* sie geöffnet und mich angesehen. Ich habe es mir nicht eingebildet, bestimmt nicht. Er *hat* die Augen aufgemacht.»

Sie sah flehend zu Dr. Helada auf, als sei es an ihm zu entscheiden, wann ihr Sohn ihr zurückgegeben war.

Er seufzte und warf Obanos, der nun neben ihm stand, einen zweifelnden Blick zu.

«Sie können ruhig so gucken», rief Ruth Siemsen triumphierend und vergaß völlig, die Stimme zu dämpfen. «Sie können mich auch gerne für eine hysterische Mutter halten, die sieht, was sie sich zu sehen wünscht. Das ist mir egal. Schnurzpiepe. Ich weiß, was ich gesehen habe. Ich weiß es ganz sicher.»

Sie lachte übermütig. Vielleicht war sie doch ein wenig hysterisch, aber dann nur vor Glück. Das konnte nicht schlecht sein.

Obanos verließ das *hospital* fröhlicher, als er es betreten hatte. Morgen würde er Señor Seifert anrufen. Dr. Helada hatte zwar die Erlaubnis, den Reiseleiter über Señor Siemsens Zustand auf dem Laufenden zu halten, doch er würde kaum erzählen, sein Patient habe die Augen aufgeschlagen, bevor er es selbst gesehen hatte. Er, Obanos, hatte es leichter. Er konnte erzählen, was er wollte. Und abwarten, ob die frohe Nachricht ein bisschen Unruhe in die brave deutsche

Pilgergesellschaft brachte. Im Übrigen fühlte er sich völlig überarbeitet. Es war an der Zeit, über einen kurzen Urlaub nachzudenken. Er hatte schon lange mal wieder dem heiligen Jakobus die Ehre erweisen wollen. Ja, er war ein sündiger Mensch, es konnte seiner befleckten Seele nur guttun.

Beschwingt vor sich hin pfeifend, ging er über den Parkplatz zu seinem Auto. Fragte sich nur noch, wie er das Pilar und den Kindern beibrachte.

In der einstigen Tempelrittersiedlung Villalcázar de Sirga – ausnahmsweise keine Legende, sondern verbürgte, mit Urkunden belegte Geschichte – wartete Felix auf Hedda und Leo. Auch Jakob, Rita und Fritz saßen auf den Stufen vor der Kirche, alle lehnten gegen ein schattenspendendes, zum Portal führendes Mäuerchen. Auch hier war das Portal mit reichem romanischem Bauschmuck umrahmt, darüber zwei Arkadenreihen, in deren Nischen Apostel und kastilische Könige gleichsam als Gefolge Marias mit dem Kind und, in der Mitte der oberen Reihe, Christus. Er war nicht als der Sterbende am Kreuz dargestellt, charakteristisch für spätere Jahrhunderte, sondern als Pantokrator, als der thronende Allherrscher der Welt.

«Hast du einen Ausflug nach Madrid gemacht?», spöttelte Felix mit seinem üblichen Grinsen. «Wir warten schon eine Ewigkeit, die anderen sind sicher schon in Carrión und schlagen sich den Bauch voll. Bis dahin ist es noch eine gute Stunde.»

«Es sieht eher nach einer Bußpilgerei durch einen Dornwald aus.» Rita kramte eine Tube aus ihrem Rucksack und reichte sie Leo. «Es ist nicht Selmas Wundersalbe, sie wird trotzdem hilfreich sein. Hoffentlich gibt's hier keine Zecken. Hast du dich verirrt?»

«Überhaupt nicht.» Leo strich Salbe auf die übelsten Kratzer am rechten Handgelenk und an den Schienbeinen. «An einer Wegkreuzung gab es zwei Muschelzeichen in verschiedene Richtungen, ich bin dem malerischen Trampelpfad am Fluss entlang gefolgt. Die Route war ein bisschen länger als eure, dafür garantiert aufregender. Nett, dass ihr gewartet und eine Kundschafterin ausgesandt habt, aber ich wäre auch alleine heil angekommen. Jetzt ist Hedda die letzte Strecke zweimal gelaufen.»

«Halb so schlimm.» Hedda zuckte die Achseln, und Felix erklärte: «Das wollte sie unbedingt, sie hat zu viel überschüssige Energie. Ich war mehr fürs Warten im Schatten.»

«Hedda war schon weg, als ich mit Fritz und Rita hier ankam», entschuldigte sich Jakob, «sonst wäre ich dir entgegengegangen. Ich fand es deshalb auch besser zu warten.»

«Wir haben inzwischen die Kirche besichtigt», sagte Felix. «Ihr könnt mir glauben: Wenn wir wieder zu Hause sind, habe ich für die nächsten zehn Jahre Vorrat an heiligen Hallen. Fritz hat allerdings die Stellung gehalten, damit ihr nicht etwa vorbeilauft. Kommt mit, dadrin gibt es in einer unserem guten alten Santiago geweihten Kapelle die berühmte *Virgen la Blanca*, die müsst ihr euch ansehen.»

Das auch hier himmelhohe, schon von der Gotik beeinflusste Kirchenschiff überraschte Leo trotz der klobigen Wirkung des Äußeren nun schon nicht mehr. Die Weiße Jungfrau Maria, dozierte Felix, während sie durch das Schiff zur Seitenkapelle gingen, habe viele Wunder vollbracht. Besonders fabelhaft sei, dass ihre Magie kranke Pilger geheilt habe, die unverrichteter Dinge aus Santiago zurückkamen.

«Eins zu null Maria gegen Jakobus. Da ist sie, seht ihr? Ihrem Sohn konnte sie eindeutig nicht helfen.»

Die frühgotische steinerne Madonna mit Krone und Schleier saß unter einem angedeuteten Baldachin an einer der Säulen, die Wirren der Jahrhunderte hatten sie den rechten Arm gekostet. Dem Jesuskind auf ihrem Schoß fehlten beide Hände – vor allem aber der ganze Kopf.

«Du bist ein schnöder Ketzer», sagte Leo, selbst erstaunt über ihren Ärger. «Im Mittelalter wärst du als Komplize Satans auf dem Scheiterhaufen geendet. Dein Glück, dass du dich damit nicht vor Enno amüsiert hast, der liebt die Madonna und hätte *dir* den Kopf abgerissen.»

«Schon möglich», sagte Felix, doch ohne das zu erwartende Grinsen. Er sah verblüfft Hedda nach, die mit langen Schritten zum Portal eilte. Nicht eilte – sie rannte.

Kapitel 9

Als sie am Nachmittag León erreichten und im Verkehrschaos der Randbezirke steckenblieben, wurde es still im Bus. Zwei Tage zu Fuß durch die weite, dünnbesiedelte Region hatten gereicht, großstädtischen Lärm und Enge als bedrängend zu empfinden. Die Provinzmetropole mit ihren 150 000 Einwohnern birgt inmitten der Industrievororte eine Altstadt, die zu den touristischen Attraktionen Nordspaniens zählt. Sie ist zum Teil noch von neunhundert Jahre alten turmbewehrten Mauern umgeben, die auf sehr viel älteren, von den römischen Legionen aufgeschichteten Steinquadern stehen.

Das hatte Edith aus ihrem Reiseführer vorgelesen. «Es ist komisch», sagte sie, «nachdem ich so viel über die Kathedrale gelesen hatte und noch mehr über *San Isidoro* mit den einmaligen Wandmalereien in der Grablege der Königsfamilien, habe ich mich wirklich auf León gefreut. Natürlich ist es schön, dass wir hier sind, die Stadt ist ein echtes Highlight, aber irgendwie – ich weiß nicht, inzwischen steht mir ständig der Sinn nach Weite und Stille.»

Leo nickte, Sven murmelte Zustimmendes, der Rest starrte träge hinaus in den städtischen Trubel, die lange Wanderung forderte ihren Tribut. Erst als der Bus vor dem Hotel hielt, wurden alle wieder munter.

Fritz zerrte als Erster seinen Koffer aus dem Gepäckfach unter dem Fahrgastraum, blickte an dem zwölfstöckigen

Neubau hinauf und nickte zufrieden. «Das ist mal was Reelles.»

Auf einem rotgepflasterten, von Buschwerk umgebenen Platz auf der anderen Straßenseite drehte sich ein altmodisches Karussell zu blechern klingender Musik. Im Schatten des modernen Hotels hatte es sich in die falsche Zeit und an den falschen Ort verirrt.

«Die Hauptsache, wir haben eine Badewanne», sagte Rita knapp. «Ich brauche jetzt nichts als ein ausgedehntes Bad. Ich fühle mich wie ein Schnitzel, völlig verschwitzt und mit Sand paniert.»

Mit der Müller'schen Harmonie stand es wieder nicht zum Besten. Er hänge ewig am Handy, hatte Rita beim Frühstück gemurrt, als Fritz' Stuhl als letzter leer geblieben war. Selma hatte eingewandt, ein erfolgreicher Mann müsse sich nun mal auch im Urlaub um seine Geschäfte kümmern, auf Untergebene sei ohne Aufsicht kein Verlass. Leo hingegen hatte an Marisa gedacht, die offizielle Ehefrau, und lieber nicht darüber nachgedacht, was er ihr am Handy erzählte.

An diesem Tag hatte die Temperatur die Dreißiggrad-Marke angekratzt, selbst jetzt war es noch heiß, obwohl die Stadt in achthundert Meter Höhe auf der altkastilischen Hochebene lag. Die klimatisierte Halle, eine mit hohen Grünpflanzen und Ledersesseln in Sitzecken garnierte Mischung aus Glas, Stahl und poliertem Stein, empfing sie wie ein Eiskeller. Alle beeilten sich, ihre Schlüssel zu ergattern.

«Freizeit bis um acht», rief Jakob, «dann gibt es Abendessen. Wir haben einen Extraraum, folgt dem Schild mit unserem Unternehmenslogo. Wenn's geht, seid bitte pünktlich!»

Leo bekam ihren Schlüssel als Letzte. Ihr Zimmer lag im zehnten Stock, die Aussicht über die Stadt und hinüber zu den Montes de León, die sie am nächsten Tag erwarteten, würde phantastisch sein. Doch zunächst entdeckte sie etwas anderes. Wie in dem bescheideneren Hotel in Burgos gab es auch hier ein Terminal für die Gäste. Ein Schild neben der Rezeption wies in Spanisch, Französisch und Englisch darauf hin – und Leo hatte eine Idee.

Sonntag / 8. Tag

Ein halber Tag für León entsprach einer Woche für ganz Spanien. Das Mittagsläuten war noch nicht lange verklungen, da rollte der Bus schon wieder weiter.

«Ich hab vom vielen Zur-Decke-Sehen immer noch ein steifes Genick.» Hedda streckte ihre geplagten Halswirbel und massierte sich mit beiden Händen den Nacken. «Sind die Wandmalereien nicht phantastisch? Dürer war als junger Mann in Italien, da hat er bei einem Renaissance-meister gelernt», fuhr sie, bevor Leo antworten konnte, mit ungewohntem Eifer fort, «wenn er San Isidoro gesehen hätte …»

«Dann hätte er die alten Wände garantiert altmodisch ge-funden», unterbrach Felix sie. «Ist euch eigentlich klar, dass wir und die vier Dutzend anderen drängelnden Touristen heute auf dreiundzwanzig Gräbern rumgetrampelt sind? Die ganze Kunst für einen Friedhof. Okay, einige der könig-lichen Herrschaften warten in Sarkophagen aufs Jüngste Ge-richt. Mir hat die Kathedrale besser gefallen, viel Licht und Luft, nicht so prunkvoll überladen wie die in Burgos, und diese Glasfenster – unglaublich. So etwas habe ich bisher nur in Chartres gesehen, da war ich mal als Schüler. Ist lange her, aber ich habe es nie vergessen, obwohl ich bestimmt kein

Kunstfreak bin. Wenn man sich vorstellt, dass einige schon mehr als siebenhundert Jahre überstanden haben – aber so hoch, wie die angebracht sind, trifft sie wenigstens kein Stein von frechen kleinen Ministranten und Chorsängern.»

«Insgesamt tausendachthundert Quadratmeter», mischte sich Sven ein und hielt einen dicken, reichbebilderten Führer hoch, den er an diesem Morgen erstanden hatte. Er hatte sich für ein Stündchen von Helene getrennt, die auf der Rückbank versäumten Schlaf nachholte, und sich auf den freien Platz hinter Leo gesetzt. «Das sind dreißig mal sechzig Meter Glaskunst.» Seine Stimme klang stolz, als habe er selbst zu den Künstlern gehört, die die berühmten Fenster im Laufe mehrerer Jahrhunderte geschaffen hatten. Vom Kölner Dom war in diesen Tagen keine Rede mehr.

Sven und Felix beugten sich über den Kunstführer und diskutierten die Abbildungen und Erläuterungen der Glasfenster, vor allem die der Details, die für den Kirchenbesucher wegen der Höhe der Fenster nicht erkennbar waren. Allerdings wechselten sie bald das Thema und tauschten ihre Eindrücke vom *Palacio de los Guzmanes* aus, einem herrschaftlichen Stadthaus in der Nähe der Kathedrale, und Sven schwärmte von dem Hutgeschäft gegenüber, in dem die Zeit im 19. Jahrhundert stehengeblieben war. Er hatte sich verführen lassen, einen original spanischen *Sombrero* zu erstehen, was Helene eine schwachsinnige Ausgabe genannt hatte. Sie möge Männerhüte, aber wenn er dieses Ding aufsetze, werde sie nicht mit ihm auf die Straße gehen.

Leo dachte noch über das ‹Herumtrampeln auf dreiundzwanzig Gräbern› nach. Es stimmte und klang nach mangelnder Pietät, doch Felix schien sich wenig mit alten Kirchen auszukennen. Alle hatten unter den Bodenplatten die Toten ihrer Gemeinde aufgenommen, ständig liefen Menschen darüber, ob Touristen oder Gläubige auf dem Weg zu Gebet und Gottesdienst. Der Tod war in Kirchen stets gegenwärtig, nicht nur durch Kruzifixe, Märtyrerstatuen, Gemälde oder Symbole, durch die zahllosen gewaltvollen Tode und Gemetzel im Namen des Glaubens und der Kirche. Der Tod war elementarer Bestandteil des Lebens und der Religion, der Tod und das Vertrauen in die Erlösung durch einen anderen, den Tod am Kreuz. Viel häufiger nur die Hoffnung, stets verdunkelt von Furcht, weil Hoffnung kein Wissen bedeutet. Das menschliche Streben nach Wissen, so überlegte sie, entspringt nicht nur der Neugier, es wurde von dem urmenschlichen Wunsch nach Sicherheit getrieben, nach Ruhe und Geborgenheit. Nichtwissen bedeutet Unruhe, Fremdheit, fortwährende Suche.

Und der oftzitierte Reiz des Fremden? Die Lust auf das Neue, Unbekannte? Die konnte nur der empfinden und wahrhaft genießen, der irgendwo in der Welt ein sicheres Zuhause hatte, Menschen, die auf seine Rückkehr warteten.

Ruth Siemsens Gesicht tauchte vor ihr auf. Nina, so hatte sie gesagt, sehe so einsam aus. Am einsamsten sind Menschen immer in ihrer Angst, noch einsamer, wenn sie sie mit niemandem teilen können und ohne Trost bleiben. Zumindest in diesen Tagen in Burgos musste Nina sich quälend einsam fühlen. Wenn sie trotzdem der Begegnung mit Benedikts Mutter auswich, die mit derselben Not lebte, musste es dafür einen schwerwiegenden Grund geben.

In Puente de Órbigo war es Zeit für ein spätes Picknick im Schatten eines Pappelhains am Ufer des Río Órbigo. Enno behauptete, mit seinen Kieselufern gleiche er der Isar. Der Ort am jenseitigen Ufer hingegen, das gestand er zu, habe mit den alten Ziegeldächern, weißen Fensterläden und den vielen bewohnten Storchennestern absolut nichts Bayerisches. Die auf zwanzig Bögen über den Fluss und seine Senke bis zum Nachbarort reichende mittelalterliche Steinbrücke war die Attraktion des schläfrigen Städtchens. Wegen ihrer Schönheit und wegen des Ritterturniers, das ein kastilischer Adeliger namens Suero de Quiñones anno 1434 auf ihr veranstaltet hatte, um sich von einem Gelübde zu befreien.

Zum Beweis für seine Verehrung einer edlen Dame hatte der sich verpflichtet, jeden Donnerstag ein Halseisen zu tragen, was er bald äußerst lästig fand. Vielleicht war auch nur die Leidenschaft erkaltet, was ließ sich nach einem halben Jahrtausend schon noch sicher beurteilen? Ein Gelübde ist eine ernste Sache, da konnte nur ein Heiliger helfen. So legte er das befreiende Turnier in die Zeit um den 25. Juli, den Namenstag des Apostels Jakobus. Ganze vier Wochen, vom 10. Juli bis zum 9. August, kämpfte Quiñones, unterstützt von neun Ritterfreunden, in größter Sommerhitze um seine Befreiung gegen jeden die Brücke passierenden Ritter. Sie sollen in Scharen aus halb Europa gekommen sein. Eine solche Gelegenheit zum tatkräftigen Beweis edler Manneskraft bot sich vielleicht nie wieder, denn diese blutigen Vergnügen waren längst von der Kirche verboten. Jakobus hat trotzdem ein Auge zugedrückt und geholfen, der kampflustige Ritter wurde von seinem Gelübde befreit. Zum Dank pilgerte er nach Santiago de Compostela und spendete die Halsfessel der Kathedrale, wo sie heute noch am Hals einer Jakobusstatue in der Reliquienkapelle zu bewundern ist. Andere berichten, es handele sich um einen goldenen Reif seiner Dame, was erheblich romantischer klang.

Weiter ging es durch flaches, von Bewässerungsgräben durchzogenes Ackerland und am einst römischen Astorga vorbei, das der Legende nach gleichwohl von Santo Domingo selbst gegründet worden war. Als Bischofssitz und bedeutende Station am *camino* hatte es früher einundzwanzig Pilgerhospize beherbergt, nur Santiago hatte mehr aufgeboten. Kathedrale, Rathaus, Stadtpalais und bis in die Römerzeit zurückreichende Mauern und Monumente mochten die Stadt mit anderen am Jakobsweg um Schönheit und Bedeutung konkurrieren lassen – der Palacio Episcopal war einzigartig, der Bischofspalast des für seine eigensinnige, alles Herkömmliche sprengende Phantasie bekannten katalanischen Architekten Antonio Gaudí. Erst hundert Jahre alt, stand das mit Zinnen und Türmchen bewehrte Gemäuer aus Granit nur einen Steinwurf von der Kathedrale entfernt, ragte hoch über die römische Stadtmauer und sah aus wie ein Mittelalterimitat aus Disneyland. Ein Vierteljahrhundert hatte der Bau gedauert – den Kirchenherren hatte das Ergebnis nicht gefallen. Der Bischof hatte eine würdigere Bleibe gefunden, das Kuriosum war zum Museo de los Caminos geworden, dem Museum der Pilgerwege.

Wieder zeigte die Erde eine deutliche Rotfärbung, es gab Eichenwälder, und noch führte die Straße sanft aufwärts durch das Bergvorland. Endlich waren die Montes León erreicht, voraus wartete mit 1504 Metern der höchste Punkt des Jakobsweges.

Die Luft war kristallklar und der Himmel von strahlendem Blau, als der Bus bald hinter Rabanal del Camino an der Abzweigung des Pilgerwegs stoppte. Die Luft war auch dünn, das Dorf lag über tausend Meter hoch. Mit dem trutzigen Kirchlein, den alten Steinhäusern und süß duftenden Rosen in sonst kargen Gärten glich es einem Bild aus längst vergangener Zeit. Die das Dorf durchziehende Straße war ein steinig-holperiger Weg, der das Herz jedes *camino*-Romantikers höherschlagen ließ. Sie führte aus dem Dorf hinaus zum langen Anstieg bis zum Cruz de Ferro, dem von einem großen Steinhaufen hoch aufragenden Eisenkreuz und der Eremita de Santiago.

Der Nachmittag war weit fortgeschritten, als die Wandergruppe aus dem Bus kletterte, die Stiefel nachschnürte, ein letztes Mal die Wasserflaschen prüfte oder aus Ignacios unversiegbarem Vorrat auffüllte.

«Vergesst die Sonnenmilch nicht», erinnerte Jakob, «in der dünnen sauberen Luft hier oben droht auch Sonnenbrand, wenn man schon gebräunt ist. Und für die Schnellen: Wartet am Ortsausgang von Foncebadón, dort treffen wir uns. Allein werdet ihr unsere Unterkunft für diese Nacht kaum finden. So. Und nun schaut euch mal um, wer dort auf uns wartet. Jetzt sind wir wieder fast komplett.»

Nina saß wenige Schritte entfernt auf einem Stein im Schatten eines Holunderbusches, niemand hatte sie bemerkt.

«Da bist du ja!», rief Edith, eilte auf Nina zu und schloss sie in ihre Arme. «Geht es Benedikt besser? Ist er endlich aufgewacht?»

«Noch nicht.» Nina lächelte unsicher. Eine so überschwängliche Begrüßung hatte sie nicht erwartet. «Aber es geht ihm besser. Seine Mutter möchte, dass ich mich euch wieder anschließe und in Santiago für seine Gesundheit bitte.»

«Eine weise Frau», betonte Enno, und Jakob nickte zufrieden. «Ich hoffe, die Überraschung ist geglückt», sagte er heiter. «Nun lasst uns losgehen. Es ist nur eine gute Stunde, aber der Tag ist nicht mehr jung, und es geht meistens bergauf.»

Ob die Überraschung eine Freude bedeutete, war schwer zu entscheiden. Nina wurde begrüßt, doch mit einer seltsamen Befangenheit. Als sei sie eine Fremde, und tatsächlich war sie das. In den wenigen gemeinsamen Tagen war aus einem Dutzend Wanderern, die sich nie zuvor gesehen hatten, eine Gemeinschaft geworden. Nina war daran nicht beteiligt gewesen.

Als sich alle auf den Weg machten, schlossen sich Felix und Fritz ihr an und fragten sie nach Benedikts Befinden aus – was der Arzt gesagt habe, wann mit seinem Aufwachen zu rechnen sei.

Hedda, Sven und Rita hatten Nina nur kurz zugenickt, sie bildeten heute die Spitze der kleinen Karawane und verschwanden bald hinter den entlang des schmalen Pfades aufragenden Felsbrocken, weißblühendem Ginster und rosafarbener Baumheide. Der Rest stapfte schweigend voran, Selma, Leo und Jakob als Schlusslichter.

Leo versuchte alle Gedanken zu verscheuchen. Sie wollte sich einzig auf den Weg und die Freiheit verheißenden wunderbaren Ausblicke über einsame Täler und Höhen bis zu den mit Schnee bedeckten Bergspitzen am Horizont einlassen. Auf den herb-süßen Duft der blühenden Sträucher, die Schönheit ihr unbekannter, urzeitlich wirkender Staudengewächse mit fasrigen oder bauschigen weißen und blauen Blüten und Dolden. Es gelang ihr schlecht. Nina war wieder da, Leo hatte Fragen und hoffte auf Antworten. Sie ließ die Gesichter Revue passieren, die sich Nina zugewandt hatten, als sie plötzlich hinter ihnen gestanden hatte. Jakob hatte gewusst, dass sie dort warten würde. Warum hatte er es nicht vorher gesagt? Es war doch eine gute Nachricht.

Die Gesichter, an die sie sich erinnern konnte, blieben vage und verrieten nichts. Selbst Helene, die ihre Gefühle selten verbarg und noch vor wenigen Tagen entschieden verkündet hatte, es sei undenkbar, einen schwerverletzten Freund zu verlassen, hatte geschwiegen und Nina wohlwollend zugenickt.

Leo hätte gerne gewusst, ob Ruth Siemsen Nina tatsächlich um eine Fürbitte für ihren Sohn gebeten hatte. Wenn es stimmte, bedeutete es zugleich, dass sich die beiden Frauen, die Benedikt am meisten liebten, begegnet waren und ihre Vorbehalte überwunden hatten.

Der Weg kreuzte die ansteigende Passstraße, ein Jeep und ein Reisebus fuhren vorbei, brachten den Geruch der Städte in die Berge und verschwanden lärmend um eine enge Kurve. Ein Stück weit folgte der *camino* der Straße, dann führte er wieder schmal und ausgetreten durch die stachelige Macchia. Einmal überholten sie zwei Wanderer, die mit den üblichen schweren Rucksäcken bergauf trotteten, einmal entdeckten sie in einer Senke die dachlose Ruine eines Gehöfts aus grobem Stein, einmal hörten sie hoch am Himmel das entfernte Brummen eines Flugzeugs. Sonst gab es nichts, das an die Zivilisation erinnerte, bis Foncebadón erreicht war.

Der winzige Ort stand seit Jahrzehnten im Ruf eines Geisterdorfes, doch die steigende Popularität des *camino* hatte eine Handvoll Menschen angelockt. Zwischen selbst in der Sonne gespenstisch wirkenden Mauerresten und maroden Häusern aus bröckelndem Stein und vom Alter mürbem Holz standen einige restaurierte Häuser. Dennoch wirkte das Dorf verlassen, außer ein paar mageren Hühnern und einem träge im Staub liegenden schwarz-weißen Hund war kein Lebewesen zu sehen. Schwer vorstellbar, dass dies einst eine bedeutende Station des Jakobsweges gewesen war. Hier war sogar ein Konzil abgehalten worden, allerdings vor mehr als tausend Jahren. Eine überaus gebräuchliche Zeitspanne in der Geschichte der Region.

Am Ortsausgang, auf einem etwas erhöht liegenden blühenden Wiesenstreifen vor dornigem Gebüsch, warteten die

Schnellen im Schatten knorriger Apfelbäume auf die Nachzügler. Nina stand über eine Tränke gebeugt, in deren Becken klares Quellwasser floss, und füllte ihre Trinkflasche auf.

«Ich habe mich noch nicht bei dir bedankt», sagte sie, als auch Leo ihren Wasservorrat ergänzte. «Das möchte ich jetzt nachholen. Und Ruth», fügte sie mit dem Anflug eines verschmitzten Lächelns hinzu, «hat auch nur lobende Worte für dich. Ich kenne sie wenig, aber ich bin sicher, dass sie damit sehr sparsam ist. Habt ihr euch im Hospital kennengelernt?»

«So in etwa. Versteht ihr euch gut?», fragte Leo mit unschuldigem Blick.

«Ich glaube schon. Ja, inzwischen geht es gut.»

Nina blickte Leo prüfend an. Sie war blass und angespannt. Leo spürte, dass sie etwas sagen wollte. Vielleicht etwas fragen? Doch das war reine Projektion. Nina senkte den Kopf, drehte ihre Wasserflasche zu und verstaute sie in ihrem Rucksack.

Zum Hostal in den Bergen über Foncebadón zweigte ein sandiger, heftig ansteigender Weg ab. Nach einer Viertelstunde war das Ziel erreicht. Es stand in einer gegen die kalten Bergwinde schützenden Mulde, die im weiten Rund von schroffen Felsen umgeben war. Kermeseichengesträuch, mit den stachelspitzen harten Blättern undurchdringlich, durchzog sie wie dunkelgrüner Pelz.

«Ach du meine Güte», keuchte Rita, noch atemlos vom Aufstieg, und Leo stupste Fritz lachend ihren Ellbogen in die Seite.

«Wie gefällt dir das, Fritz? Nach dem vollklimatisierten Glaspalast in León eine Hobbit-Unterkunft.»

Fritz bewies unerwartet Galgenhumor. «Wer sich auf eine Pilgerei begibt», knurrte er, «kommt darin um.»

Die Herberge war ein Konglomerat aus einem einstöckigen Steinhaus mit tiefgezogenem Schieferdach und hölzernen Anbauten, deren phantasievolle Gestaltung weniger auf einen professionellen Architekten als auf Eigeninitiative schließen ließ. Gelb- und weißblühende Rosenstöcke in Kübeln links und rechts der Eingangstür, ein paar Töpfe Sukkulenten mit fleischigen mattgrünen Blättern und ein Rosmarinstrauch mit zartblauen winzigen Blüten sorgten für den nötigen Hauch südlicher Idylle. Zwei separat stehende Schuppen und ein Pferch mit einer Ziegenherde komplettierten das Anwesen. Auf dem zur Windseite geschrägten Flachdach des größeren Schuppens stolzierte am Rand eines Sonnenkollektors ein buntschillernder Hahn, drei weiße Hennen im Gefolge. Vor einem etwas zurückliegenden, aus Feldsteinen gemauerten Brunnen, der aussah, als liefere er schon seit Jahrhunderten kein Wasser mehr, stand ein hölzerner Karren, das stämmige kurzbeinige Pferd noch im Geschirr. Es knabberte mit langen Zähnen an der Kapuzinerkresse, die sich an den Steinen hinaufrankte, und ignorierte die Neuankömmlinge.

Jakob atmete erleichtert aus. Nur er wusste, dass eine Nacht in dem als ‹rustikal› gepriesenen Hostal zum ersten Mal zum Programm dieser Reise gehörte. Während der letzten Stunde hatte er das eine oder andere Stoßgebet Richtung Santiago de Compostela gesandt, die Herberge möge sauber und der Transport des Gepäcks vom Bus beim Parkplatz am Cruz de Ferro geglückt sein. Selbst Touristen, die sich halbwegs als Pilger verstanden, erboste nichts so sehr wie graue Handtücher und fehlendes oder auch nur verspätetes Gepäck.

«Frohe Botschaft», rief er. «Eure Koffer sind schon angekommen.»

«Natürlich sind sie das», antwortete eine füllige blonde Frau mit rosigen Wangen, die in diesem Moment aus dem Haus trat, «auf unseren Santiago ist immer Verlass.» Womit ausnahmsweise nicht der Heilige gemeint war, sondern das Pferd, dem sie liebevoll die staubige Mähne kraulte. «Seid herzlich willkommen», sagte sie und rieb die Hände an ihrem rot und weiß bestickten dunkelblauen Rock ab.

Sie stellte sich als Mira vor. «Fühlt euch bei uns wohl. Die Zimmer stehen bereit, das Abendbrot in einer halben Stunde. Ich hoffe, das warme Wasser reicht für alle.»

«Na, prima», raunte Fritz grimmig und fühlte diesmal Ritas Ellbogen an den Rippen.

«Das ist doch wirklich prima», erklärte sie munter, es klang nur ein kleines bisschen boshaft, «jetzt kannst du mal erleben, wie Leute wandern, die sich keine Vorstadtvilla und Vier-Sterne-Hotels leisten können.»

Der nächste Schock für Fritz folgte umgehend. Er und Rita mussten ein Zimmer mit Sven und Helene teilen, Eva, Caro, Selma und Edith ein weiteres, Felix, Enno und Jakob fanden ihre Betten in einer knapp mannshohen Kammer unter dem Dach neben dem Heuboden, Hedda, Nina und Leo residierten in einem schmalen Raum in dem neueren der beiden Schuppen. Die Zimmer waren schlicht, um nicht zu sagen karg, doch frisch geweißelt, sauber und liebevoll gestaltet. Die Handtücher waren dunkelblau, was in einer wasserarmen Gegend sehr praktisch ist.

Alle außer Fritz fanden diese Abwechslung amüsant, Selma verkündete, nun erst spüre sie ein echtes Pilgergefühl, diese Station sei eine Bereicherung, die sie nicht missen wolle. Und kaltes Duschen, ergänzte Enno, stärke die Abwehrkräfte und könne verweichlichten Stadtmenschen nur guttun.

Das Innere des Haupthauses – Fritz nannte es nur ‹die Hütte› – überraschte alle. Aus ehemals vier kleinen Räumen, die gut drei Viertel der Grundfläche ausmachten, war ein großer entstanden. In dem aus Feldsteinen gemauerten Kamin wartete aufgeschichtetes Holz, zwischen schwarzbraunen, die Decke tragenden Balken stand ein alter Refektoriumstisch mit dazu passenden langen Bänken. Er war mit bemaltem Steingutgeschirr und Weingläsern, Kerzenleuchtern und zwei Vasen mit Wiesenblumen gedeckt. Mit bunten Kissen gepolsterte Korbstühle am Seitenfenster und beim Feuer luden zu Gesprächen bis tief in die Nacht ein.

Leo fand sich als Erste ein, neugierig wie immer, vor allem jedoch hungrig wie ein Wolf. Aus der Küche in einem der Anbauten hinter einer angelehnten Holztür kamen ein köstlicher Duft von Gebratenem, eifriges Geklapper von Töpfen und Küchengerät, Wortfetzen in schnellem Spanisch. Mira, eine Deutsche, die vor Jahren hier eine neue Heimat gefunden hatte, unterhielt sich mit Julián, ihrem spanischen Ehemann, die hohe, mädchenhafte Stimme gehörte ihrer Helferin, einem zierlichen Geschöpf mit dicken schwarzen Locken und Augen wie von Francisco de Goya gemalt.

Mehr Bewohner gab es nicht, Nina hatte gleich danach gefragt. Miras freundlicher Blick war dunkel geworden. «Nein», hatte sie nach kurzem Zögern geantwortet, «nicht mehr. Und unsere beiden Kinder sind nur noch in den Ferien und manchmal für ein zusätzliches Wochenende bei uns. Sie gehen in Santiago auf eine Schule, in der sie auch Deutsch lernen können. Mein Mann hat dort Verwandte, bei denen sie wohnen können. Allmählich», fügte sie seufzend hinzu, «sind sie auch in dem Alter, in dem sie Kino und Partys diesem Abenteuerspielplatz ihrer Kindheit vorziehen.»

Es musste hart sein, in solcher Einöde ein *hostal* zu führen. Jedes Pfund Gemüse, jede Flasche Wein oder Öl, Feuerholz, überhaupt alles, was zum täglichen Leben und zur Versorgung der Gäste gebraucht wurde, musste mit einem Pferdekarren herbeigeschafft werden. Im Winter, wenn eisiger Wind über die Höhen jagte und Schnee die Pfade unpassierbar machte, wurde das Anwesen zur Eremitage, hin und wieder von ungebetenen Gästen umstrichen. Denn in der verlassenen Bergwelt Kastilien-Leóns und Galiciens, so hatte der Reiseführer versichert, gebe es noch einige Braunbären und mehr als tausend Wölfe. Im Winter suchten die scheuen Tiere auch in der Nähe menschlicher Behausungen nach Nahrung.

Immerhin gab es auch ein Radio und ein Telefon, beides stand auf einem Tischchen neben dem zur Decke hinaufreichenden, bis in den letzten Spalt vollgestopften Bücherregal. Handys hätten hier wenig Chancen, hatte Mira bedauernd erklärt. Um damit telefonieren zu können, müsse man weiter aufsteigen, auch dort funktioniere die neue Technik nur notdürftig. Die Telefonleitung sei auch eine neue Errungenschaft, in besonders strengen Winterwochen des letzten Januar seien die Drähte gleich vereist und gebrochen, geschützte unterirdische Leitungen wie in den deutschen Städten seien hier natürlich unmöglich.

Das Essen wurde von Mira und Julián serviert und war fabelhaft. Zum Glück fragte Caro erst, als das Dessert gebracht wurde – Obstsalat und Schafsmilchjoghurt, dazu ein großes Brett mit Ziegen-, Schafs- und Blauschimmelkäse –, was für ein fabelhaftes Fleisch sie gerade gegessen habe.

«Ziegenlamm», erklärte Mira stolz, «aus unserer eigenen Aufzucht.»

Helene, die beim Anblick der Ziegenfamilie im Hof in Entzückensschreie ausgebrochen war, ließ vor Schreck den

Löffel fallen, füllte hastig ihr Weinglas und leerte es mit einem Zug. Eva nickte mit Genugtuung, das geschah den Fleischfressern recht. Sie selbst aß nie tote Tiere.

Jakob schmunzelte. Er fand es ganz natürlich, delikate kleine Ziegen zu verspeisen, und war dankbar, dass seine Gebete Gehör gefunden hatten. Das Hostal war tatsächlich ‹rustikal›, aber genau, was sich Touristen mit Sehnsucht nach Natur und Ursprünglichkeit wünschten, wenn sie nicht zu lange bleiben mussten, und die Mahlzeit war die beste gewesen, die sie bisher bekommen hatten. Wer immer am Herd gestanden hatte, verstand sich exzellent auf die Mysterien ländlicher Kochkunst.

Nina hatte neben Leo Platz genommen, sie aß wenig und sprach noch weniger. Als das Essen beendet war und die große Gruppe sich in kleine Grüppchen verteilte, stand sie auf und schlenderte unruhig umher. Sie besah sich die Bilder an den Wänden, Schwarzweißfotos von malerischen Ausblicken oder verfallenen Mauern und Dächern unter knorrigen Bäumen, bei genauem Betrachten erkannte man auf einem das *hostal*, wie es ausgesehen hatte, bevor geschickte Hände es in den jetzigen Zustand versetzten und durch die Anbauten erweiterten.

«Beeindruckend, was sie daraus gemacht haben», sagte Leo. Sie hatte gefunden, Nina strahle wieder diese Einsamkeit aus, die sie schon in Burguete an ihr bemerkt hatte, und beschlossen, ihr ihre Gesellschaft aufzudrängen.

«Ja», Nina verschränkte fröstelnd die Arme vor der Brust. «Schade, dass keine Menschen darauf sind, ich wüsste gerne, wie sie damals ausgesehen haben. Es muss ja etliche Jahre her sein.»

«Fünfzehn Jahre, ich kann es gar nicht glauben.» Mira war herzugetreten, sie fuhr mit dem Finger über den Rahmen des Bildes. «Wir waren zu sechst, damals. Eigentlich war die Zeit der Landkommunen längst vorbei, aber wir hatten alle einen romantischen Traum vom einsamen Landleben. Mit Romantik hat das allerdings wenig zu tun, drei sind bald wieder in die Städte zurückgekehrt. Und wir anderen … kommt mal mit.»

Sie drehte sich im plötzlichen Entschluss auf dem Absatz um, Leo und Nina folgten ihr in ein Zimmer, an dessen Tür *privado* stand. Der bescheidene Raum erwies sich als eine Mischung aus Büro und Wohnzimmer, an einer Wand hing eine ganze Galerie von gerahmten Fotografien, weitere standen auf einem altmodischen Rollschrank.

«Man kann das unsere Chronik nennen», erklärte Mira. «Auf diesen Bildern finden sich alle, die im Lauf der Jahre hier mit uns gelebt haben. Oder es versucht haben. Von den Ersten sind nur Julián und ich übrig geblieben und haben durchgehalten. Na ja, das ist das falsche Wort. Wir sind glücklich hier und werden nie weggehen.» Der traurige Klang ihrer Stimme passte nicht zum Inhalt ihrer Worte, sie wischte unwirsch eine Träne von der Wange. «Es tut mir leid, ich sollte meine Gäste nicht mit Privatem belästigen. Unser bester Freund hat uns vor sehr kurzer Zeit verlassen, sein Bild zu sehen ist schwer. Ich kann es nicht begreifen, es ist, als sei er nur in die Berge gegangen und komme gleich zurück.»

Sie nahm einen der Rahmen von der Wand, strich zärtlich über die lachenden Gesichter hinter dem Glas und reichte ihn Leo. «Das ist eines der frühen Bilder, damals kam der Regen noch durchs Dach. Er ist dieser dünne Kerl ganz links. Als er damals zu uns kam, war er ein ziemliches Wrack, hier ist er an Leib und Seele gesundet. Er hat immer gesagt, das sei der Magie des *camino* zu danken. Ob es daran lag, an unserem einfachen Leben oder an seinem Willen und seiner inneren Stärke, ist letztlich egal. Er war glücklich hier, wie mein Mann und ich. Nicht sofort natürlich, für ihn war es zu Anfang besonders hart. Julián hat sich seiner angenommen, wie eine Mischung aus Bruder, Vater und Priester. Anders als ich hat er ihn sofort gemocht, keine Ahnung warum. Julián sieht eben mehr als andere Menschen. Hier ist ein neueres Bild von unserem Freund, es ist im letzten Winter aufgenommen worden.»

Leo reichte das erste Foto an Nina weiter. Sie stand neben ihr, starrte auf die Reihen der Bilder und nahm den Rahmen erst, als Leo ihn ihr in die Hand drückte.

«Ist dir nicht gut, Nina?»

Nina antwortete nicht, sie schüttelte nur kurz den Kopf und beugte sich über das gerahmte Foto in ihren Händen.

Leo nahm das nächste Bild von Mira. Es zeigte einen Mann in mittleren Jahren mit dunkelblondem, von Sonne und Licht gebleichtem, schulterlangem Haar und wetter-gegerbtem Gesicht. Es strahlte die gelassene Zufriedenheit aus, die nur Menschen empfinden, die den richtigen Platz im Leben gefunden und Frieden mit sich und ihrer Welt geschlossen haben.

«Gib her», sagte Nina rau und nahm Leo das Bild aus den Händen. «Wie heißt er?»

«Dietrich», sagte Mira, wieder fuhren ihre Handrücken über ihre Wangen.

«Wo ist er jetzt?», fragte Nina und erklärte, als sie Leos irritierten Blick spürte: «Es ist nur», sie räusperte sich, «es ist nur, weil er mir bekannt vorkommt.»

«Das wäre ein großer Zufall, aber es kann schon sein.» Mira lächelte versonnen. «Er kam auch aus Deutschland, aus Hamburg. Ich weiß nicht viel von seiner Vergangenheit, er hat in all den Jahren wenig davon erzählt. Bevor er hierherfand, hatte er sich schon einige Zeit an der Küste herumgetrieben. Zwei oder drei Jahre, glaube ich. Zu Hause hatte er es nicht mehr ausgehalten, wie die meisten von uns. Ich hoffe, dass du ihn nicht kanntest oder er ein Freund von dir war, dazu bist du allerdings zu jung. Er war mindestens doppelt so alt wie du. Er ist verunglückt, vor zwei Wochen erst. Dietrich», schluchzte sie auf, «ist tot.»

Wie oft war er eines Abends noch einmal hinausgegangen, um vor dem Schlafengehen mit sich, den Bergen und den Sternen allein zu sein. Niemand hatte sich deswegen gesorgt, sie alle kannten hier jeden Weg und Steg, und die Wege waren sicher. Sicherer als jede dunkle Straße in den Städten.

In der Woche zuvor hatte es stark geregnet, nur das konnte der Grund sein, warum er gestürzt und einen Abhang hinuntergefallen war. An der Absturzstelle war Erde abgebrochen, ein ganzes Stück. Vielleicht war er doch unvorsichtig gewesen, obwohl Mira sich das nicht vorstellen konnte.

Sie würde diese Nacht nie vergessen. Alle waren zu Bett gegangen, irgendwann, es war schon lange nach Mitternacht, hatte Camilla sie geweckt. Dietrich sei nicht zurückgekommen, so lange bleibe er sonst nie aus, sie mache sich Sorgen. Sie hatten nicht gezögert, sondern die Sturmlaternen angezündet und sich auf die Suche gemacht. Sie hatten gerufen, gesucht, waren den Weg abgegangen, den er gewöhnlich einschlug, andere Pfade, schließlich war Julián nach Foncebadón aufgebrochen, um Hilfe zu holen. Der Morgen graute schon, als er mit vier Männern zurückkehrte, einer hatte seinen Jagdhund mitgebracht. Sie fanden ihn bald, doch es war zu spät.

«Wir müssen zuvor in der Dunkelheit ganz nah an ihm vorbeigelaufen sein. Die Vorstellung, er hat den Sturz überlebt und ist dort unten zwischen den Felsen allein gestorben, weil wir nicht schnell genug waren, ist unerträglich», flüsterte Mira mit erstickter Stimme. «Unerträglich. Damit müssen wir nun leben, auch wenn der Arzt sagt, dass man davon nicht ausgehen könne. Die Felsen …» Sie schnäuzte sich die Nase, fuhr mit dem Taschentuch über die Augen und strich energisch ihr Haar zurück. «Ich wäre euch dankbar, wenn ihr den anderen nichts davon sagt, zumindest nicht heute Abend. Ihr sollt hier eine frohe Zeit haben, es ist ein Schicksalsschlag für uns, aber unsere Gäste müssen sich hier sicher fühlen.» Sie versuchte ein entschuldigendes Lächeln. «Wir leben von euch. Wenn ihr wegbleibt …»

«Wer ist Camilla?», unterbrach Nina.

«Seine Frau.» Mira nahm noch ein Bild von der Wand und reichte es ihr. Es zeigte ein lachendes Paar mit einem Baby, die Haare des Mannes vom Wind zerzaust. Das Gesicht der Frau unter dem dunklen, in der Mitte gescheitelten und über die Schultern herabfallenden glatten Haar strahlte bei aller Fröhlichkeit der Szene etwas Ernsthaftes aus. «Zwar gibt es kein amtlich gestempeltes Papier, das fanden sie unwichtig, aber wir hatten eine wunderbare Zeremonie, bei der beide ihr Treuegelöbnis abgelegt haben. Der Knirps auf Camillas Arm ist sein Sohn. Inzwischen sieht er ihm ähnlich wie eine Miniaturausgabe seines Vaters. Nur die dunklen Augen hat er von seiner Mutter.»

«Leben die beiden nicht hier?», fragte Leo.

«Nicht mehr. Camilla ist im März weggezogen. Es sollte nur für einige Zeit sein; bevor sie hierherkam, hatte sie immer in der Stadt gelebt, ich denke, sie brauchte einfach mal wieder eine Zeit mit Lärm und Gestank. So nenne ich das Stadtleben. Sie wollte wiederkommen, sie hat Dietrich geliebt, und er konnte nicht mehr in der Stadt leben. Als

Dietrich starb, war sie für einige Tage zu Besuch gekommen, und nun», sie seufzte tief, «nun fürchte ich, sie wird nicht mehr zurückkommen. Das ist noch ein harter Schlag, sie hat so lange zu uns gehört. Außerdem, versteht mich nicht falsch, aber die Saison beginnt, da fehlt auch ihre Arbeitskraft. Ich verstehe sie, hier steht jeder Stein für verlorenes Glück. Fredo kommt auch bald zur Schule, das ist von hier aus schwierig. Sie hatten noch keine gemeinsame Lösung gefunden, sie und Dietrich. Er wollte auf gar keinen Fall von hier weg.»

Für die Arbeit sei Elena eingesprungen, ein Mädchen aus Rabanal. Sie sei sehr tüchtig und ihre Fröhlichkeit Balsam für die Seele.

«Wartet, das Bild ist zu klein und nicht mehr aktuell. Hier ist eines, das erst Ostern aufgenommen wurde, ein schönes Doppelporträt von Camilla und Fredo, so heißt der Junge. Dietrich hatte es gemacht.» Sie richtete das Licht der Lampe auf den Rollschrank, doch sie suchte vergeblich unter den aufgestellten Rahmen. «Komisch, es ist weg. Camilla hat ein eigenes, vielleicht hat sie es trotzdem mitgenommen. Wo sollte es sonst sein? Hier verschwindet doch nichts. Was hat sie denn?» Nina hatte sich abrupt umgedreht und den Raum verlassen, ihre Schritte verklangen auf den Holzdielen des großen Zimmers, eine Tür wurde geöffnet und zugeschlagen. «Hat sie ihn doch gekannt?»

«Das wäre ein wirklich absurder Zufall», fand Leo, «aber so etwas kommt vor. Es tut mir leid um deinen Freund, Mira. Mach dir keine Sorgen, wir behalten, was du erzählt hast, für uns. Ich sehe jetzt besser nach Nina, sie hat auch eine schwere Zeit.»

Leo war wie elektrisiert. Zwei Abstürze auf dem so sicheren *camino* innerhalb weniger Tage, zwei Deutsche, beide aus Hamburg. Gab es so viele Zufälle?

Im großen Wohnraum saßen nur noch Fritz, Enno und Felix, in ein Kartenspiel vertieft, Felix sah ihr stirnrunzelnd nach, als sie eilig durch den Raum und hinaus in den Hof ging.

Ihre Augen mussten sich erst an die Dunkelheit gewöhnen, ohne den Mond, der halbvoll über den Bergen hing, hätte sie ihre eigene Hand nicht gesehen.

Nina hockte auf dem Rand des Brunnens. Zu ihrer Beruhigung genügte Leo ein Blick, um festzustellen, dass darin keine gähnende Tiefe drohte. Der Schacht war zugeschüttet, die steinige Erde von wucherndem Unkraut mit winzigen Blüten bedeckt.

«Erzähl», sagte sie und setzte sich neben Nina. «Kanntest du ihn tatsächlich? Oder hat die Geschichte dich wegen Benedikts Sturz so erschreckt?»

Nina schwieg, sie kratzte mit der Schuhspitze Streifen in den harten Sand. Leo ließ ihr Zeit.

Ein schwarzer Schatten glitt durch das Mondlicht, ein Uhu vielleicht, Nina hob den Kopf und sah ihm nach.

«Er war mein Bruder», sagte sie endlich, «genau gesagt mein Halbbruder aus der ersten Ehe meines Vaters. Als er verschwand, war ich ein Kind, sieben oder acht Jahre alt, ich weiß es nicht mehr genau. Ich fand ihn wundervoll, für mich war er ein großer Spaßmacher, ich habe ihn sehr geliebt. Damals. Und nicht verstanden, dass er plötzlich fort war. Einfach weg. Er hat nicht bei uns gelebt, aber er kam ab und an zu Besuch. Das war für mich immer ein Fest, manchmal hat er mich nachts mit auf den Bootssteg genommen und mir die Sterne gezeigt. Das war natürlich streng verboten, das kostbare Kind hätte ins Wasser fallen oder sich einen Schnupfen holen können. Wir ließen die Beine baumeln, sahen in den Himmel und suchten die Sternbilder. Er hat mir dazu abenteuerliche Geschichten erzählt; dass es sich um die griechische Mythologie handelte, habe ich erst viel später auf dem Gymnasium begriffen. Ich habe keine anderen Geschwister, er war für mich mein Bruder, obwohl er alt genug war, mein Vater zu sein. Der hat nie mit mir gespielt oder sich mit mir wirklich unterhalten. Er war streng und hat immer gearbeitet. Oft sogar zu Hause, dann war sein Arbeitszimmer tabu. Ein kleines Mädchen begreift nicht, dass solche Männer trotzdem Gefühle haben, viele Jahre hatte ich Angst vor ihm. Lustig, nicht? Immer die alte Leier.»

«Ja, aber manchen kleinen Mädchen wird es auch sehr schwergemacht, das zu spüren. Wusstest du, dass er hier lebt? Dein Bruder?»

Ninas Augen suchten den Himmel ab. «Der Große Wagen», sagte sie und zeigte hinauf über die Felsen, «das einzige Sternbild, das ich noch erkenne. Ob ich es wusste? Mehr oder weniger. Ich habe erst vor einem halben Jahr erfahren, dass er überhaupt noch lebt. Ich glaube, meine Mutter wusste, wo er war. Sie hat ihn auch gemocht, da bin ich sicher, aber sie hat schon damals nie gewagt, für ihn Partei zu ergreifen. Er war ja nicht ihr Sohn. Und mein Vater? *Unser* Vater. Nein, er hat es ganz sicher nicht gewusst. Dietrich war das schwarze Schaf und die Enttäuschung seines Lebens. Zum Eklat kam es, als er den Namen seiner Mutter annahm. Der einzige Sohn legt seinen Namen ab – das war für unseren Vater wie ein Schlag ins Gesicht. Heute denke ich, genau das sollte es sein. Ich habe das alles erst später erfahren, als ich erwachsen war. Genau genommen vor ziemlich kurzer Zeit. In unserer Familie wurde über ihn nämlich nie gesprochen, und ich hatte früh gelernt, welche Fragen nicht opportun waren. Auch das war die alte Leier: ein strenger ernster Vater mit unverrückbaren Vorstellungen von der Zukunft seines einzigen Sohnes, auf der anderen Seite ein lebenslustiger Sohn, zu viele Partys und Alkohol, wahrscheinlich auch Drogen, Koks, das weiß ich nicht genau, Spielschulden, ein hingeworfenes Studium, all dieser Kram. Und dann war er plötzlich verschwunden. Sicher gab es einen Anlass, vielleicht der Namenswechsel. Auch das weiß ich nicht. Noch nicht, ich werde es herausfinden.»

«Du sagtest, du hast mehr oder weniger gewusst, dass er hier lebt.»

«Ach ja. Entschuldige, in meinem Kopf herrscht nur Chaos. Die Stichworte waren Herberge und Foncebadón, allerdings waren diese Hinweise alt, er konnte längst woanders sein. Ich wollte es trotzdem versuchen, andere Anhaltspunkte hatte ich nicht. Ich habe herausgefunden, dass es im Ort keine Pilgerherberge gibt, aber eine Art *hostal* ganz in der Nähe.»

«Und dann hast du *diese* Reise gebucht? Warum, um Himmels willen, bist du nicht einfach direkt hierhergefahren?»

«Verrückt, nicht? Benedikt und ich wollten eine Wandertour machen, wir hatten schon halbwegs etwas anderes gebucht, da habe ich diese Tour entdeckt. Ein Pilgerweg, das schien mir wie ein Zeichen, dabei glaube ich gar nicht an solche Dinge.»

Sie schwieg, Leo wartete.

«Ich weiß jetzt, dass das falsch war», flüsterte sie schließlich. «Benedikt – mein Gott, ich fühle mich so schuldig. Aber glaube mir, ich habe nicht geahnt, dass es gefährlich sein würde. Nicht *so* gefährlich. Dass er das tun würde. Und jetzt muss ich weitermachen, gerade deshalb. Ich muss. Und ich will.» Sie rutschte vom Brunnenrand und bohrte beide Fäuste in die Taschen ihrer Windjacke. Ihr Gesicht lag im Schatten, aber sie stand in der Dunkelheit wie ein Tier vor dem Sprung.

«Auf dem Weg hierherauf habe ich erst begriffen, warum ich diesen so blödsinnig umständlichen Weg genommen habe. Ich war feige, Leo, nichts sonst. Ich hatte Angst, ich könnte ein Drogenwrack finden. Oder einfach einen miesen Kerl. So einen wollte ich nicht zurückhaben. Ich war zu kleinmütig, dafür bin ich jetzt bestraft worden. In der Anonymität der Gruppe hätte ich mich wegducken und schnell wieder verschwinden können. Vielleicht habe ich auch gedacht», sie lachte leise und spöttisch, «eine büßende Pilgertour könne nicht schaden und womöglich helfen, dass doch noch alles gut wird. Verrückt, völlig verrückt. Wäre ich gleich hierhergefahren, direkt, ohne feige Umwege, vielleicht hätten wir dann in der Nacht zusammengesessen und er wäre nicht mehr hinausgegangen.»

«Hör auf, Nina!», unterbrach Leo sie scharf, nur um gleich die Stimme wieder zu senken. Die anderen schliefen schon, und falls nicht, war es unnötig, dass sie hörten, worüber sie und Nina sprachen. «So läuft das Leben nicht, das weißt du. Vielleicht wärst du um einen Tag zu spät gekommen, das wäre noch quälender, oder er wäre trotzdem hinausgegangen, als du schliefst. Es gibt tausend vorstellbare Varianten, keine nützt etwas. Du bist nicht schuld an seinem Tod, und du konntest ihn nicht verhindern.» Als Nina nur den Kopf schüttelte, fuhr sie fort: «Es mag dir kein Trost sein, doch du hast jetzt einen Neffen. Du solltest ihn zumindest besuchen. Was ist los?»

Ninas Hände krallten sich in ihren Arm, ihr Gesicht war im blassen Mondlicht eine starre Maske. «Nina, was ist los?»

«Das Kind», flüsterte sie atemlos, «ich muss das Kind finden. Ich muss es schützen.»

Ein sanftes Knarren ließ sie herumfahren. Die Kartenspieler hatten ihr Match beendet, Felix trat in den Hof und blinzelte in die Dunkelheit.

«Leo?», fragte er. «Und Nina? Ich dachte, wir drei Zocker sind die Nachteulen und ihr schlaft längst. Was macht ihr noch hier draußen, es ist saukalt.»

«Sprich leiser, die anderen schlafen wirklich schon.» Leo rutschte vom Brunnenrand und schob ihren Arm unter Ninas. «Für uns ist es auch Zeit. Gute Nacht, Felix. Ich hoffe, du hast nicht vor, einen Nachtspaziergang zu machen, man kommt hier leicht vom Weg ab. Und denk an die Wölfe.»

Sie wollte Nina mit sich fortziehen, doch die blieb stocksteif stehen.

«Du hast gelauscht», behauptete sie. «Ich bin sicher, du hast gelauscht.»

«So ein Quatsch.» Felix hob verblüfft die Hände. «Reg dich bloß nicht auf. Euer Mädelskram interessiert mich nicht. Wir haben Karten gespielt, das war spannender.»

«Schon gut, Felix.» Leo griff mit beiden Händen nach Ninas Schultern und schob sie vor sich her zu dem zum Nebenhaus ausgebauten Schuppen, wo ihre Betten warteten. «Nina hat es nicht böse gemeint.»

Wieder klappte die Tür, Felix war im Haus verschwunden.

«Niemand hat gelauscht, Nina, und wenn – dann ist es auch egal. Jeder lebt mit ein paar dunklen Seiten in seiner Familiengeschichte, mach dir darüber keine Gedanken. Ich kenne mich auch mit verschwundenen Familienmitgliedern aus, das ist keine Schande. Morgen früh fragen wir Mira, wo du Camilla und ihren Sohn finden kannst. Und jetzt ist auch für uns Schlafenszeit.» Sie öffnete die Schuppentür, ein schmaler Lichtstrahl fiel aus dem beleuchteten Flur auf Nina. Leo stutzte. «Dein Anorak», sagte sie, «ist das der gleiche wie

Benedikts? Rot und blau, wir anderen haben alle Jacken in Grün oder Beige.»

Ihre linke Hand lag noch auf Ninas Schulter, sie spürte, wie sie sich unter ihrem Griff versteifte.

In dieser Nacht schlief Leo schlecht. Als sie ihr Zimmer betreten hatten, hatte Hedda in tiefem Schlaf gelegen. Sie hatten eine Kerze angezündet, um sich in der Dunkelheit zurechtzufinden, Hedda war nicht erwacht. Auch Nina war trotz der Aufregungen des Abends rasch eingeschlafen, Leo hörte ihren Atem und wartete auf ihren Schlaf. Sie war todmüde und hellwach. Ein Zustand, den sie gut kannte und hasste. Wirre Gedanken schwirrten durch ihren Kopf. Ninas seltsamer Entschluss zu dieser umständlichen Suche nach ihrem verschollenen Halbbruder, dessen plötzlicher Tod, ein Absturz wie der Benedikts, nur mit tragischerem Ausgang. Für Nina musste das wie eine Wiederholung, eine besonders bösartige Finte des Schicksals sein. Und was war mit Ninas Eltern geschehen? Hatte sie sich, wie ihr Bruder, von ihnen distanziert? Ihre Mutter habe gewusst, wo Dietrich sei, hatte sie gesagt. Warum hatte sie ihre Mutter dann nicht genauer gefragt? Und warum suchte sie ihn gerade jetzt?

Und dann der Anorak. Nina hatte Angst, um sich und nun auch um den unbekannten Sohn ihres Bruders. Sie, Leo, hätte ein Klotz sein müssen, um das nicht deutlich zu spüren. Warum hatte sie Angst? Wovor? Oder: vor wem? Noch einmal: der Anorak. Abrupt setzte sie sich auf und starrte in die schwarze Nacht.

Derselbe Anorak. Das war es, was sich während der letzten Tage in ihrem Hinterkopf versteckt hatte. Anders als die der anderen rot und blau. Nina war fast einen halben Kopf kleiner als Benedikt, doch im Nebel unter der Kapuze war das vielleicht schwer zu unterscheiden, mit den schweren

Bergstiefeln war auch ihr Gang schwer – männlicher. Wenn Nina glaubte, nicht Benedikt, sondern – nein, das war ein aus Dunkelheit und ungeklärten Fragen kriechender Nachtmahr. Sie ließ sich erschöpft zurückfallen, zog die Decke über den Kopf und befahl sich, endlich zu schlafen. Die Decke roch leicht nach Schafen, kein einladender Geruch, doch jetzt, in dieser verwirrenden Nacht, bedeutete er beruhigende Realität.

Die Müdigkeit siegte. Nur einmal erwachte sie in dieser Nacht, der Morgen kroch schon grau aus den Tälern herauf. Sie glaubte, ein heiserer Schrei habe sie geweckt. Ihr eigener konnte es nicht gewesen sein, da war kein Albtraum in ihrer Erinnerung, und ihr Geist wie ihr Körper waren zu träge für solchen Schrecken.

«Nina», flüsterte sie, «bist du wach? Hast du schlecht geträumt?»

Als sie ohne Antwort blieb, auch Hedda schlief reglos wie eine Tote, fiel sie zurück in einen unruhigen Schlummer.

Kapitel 10

Nie ist das Wetter so von Bedeutung wie beim Wandern –
auch dieser Morgen versprach einen strahlenden Tag. Noch
kämpfte eine blasse Sonne mit der Kälte der Nacht, in den
Tälern hingen Nebelschwaden, Tautropfen glitzerten im
Gras und auf den Sträuchern, in den herben Duft der Erde
und den süßen der Rosen mischte sich der würzige von Kaffee und gebratenem Speck.

«Ein Paradies», seufzte Edith glücklich, als sie in den Hof
trat, um die Morgenluft zu schnuppern und die letzte Schläfrigkeit zu vertreiben. «Ist es nicht ein Paradies, Selma?»

Selma nickte halbherzig und duckte sich fröstelnd tief in
ihren dicken Wollschal.

Rita antwortet statt ihrer. «Stimmt», sagte sie, «fast wie zu
biblischen Zeiten. Ich verstehe unter einem Paradies ein hübsches Plätzchen mit Sauna, Kino und Strand gleich vor der
Nase. Disco muss nicht sein, wäre aber auch nett. Und eine
Bar.» Sie beschirmte die Augen mit der Hand und blinzelte
zu den Felsen hinauf. «Da kommt ja auch der verschollene
Señor Müller. Ich dachte schon, er sei heimlich abgereist.
Aber ohne Autobahn in der Nähe», fügte sie boshaft hinzu,
«überlegt er sich so was zweimal. Dabei wollte er diese Tour
machen, ich hätte nichts gegen zwei schicke Wochen an der
Côte d'Azur gehabt.»

Fritz kletterte, beständig mit dem sich in seinen Kleidern
verfangenen stacheligen Buschwerk kämpfend, von den Fel-

sen hinter dem Anwesen herunter. Das Handy ragte aus der Brusttasche seines Hemdes.

«Ein einziges riesiges Funkloch, diese Gegend», knurrte er und lutschte das Blut von einem Kratzer seiner rechten Hand. Rita grinste breit, und Leo dachte, Fritz' Seitensprung werde kaum mehr von langer Dauer sein.

Aber an diesem Morgen betrachtete auch sie ihn mit anderen Augen, tatsächlich alle, die nach und nach in den Hof traten, um den Tag zu begrüßen und ihr Gepäck zum Karren zu bringen. Sosehr sie ihre Phantasie bemühte, es war auch jetzt wieder unvorstellbar für sie, dass womöglich darunter einer war, der Benedikt in den Abgrund gestoßen hatte. Lauter harmlose Touristen mit durchschnittlichen Schrullen, Vorlieben oder Abneigungen, freundliche Menschen, mit denen man am Abend gerne ein Glas Wein trank. Nun gut, mit dem einen mehr, der anderen weniger gerne, so war es nun mal in einer bunt zusammengewürfelten Gruppe.

Felix und Enno halfen Julián, das schon im Hof abgestellte Gepäck sicher auf dem Karren zu verstauen, damit es auf dem ersten, strikt bergab führenden Stück des Weges zur Passstraße nicht herunterrutschte. Santiago sah zu und scharrte schnaubend mit den Hufen. Er stand ungern nutzlos herum und freute sich auf seine Arbeit.

«Herrlicher Tag, was?», rief Jakob, der putzmunter aus dem Haus kam und wie an jedem Morgen den Plan für den Tag verteilte. «Unser Endpunkt ist heute Molinaseca. Ignacio wartet mit dem Bus am Ortsrand, wo der *camino* die Landstraße kreuzt, ihr könnt die Stelle nicht verpassen. Wenn ihr unsicher seid, bleibt einfach stehen und wartet – irgendwann komme ich vorbei, wie an jedem Tag als Letzter. Niemand geht verloren. Und jetzt kommt zum Frühstück. Kein schlabberiges Weißbrot heute, Mira hat kräftiges Bauernbrot gebacken. Extra für dich, Selma», scherzte er.

Alle lachten, sogar Fritz. Selmas allmorgendliche, zumeist vergebliche Frage nach Vollkornbrot war niemandem entgangen. Selma nickte würdevoll und ging als Erste zurück ins Haus.

«Sind alle da?» Jakob ließ den Blick lautlos zählend über die Köpfe gleiten. «Hedda fehlt», stellte er fest und blickte Leo und Nina an. «Wo ist sie? Noch in eurem Zimmer?»

«Nein», sagte Leo, «sie ist schon vor uns aufgestanden.»

Weiter dachte sie: ‹… und geht sicher spazieren.›

Sie sprach es nicht aus, obwohl niemand außer Nina und ihr von dem erst vor zwei Wochen auf einem Spaziergang geschehenen Unglück wusste. Als hieße aussprechen heraufbeschwören – der *camino* machte abergläubisch.

Jakob sah sich unruhig um. Seine strahlende Laune war schlagartig vergangen. Da bog Hedda um die Ecke des hinteren Schuppens, Zeichenblock und Bleistift in der Hand, und Jakob atmete erleichtert auf. Leo auch, doch das bemerkte niemand.

Der *camino* schlängelte sich schmal durch den bergigen Landstrich. Überall von Buschwald dichtbewachsene Hänge und Senken und wie aufgefaltet wirkende kahle Erhebungen, eine Reihe hinter der anderen, bis in der Ferne die Schemen der Montes Aquillanos am Horizont mit dem dunstigen Blau des Himmels verschmolzen. Ihr höchster Gipfel maß über zweitausend Meter. Tiefvioletter Lavendel bereicherte die Farbpalette der blühenden Büsche. Atemberaubend war hier wieder einmal das passende Wort, wegen der Aussicht und wegen der manchmal heftigen, angenehmerweise stets nur kurzen Steigungen. Von Menschen schien diese Welt verlassen, sogar von pilgernden.

‹Eine Kathedrale›, dachte Leo, die Ungläubige. Es war angenehm, einmal einen Tag fern der von Menschen erbauten und geschmückten Kirchen und Klöster zu sein, einen Tag ohne Besichtigung, ohne Beschäftigung mit einer zweitausendjährigen Geschichte, ohne den Mythos und die mit den Jahrhunderten entstandenen Legenden. Die erwarteten sie wieder am Abend in Ponferrada, dort allerdings besonders mit der riesigen, tatsächlich von den Templern erbauten und bewohnten Ritterburg.

Fritz, Enno, Felix und Hedda bewiesen an diesem Morgen die stärkste Energie, sie waren schnell ein ganzes Stück voraus und hinter Felsen und Baumheide verschwunden. Rita zockelte hinterher. Fritz, so hatte sie missgelaunt gesagt, habe beschlossen, zwei oder drei Urlaubstage in Santiago anzuhängen, vielleicht auch ein Auto zu mieten und bis ans Meer zu fahren, zum Cabo de Finisterre.

«Beschlossen!», hatte sie davonstapfend geschimpft. «Nicht vorgeschlagen. Beschlossen.»

Leo ging wie meistens im Mittelfeld, nun von Nina begleitet, der Rest folgte in einigem Abstand mit Jakob. Manchmal wehte der Wind ihre Stimmen heran, sie konnten nicht weit sein.

Der Weg war zu schmal für eine Unterhaltung, die niemand sonst hören sollte. So folgte Nina Leo schweigend. Als sie ein paar Zweige des duftenden Lavendels pflückte, sagte Leo: «Du hast gesagt: Ich muss das Kind schützen. Was hast du damit gemeint?»

Nina steckte behutsam die Lavendelzweige ein. «Ich weiß

nicht, es hat jetzt keinen Vater mehr. Jedes Kind braucht Schutz», fügte sie trotzig hinzu. «Jedes.»

Leo war enttäuscht. Das konnte nicht alles sein, aber warum sollte Nina ihr vertrauen? Wenn sie tatsächlich mit der Angst lebte, die Leo in ihrem Gesicht gesehen hatte, würde sie es jedoch tun müssen. Ein toter Bruder, ein schwerverletzter Freund innerhalb weniger Tage, Ninas offensichtliche Unruhe – dahinter musste etwas Schwerwiegendes stecken. Der Tag war noch jung, die Wegstrecke lang, sie musste nur geduldig sein.

Aber wie wollte Nina das Kind ihres Bruders finden? Nach dem Frühstück hatten sie Zeit gefunden, mit Mira zu sprechen, nur kurz, doch es hatte gereicht. Camilla, so erfuhren sie, wohnte bei einer Freundin in Santiago, auch ihre Eltern lebten dort. Der Vater war seit dem letzten Jahr im Ruhestand, deshalb waren sie vor wenigen Wochen in eine kleinere preiswerte Wohnung gezogen, zwei von Camillas vier Geschwistern wohnten noch bei ihren Eltern, für sie und Fredo gab es deshalb nicht genug Platz. Die Freundin hingegen lebte allein in einer großen Wohnung.

Als Nina nach der Adresse fragte, stutzte Mira. «Warum willst du das wissen?»

«Weil sie sicher ist, dass Dietrich ein Freund ihres Vaters war», antwortete Leo rasch statt ihrer. «Sie hat es gestern gleich erkannt, als sie die Fotos sah. Obwohl sie sehr gute Freunde waren, haben sie sich aus den Augen verloren. Sicher möchte er der Frau und dem Sohn seines alten Freundes einen Kondolenzbrief schreiben.»

«Vielleicht ist es ihm ein Trost.» Nina sah Mira so bittend an, dass sie ihr Misstrauen vergaß.

«Entschuldigt, wenn ich ein bisschen erstaunt bin, in all den Jahren hat niemand nach Dietrich gefragt. Ich wusste, dass es anders ist, sonst hätte ich angenommen, es gibt überhaupt keine Familie oder alten Freunde. Und nun werde ich gleich zweimal nach ihm und Camilla gefragt. Ich würde euch gerne helfen, aber wir haben Camillas Adresse noch nicht. Und bevor ihr fragt: ebenso wenig die neue Telefonnummer.» Natürlich sei es ihr sehr schlecht gegangen, sie sei nach der Beerdigung gleich wieder abgereist. Viele ihrer Sachen seien hier, sie, Mira, hoffe, Camilla kehre doch noch zurück. Noch habe sie keine Arbeit in Santiago gefunden. Sie werde sich schon melden, sobald sie wieder klar denken könne. Die Freundin heiße Fabia und sei Lehrerin. «Aber nun fragt mich nicht, an welcher Schule oder nach dem Familiennamen. Ich habe keine Ahnung.»

Es fiel Leo schwer, das zu glauben, andererseits lebten Mira und Julián in einer anderen Welt, hier verlief das Leben gemächlicher, abwartender. Sicher habe sie die Adresse der Eltern Camillas, beharrte sie, dort könne Nina fragen.

Mira hatte ihr Adressbuch aufgeschlagen und bedauernd die Schultern gehoben. Da stehe nur die alte Anschrift, hatte sie gesagt, wie eben schon erwähnt, seien sie kürzlich umgezogen, sie habe versäumt, die neue zu notieren.

Sie wusste nur den Namen Ruíz, Camillas Vater heiße Juan, die Mutter Clara. Sie waren nur selten hier oben im *hostal* gewesen, sie hatten diese Art Leben nicht gemocht, aber immerhin respektiert. Ihre neue Wohnung lag wie die alte in der Nähe der Porta do Camiño.

«Die Wohnung von Camillas Freundin muss in der Nähe eines Parks und auch nicht weit von der Altstadt sein, sie hat so etwas erwähnt.»

«Du hast gesagt, du bist schon einmal nach Dietrich gefragt worden?», fragte Leo. «Auch von einem Touristen?»

«Ja, am vergangenen Freitag. Er hat mit Julián gesprochen

und ihm etwa die gleichen Fragen gestellt. Er ist ein Schulfreund von Dietrich, das hat er jedenfalls gesagt. Wenn ich
jetzt darüber nachdenke, ist es doch seltsam, dass er Dietrich
nach all den Jahren gefunden hat. Ein Zufall kann es nicht
gewesen sein, er hat direkt nach ihm gefragt.»

«Vielleicht kennen wir ihn», sagte Leo und drückte Ninas
Arm, damit sie schweige. «Wer war er?»

«Du bist neugierig wie unsere Ziegen», stellte Mira lächelnd fest. «Wir haben nicht nach seinem Namen gefragt,
und er hielt es für überflüssig, sich vorzustellen. Er hat auch
nicht bei uns gewohnt, sondern nur eine Rast gemacht. Er ist
recht attraktiv, wenn man den Typ mag. Dunkles Haar, ständig die Sonnenbrille auf der Nase, für meinen Geschmack
ein bisschen glatt. Er schien mir um einiges jünger als Dietrich, aber das kann ja täuschen.»

Da hatte Jakob nach ihnen gerufen. Wo sie denn blieben,
es sei höchste Zeit, loszugehen.

Bis zum Cruz de Ferro dauerte es nur eine knappe Stunde. So einsam der Weg bisher gewesen war, so viel Trubel
herrschte am höchsten Punkt der Passstraße. Das schlichte
eiserne Kreuz hoch auf einem fünf oder sechs Meter langen
Eichenmast, der wiederum aus einem haushohen Stein- und
Geröllhaufen aufragte, zählt als höchste Stelle des *camino* zu
den unerlässlichen Programmpunkten. Auf dem Parkplatz
standen zwei Reisebusse und einige Pkws, bei der geschlos-
senen Kapelle aus grobem Stein nahe dem Kreuz eine ganze
Anzahl von Mountainbikes. Wanderer, Radfahrer, Bus- und
Autoreisende scharten sich um das Kreuz, sicher waren auch
ein paar Pilger darunter. Sie krabbelten auf den rutschigen
Steinen herum und machten Lärm, wie Edith streng bemerkte. Allerdings stürzte sie sich als Erste ins Getümmel,
um den Stein, den sie gemäß uralter Tradition von zu Hause

mitgebracht hatte, am Fuß des Kreuzmastes abzulegen. Ein glückverheißender Beleg für das Hiergewesensein und Bitte um Schutz auf dem Rest des Weges.

Als sie vor dem Steinhaufen standen und zum Kreuz hinaufsahen, Hände die Augen gegen die Sonne beschirmten und Kameras gezückt wurden, sah Leo einen Mann eine Gepäcktasche auf seinem Rad festzurren. Seinen Helm aufsetzend, wandte er ihr sein Profil zu, dann schwang er sich auf den Sattel und war nach wenigen Pedaltritten bergab Richtung El Acebo verschwunden.

Sie hatte ihn erkannt. Es war der Mann aus dem Hotel in Burgos gewesen, sie war ganz sicher, der Mann, den sie so ‹verdammt attraktiv› gefunden und der sie und Ruth Siemsen in der Nacht aus dem Gang mit der Abwasserrinne geführt hatte.

Von Burgos bis zum Cruz de Ferro waren es etwa zweihundertfünfzig Kilometer mit zahlreichen Steigungen. Wenn die in weiten Strecken über die Landstraßen führende Route für die Rad fahrenden Pilger auch nicht so unwegsam war wie der eigentliche, der *camino* für die Fußwanderer, hatte er sich unterwegs nicht lange mit Besichtigungen oder Faulenzen aufgehalten. Womöglich war er auf der Jagd nach einem *camino*-Rekord für Radwanderer. Hätte sie ihn besser gekannt, hätte sie sich gesorgt. Beim nächsten Dorf, hatte Jakob erzählt, gab es eine Gedenktafel für einen deutschen Radfahrer. Nicht wegen eines Rekords – er war an der Stelle tödlich verunglückt. Sie würde sie sich nicht ansehen, von Unglücken hatte sie nun genug. Vielleicht vergaß sie deswegen auch den davonsausenden Radfahrer umgehend. Ihr Kopf war mit anderem beschäftigt, selbst Jakobs Stimme lauschte sie wieder nur mit halbem Ohr.

Er erklärte seiner aufmerksamen Gruppe, für die Entstehung des Steinhaufens gebe es wie für viele markante Punkte am *camino* verschiedene Erklärungen. Nach einer seien sie Relikte aus der Zeit der Römer, die so ihre Grenzen oder Wegkreuzungen markierten. Sie hatten sie nach ihrem Gott der Reisenden und Handeltreibenden als Merkur-Berge bezeichnet. Jahrhunderte später hatten schon die ersten Jakobspilger die Tradition zum christlichen Brauch umgewidmet. Das Christentum, fügte Jakob hinzu, sei ja reich an abergläubischen Ritualen, Symbolen und Gedanken.

Nicht einmal Enno protestierte, er legte seinen Stein aus der schweren ostfriesischen Erde nieder und sprach ein stilles Gebet.

Dass das kreuzbewehrte Hügelchen einzig durch die Anhäufung der in den Jahrhunderten mitgebrachten Steine entstanden sei, erklärte Jakob weiter, sei wenig wahrscheinlich, die deutlich sichtbaren großen Brocken ließen eher auf einen Schaufelbagger schließen.

Felix kletterte zum Mast hinauf und band sein verschwitztes Halstuch daran fest. Es war kaum zu sehen, denn die modernen Pilger hatten die alte Sitte erweitert. Der untere Teil des Masts war fast gänzlich bedeckt mit geflochtenen Armbändern, alten Socken, Maskottchen, Schnürsenkeln, Halstüchern, mit allem, was sich um einen Mast binden oder an dem, was dort schon hing, befestigen ließ. Sogar ein Paar völlig abgelaufene Wanderstiefel hing dazwischen.

Rita überlegte, ob sich ein Pilger von ihnen getrennt habe, um den Rest des Weges, noch etwa zweihundertdreißig Kilometer, zur größeren Buße barfüßig zu gehen.

«Quatsch», sagte Helene, «der hatte nur genug von der Plackerei. Er ist hier in einen Bus gestiegen und hat sich gemütlich bis Santiago chauffieren lassen.»

Leider teilte niemand ihre Meinung, nicht mal Sven, den

während der letzten Tage zu Helenes und seiner eigenen Überraschung das Pilgerfieber erwischt hatte. Im nächsten Jahr, versicherte er jedem, der es hören wollte, nehme er einen langen, wenn nötig sogar unbezahlten Urlaub und mache den ganzen Weg zu Fuß. Die ganzen siebenhundertfünfzig Kilometer. Mit dem Rucksack auf dem Rücken, wie es sich gehöre, von St. Jean bis Santiago. Da könne Helene so oft Quatsch sagen, wie sie wolle. Bis Santiago, hatte er Leo zugeflüstert, würde sie schon weich werden, sie komme mit im nächsten Jahr, ganz sicher.

Hedda hatte ein wenig abseits gestanden und war, als die Gruppe sich bei der Kapelle zusammenfand, schließlich auch über die Steine hinaufbalanciert. Leo sah sie verstohlen etwas aus ihrer Jackentasche ziehen, es an die Lippen drücken und zwischen der Masse der weltlichen Devotionalien befestigen. Es leuchtete weiß zwischen all dem Bunten.

Ihre Neugier siegte über die Diskretion. Als die Gruppe sich wieder auf den Weg machte, rief sie, sie habe ihren Reiseführer auf der Bank liegenlassen, sie komme sofort nach. Nina wartete, auch Jakob blieb stehen, um zu beobachten, wie Leo auf den Steinhaufen kletterte.

Als sie angerannt kam, grinste er breit. «Von wegen Reiseführer liegengelassen», sagte er, «du wolltest heimlich auch noch ein Steinchen ablegen.»

«Ertappt», gab Leo zu, «Asche auf mein Haupt.»

Niemand würde erfahren, was sie gesehen hatte. Das Stück Stoff, das Hedda an den Mast unter dem Kreuz gebunden hatte, war ein Hemdchen. Gerade groß genug für ein höchstens einjähriges Kind.

Nun ging es über lange Strecken entlang der Passstraße, hin und wieder führte der Weg in die Landschaft hinein, von kurzen holperigen Aufstiegen abgesehen, beständig bergab. Immer weiter nach Westen, dorthin, wo die Sonne unterging, wo in alter Zeit das Ende der Welt und aller irdischen Tage gesehen worden war. Dort hinter den Bergen lagen das grüne Galicien und das Meer. Unter heißbrennender Sonne erinnerten markierte Metallpfähle am Wegesrand daran, wie tief der Weg im Winter unter Schnee begraben liegen konnte. An einen hatte ein frommer Mensch ein Bild der Madonna geklebt, demütig gesenkte Augen in dem von Rosen gerahmten Gesicht unter der Krone einer Königin. Es war ein berührender Anblick: das mit Klebestreifen notdürftig befestigte Papier an einem schlichten eisernen Mast, dahinter das grüne und braune, mit weitflächigen Inseln von weißen, gelben und purpurnen Blüten bedeckte Bergland bis zu den schneebedeckten Gipfeln.

«Ein Altar», sagte Enno leise, als er neben Leo vor dem Bild stehen blieb, «nicht prächtig und ohne die liturgischen Geräte, aber doch ein Altar.»

Leo sah ihm nach, wie er ohne ein weiteres Wort einfach davonging. Enno, während der ersten Tage ihrer Reise der Besserwisser und Witzemacher, war still geworden. Nicht einmal mehr von seinem Lieblingsthema redete er noch, der ETA.

El Acebo erwies sich bei aller Kargheit als ein hübsches kleines Dorf, Sven bezeichnete es als urig. Die üblichen alten Steinhäuser waren komplett mit blaugrauen Schieferdächern neu gedeckt, in die ohnedies enge Durchgangsstraße ragten überdachte hölzerne Balkone vor. In den Gärten am Dorfrand blühten selbst hier, in über tausend Metern Höhe, Rosen, ihr Duft mischte sich mit dem von Holzfeuern.

In der Ferne im Westen stieg zwischen den Höhen weißer Rauch auf.

«Ponferrada», erklärte Jakob. «Man kann es sich in dieser Gegend kaum vorstellen, aber die Stadt mit ihren Wasser- und Kohlekraftwerken lebt mehr von Industrie als vom Tourismus. Dort wird Eisen und Stahl erzeugt, auch die chemische Industrie ist bedeutend.»

Die Mittagssonne brannte vom wolkenlosen Himmel. Am Brunnen beim Ortsausgang, wo der *camino* wieder die Landstraße erreichte, trafen alle zu einem Picknick zusammen und füllten ihre Wasserflaschen auf. Noch drei Stunden bis Molinaseca, geschundene Füße waren lästig, leere Wasserflaschen in der Hitze des Tages fatal. Der Weg führte fast nur noch bergab in das weite Tal der Ríos Boeza und Sil mit ihren Stauseen. Nahe deren Zusammenfluss hatten schon die Römer gesiedelt, im 12. Jahrhundert hatten die damals mächtigen Tempelritter zum Schutz des *camino* und der Pilger ihr riesiges Kastell gebaut.

Es ging mehrfach über einen Bach, auch mal hoch über ihm entlang. Der Pfad war oft steinig, doch das Land wurde immer grüner, Felder und saftige Wiesen, schmale Auwaldstreifen, uralte Kastanien – nur der angekündigte Schatten blieb aus. Bald schien der Weg länger, als er tatsächlich war. Auch und erst recht für den Jakobsweg gilt: Wer eine Wanderung plant, sollte sich nie auf die zu bewältigenden Kilometer einstellen, sondern einzig auf die Zahl der Stunden, die in guten Wanderführern angegeben sind.

Selbst der längste Weg führt endlich zum Ziel. Ignacio hatte seinen Bus auf einem sandigen Platz neben einem Kiosk geparkt. Er saß unter einer Robinie, trank Milchkaffee und rauchte einen Zigarillo. Selten war er so freudig begrüßt und ein Kiosk so einmütig gestürmt worden. Dann hockten alle auf wackeligen Stühlen, Holzbänken und einem Mäuerchen, tranken Zitronenlimonade oder leichtes spanisches Bier. Selma hatte Bier trotz ihrer schwäbischen Herkunft immer für ein vulgäres Getränk gehalten, besonders wenn man es aus der Flasche trinken musste. Nun verkündete sie, es sei doch ein fabelhaft erfrischendes und anregendes Getränk. Was sich als Irrtum erwies, kaum rollte der Bus über den Río Boeza, hörte man von ihrer Bank sanftes Schnarchen.

Inspektor Obanos legte die letzte Aktenmappe in die Schublade und blickte befriedigt auf seinen Schreibtisch. So aufgeräumt war er nur, wenn er sich in den Urlaub verabschiedete, und das würde er nun umgehend tun. Er hasste es, nach einer Reise von Unerledigtem empfangen zu werden. Während seiner Abwesenheit sammelten sich genug neue Stapel von ‹Papierkram›. Seine Urlaubstage waren so rasch und problemlos genehmigt worden, dass er überlegt hatte, ob er sich Sorgen um seine Karriere machen müsse. Er hatte sich dagegen entschieden, Obanos war trotz seines Berufs ein optimistischer Mensch mit einer Schwäche für das Positive.

Das Hotelzimmer war reserviert, das Gepäck wartete im Auto im Hof. Als das Telefon klingelte, hob Obanos nur widerwillig ab. Bis er das Kommissariat verlassen hatte, bestand die Gefahr, dass ein lästiger neuer Fall einen Strich durch seine Extratour nach Santiago machte. Aber vielleicht war es Pilar, es konnte nicht schaden, ein bisschen Schmelz in die Stimme zu legen, auch eine altgediente Ehefrau (dass ihm dieses Attribut nur nie in ihrer Gegenwart herausrutschte!!)

wollte umschmeichelt sein, wenn der Ehemann aus heiterem Himmel ein paar Tage für sich allein in Anspruch nahm. Sie hatte nicht protestiert, als er ihr seinen Entschluss mitteilte, aber ziemlich schmale Lippen gemacht. Mehr wäre gegen die Spielregeln gewesen. Beide fanden, ab und zu ein paar Tage Urlaub voneinander sei erfrischend, und erst im März hatte Pilar sich mit einer Freundin ein langes Wochenende in einem Wellness-Hotel gegönnt. Ein Vergnügen, das Obanos völlig unverständlich war. Er hatte nichts gegen Massagen, wenn die Masseurin hübsch war und sensible Hände hatte. Heiße Bäder, Schlammpackungen und kalte Güsse gehörten keinesfalls zu den Zielen seiner Sehnsucht.

Am anderen Ende der Leitung war nicht Pilar, sondern Dr. Helada. Zwei Minuten später sauste Obanos aus seinem Büro, die Treppen hinunter und über den Parkplatz zu seinem Auto. Sonst eher ein gemächlicher Fahrer – für die Raserei war Subinspektor Prisa zuständig –, legte er den Weg zum *hospital* in Rekordzeit zurück.

«Und? Was sagt er?», fragte er noch atemlos Dr. Helada, der ihm im Gang der Intensivstation entgegenkam.

«Wenig, mein Lieber, sehr wenig. Er hat Durst, das ist klar, und er fragt nach seiner Verlobten, das ist ebenso klar. Ich finde es ja auch seltsam, dass die Señorita sich schon wieder ihrer Pilgergruppe angeschlossen hat. Allerdings – wenn sie nicht nur wandern will, sondern wirklich pilgert, wie Señora Siemsen neuerdings behauptet, mag es hilfreich sein. Die Señora sagt, sie selbst habe Señorita Instein gedrängt, nach Santiago zu gehen. Ich fände es für den Zustand des Patienten förderlicher, sie wäre hier, aber des Menschen Wille ist sein Himmelreich. Und unsere fromme Schwester Luzia, sonst ein Ausbund an Vernunft, ist natürlich ganz ihrer Meinung.»

«Das ist alles? Dafür hetzen Sie mich hierher?»

Dr. Helada hob bedauernd die Schultern. «Sie wollten, dass ich anrufe, sobald er aufwacht. Er ist aufgewacht, ich habe angerufen. Wer hat von hetzen gesprochen? Gehen Sie zu ihm, vielleicht sagt er jetzt mehr. Er bekommt starke Medikamente, die auch das Denkvermögen von Patienten beeinträchtigen, die nicht im Koma gelegen haben. Das sollten Sie bedenken. Seien Sie nett, Señora Siemsen ist so glücklich, das sollte man nicht dämpfen.»

Ruth Siemsen saß wie seit Tagen am Bett ihres Sohnes, doch sie saß nun sehr aufrecht, auf ihrem erschöpften Gesicht lag etwas mädchenhaft Strahlendes. Luzia stand neben ihr, die Hände wie nach erfolgreich getaner Arbeit vor dem Bauch gefaltet, und blickte wachsam auf ihren Patienten hinab. Der lag in seinem Bett und sah kaum anders aus als bei Obanos' letztem Besuch, was den Inspektor nicht wirklich überraschte, aber trotzdem enttäuschte.

«Er ist wach», flüsterte Ruth Siemsen, als sie den Inspektor bemerkte. «Ich habe mich vorgestern nicht geirrt, da hat er schon die Augen aufgemacht, wenn auch nur kurz, jetzt ist er wirklich wach. Nein», erklärte sie leise lachend, es klang silbrig und nach einer Prise Übermut, «nicht jetzt im Moment, er ist gerade wieder eingeschlafen. Aber es ist nur Schlaf. Nicht wahr, Schwester Luzia, das hat Dr. Helada gesagt. Ein ganz normaler Schlaf, der ihm hilft, gesund zu werden.»

«Glückwunsch», sagte Obanos und trat nah an das Bett. Benedikt Siemsen sah tatsächlich aus, als schlafe er nur wie ein Mann, der sich gründlich erholen muss. «Hat er irgendetwas gesagt? Ich meine, erinnert er sich an den Unfall?»

Das Strahlen in Ruth Siemsens Gesicht erlosch. «Der Unfall», wiederholte sie. «Dazu hat er nichts gesagt, er hat bisher überhaupt nicht viel gesagt. Das Reden fällt ihm noch schwer, wegen der Medikamente und wohl auch wegen des Beatmungsschlauchs, der hat seinen Hals wund gemacht. Nein, Inspektor, er erinnert sich nicht. Er weiß nur noch, wie er auf dem Weg über der Schlucht stand und dass es kalt und nebelig war. Und dann – nichts.» Sie wandte sich wieder ihrem Sohn zu und strich ihm zärtlich über die Stirn. «Er braucht Ruhe. Ich werde nicht erlauben, dass Sie oder irgendjemand sonst ihn jetzt mit Fragen bedrängen. Soviel ich weiß, haben Sie selbst Kinder, Sie werden das also gut verstehen. Egal, was für ein Unfall das war, es muss bis morgen, übermorgen oder so lange Zeit haben, bis mein Sohn stark genug ist, um sich dieser Frage und der Erinnerung zu stellen.»

Benedikt Siemsen bewegte sich, er verzog schmerzhaft das Gesicht, hob, als wolle er etwas abwehren, eine Hand und öffnete die Augen. Er sah die Menschen an seinem Bett, mit einem matten Lächeln des Erkennens entspannten sich Gesicht und Körper, und er kehrte beruhigt in seinen Schlaf zurück.

Obanos fühlte, dass er überflüssig war. Er murmelte einen Gruß, verließ den Raum und suchte nach Dr. Helada. Er fand ihn im Arztzimmer an einem überfüllten Schreibtisch, dessen Anblick Obanos das flüchtige Gefühl gab, er selbst sei ein beneidenswerter Mensch. Er werde für ein paar Tage verreist sein, erklärte er, aber immer über seine Handynummer erreichbar, Tag und Nacht. Wenn der Patient Klärendes zu dem Sturz berichte, erscheine es noch so nebensächlich, bitte er um sofortige Nachricht. Er verspreche, nein, er schwöre, nie wieder einen Anruf als zu gering einzuschätzen.

Erst als er aus dem *hospital* ins helle Sonnenlicht hinaustrat, fiel ihm auf, dass Señora Siemsen nicht im mindesten erstaunt gewesen war, ihn am Bett ihres Sohnes zu sehen. Dabei wusste sie, dass der Sturz als Unfall zu den Akten gelegt worden war.

Leo bemühte sich, was sie hinter dem Fenster des Hotels in Ponferrada sah, nicht mit einer Filmkulisse zu verwechseln. Als Flachländerin empfand sie es immer wieder als verwirrend, mitten in einer Stadt zu sein und doch rundum Berge aufragen zu sehen, Reihen grüner, von der Zivilisation vermeintlich unberührter waldiger Hänge, dahinter die Kette der hohen Gipfel. Sie schloss seufzend ihr Notizbuch und steckte den Kugelschreiber in sein Etui. Es war zwecklos. Auf allen Reisen nahm sie sich vor, ein wenigstens stichwortartiges Tagebuch zu führen, zu notieren, was sie gesehen, was sie als besonders gefunden hatte, schön oder schrecklich. Schließlich war sie Journalistin, das Schreiben solcher Notizen sollte ihr zur zweiten Natur geworden sein. Man wusste nie, wozu man solche Erinnerungsstützen später verwenden konnte. Doch kaum war sie mehr als fünfzig Kilometer von ihrem Arbeitszimmer entfernt, empfand sie die tägliche Kritzelei als lästige Pflicht. Dies war ihr Urlaub, lästige Pflichten hatte sie zu Hause gelassen.

Als Eva und Caro bei ihr geklopft und gefragt hatten, ob sie Lust habe, mit ihnen in die Altstadt zu gehen – bis zum Abendessen blieben ja noch zwei Stunden, und alle anderen seien schon unterwegs –, hatte sie vorgeschützt, müde zu sein. Auch seien endlich Postkarten zu schreiben, vielleicht komme sie nach, die Altstadt sei klein, im Zweifelsfall begegne man einander bei der Burg. Als die Schritte der beiden im Flur verklungen waren, hatte sie an der Tür des Nachbarzimmers geklopft, Ninas Zimmer, doch sie antwortete nicht. Leo drückte die Klinke herunter, die Tür war verschlossen.

Der lange Weg nach Molinaseca hatte keine Gelegenheit geboten, mit ihr allein zu sprechen, irgendjemand war immer in ihrer Nähe gewesen. Helene und Sven hatten ausführlich Vor- und Nachteile des Lebens in einem einsamen Berghostal diskutiert und Beteiligung erwartet, Edith erzählte von den Konflikten in ihrem Verein der Gartenfreunde in Augsburg, in dem zu ihrem Ärger die Gemüsefraktion die Blumenfraktion dominierte. Auch Jakob hatte sie ein ganzes Stück begleitet, dankenswerterweise überwiegend schweigend.

Es war ein langer Tag gewesen, wieder im städtischen Getriebe und einem gutbürgerlichen Hotel, kamen ihr die Bilder aus dem *hostal* und dem Weg durch die einsamen Höhen unwirklich vor. Seltsam, dass seither erst wenige Stunden vergangen waren. Und gerade erst ein Tag, seit sie von Ninas Bruder und dessen tödlichem Unfall erfahren hatte. Mira hatte in den Tiefen ihrer Schubladen einen Abzug von Dietrichs Foto gefunden und es Nina geschenkt. Leo versuchte sich an das Gesicht zu erinnern, es war Ninas nicht ähnlich. Eine Familienähnlichkeit zeigte sich nicht immer in den Sekundenbruchteilen eines Schnappschusses.

An der Rezeption hatte sie dafür gesorgt, ihren Schlüssel wieder als Letzte zu bekommen. Sie hatte sicher mit dem Fax aus Hamburg gerechnet, es war nicht angekommen. Als sie ihrem alten Freund Johannes die Liste der Namen und Anschriften ihrer Mitwanderer gefaxt hatte, war das kaum mehr als ein Spiel zur Befriedigung ihrer Neugier gewesen. Der Ressortleiter eines großen Magazins in einem noch größeren Verlagshaus hatte Zugang zu einem immensen

Archiv, das Archiv in seinem Kopf jedoch mochte in diesem Fall noch ergiebiger sein. Johannes' Gehirn speicherte wenig wissenschaftliche oder politische Fakten, dafür umso gründlicher große und kleine Skandale mit allen möglichen Querverbindungen. Er hatte geschimpft und genörgelt, wie immer, er hatte Wichtigeres zu tun, wie immer, und endlich versprochen, er werde sehen, was sich machen lasse, wie immer. In ein, spätestens zwei Tagen höre sie von ihm.

Nina verschwieg etwas, das war klar. Wenn es etwas gab, das in den letzten Monaten, sogar Jahren, die Insteins als Familie oder als Firma in die Medien gebracht hatte – Johannes fand es. Plötzlich erschien ihr nichts wichtiger. Sie hatte ihn angerufen, in der Redaktion meldete sich nur der Anrufbeantworter, auch das Sekretariat war nicht mehr besetzt, sein Handy ‹vorübergehend nicht erreichbar›. Wahrscheinlich saß er in einer seiner endlosen Konferenzen oder – falls die Sonne schien – auf seinem Segelboot auf der Außenalster. Er nannte solche Kurztörns Außentermin.

Sie warf das nutzlose Notizbuch aufs Bett, griff nach ihrer Jacke und rannte hinunter zur Rezeption.

«Nein», hieß es wieder, «leider, Señora, keine Nachricht für Sie.»

Grimmig schlug sie den Weg ein, den hier alle gingen: zur Altstadt mit der Renaissance-Basilika Nuestra Señora de la Encina, benannt nach der Heiligen Jungfrau, die den Templern im Inneren einer Steineiche erschienen war, die sie für den Bau ihrer Burg fällen wollten. Weiter zu dem berühmten Uhrturm auf einem der Tore in den Resten der mittelalterlichen Stadtmauer, der noch berühmteren Templerburg und der mozarabischen Kirche Santiago de Peñalba, die als Juwel der spanischen Vorromanik gepriesen wurde. Von der im 11. Jahrhundert erbauten und mit Eisen verstärkten Brücke über den Sil war nichts mehr zu sehen. Diese *pons ferrata* hatte dem bis dahin unbedeutenden Ort den Namen gegeben und ihn, schon bevor die Templer ihre Burg erbauen ließen, zu einer bedeutenden Stadt und Station am *camino* gemacht.

Leo schlenderte durch die Straßen, ohne Lust, eine der Sehenswürdigkeiten zu betreten, und stellte fest, dass man selbst in einer so kleinen Altstadt herumwandern konnte, ohne auch nur einem Mitglied einer Gruppe zu begegnen, die ein Dutzend zählte.

Fast hatte er sich an den Gedanken gewöhnt, auf welche Weise er sein Ziel erreicht hatte. Harte Situationen erforderten harte Maßnahmen. So war es immer, es wurde nur nicht darüber gesprochen. Schließlich ging es um mehr als die Steigerung der Umsätze, nämlich um viele Arbeitsplätze, um die Sicherheit der Leute und ihrer Familien. Das war eine immense Verantwortung, da war für sentimentale Entscheidungen kein Raum. Daran musste er immer denken. Wenn es um so viel und so viele ging, war das Opfer eines Einzigen angemessen. Zumal eines solchen Freaks. Ärgerlich wischte er sich den Schweiß vom Nacken – was er getan, nein, nicht getan, nur veranlasst hatte – das war doch ein gravierender Unterschied –, was er also veranlasst hatte, hatten viele große Männer vor ihm getan. Der kalte Schweiß, der ihm nach diesen Telefonaten über Gesicht und Nacken rann, war ein Zeichen von Schwäche. Das musste aufhören.

Und er musste aufhören, ständig aus dem Fenster zu starren. Auch diese Entscheidung, diese letzte Anweisung, die er gerade gegeben hatte, war richtig. Unvernünftig, hatte die Stimme

*eingewandt, sich aber gefügt. Der Mensch wurde teuer bezahlt,
er hatte sich zu fügen. Unvernünftig, hatte die Stimme wiederholt, riskant. Doch er habe für einen solchen Fall Kontakte, in
diesem Alter seien Kinder dort gerade noch gefragt.*

*Unvernünftig war ein schwammiger Begriff, er mochte ihn
nicht. Was war schon vernünftig? Zahlen, Ergebnisse, Erfolge – das stand für Vernunft. Kleine Geister mochten das anders
sehen, die hatten auch nur kleine Pläne und kleine Pflichten.
Er trug nun große Verantwortung, das war ein Wort, das ihm
sehr gut gefiel, es stand für Macht und Bedeutung.*

*Und dieses Kind in Spanien? Ein fremder kleiner Bengel,
in einer Wildnis aufgewachsen, ohne Bildung und Kultur, ein
Bastard zudem. Ein neues Rinnsal von Schweiß durchnässte sein Hemd. Er sprang auf und nahm ein frisches aus dem
Schrank, neuerdings hatte er dort immer einen Vorrat, es ging
nicht an, verschwitzt eine Konferenz zu leiten.*

‹Nur dieser letzte Schritt noch›, dachte er, beugte und spreizte die Finger, damit das Zittern aufhörte.

*Das war hart, doch nicht so hart wie – nein, dieses Wort
wurde jetzt ein für alle Mal aus dem Kopf verbannt.*

🐚

Beim Abendessen fehlte Nina. Das sei kein Grund zur Sorge,
versicherte Jakob, der Tag habe sie sehr angestrengt.

«Ihr fehlt das Training, das ihr in den vergangenen Tagen
absolviert habt. Ich habe ihr einen Imbiss ins Zimmer schicken lassen, morgen ist sie wieder fit. Außerdem gibt es eine
gute Nachricht aus Burgos», er hob froh sein Glas, «Benedikt
ist endlich wieder aufgewacht. Ich will nicht behaupten, es
gehe ihm prächtig, aber Dr. Helada hat versichert, er werde
wieder ganz der Alte. An seinen Sturz oder wie es dazu kam,

erinnert sich Benedikt nicht. Ich finde: zu seinem Glück. So etwas ist keine Erinnerung, die man gern hat. Tut mir morgen einen Gefallen, ich bitte euch sehr. Wenn es wirklich so heiß wird, wie der Wetterbericht verspricht, füllt an jeder Wasserstelle eure Trinkflaschen nach und setzt eure Hüte auf. Wir haben keine Schluchten, Abhänge oder schmalen Stege mehr vor uns, aber ein Hitzschlag oder eine Ohnmacht brauchen wir auch nicht. Benedikts Unfall ist wahrhaftig genug.»

Als Jakob sich setzte, stieg der Geräuschpegel schlagartig. Eva und Caro schlugen vor, sofort eine Karte mit Genesungswünschen zu schreiben, Edith war für einen Blumengruß, Sven für eine gute Flasche Rotwein, was wegen des Transportproblems zu logistischen Erörterungen mit Fritz führte. Enno schwieg und sah auf seine an der Tischkante abgestützten gefalteten Hände. Leo stellte sich vor, er denke darüber nach, dass es besser sei, in der Kathedrale von Santiago ein Dankgebet zu sprechen.

Als Jakob sagte, Benedikt sei aufgewacht, hatte sie die Gesichter beobachtet und nur gespannte, aufmerksame Mienen gesehen, keine Beunruhigung, keine Sorge. Wenn tatsächlich einer unter ihnen war, der Benedikt in die Schlucht gestoßen hatte, hätte es eine Reaktion geben müssen. Oder nicht? Vielleicht war Jakobs Entwarnung, Benedikt erinnere sich nicht, zu schnell gefolgt.

«Du könntest ein Gruppenbild von uns zeichnen, Hedda», hörte sie plötzlich Helene vorschlagen, das Geheimnis von Heddas künstlerischem Tagebuch war offenbar keines mehr. «Das freut ihn sicher, dazu eine Jakobsmuschel und einen Wanderstab.»

Hedda schwieg, die Gabel unbeweglich in der Hand. Alle sahen sie an.

«Fabelhafte Idee», sagte Selma, «ganz fabelhaft.»

Hedda schüttelte den Kopf. «Nein», sagte sie entschieden, «dazu zeichne ich nicht gut genug. Außerdem», sie schob akkurat ein paar Erbsen um ihren Ochsenbraten, «außerdem glaube ich nicht, dass er so ein Bild gerne hätte.»

Leo achtete kaum auf die darauf folgende Debatte. Ihre Gedanken waren bei Nina. Als das Dessert aufgetragen wurde, stand sie auf und entschuldigte sich mit Müdigkeit.

Diesmal wurde die Tür auf ihr Klopfen gleich geöffnet. Nina hatte ihr Handy in der Hand, sie steckte es in die Jackentasche und ließ Leo eintreten. Das Tablett mit ihrem Abendessen stand unberührt auf dem Tisch.

«Wenn du schon nichts essen willst», sagte Leo, «trink wenigstens ein Glas Wein.» Sie stellte die Flasche und die beiden Gläser, die sie an der Rezeption («Bedaure, Señora, immer noch kein Fax für Sie!») erbeten hatte, auf die Fensterbank und klappte den Korkenzieher aus ihrem Taschenmesser. «Auf leeren Magen ist es unvernünftig, aber egal, Rotwein ist gut für die Seele.»

Nina nahm wortlos eines der Gläser, sah zu, wie Leo es füllte, und trank einen tiefen Schluck. «Danke. Meine Seele kann heute Gutes brauchen. Ich habe nachgedacht, Leo. Ich glaube, ich muss dir anvertrauen, warum ich Dietrich wirklich gesucht habe. Ich habe dir nur die halbe Geschichte erzählt.»

«Das schien mir auch so. Ich würde wirklich gerne den Rest hören. Wenn du nicht mit Jakob darüber reden möchtest – schließlich kennt er sich hier am besten aus –, höre ich gerne zu. Fangen wir doch mit dem Einfachsten an. Du hast gesagt, deine Mutter habe wahrscheinlich gewusst, wo dein Halbbruder lebte. Warum hat sie es für sich behalten, und vor allem: Warum hast du sie nicht einfach gefragt, wenn du unsicher warst, ob deine Spur die richtige war?»

Nina leerte ihr Glas, füllte es nach und setzte sich in einen der beiden Sessel am Fenster.

«Setz dich auch», sagte sie, «ich kann nicht reden, wenn du auf mich heruntersiehst. Das erinnert mich zu sehr an meinen Vater. An seine unangenehmen Seiten. Es gab auch andere, die habe ich nur zu spät erkannt. Ich habe gesagt», fuhr sie fort, als Leo ihr gegenüber Platz genommen hatte, «ich *nehme an*, dass sie es gewusst hat. Als ich anfing, darüber nachzudenken, gab es einen Hinweis darauf, er muss nicht stimmen. Warum ich sie nicht gefragt habe? Das konnte ich nicht. Sie ist vor fünf Jahren bei einem Autounfall gestorben. Ein ganz normaler schrecklicher Autounfall, wie er alle Tage geschieht», sagte sie bitter. «In der letzten Zeit habe ich gegrübelt, ob er wirklich so normal war, aber das ist eine andere Geschichte, die nicht hierhergehört.»

Sie nahm ihr Glas, drehte es ohne zu trinken in den Händen und stellte es zurück.

«Es gibt auf dem Dachboden unseres Hauses einige Kartons und Kisten mit Sachen von ihr, ich habe sie erst vor einigen Wochen entdeckt, als – ja, als ich aus Bilbao zurückkam. Ich glaube, du weißt, dass ich dort im Guggenheim-Museum im letzten Winter hospitiert habe. Es war kaum wirklich Persönliches darunter, aber eine Mappe muss meinem Vater, oder wen immer er beauftragt hat, diese Sachen einzupacken und dort oben zu verstauen, entgangen sein. Darin waren auch einige Briefe, ein Kinderbild von mir, zwei Briefe eines Mannes, von dem ich nie gehört habe. Alte, na ja, sehr private Briefe, die mein Vater hoffentlich nie gesehen hat. Und einer von Dietrich, auf billigem liniertem Papier, wie aus einem Schulheft, ohne Datum, auch ziemlich alt. Er schrieb, er habe in Spanien endlich eine Heimat gefunden, Menschen, die einfach lebten und ihm helfen würden, auch wieder ein Mensch zu werden. Er werde nie zurückkehren. Er hoffte, das schrieb er jedenfalls, sie finde auch die Kraft und Hilfe, sich aus ihrem goldenen Käfig zu befreien.» Ein plötzliches Lächeln machte Ninas starres Gesicht weich. «Ich glaube, er hat sie geliebt. Er hörte sich so an, und meine Mutter war ihm im Alter näher als meinem Vater. Tristan und Isolde in Aumühle, rührend und komisch, nicht?»

Sie blickte aus dem Fenster, in der Dunkelheit leuchtete die Stadt wie ein verspäteter Adventskalender. Leo beherrschte ihre Ungeduld, sie wartete, bis Nina aus ihren Erinnerungen in das anonyme Hotelzimmer zurückkehrte und weitersprach.

«In diesem Brief fand ich die Hinweise. Er schrieb, er lebe nun bei einer Gruppe von Leuten, Deutsche, Spanier und ein Franzose, in der Nähe von Foncebadón. Das Haus sei nur ein kleines verlassenes Gehöft, überaus marode, aber es gebe gutes Wasser, sie hätten vor, es zu renovieren, auszubauen und eine Herberge daraus zu machen. Das war alles. Ich hatte nie von diesem Ort gehört, also habe ich eine Freundin in Bilbao angerufen, sie wusste sofort, wo das ist. Die Stationen des Jakobswegs kennt hier jedes Kind.»

«Und du hast nicht mit deinem Vater darüber gesprochen?»

«Auch König Marke ist tot.» Ihre Stimme klang hart, nur ihre Augen verrieten den Schmerz.

«König Marke?»

«Verzeih, der war der für Isolde vorgesehene Ehemann. In der Sage wird Tristan ausgeschickt, die stolze Isolde für seinen König aus ihrer Heimat zu holen. Marke hat das Nachsehen, als die beiden sich verlieben. Leider nicht unsterblich, zum Schluss sind die Liebenden tot.»

«Richard Wagner», sagte Leo nickend, «große Oper. Da gibt es selten ein glückliches Ende. Ist dein Vater bei demselben Unfall gestorben wie deine Mutter?»

«Nein, erst vor einem halben Jahr und an einem Herzinfarkt, wie es sich für einen harten, wichtigen Mann gehört, der zu viel arbeitet.»

Leo hatte gedacht, als Kind eines plötzlich verschollenen Vaters habe sie viel gelitten. Gegen Ninas Geschichte war es nichts. Alles in allem war ihr eigenes Leben glücklich verlaufen, trotz des Verlustes und einiger harter Jahre hatte sie sich immer geliebt und geborgen fühlen können. Nur darauf kam es an.

«Das tut mir leid, Nina. Nach alledem muss dich Benedikts Sturz doppelt in Panik versetzt haben. Was ist mit Dietrichs Mutter? Weiß sie auch nichts von ihrem Sohn?»

«Ich habe keine Ahnung, Leo. Sie wurde bei der Scheidung sehr großzügig abgefunden und ist schon lange wieder verheiratet. Ich glaube in Brasilien, es kann auch Argentinien sein. Dietrichs Mutter war völlig aus dem Leben meines Vaters und damit aus dem der Familie verschwunden.»

Im Flur näherten sich Schritte, verharrten vor der Tür – Nina hob abwehrend die Hand. Als es behutsam klopfte, legte sie mit beschwörendem Blick den Finger auf die Lippen. Die Schritte entfernten sich, eine Tür klappte, und es war wieder still.

«Das wird Jakob gewesen sein, der nachsehen wollte, ob es dir gutgeht», flüsterte Leo.

«Vielleicht, vielleicht auch nicht.»

«Nina! Sag mir endlich, wovor du dich fürchtest. Du kannst nicht alles alleine mit dir ausmachen.»

«Ich hatte gedacht, ich könnte es. Und ich hatte *nicht* gedacht, dass es für Benedikt bedrohlich sein würde.»

«Das war nicht deine Schuld. Glaub es endlich oder sage mir, warum du so darauf beharrst.»

«Weil ich Dietrich gesucht habe, der jetzt nicht mehr lebt, und weil es um sehr viel Geld geht. Ich muss ein bisschen ausholen, falls du zu müde bist …»

«Nun fang schon an. Ich bin hellwach.»

«Gut, dann fange ich an. Ich hatte nicht das beste Verhältnis zu meinem Vater, das wirst du gemerkt haben. Er starb im Januar, während ich in Bilbao war. Für mich kam sein Tod absolut unerwartet. Allerdings hätte er mir wohl auch nicht von seiner Krankheit erzählt, wenn unsere Beziehung besser gewesen wäre. Nur keine Schwäche zeigen, das war sein liebstes Motto, und das hat ihn letztlich umgebracht. Wenn er sich mehr geschont hätte, könnte er noch leben. Wahrscheinlich hielt er sich für unsterblich. Vielmehr ich ihn. Ich hatte keine Chance mehr, mich wirklich mit ihm zu versöhnen. Das wollte ich schon lange, spätestens weit von ihm entfernt in Bilbao habe ich begonnen, manches anders zu sehen und ihn besser zu verstehen. Ich wusste nur nicht, wie ich es anfangen sollte, und habe es immer wieder hinausgeschoben. Er war keiner, mit dem sich leicht über Persönliches reden ließ. In seinem Testament hat er mich und Dietrich als Erben eingesetzt. Natürlich, wir sind seine einzigen Kinder, aber ich hatte nur mit dem Pflichtteil gerechnet. Auch davon könnte ich bis an mein Lebensende sehr viel besser leben als die meisten.»

«Wahrscheinlich war es die einzige Art, auf die er zeigen konnte, dass er dich sehr liebte und trotz allem auch seinen abtrünnigen Sohn.»

«Wahrscheinlich, ja. Das macht es nicht unbedingt leichter. Es war für ihn auch eine fabelhafte Möglichkeit, uns doch noch in seine Fußstapfen zu zwingen. So oder so, es klingt nach dem großen Los, alle träumen von einer dicken Erbschaft. Tatsächlich ist es schrecklich, Leo. Es bürdet mir eine Verantwortung auf, die ich kaum tragen kann. Doch ich muss, ich habe einiges an ihm gutzumachen. Seit seinem Tod fühle ich auch so etwas wie eine Familienverpflichtung. Das überrascht mich, aber so ist es. Ich weiß jetzt auch, dass er Dietrich zuletzt finden wollte, er hat ihn suchen lassen. Wir sollten mit unseren Besitzanteilen dafür sorgen, dass die Firma in seinem Sinn weitergeführt wird. Da bin ich absolut sicher. Sie gehörte ihm und Georg Pfleger, sie haben den Betrieb zusammen aufgebaut und geleitet, bis sein Kompagnon starb. Instein & Pfleger ist eine recht große Pharma-Firma, sie produziert auch Natur-Kosmetika. Du hast den Namen sicher schon mal gehört.»

Leo nickte, mit ihrer Internetrecherche war sie der richtigen Spur ziemlich nah gekommen. «Wie solltet du und dein Bruder ein Pharma-Unternehmen führen? Dazu hast du wie dein Bruder weder die Ausbildung noch die Erfahrung.»

«Das stimmt, aber mit unseren Anteilen und als Mitglieder des Aufsichtsrats hätten wir die Firmenpolitik mit bestimmt, unsere Stimmen wären ausschlaggebend gewesen.»

«Gegen wen und gegen was?»

«In der Geschäftsführung und damit auch im Aufsichtsrat gibt es seit geraumer Zeit grundlegende Differenzen um die Zukunft der Firma, vor allem, ob ihre Eigenständigkeit bewahrt bleibt oder sie Teil eines multinationalen Großkonzerns wird. Im letzteren Fall – egal, das würde jetzt zu weit führen. Mein Vater hatte das bisher verhindert.»

Leo konnte es sich auch so vorstellen. Auslagerung großer Betriebsteile in Billiglohnländer, Einstellung wenig profitabler Traditionsprodukte, Verlust der Entscheidungskompetenz. Dafür viel Geld für ohnedies schwerreiche Leute.

«Der Kontrahent meines Vaters ist Rudolf Pfleger», erklärte Nina weiter, «der Sohn und Erbe seines Kompagnons. Seit dem Tod meines Vaters ist er alleiniger Geschäftsführer und hat die Fäden in der Hand. Er hat nicht damit gerechnet, dass sich das ändern könnte.»

«Aber jetzt, da Dietrich nicht mehr lebt, bist du als seine nächste Verwandte die Erbin, dann …»

«Eben nicht», fiel Nina ihr heftig ins Wort, «eben nicht! Mein Vater hat verfügt, falls sein Sohn innerhalb einer bestimmten Frist nicht gefunden werde, solle er nach all den Jahren für tot erklärt werden und sein Anteil Rudolf zufallen. So ganz hat er mir doch nicht vertraut – einer Frau, die Kunstgeschichte studiert und noch keine dreißig ist. Ich verstehe es ja, ich habe kaum Ahnung von diesen Geschäften, aber ich könnte es lernen und mich von vertrauenswürdigen Experten beraten lassen. Die gibt es natürlich in führenden Positionen in unserer Firma. Ich weiß zwei, die ganz sicher auf meiner Seite wären. Ich bin nicht dumm, und seine Firmenphilosophie hat mich mein ganzes Leben begleitet. Davon konnte er endlos reden, und ich finde sie gut. Er war alles andere als ein Träumer, er hatte nur seinen eigenen Kopf. Natürlich sollte ich Chemie oder Pharmazie studieren, möglichst auch noch Betriebswirtschaft. Notfalls Jura. Er hat immer gehofft, dass die Kunst nur eine Marotte auf Zeit sei und ich noch ‹zur Vernunft finde›, so hat er gesagt. Verstehst du jetzt?»

«Halbwegs», sagte Leo zögernd, in ihrem Kopf schwirrten die Informationen, für sie passte noch nicht alles zusammen. «Du hast von einer Frist gesprochen, nach der dein Bruder für tot erklärt werden sollte. Wann läuft sie ab?»

«Sehr bald. In sechs, nein, nun nur noch in fünf Wochen.»

«Das ist knapp», murmelte Leo und verstand noch weniger, warum Nina sich auf diese gemächliche Reise eingelassen hatte, anstatt ihren Anhaltspunkten so flink wie möglich zu folgen. «Ja», wiederholte sie, «das ist wirklich knapp. Für mich sind aber noch ein paar Fragen offen, Nina. Zuerst: Was hat das mit Benedikt zu tun? Ich habe da so eine Ahnung, sag mir, ob sie stimmt. Gestern Nacht ist mir nämlich aufgefallen, dass du und Benedikt den gleichen Anorak tragt, rot mit ein bisschen Blau, wir anderen haben alle dunkelgrüne oder beige Jacken, und du bist schmaler, aber fast so groß wie er. Wenn ich mich jetzt auf eine sehr abenteuerliche Theorie einlasse, nimmst du an – oder fürchtest du –, Benedikt hatte keinen Unfall, sondern jemand hat ihn in die Schlucht gestoßen, weil er ihn mit dir in dem Nebelwetter verwechselt hat. Wir waren ja alle vermummt wie in der Arktis. Richtig?»

«Richtig», presste Nina hervor, ihr Gesicht war wieder starr und grau, «genau so ist es passiert. Deshalb bin ich schuld.»

«Der Unfall, deine Schuld, beides könnte man diskutieren. Aber erst mal weiter. Du denkst auch, das habe jemand aus unserer Gruppe getan? Dann war es schwachsinnig, zurückzukommen und dem Täter eine zweite Chance zu bieten.»

Nina schüttelte knapp den Kopf. «Nein, ich bin jetzt gewarnt und gehe nie allein. Heute Nacht schiebe ich den Tisch vor die Tür, durchs Fenster kommt niemand herein. Das Zimmer liegt im vierten Stock, und die Fassade ist spiegelglatt, es gibt keine Balkone.»

Leo fröstelte, als sie sich vorstellte, wie Nina das Zimmer betreten und auf seine Sicherheit untersucht hatte. «Du gehst meistens mit mir, ich war als Einzige in Benedikts Nähe, als es passierte.»

«Du bist die Einzige, die ganz sicher nicht in Frage kommt.

Du hast ihn gerettet. Ohne dich wäre er weiter abgerutscht und hätte sich noch schwerer verletzt. Bis ihn dort unten jemand gefunden hätte, wäre es zu spät gewesen. Mach mir mein Vertrauen in dich nicht kaputt, Leo, ich habe kein anderes. Ich habe mir selbst immer wieder gesagt, das sei nur eine verrückte Phantasie, der pure Verfolgungswahn. Seit ich aber weiß, dass Dietrich tot ist und auf welche Weise er gestorben ist, wird alles plötzlich sehr konkret.»

«Stopp! Da haben wir den nächsten Widerspruch. Wenn ich richtig verstehe, gehst du davon aus, dein Kontrahent, dieser Dingsbums Pfleger ...»

«Rudolf.»

«Gut. Also, dieser Rudolf Pfleger versucht, die Erben seines Kompagnons aus der Welt zu schaffen, damit er in der Firma freie Bahn hat und das große Geld alleine absahnen kann.»

«Geld hat er auch so genug, es geht ihm um Bedeutung und Macht. Er war erst seinem, dann meinem Vater immer unterlegen. Beide waren Autoritäten, und Rudolf mag ein fähiger Geschäftsführer sein, auch gnadenlos in kaufmännischen Entscheidungen, als Mensch ist er schwach. Und du hättest ihn bei der Testamentsverlesung sehen sollen! Er hat nichts gesagt, keinen Ton, aber die Wut in seinen Augen war fürchterlich.»

«Das kann ich mir vorstellen. Es passt trotzdem nicht zusammen. Dietrich ist vor gut zwei Wochen gestorben, da hatte unsere Wanderung noch nicht einmal angefangen. Und vor allem: Da war dieser Mann im *hostal*, am letzten Freitag erst, der nach Dietrich gefragt hat.»

«Glaubst du etwa, es ist ein Zufall, dass gerade jetzt das große Foto von Camilla und ihrem Sohn fehlt? Er hat es mitgenommen, um die beiden leichter zu finden, das ist doch klar. Er kann nicht mehr wissen als wir. Hoffentlich nicht.»

«Und er kann nicht zu unserer Gruppe gehören. Wie passt er in die Geschichte?»

«Ganz einfach: Es gibt Komplizen. Zwei, vielleicht drei. Was weiß ich? Ich habe mit Mordkomplotts keine Erfahrung. Außerdem blieb nach Dietrichs Tod genug Zeit, nach Deutschland zurückzukehren und als harmloser Tourist mit uns die Reise anzutreten. Dann waren es eben nur zwei. Einer hier in Spanien, einer in unserer Gruppe.»

«Möglich, ja.» Leo versuchte, behutsam zu sein, Ninas Stimme war bei allem Bemühen, leise zu sprechen, immer klirrender geworden. «Aber überleg doch mal. Das ist alles viel zu kompliziert. Wenn man jemand aus dem Weg räumen will, oder wie in diesem Fall gleich zwei, macht man das möglichst unauffällig. Das nehme ich an, ich habe auch noch nie darüber nachgedacht. Beide am Jakobsweg – das fällt doch eher auf, als wenn zweitausend Kilometer dazwischenliegen. Außerdem habt ihr, du und Benedikt, diese Reise sehr kurzfristig gebucht.»

Nina zog die Füße auf den Sessel, umschlang die Beine und legte die Stirn auf die Knie. Sie sah klein und zerbrechlich aus und sehr verzagt.

«Ich weiß das alles.» Sie hob den Kopf und sah Leo an, alle Energie war aus ihrem Gesicht verschwunden. «Ich habe endlose Stunden darüber gegrübelt, eine andere Möglichkeit gibt es nicht. Obwohl ich da noch nichts von Dietrichs Tod wusste, konnte ich unmöglich einfach in Burgos sitzen und nichts tun. Zum Glück ist Ruth bei Benedikt, sonst hätte ich bleiben müssen. Also habe ich beschlossen, einfach den Weg bis nach Santiago mitzugehen und zu schauen, was passiert. Seit ich weiß, dass mein Bruder tot ist und einen Sohn hat, ist alles anders. Verstehst du? Mit Dietrichs Tod hatte Rudolf sein Ziel schon erreicht. Doch nun gibt es Fredo. Ob das Kind alles erbt oder nur einen Teil, ich kenne die rechtliche Lage nicht, ist letztlich egal, es muss für ihn eine Bedrohung sein.»

«Deshalb hast du gesagt, du musst das Kind schützen.»

«Ja. Ich könnte nicht damit leben, wenn ihm – etwas passiert, nur weil ich denke, das alles ist zu abenteuerlich, um real zu sein.»

«Warum bist du nicht zur Polizei gegangen? Du sprichst doch gut Spanisch, du hättest alles erklären können.»

«Zur Polizei?» Nina lachte schrill. «Schon dir fällt es schwer, mir zu glauben. Benedikts Unfall haben sie halbherzig untersucht und als eindeutigen Unfall abgetan. Die hätten mich nur für hysterisch gehalten, eine Touristin mit Mordphantasien. Stell dir das vor: ‹Guten Tag, Herr Polizist, da ist jemand unterwegs, der mich ermorden will. Mein Freund ist schon sein Opfer geworden und mein Bruder auch. Wo? Auf dem Jakobsweg. Aha, ausgerechnet.› Die denken doch, ich habe zu viele Geschichten von Märtyrern und verfolgten Templern gelesen oder schlicht einen Sonnenstich.»

Das klang endlich einmal logisch. Leo verteilte schwesterlich den Rest des Rotweins auf beide Gläser. Zu dumm, dass sie nur eine Flasche mitgebracht hatte, sie hatte nicht geahnt, was sie erwartete und dass der geplante kurze Besuch zu einer Nachtsitzung würde.

«Ich will dir noch etwas sagen, Leo, es mag helfen, mich zu verstehen. Etwa eine Woche nach der Testamentseröffnung habe ich mich mit Rudolf getroffen. Da war ihm schon klar, dass ich nicht die dumme kleine Nina bin, die er nach eigenem Belieben manipulieren kann. Nicht mehr. Er ist zwanzig Jahre älter als ich, aber wir kennen uns, solange ich denken kann. Wir haben uns gestritten, heftig sogar. Plötzlich wurde er ganz ruhig, sein Gesicht sah aus wie aus Marmor gemeißelt, in seinen Augen stand kalter Hass. ‹Pass auf dich auf, Nina›, hat er gezischt, ‹pass gut auf deine Gesundheit auf. Ich lasse mir meine Zukunft nicht wegnehmen, und ich lasse mir diese Fusion nicht kaputt machen.› Es war zum Fürchten. Ich habe es weggeschoben und bin nach Bilbao zurückgekehrt. Aber ich habe es nie vergessen, weder die Worte noch seinen Blick. Und dann ist Benedikt abgestürzt.»

Das Schweigen stand im Raum wie eine schwarze Wolke. Irgendetwas musste geschehen. Es stimmte, wenn man Ninas Geschichte kühl und unbeteiligt betrachtete, hörte es sich nach den Folgen eines Sonnenstichs an. Warum war sie nicht gleich nach Santiago gefahren, als sie von Dietrichs Tod und der Existenz seines Sohnes erfuhr? Weil sie alleine Angst hatte? Der hätte sie kaum nachgegeben.

«Ich müsste jetzt in Santiago sein», sagte Nina, als habe sie Leos Gedanken gelesen. «Ich weiß nur nicht, wie ich Camilla und Fredo allein finden soll. Hilf mir, Leo, was soll ich tun? Als Journalistin weißt du doch, wie man recherchiert.»

«Das stimmt schon, in diesem Fall ist es allerdings tatsächlich schwierig. Sie wohnt bei einer Freundin, die Fabia heißt, ihre Eltern heißen Ruíz, davon muss es etliche geben. Die Adressen kennen wir nicht. Na, toll. Die Ruíz können wir mit ein bisschen Mühe sicher finden, Camilla hat gesagt, ihre Wohnung sei in der Nähe der Porta do Camiño. Wo immer das sein mag, es ist ein Anhaltspunkt, leider ein sehr vager. Mögliche Nachbarn zu fragen hat wenig Zweck, sie wohnen dort erst kurz. Trotzdem kann man alle Ruíz abklappern. So groß ist Santiago nun auch wieder nicht. Nur kostet es Zeit, die wir nicht haben.»

Leo erhob sich aus ihrem Sessel und reckte die in der An-

spannung steif gewordenen Schultern. Morgen bei Tages-
licht konnte die ganze Geschichte anders aussehen. Sie gab
wenig auf diese Hoffnung. So oder so – es musste etwas geschehen.

«Wir brauchen kompetente Hilfe», sagte sie entschieden.
«Wenn du morgen früh immer noch dagegen bist, mit Jakob
zu sprechen, müssen wir Inspektor Obanos erreichen. Er
kennt dich, er war bei Benedikt im Hospital, wenn jemand
ein offenes Ohr für dich hat, dann er. Jakob hat seine Telefonnummer, aber die finden wir auch über die Auskunft
heraus. Willst du es tun, oder soll ich anrufen?»

«Ruf du an, du kennst ihn besser. Der Inspektor wird
uns trotzdem für verrückt halten, aber wir können es versuchen.»

«Das *müssen* wir. Alleine finden wir Camilla und den Jungen nicht. Selbst wenn – was dann? Es ist schön, wenn du sie
beschützen willst, aber das kannst du nicht. Nicht, wenn hier
ein Killer herumläuft.»

🐚

Leo war froh, dass Nina ihr Angebot, in ihrem Zimmer zu
schlafen, abgelehnt hatte. Sie brauchte jetzt das Alleinsein.
Ninas Geschichte drehte sich in ihrem Kopf, sie musste
achtgeben, sich nicht von ihrer Furcht anstecken zu lassen.
Das beeinträchtigte das klare Denkvermögen, dazu war der
Zeitpunkt überaus schlecht. Es hatte schon angefangen. Als
sie in ihr Zimmer zurückgekehrt war, hatte sie das Gefühl,
jemand sei hier gewesen und habe etwas gesucht. Ihre Reisetasche war ordentlich verschlossen, sie war sicher, sie offen
gelassen zu haben, das Notizbuch, das sie achtlos auf ihr Bett
geworfen hatte, lag auf dem Nachttisch.

Reine Spökenkiekerei! Eine Reisetasche und ein Notizbuch waren Dinge, die man bewegte oder schloss, ohne darauf zu achten. Nichts fehlte, und die Tür war abgeschlossen gewesen. Ihr und Ninas Zimmer waren die letzten an diesem Flur. Wäre jemand hier gewesen, hätten sie die Schritte gehört, wie die sich nähernden Schritte, bevor jemand an Ninas Tür geklopft hatte.

Sie hätte gerne gewusst, ob Nina Ruth Siemsen von ihrem Verdacht erzählt hatte. Wohl kaum. Als Nina Burgos verließ, wusste sie noch nichts vom Tod ihres Bruders, die Sorge und Angst waren erst halb so groß gewesen, und warum hätte sie Benedikts Mutter noch mehr beunruhigen sollen? Immerhin hatte sie von Ruth gesprochen, die beiden waren einander also nähergekommen.

Von einem der Kirchtürme schlug es zwei. Sie dachte mit Sorge an die Wanderung, die sie morgen erwartete. Unausgeschlafen wurde jede Steigung doppelt so steil. Die Gedanken in ihrem Kopf verschwammen, die angenehme Schwere der Schläfrigkeit kroch durch ihren Körper, und dann, kurz bevor sie endlich einschlief, fiel ihr eine ungeklärte Frage ein, noch ein unlogischer Punkt. Falls Dietrich ermordet worden war, falls Rudolf Pfleger der Täter oder – das war wahrscheinlicher – der Auftraggeber war, warum dann noch Nina? Hatte sie nicht gesagt, mit Dietrichs Tod habe Pfleger sein Ziel erreicht?

Wenn der Mann, der erst vor wenigen Tagen im *hostal* nach Dietrich und dann nach Camilla gefragt hatte, nun auf der Spur ihres Sohnes war, wäre der Anschlag auf Benedikt, der eigentlich Nina gegolten hatte, überflüssig gewesen. Allerdings hatte er zur Zeit von Benedikts Sturz noch nichts von der Existenz von Dietrichs Sohn und Erben gewusst. Oder doch?

Es blieb die Frage, ob Fredo als Dietrichs Sohn wirklich in Gefahr war. Es war wenig wahrscheinlich, dass sich eine Spanierin aus einem abgelegenen Berghostal in die Geschäfte einer deutschen Pharma-Firma einmischen würde. Keinesfalls so wie Nina. Sicher wäre es leicht für Rudolf Pfleger, Camilla Ruíz auf seine Seite zu bringen. Trotzdem – viel zu viele Falls, Vielleicht, Wenn. Irgendetwas an dieser verdammten Geschichte stimmte nicht. Irgendetwas passte nicht zusammen. Aber was?

Kapitel 11

Dienstag/10. Tag

Nina hatte noch in der Nacht bei der Auskunft die Telefonnummer des Kommissariats in Burgos erfragt. Es gab mehrere, doch sie erinnerte sich an den Namen der Straße, in der sich Obanos' Büro befand. Sie hatte hastig gefrühstückt, um genug Zeit für das Gespräch mit dem Inspektor zu haben.

«Er ist nicht da», sagte sie, als Leo sie in der Hotelhalle traf. In ihrer Stimme schwang wieder Panik, Leo ließ ihren Blick rasch durch die Halle gleiten, von der Gruppe war noch niemand zu sehen. Koffer und Reisetaschen, vor dem Frühstück neben der Rezeption deponiert, damit Ignacio sie im Bus verstaue, waren schon verschwunden. Ihr blieben nur wenige Minuten.

«Macht nichts, Nina», sagte sie, «wir versuchen es unterwegs noch einmal.»

«Das ist zwecklos. Ich habe nur eine Sekretärin oder Assistentin erreicht, zuerst dachte ich, weil es noch so früh ist. Aber er ist überhaupt nicht in Burgos.»

Der Inspektor sei nicht zu sprechen, hatte die weibliche Stimme im Kommissariat geraunzt, sie verbinde mit Subinspektor Prisa, der sei schon da. Als Nina darauf beharrte, Obanos persönlich zu sprechen, und fragte, wann er zu erreichen sei, sagte die Stimme: frühestens Donnerstag, wahrscheinlich erst Freitag, der Inspektor mache Urlaub.

Ob er trotzdem erreichbar sei, über eine Handynummer vielleicht? Es sei sehr wichtig.

«Haben Sie nicht verstanden?», bellte es mit erheblicher Lautstärke durchs Telefon. «Er hat Urlaub, U-R-L-A-U-B. Auch ein Polizist muss mal ein paar Tage Ruhe haben. Falls es *tatsächlich* wichtig ist, verbinde ich mit Subinspektor Prisa.»

Da hatte Nina aufgelegt.

«Wenn wir Pech haben, ist er auf die Malediven geflogen», überlegte Leo, «wenn er aber schon in drei Tagen zurück sein wird, liegt er vielleicht nur zu Hause auf dem Sofa.»

«Ich hatte die gleiche Idee. Die Telefonauskunft konnte aber nicht helfen, in Burgos gibt es eine ganze Reihe von Obanos', und ich weiß seinen Vornamen nicht.»

«Mist», sagte Leo und begann auf ihrer Unterlippe zu kauen. «Du könntest diesen Arzt anrufen. Frau Siemsen hat gesagt, er dürfe Auskunft über Benedikts Gesundheitszustand geben, vielleicht hat er auch Obanos' Privatnummer. Wenn du hübsch hilflos klingst, gibt er sie dir sicher.»

«Dr. Helada? Nur, wenn uns gar nichts anderes einfällt. Ich möchte nicht, dass er Ruth beunruhigt.»

Fritz und Rita kamen eilig die Treppe herunter, Enno und Felix im Gefolge, die Aufzugtür öffnete sich, und Selma, Helene, Edith und Jakob traten in die Halle, Sven kam mit einer Zeitung unter dem Arm von draußen herein. Nun fehlten nur noch Caro, Eva und Hedda, auch sie würden gleich kommen, es war schon fünf Minuten vor neun.

Als alle ihre Schlüssel abgegeben hatten, schlug Jakob sich an die Stirn und erbat seinen zurück. «Geht zum Bus», rief er, schon an der Treppe, «er steht die Straße rechts runter in der Haltebucht. Ich komme gleich nach.»

Manchmal bietet sich überraschend eine günstige Gelegenheit, Leo fand es sträflich, sie nicht zu nutzen. Jakob hatte seine Mappe mit den Reiseunterlagen auf dem Tresen der Rezeption liegengelassen. Bevor der *recepcionista* fragen oder protestieren konnte, schnappte sie sich die Mappe, murmelte in holperigem Englisch etwas von ‹unser Reiseleiter ist so vergesslich› und verließ, die verblüffte Nina mit sich ziehend, eilig die Halle. Beide hatten zu viel anderes im Kopf gehabt, um zu bemerken, dass nicht alle vor ihnen auf dem Weg zum Bus waren. Hedda erhob sich erst jetzt von einem Sessel hinter einer von künstlichen Blumen umrankten Säule in der Hotelhalle. Sie folgte ihnen und beobachtete, in einen Hauseingang gedrückt, mit unbewegter Miene, wie Leo die Mappe öffnete und hastig die Papiere durchstöberte, wie sie triumphierend eine kleine weiße Karte hochhielt, wie sie Nina etwas diktierte, die Karte zurücklegte und die Mappe schloss.

Gerade rechtzeitig, bevor Jakob auf die Straße trat, glücklich, dass Leo und Nina seine vergessenen Unterlagen gerettet hatten.

Dass Hedda nach Jakob als Letzte in den Bus stieg, fiel weder Nina noch Leo auf.

Ignacio lotste sein großes Gefährt geduldig durch den morgendlichen Verkehr, ein Stau direkt vor der Templerburg am Ufer des Sil bot eine letzte Gelegenheit, das in der modernen Stadt und mit einem Förderturm im Hintergrund besonders unwirklich erscheinende mittelalterliche Gemäuer in Ruhe zu betrachten. Das klare Morgenlicht machte seine immense Größe und kalte Trutzigkeit noch deutlicher. Niemand, so stellte sich nun heraus, hatte gestern die wenigen freien Stunden genutzt, es von innen zu besichtigen. Nicht einmal Eva, sonst immer auf der Jagd nach besondere Kraft und Ausstrahlung verheißenden Orten und Plätzen. Diese Reise, klagte sie, biete einfach viel zu viel für die kurze Zeit.

Jakob überhörte die Kritik und lachte zufrieden. Dafür

könne er nichts, so sei es nun mal auf einer Wanderreise, er nehme das als ein passendes Kompliment für den Jakobsweg. Wenn man ihn auch zwanzigmal bereise, man entdecke immer wieder Neues und Überraschendes, in tausendzweihundert Jahren komme einiges Sehenswerte zusammen.

Fritz murmelte, ihm reiche das Programm vollkommen, die vielen Madonnen- und Jakobsstatuen verfolgten ihn schon bis in den Schlaf, von den Wegweisern mit dem Muschelzeichen gar nicht erst zu reden. Aber das hörte Eva nicht, sie saß zu weit von ihm entfernt.

Nach einer Stunde hatten sie Ambasmestas erreicht, und das tägliche Ritual begann: Stiefel nachschnüren, Proviant und Wasserflaschen prüfen. Die Entscheidung, die Regenjacken mitzunehmen oder im Bus zu lassen, entfiel. Der Tag war heiß, der Himmel wolkenlos – der Wetterbericht hatte nichts anderes prophezeit.

«Auf nach O Cebreiro», kommandierte Jakob vergnügt. «Achtet auf den Grenzstein eine viertel oder halbe Stunde vor dem Ort, bei ihm beginnt die Region Galicien.»

«Nur sechzehn Kilometer heute», rief Felix und schulterte seinen Rucksack. «Das ist ja ein Klacks, gerade zweimal um die Außenalster.»

Selma machte trotzdem ein besorgtes Gesicht. Der Tag war schon am Vormittag heiß, andererseits betrug der Höhenunterschied zwischen dem Beginn der Wanderung in Ambasmestas und dem Ziel in O Cebreiro nur sechshundert Meter. Eigentlich war das eine ganze Menge, wer den annähernd doppelt so hohen Aufstieg von St.-Jean-Pied-de-Port über die Cisa- und Ibañeta-Pässe bewältigt hatte, konnte diesem gelassen entgegensehen. Eigentlich. Bei ihrer ersten Wanderung hatten alle Kälte, Regen und Nebel verflucht, ob es in der Hitze leichter würde, musste sich zeigen. Seit ihn die ersten Pilger erklommen hatten, galt der Aufstieg zum O Cebreiro-Pass und dem gleichnamigen Ort als die kraftzehrendste Etappe des gesamten spanischen Jakobsweges.

«Mach dir keine Sorgen», beruhigte Jakob, «heute könnt ihr unterwegs nicht in den Bus steigen und den Rest mitfahren, aber es sind wirklich nicht sehr viele Kilometer. Der Vergleich mit der platt wie eine Flunder in der Stadt liegenden Außenalster ist zwar übermütig, dafür könnt ihr euch wie immer Zeit lassen. Legt öfter eine Pause ein, Ehrgeiz bringt hier gar nichts. Es gibt einige Dörfer unterwegs und in jedem eine gute Wasserstelle. Geht an keiner einfach vorbei. Mit unserem Picknick wartet Ignacio heute erst am Ziel. Gleich dort, wo der Weg den Ort erreicht, ihr könnt es auch diesmal nicht verfehlen. Es gibt Tische und Bänke unter alten Bäumen, als Zugabe einen traumhaften Ausblick weit in die Täler bis zur südlich gelegenen Sierra de Caurel.»

Der Weg begann gemächlich und fast eben auf einer asphaltierten Landstraße. Ein mit Heu beladenes Fuhrwerk tuckerte vorbei, ein bisschen später wirbelten vier Männer auf Rennrädern Staub auf, die behelmten Köpfe tief über den Lenkern, sie überholten zwei Pilger mit den üblichen schweren Rucksäcken, eine magere schwarz-weiße Katze flitzte über die Fahrbahn – sonst gehörte die Straße wieder ihnen allein. Jenseits eines munteren Flüsschens erstreckten sich wogende Felder und Wiesen, dahinter bedeckten Laubwälder sanft aufsteigende Hänge. Endlich unterquerten sie eine hoch über das Tal führende Autobahnbrücke und hörten zum letzten Mal für die nächsten Stunden den Lärm von Motoren.

Schließlich begann langsam und schleichend der Aufstieg.

Leo spürte ihre Schritte schwerer werden. «Endlich»,

murmelte sie, Nina nickte. Sie brauchten unbedingt eine ungestörte Viertelstunde. Auf der leichten Strecke war die Gruppe unermüdlich plaudernd zusammengeblieben, nun konnte es nicht mehr lange dauern, bis sie sich wie gewöhnlich immer stärker auseinanderzog.

Sie mussten nicht lange warten.

Selma, Eva und Caro blieben bald zurück, als Nachhut von Jakob bewacht, außer seinem trug er diesmal Selmas Rucksack. Die beiden Müllers, Enno und Edith setzten sich gleich an die Spitze und waren nach wenigen Minuten hinter einer der zahlreichen Windungen des Weges verschluckt, Sven und Helene, zuerst direkt hinter ihnen, überholten sie, riefen vergnügt «*Buen camino*, ihr Schnecken!» und waren auch nicht mehr zu sehen, nicht einmal zu hören. Hedda hatte sich zunächst Leo und Nina angeschlossen, schweigsam wie meistens. Als sie in Las Herrerías das große alte Gebäude passierten, in dem bis vor hundert Jahren das in der nahen Sierra geförderte Eisenerz geschmolzen wurde, murmelte sie, sie wolle nun ein wenig schneller gehen, und war bald nicht mehr gesehen. Dafür begleiteten sie nun Fritz und Felix, bis Leo sich im Schatten einer knorrigen und zerzausten Steineiche ermattet auf die Wegböschung fallen ließ und begann, die Stiefel aufzuschnüren.

«Geht nur weiter», stöhnte sie, «ich brauche eine Pause. Diese Hitze bringt mich um.»

«Mich auch», sagte Nina, ließ sich neben Leo ins Gras fallen und schloss die Augen. Die beiden Männer zögerten nur kurz, Fritz winkte mit seinem schweißdurchnässten Hut, und wie zuvor die anderen verschluckte die nächste Biegung auch diese beiden.

Leo band rasch ihre Stiefel wieder zu und stand auf. Links des Pfades öffnete sich die Landschaft weit über das Flusstal und dahinterliegendes grünes, bergiges Land, um endlich mit dem Blau des Himmels zu verschmelzen. Weiter voraus, wo der Pfad nach einer langen Biegung wieder in Sicht kam, dort, wo kein Baum mehr Schatten warf, wand er sich stetig weiter den Berg hinauf. Wer ihn ging, spürte, dass er wohl harmlos aussah, doch unermüdliche Kraft und Ausdauer forderte. Nur ein einsamer Wanderer ging dort, mit gleichmäßigen, doch energischen Schritten, den Kopf gegen die unbarmherzige Sonne gesenkt.

«Das muss Hedda sein», sagte Nina, «ich erkenne sie an dem bunten Tuch um ihren Kopf. Sie geht schnell.»

«Ja, sie ist beneidenswert gut im Training. Aber die Müllers, Edith und Enno sind sogar schneller, sie müssen noch vor Hedda sein. Und jetzt? Du hast doch dein Handy mitgenommen?»

Nina verdrehte ungeduldig die Augen. «Natürlich. Seit der ersten Tour habe ich es *immer* in der Tasche.»

Anders als Leo. Ihres lag zu Hause in einer Schreibtischschublade. Wozu Urlaub machen, wenn man doch immer erreichbar blieb?

Dies war kein guter Platz, Inspektor Obanos anzurufen. Sie brauchten Zeit, ihm zu erklären, worum es ging, Zeit, ihn zu überzeugen. Nicht genug, bis Jakob und die Langsameren der Gruppe sie einholten.

«In O Cebreiro», überlegte Leo, «der Ort ist klein, soll aber das reinste Museumsdorf sein. Dort sind alle beschäftigt, und wir finden eine ruhige Ecke, wo uns niemand zuhört. Falls der Pass nicht ein einziges Funkloch ist. Lass uns weitergehen, Nina, schön langsam, die Hitze und diese gemeine unaufhörliche Steigung kosten mich tatsächlich meine letzten Reserven.»

«Etwas verstehe ich noch nicht», fuhr Leo fort, als sie wieder aufwärtsstapften. «Dein Vater hat deinen Bruder ohne Erfolg suchen lassen, wie konnte dein Kontrahent, dieser Pfleger, ihn finden? Er gehört nicht zu eurer Familie, ich nehme an, er hatte überhaupt keine Informationen, wo er ansetzen musste.»

«Nur wenige. Dass Dietrich in Spanien war, hatte mein Vater wohl vermutet, das konnte Rudolf wissen. Es ist aber viel einfacher und bestätigt, was ich glaube. Mein Vater hatte Differenzen mit Rudolf, aber bis dahin war er für ihn so eine Art Ersatzsohn. Er hatte ja keinen anderen. Ich bin sicher, er hat dieses Testament erst gemacht, als er erkannte, dass Rudolf eine Firmenpolitik verfolgte, die er absolut ablehnte, dass er gegen ihn arbeitete. Pech für Rudolf. Wäre mein Vater ein Jahr früher gestorben oder das Angebot zur Fusion später gekommen, hätte er den Löwenanteil bekommen. Wir wären gewiss nicht leer ausgegangen, hätten aber nicht genug geerbt, um eine wirksame Stimme im Aufsichtsrat zu haben. Doch du hast nach etwas anderem gefragt. Wie ich schon sagte, es ist viel einfacher. Bei allen Meinungsverschiedenheiten vertraute mein Vater Rudolf in privaten Angelegenheiten. Also hat er ihn gebeten, die Suche nach Dietrich zu organisieren, eine Detektei zu beauftragen oder was sonst in so einem Fall zu unternehmen ist. Das weiß ich von der Sekretärin meines Vaters.» Nina lächelte schmal. «Sie hat Rudolf nie gemocht und ist, seit ich denken kann, mit der Firma verheiratet. Wie im Bilderbuch. Sie setzt große Hoffnung auf meinen, nein, auf unseren Einfluss. Sie hofft immer noch, dass Dietrich gefunden wird.»

«Das heißt, dieser honorige Herr Pfleger hat deinen Bruder gefunden und es verheimlicht?»

«Mehr oder weniger. Ich habe ihn gefragt, und er hat gesagt, es stimme, mein Vater habe Dietrich suchen lassen, aber ohne Erfolg. Damit habe ich mich zufriedengegeben. Zunächst. Er muss ihn gefunden haben, dann hat er es verheimlicht und entschlossen gehandelt. Ich hätte nie gedacht, dass der spießige honorige Rudolf es schafft, Kontakte zu, zu …»

«Zu Killern herzustellen?»

«Ja. So muss es doch sein. Wie sonst?»

Eine Weile gingen sie schweigend nebeneinander bergauf, kein Blättchen warf mehr Schatten, und Leo dachte flüchtig daran, wie es Pilgern erging, die diese Etappe im Juli oder August aufstiegen – unvorstellbar. Da war noch eine Frage gewesen, etwas, das ihr in der vergangenen Nacht kurz vor dem Einschlafen eingefallen war. Jetzt fiel es ihr mal wieder nicht ein, die Hitze dörrte auch ihr Gehirn aus.

Endlich erreichten sie La Laguna de Castilla, das letzte Dorf der Provinz León und vor dem heutigen Ziel, wie die vorigen nur eine kleine Ansammlung von Häusern. Dort, in tausendeinhundertfünfzig Meter Höhe, versprach die Steigung sanfter zu werden, ein wenig jedenfalls. Während der letzten halben Stunde bis O Cebreiro stieg der Weg noch einmal hundert Meter an. Dann lag Galicien vor ihnen, weites, in grünen Wellen abfallendes Land. Bis Santiago und weiter bis ans Meer. Galicien mit dem Sternenfeld, dem *campus stellae*, das Land, das nach Jerusalem und lange Zeit auch vor Rom das bedeutendste Ziel der christlichen Pilger gewesen war.

Der Brunnen am Dorfausgang von La Laguna kam gerade recht. Gegen ihr Prinzip, die Flasche nie ganz zu leeren, um im Notfall wenigstens noch einen Schluck zur Verfügung zu haben, hatte Leo den letzten vor einer Viertelstunde getrunken. Das Wasser war sehr warm gewesen, fast heiß, sie lechzte nach frischem kaltem Wasser, am besten einem ganzen See voll. Hier stand einer der bei dem Ausbau des *camino* in den letzten Jahren neu angelegten Brunnen; eiskaltes Gebirgswasser schoss aus einem sauberen Rohr in ein steinernes Becken, das laute Plätschern klang wie Musik. Zwei junge Männer hockten am Brunnenrand, ihre Rucksäcke neben sich im Staub, aßen grasgrüne Äpfel und sahen ihnen neugierig entgegen. Ein dritter hielt die Arme in das Becken getaucht und den Kopf unter den erfrischenden Strahl, ohne die Neuankömmlinge zu bemerken.

Es war kein Mann, es war eine Frau.

«Hedda», rief Leo verblüfft. Sie musste eine sehr lange Pause eingelegt haben.

Hedda fuhr auf, das Wasser lief ihr über Gesicht und Nacken, sie streifte hastig ihre Ärmel herunter. Zu spät, Leo hatte schon gesehen, was sie verbergen wollte, und erinnerte sich an eine einige Tage zurückliegende Szene. Auch da war es heiß gewesen, beim Picknick im Halbschatten unter den Pappeln hatten alle längst ihre Jacken ausgezogen, wer keine Shorts trug, die Hosenbeine aufgekrempelt. Nur Hedda ließ die Ärmel ihres Hemdes an den Handgelenken fest zugeknöpft, obwohl sie erhitzt aussah wie alle anderen.

«Mensch, Hedda», hatte Helene gesagt, «zieh doch das Hemd aus, du bist ja gleich gar. Krempel wenigstens die Ärmel auf.»

Ohne eine Antwort abzuwarten, begann sie, Heddas Ärmelknöpfe zu öffnen, doch die riss unwirsch ihren Arm zurück.

«Lass das», sagte sie grob und schlug auf Helenes Finger. Sie fing sich gleich, entschuldigte sich und erklärte mit hochrotem Kopf, sie habe empfindliche Haut und wolle eine Sonnenallergie vermeiden.

«Dann solltest du vor allem einen Hut mit Krempe tragen», sagte Helene mehr verblüfft als beleidigt, «das Gesicht verbrennt zuerst.»

Jetzt am Brunnen hatte Leo gesehen, warum Hedda ihre vermeintlich empfindliche Haut tatsächlich versteckte. Ihre Unterarme waren voller Narben. Narben, wie sie für Selbstverletzungen typisch sind, von Schnitten und von ausgedrückten Zigaretten.

Die dilettantische kleine Tätowierung an der Innenseite ihres rechten Unterarmes war gar nichts dagegen.

Das Läuten klang weniger nach einer Glocke als nach einem dickwandigen eisernen Topf, an den jemand mit einer Brechstange schlug. Natürlich war Santiago de Compostela als Zielort des Jakobswegs reich an Kirchen, Klöstern und Kapellen, an schlichten wie an prächtigen. Diese scheppernd hustende Glocke gehörte einer zumindest äußerlich *sehr* schlichten aus grauem bemoostem Stein, ihr Turm war nur ein Stummel, aus seinem sich kaum zum Himmel erhebenden Dach wuchs ein dünnes Bäumchen. Es ließ die Zweige hängen, als wisse es, dass aus ihm nie ein stolzer Baum wurde.

Obanos erinnerte sich nicht, dieses Kirchlein bei früheren Besuchen der Stadt gesehen zu haben. Es stand an einem unbedeutenden engen Platz, nicht viel mehr als die Kreuzung einiger Altstadtgassen, und kaum fünf Minuten entfernt von der reichen Kathedrale mit Spaniens heiligster Reliquie. Wer von dort kam, übersah das unscheinbare Gemäuer leicht. Obanos fand, es sei genau der richtige Ort, um in Ruhe nachzudenken. Wenn alles stimmte, was er inzwischen gehört hatte – ja, was dann? Dann war alles viel übler, als er es sich vorgestellt hatte, seit Dr. Helada ihn zu seinem deutschen Patienten gebeten hatte.

Zunächst hatte er einen Anschlag oder gar Mordversuch auf dem Pilgerweg grotesk gefunden, erst als er von dem zweiten ‹Unfall› erfuhr, begann er, seinem Instinkt wirklich zu vertrauen. Er war lange genug Polizist, um sich über nichts mehr zu wundern und zu wissen, dass nichts ungewöhnlich war. Menschen zählten nun einmal zu den unberechenbarsten Tieren. Und zu den unvernünftigsten. Bei diesem Gedanken überlegte er, ob er nicht gerade in vorderster Linie letzterer mitmarschierte. Die Kollegen, die den nächtlichen Sturz bei Foncebadón als Unfall abgehakt hatten, hatten ihm nur noch sagen können, der Verunglückte sei in der Gegend bekannt, ein ruhiger freundlicher Mensch, der selten aus seiner Bergeinsamkeit in die Dörfer kam. Das *hostal* werde von zwei Paaren betrieben, die dort seit etlichen Jahren lebten, ein bisschen verrückt allesamt, aber fleißig und unauffällig, es habe nie Ärger gegeben. In der Vergangenheit hatten wohl ein paar zweifelhafte Existenzen versucht, sich dort einzunisten, das hätten die ansonsten gastfreundlichen Besitzer jedoch nicht zugelassen. Die Frau des Toten? Die Partnerin, sie seien nicht verheiratet gewesen. Sie lebe mit dem gemeinsamen, gerade fünfjährigen Sohn schon seit einigen Wochen in Santiago, es heiße: nur vorübergehend.

Er hatte ein bisschen durch Santiago schlendern wollen, nachdenken und warten, bis die Reisegruppe eintraf, auch darauf warten, ob die Recherche anhand der Liste der Gruppenmitglieder noch etwas Überraschendes zutage förderte. Das allerdings konnte dauern, bis alle wieder zu Hause in Deutschland waren. Nur im Fernsehen und im Kino ging so etwas blitzschnell.

Die Kirchentür war verschlossen, so schlenderte er weiter

und setzte sich an den letzten freien Tisch eines Straßencafés. Die übrigen waren von vielleicht zwanzig oder fünfundzwanzig zumeist wohlbeleibten Damen mit rosigen Gesichtern okkupiert, in ihrer Mitte ein junger flaumbärtiger Priester mit noch rosigerem Gesicht. Der Aufdruck auf den prallgefüllten Plastiktüten zu ihren Füßen verriet umfangreiche Einkäufe im Laden der Kathedrale. Bis der Kellner ihm *Café con leche* und einen trockenen Sherry brachte, hatte er ihren Gesprächen entnommen, dass er neben dem Landfrauenverein einer westfälischen Kleinstadt und ihrem Seelenhirten saß. Wie alle Touristen im Ausland sprachen sie in dem Irrglauben, niemand sonst könne sie verstehen, laut und ungeniert.

Die von alten Stadthäusern mit Läden und Restaurants im Parterre gesäumte Straße war wie der größere Teil der Altstadt für den Durchgangsverkehr gesperrt und jetzt am späten Nachmittag eines warmen Tages besonders belebt. Von Pilgern, Wanderern (wer mochte die schon unterscheiden?) und anderen Touristen hörte er Sprachfetzen, die an die babylonische Sprachverwirrung erinnerten, doch im Mai waren die meisten Passanten Einheimische. In der Sommerferienzeit war es anders. Unter einer Arkade ein paar Häuser weiter hockte ein schmuddeliges, nicht mehr ganz junges Mädchen mit Holzperlen und Federn im Haar und versuchte sich mit ihrer Gitarre an einem alten Bob-Dylan-Song. Der Wind verwehte die dünne Stimme, was niemand bedauern konnte. Trotz der deutlich sichtbar daran angebrachten Jakobsmuschel mit dem roten Kreuzzeichen würde der speckige Hut vor ihren Füßen kaum gefüllt werden.

An dem Sherry nippend, konzentrierte sich Obanos auf seine eigenen Gedanken, und als habe jemand einen dicken Vorhang vorgezogen oder die Tür geschlossen, versickerte aller Lärm um ihn herum. Eine Fertigkeit, die ihm auch das Leben mit zwei temperamentvollen Kindern erleichterte. Er durfte nicht vergessen, ihnen eine Ansichtskarte zu schicken und für Pilar in dem Weinladen gegenüber mit den überteuerten Preisen eine Flasche *Mencía* zu kaufen. Das würde ihr gefallen. Sie liebte die galicischen Rotweine aus der Ribeira Sacra, der Name der Region – heiliges Uferland – passte fabelhaft für ein Mitbringsel aus Santiago. Damit wandte er seine Gedanken endgültig Wichtigerem zu, dem Resümee dessen, was er an Neuigkeiten erfahren hatte.

Unterwegs hatte er Station in der Herberge bei Foncebadón gemacht, sie war leicht zu finden gewesen. Die Hostalwirtin rieb sich nervös die Hände, als er nach dem Verunglückten fragte. Der *camino*, hatte er erklärt, müsse sicher sein. Da es in diesem Jahr schon zwei einander ähnliche Unfälle gegeben habe, könne es nicht schaden, die Umstände zu begutachten. Julián, ihr Mann, hatte skeptisch ausgesehen, aber nach einem Blick in das besorgte Gesicht seiner Frau nur schweigend genickt. Dass Obanos sich als Polizist auswies, hatte Señora Mira ein wenig entspannt, beide hatten bereitwillig Auskunft gegeben.

Es war, wie er gedacht hatte. In den Anfängen so eine Art Aussteigerkommune mit immer wieder wechselnden Bewohnern, war das alte Gehöft in den letzten Jahren zu einem hübschen, von zwei Paaren bewirtschafteten *hostal* geworden. Es war ihr Eigentum, hier wollten sie ihr Leben verbringen. An ihrem Freund Dietrich W. – Weber, wie Obanos jetzt wusste – war nur ungewöhnlich, dass er als Herumtreiber gekommen war und nicht, wie bei solchen Schnorrern üblich, bald mit einem Teil der Haushaltskasse weitergezogen war. An diesem einsamen Ort war er an Leib und Seele gesundet, endlich erwachsen geworden und geblieben. Sein

Foto zeigte einen frohen, zufriedenen Mann in mittleren Jahren mit wettergegerbtem Gesicht.

Die Geschichte erinnerte Obanos an einige der Legenden, die er vor langer Zeit im Religionsunterricht gehört hatte. Es mussten nicht gleich Heilige wie Franziskus sein, auch weniger bedeutende Männer und Frauen hatten auf diese Weise Erlösung gefunden. Was er beneidenswert fand. Leider liebte er das Stadtleben viel zu sehr, sein schweres Auto, elegante Kleidung, am Wochenende eine Runde Golf, sogar seinen Beruf. Pilar und die Kinder würden über solche Ambitionen nur schallend lachen.

Zum Schluss entschuldigte Mira sich für ihr Misstrauen, sie wundere sich nur, denn anders als in all den Jahren zuvor sei in den letzten Tagen schon zweimal nach Dietrich gefragt worden. Gestern Abend erst, von zwei Frauen einer deutschen Wandergruppe, die hier Station gemacht und übernachtet hatte. Sie hatten sein Foto gesehen, und eine, die jüngere, habe geglaubt, in ihm einen alten Freund ihres Vaters zu erkennen. Das sei doch seltsam, umso mehr, als schon davor, am vergangenen Freitag, ein Mann die gleichen Fragen gestellt habe. Auch ein Deutscher, angeblich selbst ein Schulfreund. Nein, vor dem Unfall habe niemand nach ihm gefragt, und, nein, Dietrich habe kürzlich auch keinen Besuch gehabt oder ungewöhnliche Anrufe bekommen. Er habe schon seit Ewigkeiten keine Verbindung mehr nach Deutschland. Warum der Inspektor das frage?

Da musste wieder die leidige Ausrede von der Routine herhalten, von der Berufskrankheit des ewigen Fragens.

In der Nacht, etwa zur Stunde, in der Dietrich Weber gestorben sein musste, hatte Julián Obanos zu der Absturzstelle geführt. Sie sah nicht besonders gefährlich aus, nicht für jemanden, der sich hier auskannte. Kurz bevor sie das *hostal* wieder erreichten, hatte Julián gesagt, ihm wäre egal, warum ein Inspektor aus Burgos tatsächlich hier sei, aber er wäre für eine Nachricht dankbar, falls er etwas über Dietrichs Tod herausfinde. Sein Freund habe hier jeden Stein gekannt, es falle ihm schwer zu glauben, dass er einfach so gestürzt sei. Auch an die Sache mit den Wölfen glaube er nicht, die scheuen Tiere kämen höchstens bei sehr hartem Winterwetter in die Nähe der Menschen.

Am nächsten, dem heutigen Morgen war Obanos auf dem Weg zurück zu seinem Auto – er hatte sehr gehofft, es unversehrt vorzufinden – noch einmal allein dorthin gegangen. Im Morgenlicht wirkte der Abhang feindlicher, das Gestein kantiger. Dass ein hart aufschlagender Schädel daran brechen konnte, war kaum zu bezweifeln. Auch die weggerutschte Kante des Pfades machte einen Unfall nach langem Regen plausibel.

Die westfälischen Damen hatten ihre Teller geleert, ihren Kaffee getrunken und die vorgeführten Einkäufe wieder in den Tüten verstaut. Obanos war immer wieder verblüfft darüber, was sich Menschen in der Fremde andrehen ließen. Obwohl, ein mit winzigen Muscheln aus Messing bestückter Rosenkranz und ein heiliger Santiago in einer Schneekugel – das hatte was. Er dachte an die gläserne Freiheitsstatue, die er aus New York mitgebracht hatte, an die klobigen mit Weintrauben und -ranken gezierten Gläser aus Stuttgart und übte sich für eine halbe Minute in Demut.

Der junge Priester setzte sich an die Spitze seiner unermüdlich schwatzenden Damen und zog mit ihnen davon. Nur wenige Tische wurden wieder besetzt, es war kühl geworden. Obanos mochte keine Hotelzimmer und beschloss, noch ein wenig zu bleiben. Er verspürte Lust auf ein Bier und eine Pizza Salami, echtes Touristenessen. Nachdem der

Kellner vergeblich den fangfrischen Fisch angepriesen hatte, akzeptierte er die Bestellung dieser kulinarischen Todsünde mit verächtlicher Miene, und Obanos zog sich wieder hinter seinen akustischen Vorhang zurück.

Die Señoras Peheim und Instein hatten ihn erreicht, als er gerade sein Hotelzimmer betreten hatte – für die morgen eintreffende Wandergruppe waren Zimmer in einem etwas nobleren Haus nur einen Block weiter reserviert – und begann, seinen Koffer auszupacken.

Er hatte nicht gefragt, woher sie seine Handynummer hatten, Señora Peheim war eine Journalistin mit neugierigen Augen und einer sommersprossig-vorwitzigen Nase, sie würde sich zu verschaffen wissen, was sie brauchte.

Wäre er nicht zuvor in dem *hostal* gewesen und schon mit einem Teil der Geschichte vertraut, hätte er lange gebraucht, um zu verstehen. Nina Instein hatte den Anfang gemacht, jedoch aufgeregt und konfus den Apparat schnell weitergereicht. Er möge ihnen nachsehen, hatte Señora Peheim gesagt, wenn sie seinen Urlaub störten, er sei der Einzige, von dem sie hoffen könnten, dass er sie nicht für verrückt oder hysterisch halte. Aber es gebe schon einen Toten und einen Schwerverletzten, jetzt sei ein Kind in Gefahr, in Lebensgefahr womöglich. Da hatte er aufgehört zu schmunzeln und zugehört. Als sie begann, das *hostal* und den Unfall Dietrich Webers zu schildern, hatte er sie unterbrochen. Er sei gestern selbst dort gewesen und habe mit Mira und Julián gesprochen.

«Ich weiß, dass Sie nach dem Toten und seiner Familie gefragt haben. Warum? Was hat er mit dem Unfall – bleiben wir vorerst bei dieser Version – in den Pyrenäen zu tun?»

Einen Moment war es still am anderen Ende der Leitung. «Wenn Sie dort waren», sagte sie dann, «müssen Sie einen ähnlichen Verdacht wie wir haben, das macht alles einfacher. Dietrich Weber hat vor fast zwanzig Jahren den Namen seiner Mutter angenommen, der Name seines Vaters und sein Taufname ist Instein. Er ist Ninas Halbbruder. Verstehen Sie nun? Es wäre doch ein eigenartiger Zufall, wenn er und Ninas Lebensgefährte innerhalb so kurzer Zeit Opfer eines lebensgefährlichen und eines tödlichen Unfalls werden. Mir bleibt jetzt wenig Zeit, Inspektor, wir sind am Ziel unserer heutigen Wanderung und müssen bald zum Bus, der uns zum Hotel in Portomarín bringt. Wir sitzen abseits der Gruppe auf einem Hügel über O Cebreiro, wer weiß, ob uns jemand zuhört.»

«Haben Sie mit Señor Seifert gesprochen?»

«Das will Nina auf keinen Fall. Da es um ihre Familie geht, respektiere ich das. Es ist tatsächlich möglich, dass jemand aus unserer Gruppe in die Sache verwickelt ist.»

«Ihr Misstrauen in Ehren, Señora Peheim, das kann manchmal von Vorteil sein. Aber Sie vergessen etwas. Dietrich Weber ist mehr als eine Woche bevor Sie losgewandert sind, gestorben.»

«Das haben wir nicht vergessen, Inspektor Obanos. Möglicherweise war einer von uns früher hier. Es sind nicht alle mit dem Flugzeug gekommen. Es war sogar möglich, inzwischen nach Deutschland zurückzukehren und dann ganz harmlos diese Gruppenreise anzutreten. Vielleicht gibt es auch zwei Komplizen. Oder drei – was weiß ich?»

«Hm», sagte Obanos nur, seine Zweifel waren deutlich zu hören.

«Ich weiß, das klingt vermutlich wenig plausibel. Ich möchte aber, dass Sie alles wissen, was uns als mögliche Erklärung eingefallen ist. Auf dem Pilgerweg hat man Zeit zum Nachdenken. Da ist noch eine Variante im Angebot. Zuerst habe ich gedacht, es könne etwas mit einem Prozess zu tun haben, bei dem Benedikt einer der Anwälte des Angeklagten war. Der Mandant ist gebürtiger Spanier, soviel ich weiß, ein Baske. Er gehört zu einer Clique von Geschäftsleuten, die inzwischen allerdings eher als kriminelle Vereinigung bezeichnet wird. Vielleicht haben Sie auch in Spanien von den Bradovic-Prozessen gehört.»

Obanos nickte, was sie durchs Telefon nicht sehen konnte. Er las nach wie vor deutsche Zeitungen und wusste ihre Kurzfassung zu interpretieren.

«Es war der erste einer Reihe von anstehenden Prozessen. Der Mandant ist einer der kleineren Fische, aber er ist anders als erwartet nicht freigesprochen oder auf Bewährung verurteilt worden, sondern zu einigen Jahren Haft. Benedikt seinerseits war unter den Anwälten auch ein kleiner Fisch, ein Anschlag auf ihn könnte ein Racheakt sein. Oder eine Warnung für die anderen Anwälte, die Zeugen und Richter vor den nächsten Verhandlungen. Du meine Güte, ausgesprochen klingt das alles absurd. Seit wir von Dietrichs Tod wissen, habe ich gar nicht mehr an diese letzte Variante gedacht.»

«Mord ist meistens absurd», sagte Obanos sanft. «Verbrechen werden plausibler, wenn man weiß, warum sie verübt wurden. Worum geht es hier? Welches Problem hat Señorita Insteins Familie?»

Was er nun hörte, klang nach sehr vielen Millionen und einem sehr plausiblen Motiv.

«Sie denken also, nicht Señor Siemsen sollte in die Schlucht stürzen, sondern seine Freundin? Das passt zwar zusammen, wenn man auch noch über den zeitlichen Ablauf grübeln müsste, aber finden Sie einen solchen Plan nicht sehr – umständlich?»

«Absolut umständlich, ja. Darüber können Sie später

nachdenken, jetzt geht es um etwas anderes. Wenn Sie im *hostal* waren, haben Sie sicher auch erfahren, dass Dietrich einen Sohn hinterlassen hat. Einen Erben. Nina fürchtet, dass nun das Kind in Lebensgefahr ist. Vielleicht sind wir wirklich bloß hysterisch, trotzdem sollte, nein, muss jemand etwas unternehmen, und wir können es nicht. Wir wissen nämlich nur, dass die beiden in Santiago sind. Wenn stimmt, was wir annehmen, ist das Kind in großer Gefahr.»

«Nicht unbedingt, falls …»

«Doch, Inspektor. Seit der deutsche Gast am Freitag nach Dietrich gefragt hat, fehlt eines von Miras gerahmten Fotos. Es zeigt Camilla und Fredo, Dietrichs Frau und Sohn. Mira sagte, beide seien darauf besonders gut getroffen. Ich nehme an, er hat es mitgenommen, um die beiden in Santiago sicher zu erkennen. Wozu sonst?»

Rasch erzählte sie, was sie darüber hinaus wusste, Namen, aber keine Anschriften, keine Arbeitgeber, keine Telefonnummern. Nichts Neues für Obanos.

«Sie haben Ihren ganzen Polizeiapparat zur Verfügung, Inspektor, wir sind nur Touristinnen. Aufgeregte Hühner, deren Geschichte man nicht ernst nehmen muss. Aber Sie waren nicht ohne Grund bei Benedikt im *hospital*, oder? Sie hatten einen Verdacht. Es ist sicher möglich, die beiden schnell zu finden, Santiago ist groß, aber keine Großstadt.»

«Vieles ist möglich, Señora, sehr vieles. Umso einfacher, als ich hier bin.»

«Hier?»

«In Santiago de Compostela. Ich hatte so eine dumme Idee, es könnte nützlich sein.»

«Ich liebe Ihre dummen Ideen. Dann werden Sie sich darum kümmern?»

«Ich will sehen, was ich tun kann. So sagt man doch auf

Deutsch? Bleiben Sie vorerst bei Ihrer Verschwiegenheit, und passen Sie gut auf sich auf, auf sich und auf Señorita Instein. Gehen Sie beide nie allein. Am besten immer mit mehreren. Das ist wahrscheinlich überflüssig, aber sicher ist sicher. Vor Ihnen liegt immer noch bergiges Land, doch der *camino* verläuft dort entlang freundlicher Wege durch die Täler und über die moderaten Höhen des schönen grünen Galiciens. Keinerlei Absturzmöglichkeiten.»

«Danke, Inspektor, das ist ein wahrer Trost.» Plötzlich wurde ihre Stimme zum Flüstern: «Ich muss aufhören, Fritz kommt den Hügel herauf, um uns zu holen.»

Leider hatte sie ihm keine Telefonnummer gegeben, über die sie jederzeit und diskret zu erreichen war.

Er musste nachdenken, seine Notizen leserlich machen, die Fakten und Vermutungen sortieren, abwägen und nicht zuletzt überlegen, wen er unter den Kollegen in Santiago gut genug kannte, um ihn schnell und ohne Einhaltung des Dienstweges zu überzeugen. Leider war Josep, ein alter Freund aus der Zeit ihrer Ausbildung, im Urlaub auf den Azoren. Wandern, ausgerechnet.

Die Pizza war so scheußlich, wie er erwartet hatte, also genau richtig. Neben seiner Schwäche für gute Küche pflegte er eine heimliche für klebriges, ungesundes Fastfood. Bisher war es ihm gelungen, das vor den Kindern zu verbergen.

Bei Fastfood dachte er an Prisa, der sich von nichts anderem ernährte. Plötzlich hatte er es sehr eilig.

🐚

Wie immer saß Hedda auch während der Fahrt nach Portomarín auf Leos Nachbarbank, doch sie hatte ihr den Rücken zugewandt und sah aus dem Fenster. Seit Nina wieder zur Gruppe gehörte und sich Leo eng angeschlossen hatte, hatte ihre vorsichtig wachsende Zutraulichkeit ein abruptes Ende gefunden.

Es sei nett, dass sie sich Ninas annehme, hatte Jakob Leo zugeraunt, in ihrer Situation brauche man Begleitung. In diesem Moment hätte sie ihm beinahe erzählt, warum Benedikts Freundin stets in ihrer Nähe war, welches Geheimnis sie teilten. Anders als Nina, die in allen Mitreisenden einen potenziellen Feind argwöhnte, vertraute Leo Jakob völlig. Ihn nicht wissen zu lassen, was womöglich in seiner Gruppe geschehen war, empfand sie als Betrug.

Nina saß wieder auf der Bank weit vorne, die sie mit Benedikt geteilt hatte. Es sah aus, als schlafe sie. Obanos' Bereitwilligkeit, ihre Geschichte zu glauben, vor allem, dass er in Santiago war, hatte ihre Last erleichtert. Nach den letzten angstvollen Nächten und der Anstrengung des Tages würde sie nun wieder leichter einschlafen.

Durch den Bus schwirrten Gespräche, alle hatten sich von der Erschöpfung, mit der sie in O Cebreiro angekommen waren, erholt. Allein der Blick von der anderen Seite des auf dem Grat gelegenen Dorfes weit über Galicien hatte sie für den Aufstieg belohnt. Die Pilger früherer Jahrhunderte mochten ergriffen niedergekniet sein, dankbar, die lange, beschwerliche Reise bis hierher überlebt und nur noch wenige Tage bis zum Ziel vor sich zu haben, der heilbringenden Reliquie. Allerdings wartete dann noch die Rückreise, anders als moderne Pilger, die einfach in ein Flugzeug oder eine Bahn stiegen, für die allermeisten wieder auf den eigenen Füßen und gefahrvollen Wegen.

Für die römischen Legionen waren O Cebreiro und der gleichnamige Pass Durchgangsstation auf ihrem Weg in das zentrale Galicien gewesen, für die Jakobspilger seit den

Anfängen des *camino* rettender Hort in einer unwirtlichen Region mit einem der ersten Hospize. Alte Schriften verzeichneten das oft sturmumtoste Dorf auch als *Mons Februari*, denn in rauen Jahren konnte hier selbst im Mai noch Februarwetter mit Nebel und Schneetreiben herrschen. Dagegen war dieser erschöpfend heiße Tag reines Glück gewesen.

In dem Bergdorf waren noch einige *pallozas* erhalten, die in die Erde geduckten, ursprünglich fenster- und schornsteinlosen, runden oder ovalen Steinhütten. Ihre zum Teil spitz zulaufenden Strohdächer reichten fast bis zum Boden. Es hieß, diese Bauweise sei in der Region schon vor dreitausend Jahren üblich gewesen.

Nach dem Picknick – wie gewöhnlich gab es Paprikaschoten, Äpfel, Tomaten, Schafskäse, *chorizo* und Brot, für den Nachtisch hatte Enno im Dorf eiskalte Wassermelonen aufgetrieben und spendiert – fanden sich alle in der Kirche ein. Wegen der Kühle hinter den alten Steinen und der Zeugen eines Blutwunders, das sich im 14. Jahrhundert ereignet und O Cebreiro erst weithin berühmt gemacht hatte.

Niemand außer der deutschen Wandergruppe war in der Kirche. «Reines Glück», erklärte Jakob zufrieden, «an den Wochenenden wimmelt es hier nur so von Tagestouristen aus der Region. Dann bekommt man den Santo Grial do Cebreiro, den Heiligen galicischen Gral, vor lauter Köpfen kaum zu sehen.»

Die Kirche Santa María la Real, die Königliche, war als eine der ersten am *camino* im frühen 9. Jahrhundert bei den *pallozas* erbaut worden. Nachdem sie Wetter, Feuer und zahlreiche Umbauten schwer angeschlagen überlebt hatte, war sie als bescheidener Rest eines Klosters erst vor einigen Jahrzehnten restauriert worden. Ein bisschen zu gründlich, wie manches am Jakobsweg. Gleichwohl ließen die niedrigen vorromanischen Bögen und das Fehlen jeglichen aufwendigen Schmucks die einstige Atmosphäre spüren.

«Wo ist denn der Gral?», fragte Eva, die als Letzte die kleine Kirche betrat. Caro verdrehte aufseufzend die Augen.

Enno hatte ihn schon entdeckt. Er stand vor dem einfachen, mit Sommerblumen geschmückten Altartisch und fotografierte die darüber angebrachte, schwarzumrahmte Glasvitrine. Sie war blutrot ausgelegt, Kelch und Hostiengefäß aus Silber und zwei doppelte, in einer kunstvollen Silberhalterung gefasste Kristallfläschchen glitzerten im Licht einer unsichtbaren Lampe.

«Perfekt dekoriert», lobte Rita generös, «das muss ich mir für mein Schaufenster merken. Rot und Silber wirkt doch immer wieder königlich vornehm.»

«Genau!», sagte Helene und griff nach ihrer gerade erstandenen muschelförmigen Silberspange in ihrem roten Haar.

«In dieser Legende», begann Jakob, als sich endlich alle um ihn scharten, «geht es ausnahmsweise nicht um die Bekehrung eines einfachen Sünders, ein Priester ist der ungläubige Thomas. Die Geschichte verbreitete sich damals trotzdem schnell über ganz Europa, vielleicht auch gerade deshalb. Das Wunder hat sich im 14. Jahrhundert ereignet, also in einer Zeit, in der es schon viel Unruhe in der Kirche gab. Ein Wunder, mit dem ein Priester zur Ordnung zurückgerufen wurde, kam da nur recht.»

An einem kalten stürmischen Tag hatte sich nur ein einziger Mann zur Messe eingefunden. Ein Bauer aus Barxamayor war den steilen Weg heraufgekommen, um Gott nah zu sein. Der die Messe zelebrierende Priester sah verächtlich auf ihn hinab und dachte, der Mann müsse ein rechter Tor sein, wenn er sich für ein bisschen Wein und Brot so viel Mühe machte. Als der Moment der Wandlung kam, erkannte der erschreckte Mönch, wie sich die Hostie tatsächlich in rohes Fleisch verwandelte und der Wein im Kelch zu aufschäumendem Blut; das weiße Tuch, auf dem Kelch und Patene, das Hostienbehältnis, standen, färbte sich tiefrot.

«Danach wird das Mönchlein wohl nie wieder am damals noch relativ jungen kirchlichen Dogma der realen Gegenwart Christi in Wein und Hostie gezweifelt haben. Etwa hundert Jahre später, anno 1486, machten die nicht minder legendären Katholischen Könige Isabella und Ferdinand auf ihrer Pilgerreise zu den Gebeinen des heiligen Santiago hier Station. Sie spendierten das kostbare Fläschchenset aus Bergkristall, das ihr in der Vitrine mit den liturgischen Gefäßen aus romanischer Zeit seht. Was von dem Wunder noch übrig war, sollte angemessen erhalten werden.»

«In den Fläschchen ist echtes Blut?» Der sonst so spöttische Felix staunte. «Wunderblut aus dem 14. Jahrhundert?»

«Unsinn», widersprach Edith vernünftig, «solche Geschichten sind nur Gleichnisse. Belehrungen oder verkappte Drohungen, je nachdem. Als gläubige Christin muss ich nicht an Wunder, sondern an Gott glauben.»

«Na ja», Jakob rieb umständlich sein Ohrläppchen, «wie man's nimmt. Oder wie man's glaubt. Der Vatikan sieht das natürlich anders. In den schlauen Büchern habe ich nichts darüber gefunden, ob sich das Blut wieder in Wein zurückverwandelt hat. Ich denke, wie bei allem, was mit Religion zu tun hat, sollte die Entscheidung auch dieser Frage jedem selbst überlassen sein. Und nun, ihr *peregrinos*: eine Stunde zum Vertrödeln, dann fährt der Bus ab. Gnadenlos», betonte er grinsend. «Also achtet auf eure Uhren. Das Museum ist im *palloza* gleich gegenüber, der Souvenirladen auch. Wer noch ein paar Meter schafft – der Hügel hinter dem Dorf ist mit knapp tausenddreihundert Metern nach den Pyrenäen-Pässen der höchste Punkt des *camino* und der allerbeste Aussichtsplatz. Sehr zu empfehlen.»

Zwar war die halbe Gruppe den fast kahlen, von einem Sendemast gekrönten Hügel hinaufgeschlendert, doch bis zur halben Höhe ließen sie sich einer nach dem anderen ins Gras fallen. Weiter oben waren Nina und Leo ungestört gewesen und hatten endlich Inspektor Obanos erreicht.

Nun rollte der Bus auf einer schmalen und kurvigen, in weiten Strecken von dichtem Mischwald, mächtigen Kastanien und Eichen gesäumten Landstraße von der Höhe hinab ins Tal des Río Miño. Dank des feuchten galicischen Klimas war das Land von sattem Grün. Es gab Wiesen, Felder und buschige Hecken, kleine Dörfer, abseitsliegende Klöster, vereinzelt Weinberge und, wo der *camino* auf der Landstraße verlief, zunehmend Pilger.

So sei es immer, hatte Jakob erklärt, je näher man Santiago komme, umso mehr seien unterwegs. Nicht alle gingen den ganzen Weg. Auch wer nur die letzten hundert Kilometer gegangen war und das durch Stempel der Herbergen, Kirchen oder Klöster belegen konnte, bekam in Santiago die *compostela*, die Pilgerurkunde.

Leos Blick ging weit über das Land und zu den am späten Nachmittag golden und rosa umrahmten Wolkenbergen, die sich himmlischen Schiffen gleich am Firmament drängten.

Edith, Felix und Enno diskutierten immer noch über die Bedeutung und Wahrhaftigkeit christlicher Wunder, das Summen des Busmotors mischte sich mit der Musik aus Ignacios CD-Spieler, mittelalterliche kastilische *Cantigas*, vertonte Gedichte zur Verherrlichung der Jungfrau Maria.

Leo hätte ihrer Phantasie gerne erlaubt, den weniger

klösterlich entrückten als tänzerischen Lauten der alten In-
strumente und der frohen Stimmen zu folgen. Doch ihre
Gedanken drängten in eine andere Richtung. Wenn sie den
Tod Dietrich Webers einmal unbeachtet ließ, wer von den
Menschen in diesem Bus konnte für den Anschlag auf Bene-
dikt – oder eigentlich Nina? – in Frage kommen?

Der fromme, die Madonna tief verehrende Enno? Er war
immer mal für eine halbe Stunde verschwunden. Was machte er dann? Wo? Beichten, vermutete Felix. Das konnte sein,
aber … Zudem hatte er ganz besonders penetrant immer
wieder das Thema ETA aufs Tapet gebracht. Um von sich
abzulenken?

Oder Felix? Er war bei der Gruppe gewesen, die vor Benedikt gegangen war. Konnte er zunächst bei Benedikt geblieben sein und sich nach vollendeter Tat flink wieder der
Gruppe angeschlossen haben? Bei dem Wetter auf der Höhe
hatten alle ihre Kapuzen tief heruntergezogen, ein Regen-
und Windschutz, der die Sicht nahm, Geräusche dämpfte
und verfälschte. Vielleicht hatten sie nicht bemerkt, dass er
erst wieder bei ihnen war, kurz bevor sie ihren, Leos, Hilfe-
schrei hörten. Er war fit genug dazu, anders als die meisten
war er am Ende des Wegs nicht völlig erschöpft gewesen.
Aber wäre er unbemerkt an Nina vorbeigekommen, die
zwischen Benedikt und der Spitzengruppe gegangen war?
Kaum. Trotzdem: Was tat er überhaupt seit dem Abschluss
seines Studiums? Er hatte nie erwähnt, wo er arbeitete. *Ob* er
arbeitete. Seine Wanderausrüstung sah teuer aus – verdiente
er sein Geld, indem er für andere Leute die Drecksarbeit er-
ledigte? Der nette, bei aller Spottlust stets fröhliche Felix?

Wenn sie nun noch Dietrichs Tod einbezog – wer war
nicht mit dem gleichen Flug wie die Gruppe in Bilbao angekommen? Nur Fritz und Rita? Sie hatte es vergessen. Die

beiden Müllers hatten ganz sicher vor der Ankunft in Bilbao einige Tage Südfrankreich bereist. So hatten sie gesagt – genauso gut konnten sie sich in Nordspanien aufgehalten haben. Und hatte Rita nicht besonders vehement behauptet, sie seien nach ihrem Besuch in Roncesvalles gleich ins Hotel in Burguete zurückgekehrt? Und es sei eine Frechheit, wenn der Inspektor vermute, sie seien von dort die kurze Strecke bis zur Absturzstelle auf dem *camino* gegangen? Das war in der Zeit, die ihnen zur Verfügung gestanden hatte, sehr gut möglich. Dann wären sie aber der Spitzengruppe begegnet. Obwohl – nicht unbedingt. Sie hatten den ganzen Tag zur Verfügung, all die Stunden, die die Gruppe von St. Jean bis dort hinauf gebraucht hatte. Sie konnten sich oberhalb der Stelle im Wald verstecken und auf Benedikt warten. Das war kein Problem. Welches Motiv sollten sie haben? Ein biederer Sparkassenfilialleiter aus Hildesheim und seine Geliebte als Mörderpaar? Mal wieder ein absurder Gedanke.

Sie konnten auch nicht damit rechnen, Benedikt alleine anzutreffen. Das konnte oder wusste nur – Nina.

Nina? Hatte sie die ganze Geschichte ihres Familienhorrors erfunden, um davon abzulenken, was sie Benedikt angetan hatte? Vielleicht hatten sie wieder Streit gehabt, Hedda hatte so etwas schon in der ersten Nacht gehört, Nina hatte ihn in explodierender blinder Wut hinabgestoßen und war davongelaufen. Felix hatte gesagt, Nina sei nicht mit, sondern ein ganzes Stück hinter ihnen gegangen, sie hätten sie relativ kurz vor der Absturzstelle getroffen. Sie habe die Hilferufe nicht gehört. Das klang unwahrscheinlich, wenn die anderen, die noch weiter voraus gewesen waren, sie deutlich genug gehört hatten, um sofort umzukehren.

Es war verrückt. Die Sache mit Rudolf Pfleger, ihrem Bruder und ihrem Erbe, konnte Nina nicht erfunden haben, das war zu leicht nachzuprüfen. Andererseits könnte sie sie jetzt, nachdem sie in blinder Wut ihren Freund beinahe getötet hatte, vorschützen, um von sich abzulenken. Aber ihre Angst um den Sohn ihres Bruders war echt. Oder wuchs die Sorge um Fredo nur aus ihrem Schuldgefühl, aus dem verzweifelten Bemühen, ihre Tat wiedergutzumachen? Auch das war lächerlich. Nina kam bei allen Verdachtsmomenten nicht in Frage.

Eva, Caro, Edith, Selma? Ausgeschlossen. Oder? Es blieb bei ausgeschlossen.

Sven und Helene? Die waren bei Jakob am Ende der auseinandergezogenen Karawane gewesen. Oder? Es war ein Versäumnis, dass sie nicht notiert hatte, wer in jener Stunde wo gegangen war.

Fehlte noch Hedda. Sie schien harte Zeiten erlebt zu haben, davon zeugten die Narben auf ihren Armen, die schlechte Tätowierung wies auf eine Jugendbande hin. Das musste lange her sein. Sie war Anfang, eher Mitte dreißig, die Narben waren nicht frisch. Und Hedda war ganz sicher hinter ihr gewesen, als sie Benedikt in der Schlucht entdeckte. Das Klackern ihrer Stöcke hatte an jenem Aufstieg stets verraten, wo sie sich gerade befand. Nur in den letzten Tagen hatte sie die Stöcke nicht mehr benutzt.

Leos Kopf schmerzte, wie immer, wenn ihre Gedanken im Kreis laufend vergeblich nach einem Punkt suchten, an dem einzuhaken war. Und sie war sehr müde.

Der Bus fuhr nun an dem zum langgezogenen Belesar-See aufgestauten Fluss entlang, das tiefblaue Wasser glitzerte einladend, er rollte langsam über die lange Brücke, und Portomarín war erreicht.

Schon seit der Römerzeit hatte es hier eine Brücke über den Río Miño gegeben, den *pons minei*, dem der Ort seinen

Namen verdankte. Im frühen 13. Jahrhundert war sie von den Johannitern, den Nachfolgern der Templer als Beschützer des *camino*, für die wachsenden Pilgerströme durch eine neue ersetzt worden. Die seither gewachsene alte Stadt verrottete seit fast fünfzig Jahren im Stausee, bei Niedrigwasser ragten ihre Reste wie düstere Gespenster aus der Tiefe auf. Einige wenige Gebäude waren vor der Flutung Stein für Stein abgebaut und mit dem neuen Portomarín auf dem Hügel über dem See wieder aufgebaut worden, insbesondere die kleine romanische Templerkirche San Juan de Jerusalén. An ihrem neuen Standort hoch über dem See und am Rand des Ortes wirkte sie verloren, ein stoisch wehrhafter Fremdkörper aus der untergegangenen mittelalterlichen Welt.

Das Hotel für diese Nacht lag am Ende des Ortes. Sein Interieur zeigte den verstaubten Charme der 80er Jahre, der leere Pool, dass in dieser an Sehenswürdigkeiten armen Station nur noch wenige Gäste pausierten. Die wandernden Pilger fanden Bett, Verpflegung und gleichgesinnte Gesellschaft in der großen Herberge mitten im Ort in der Calle Fraga Iribarne, wenn sie nicht gerade, wie oft im Sommer, völlig überfüllt war. Auf die Nähe zu Santiago verwies nicht nur das Mosaik mit dem Bild des Heiligen in der Hotelhalle, auch das Dach eines Wartehäuschens neben dem Parkplatz zierte ein Kreuz. Fußmüden Pilgern, die hier zur Erleichterung einer der letzten Etappen in den Bus stiegen, mochte das eine Mahnung sein. Oder eine Absolution, wer konnte das wissen?

Vom Fenster ihres Zimmers in der zweiten Etage sah Leo über einen malerisch verwilderten, von alten Bäumen beschatteten Garten und den See weit in das Land. An der Hecke entdeckte sie Sven und Helene, schon stadtfein gemacht, Nina trat zu ihnen und sah mit suchendem Blick zu ihr herauf.

«Wir wollen uns die Wehrkirche ansehen und einen Spaziergang durch den Ort machen», rief sie, als sie Leo am offenen Fenster entdeckt hatte. «Kommst du mit?»

«Noch nicht. Ich komme später nach. Finde ich euch bei einem ersten Glas Wein unter den Arkaden?»

«Mich ganz sicher», rief Sven. «Ich brauche eine Kirchenpause.»

Leo sah ihnen bis zum Ende der Hotelanlage nach, dort gesellten sich die beiden Müllers zu ihnen. Dann verschwanden sie aus ihrem Blickfeld.

‹Gehen Sie nie alleine›, hatte Inspektor Obanos gesagt, ‹immer mit mehreren.›

Vier waren mehrere, und was sollte hier passieren? Dies war eine sehr kleine Stadt, aber alle Geschäfte waren geöffnet, die Tische der Straßencafés besetzt, unter den Arkaden um den Rathausplatz traf sich um diese Stunde alles, ob Pilger, Autoreisende oder Einheimische, um durch den milden Abend zu flanieren. San Juan stand gleich gegenüber.

Leo starrte das Telefon auf dem Nachttisch an und ließ sich verdrossen aufs Bett fallen. Wieder keine Nachricht, kein Fax von Johannes. Sie wählte die Nummer der Hamburger Redaktion, seinen Privatanschluss, seine Handynummer – weit und breit kein Johannes. Der Himmel wusste, wo er sich herumtrieb. Dann würde sie ihn eben nach Mitternacht aus dem unverdienten Schlaf klingeln. Nur eine Viertelstunde ausruhen, bevor sie den anderen in den Ort folgte. Nur eine Viertelstunde …

Energisches Klopfen an ihrer Tür weckte Leo. Ein erschrockener Blick auf die Uhr zeigte, dass das Abendessen schon vor einer Viertelstunde begonnen hatte. Edith stand vor ihrer Tür.

«Habe ich dich geweckt? Das tut mir leid, aber du hast dich nicht abgemeldet, Jakob dachte, dir ist vielleicht nicht gut.»

«Alles in Ordnung, Edith, ich bin nur eingeschlafen. Danke fürs Wecken, ich komme sofort in den Speisesaal.»

Edith blieb an der Tür stehen, erst jetzt bemerkte Leo ihre besorgte Miene. «Du bist nicht die Einzige, die fehlt. Aber die anderen reagieren nicht auf mein Klopfen. Weißt du, wo Nina ist?»

«Nina?» Leo fuhr erschreckt herum. «Sie ist mit Sven, Helene und den Müllers in den Ort gegangen. Sind sie noch nicht zurückgekommen?»

«Sven und Helene sind hier, aber Nina, Fritz und Rita fehlen noch. Sie hatten sich bei dieser alten Kirche getrennt. Denkst du, wir müssen uns Sorgen machen?»

Kapitel 12

Alle wunderten sich, als Leo nach dem Hauptgang vehement forderte, Nina, Rita und Fritz zu suchen.

«Wir sind heute genug Kilometer gegangen», protestierte Felix, «und dies ist eine Stadt. Sie werden sich nur mit der Zeit verschätzt haben. Oder sie machen sich in einer Bodega einen netten Abend. Das ist zwar gegen unsere Spielregeln, aber sie sind keine Kinder, die verlorengehen, sich weinend in eine Ecke setzen und fürchten.»

«Warten wir noch ein bisschen», schlug Enno vor, «dann kommen die drei putzmunter und beschwipst hereinspaziert.»

Leo sah Sven und Helene an. «Haben sie gesagt, wohin sie gehen wollten?»

«Nur so ungefähr. Ich glaube, sie wussten es selbst nicht genau. Wir haben uns zusammen diese alte Kirche angesehen, die ist schön schlicht, es ging ziemlich schnell, dann haben wir uns getrennt. Helene wollte in die Läden um den Rathausplatz, die drei hatten mehr Lust auf den Pfad durch dieses wuchernde Grünzeug den Hügel hinab Richtung See. Da sei es kühler, hat Fritz gesagt. Der Pfad ist gut; wenn ihr mich fragt, verstaucht man sich da nicht mal den Knöchel.»

Die anderen schwiegen. Das klang beruhigend nach Entwarnung, und am Ende dieses anstrengenden Tages verspürte niemand Lust, sich in der beginnenden Dunkelheit noch einmal auf einen womöglich mühsamen Weg zu machen.

Nur Jakob stimmte Leo zu. «Noch eine Viertelstunde», entschied er, «dann gehe ich los. Wer mag, schließt sich an. Wenn wir in verschiedene Richtungen ausschwärmen, finden wir sie schnell, da bin ich sicher. Wahrscheinlich hat Felix recht, und wir entdecken sie in einer Bar am Rathausplatz. Also, wer geht mit?»

Bevor sich jemand melden konnte, flog die Speisesaaltür auf, und Rita stapfte herein, dann Nina, zum Schluss – mit hochrotem Kopf – Fritz.

«Wenn es nichts mehr zu essen gibt, bringe ich ihn um!», verkündete Rita wütend. Niemand hatte Zweifel, wer gemeint war. «Von wegen gutes Orientierungsvermögen! Fritz hat uns um den halben See gehetzt, und dann wollte er den Rückweg abkürzen – eine längere Abkürzung könnt ihr euch nicht vorstellen.»

Als Eva kicherte, begannen alle zu lachen, sogar Rita. Erleichterung schwang mit, hier, weil die Sorge unnötig gewesen war, dort, weil die nächtliche Suche ausfiel.

«Jeder kann sich mal verschätzen», sagte Fritz, «und wenn ich dich um den halben See gescheucht hätte, meine Liebe, wären wir erst zum Frühstück zurück gewesen. Das Ding ist verdammt lang.»

«Warum hast du nicht angerufen?», flüsterte Leo, als Nina sich neben sie setzte.

Nina zuckte gleichmütig die Achseln. «Ich dachte bei jeder Biegung, wir sind gleich da. Als ich es endlich tun wollte, bogen wir um eine Ecke und sahen schon das Hotel.»

Während Selma es eilfertig übernahm, in der Küche Bescheid zu geben, dass drei hungrige Nachzügler eingetroffen seien, klopfte Jakob mit dem Löffel an sein Glas und erhob sich.

Die letzte Etappe liege nun vor ihnen, erklärte er, wie jeder

Weg, den sie gegangen seien, sei auch der morgige besonders schön. Der Tag sei so eingeteilt, dass sie am Spätnachmittag noch rechtzeitig zur täglichen Pilgermesse in Santiago einträfen.

«Ich weiß», fuhr er behutsam fort, «einige unter euch sind gläubig, andere weniger oder gar nicht. Das ist in jeder Gruppe so und ganz in Ordnung. Ich bitte euch trotzdem: Kommt alle mit zur Messe. Es ist ein besonderes Erlebnis, wenn man inmitten der Gemeinschaft der in großer Zahl versammelten Pilger sitzt, gemeinsam singt und den Segen empfängt. Nicht zu vergessen», er lächelte breit, «zu erleben, wie der riesige Weihrauchkessel, die *botafumeiro*, durch das Querschiff über die Köpfe der Gläubigen geschwenkt wird. Das gibt es wirklich nur in Santiago de Compostela. Es heißt, die Querung habe extra dafür ihre ungewöhnliche Länge bekommen, nämlich fünfundsechzig Meter.»

Auch mit einer besonderen Nachricht hatte Jakob gewartet, bis alle um den Tisch versammelt waren.

«Ich habe wieder mit Dr. Helada in Burgos telefoniert. Benedikt lässt euch alle grüßen, er ist noch sehr schwach, aber es geht ihm jeden Tag ein bisschen besser. An seinen Unfall erinnert er sich allerdings immer noch nicht. Der Arzt denkt, das werde so bleiben. Sicher möchte Benedikt wissen, wie ihm so etwas passieren konnte, andererseits wäre es eine Bürde, die Erinnerung an einen solchen Albtraum ein Leben lang mit sich herumzutragen. In ein paar Tagen wird er mit einem Krankentransport nach Hamburg geflogen. Ich nehme an», wandte er sich an Nina, «du wirst von Santiago nach Burgos zurückkehren und mit ihm und Frau Siemsen zurückfliegen?»

«Ja, das habe ich vor. Aber ich bleibe wie ihr noch einen Tag in Santiago.»

Helene schob missbilligend die Unterlippe vor, Selmas Augenbrauen hoben sich, nur Enno nickte zustimmend.

«Darüber freuen wir uns», sagte Jakob rasch und betonte: «Wir wissen alle, dass das im Sinne Benedikts und seiner Mutter ist.»

Dass Nina jeden Tag zweimal mit Ruth Siemsen telefonierte und auch schon mit Benedikt gesprochen hatte, wusste nur Leo.

«Señora Peheim?» Ein Hotelpage stand in der Tür und sah sich suchend um. Das Essen war beendet, doch alle saßen noch im Speisesaal, leerten den letzten Rest des Weines oder beugten sich über den Plan für die morgige Wanderstrecke. «Ha llegado», rief er strahlend, als sei es einzig sein Verdienst, «acabo de recibir su fax.»

«Das ist aber ein langer Liebesbrief», feixte Felix, als Leo ihre Post entgegennahm und dem dienernden Jungen eine Münze in die Hand drückte.

«Leider nicht. Es ist von einer Freundin mit missionarischen Ambitionen», log sie mit vermeintlichem Unwillen. «Sie war schon mal hier und findet, ein paar zusätzliche Informationen zu Santiago können nie schaden.»

Sie hatte Johannes Unrecht getan, das Fax kam direkt aus der Redaktion. ‹Dafür die Story für mich exklusiv!› stand in seiner schwungvollen Schrift am oberen Rand des ersten Bogens. Bevor das neugierige Augen sehen konnten, stopfte sie den kleinen Stapel Papier, es mochten sechs oder acht Blatt sein, in ihre Tasche. Sie sah keine misstrauischen Blicke, warum auch? Nicht einmal Nina wusste, dass sie Johannes gebeten hatte, er möge für sie im Archiv stöbern. Inzwischen war so viel geschehen, hatte sie so viel Neues erfahren, dass das zunächst so ungeduldig erwartete Fax nachrangig geworden war.

Seit sie Ninas Geschichte kannte, rechnete sie nicht mehr mit echten Überraschungen. Trotzdem war sie neugierig, wie immer. In ihrem Zimmer schloss sie die Tür ab, bevor sie das Fax aus der Tasche zog und zu lesen begann. Auf einem Extrabogen schrieb Johannes, er sende nur Artikel, die er für relevant halte. Geschichten über brave Sparkassenleiter, Autoverkäufer und Rudermeisterinnen zähle er nicht dazu. Falls er sich irre, möge sie ihn anrufen.

Ein Artikel berichtete von einer Protestaktion gegen die Castor-Transporte im Wendland. Nach einer ‹gewalttätigen Rangelei› waren einige der Aktivisten vorübergehend festgenommen worden. So matt die gefaxte Kopie war, Felix war auf dem Bild zu erkennen. Er hatte Leos Sympathie.

Die nächsten Blätter, ein Artikel aus einem Wirtschaftsjournal, waren erst wenige Wochen alt, befassten sich mit der Firma Instein & Pfleger, insbesondere mit der Frage, ob und welche Veränderungen in der Firmenpolitik nach dem überraschenden Tod des Gründers Walter Instein zu erwarten seien.

Leo überflog die Seiten, sie bestätigten, was sie von Nina erfahren hatte. Sie und ihr verschollener Bruder wurden nirgends erwähnt, in der Welt von Industrie und Wirtschaft ging man offenbar ganz selbstverständlich davon aus, nun werde einzig Rudolf Pfleger die Linie bestimmen. Die große Welt der Wirtschaftskapitäne würde sich noch wundern.

Was Leo auf den letzten Bögen las, bewegte nicht die große Welt, doch ihr nahm es den Atem.

‹Der Familienname wird hier nicht genannt›, hatte Johannes auf den Rand gekritzelt, aber ich erinnere mich gut an den Fall und denke, er gehört zu Deiner Pilgerschwester Hedda.

Zunächst ging es um eine Frau, die ihre Geschichte einer

Zeitschrift erzählt hatte, einem dieser Blätter, die immer ganz genau wussten, wann Camilla Ehestreit mit Charles hatte oder ob die Liebe zwischen Angelina und Brad vor dem Aus stand. Anders als abgesprochen, hatte die Redaktion sie nicht völlig unkenntlich gemacht. In dem Artikel standen der Vorname und der erste Buchstabe des Familiennamens, das Foto zeigte die Protagonistin undeutlich, wer sie kannte, konnte sie dennoch einigermaßen identifizieren. Sie hatte deshalb geklagt, vor der Eröffnung des Prozesses war ein Vergleich ausgehandelt worden. Dessen Bedingungen wurden nicht genannt.

So etwas kam vor, wenn Menschen ihre Lebensgeschichte den Medien anvertrauten.

Die dazugehörige Geschichte fand Leo auf den letzten Bögen. Die Überschrift lautete: *Meine Schwester hat ihr Kind getötet – ich liebe sie trotzdem.*

Was für ein Familiendrama! Was sie jedoch erst hellwach machte, war der Name. Hedda M.

M wie Meyfurth? Die Hedda, mit der sie seit Tagen auf dem *camino* wanderte, die im Bus neben ihr saß? Sie hielt das Bild näher an die Lampe. Über den Augen lag ein dünner Balken, aber das Gesicht sah trotzdem nach Hedda aus, dazu die schwarzen Haare, die Frisur – und dieser Name. So hießen nicht viele, noch weniger Hedda M. M wie Meyfurth. Auch das Alter mochte stimmen. Es gab keinen Zweifel, das *war* Hedda.

Warum hatte sie das getan? Weil sie sich beachtet fühlen wollte? Weil sie Geld brauchte? Allzu viel konnte sie für die Veröffentlichung ihrer Geschichte nicht bekommen haben. Die sogenannten Informationshonorare lohnten sich nur, wenn man prominent oder aus anderem Grund ein Medienereignis war.

Der Artikel war vier Jahre alt und für eine solche Zeitschrift ungewöhnlich ausführlich.

Heddas jüngere Schwester, sie wurde nur als V. bezeichnet, war schon immer das schwarze Schaf ihrer gutbürgerlichen Familie in einer norddeutschen Kleinstadt gewesen. Sie hatte gegen die strenge Erziehung revoltiert, gegen die Disziplin, die ihr Vater, das sittsame Betragen und die dezente Kleidung, die ihre Mutter forderte. Mit siebzehn hatte sie die Schule abgebrochen und sich das gesucht, was ihre Eltern wohl zu Recht schlechte Gesellschaft nannten, und war immer wieder für einige Tage fortgelaufen.

Schließlich verschwand V. nach Hamburg, fand Unterkunft in einem maroden Haus in einem maroden Viertel, ihre Eltern erfuhren nie, wovon und mit wem sie lebte. Ihre jüngste Tochter war volljährig, sie lehnte das Leben ihrer Eltern ab, also drehten sie den Spieß um und interessierten sich nicht mehr für sie. Jedenfalls gaben sie das vor. Ihre Schwester, Hedda, hatte sich bemüht, den Kontakt aufrechtzuerhalten, und versucht, ihre ‹kleine Schwester› zur Vernunft zu bringen. Manchmal hatte sie ihr auch Geld geschickt. Schließlich lebte V. mit einem Mann, der eine ähnliche Herkunft und Geschichte hatte, und Hedda begann zu hoffen, die beiden würden gemeinsam eine Zukunft haben.

Es war keine gute Zukunft. V.s Freund erwies sich als schwacher Mensch. Wie sie hatte er keine abgeschlossene Ausbildung, er behielt keine Arbeitsstelle länger als einige Monate, er trank zu viel, V. trank oft mit. Sie machten ständig große Pläne, Luftblasen, die so schnell zerplatzten, wie sie entstanden waren.

Auch Hedda war inzwischen nach Hamburg gezogen, in die Nähe ihrer Schwester. Sie hatte Betriebswirtschaft studiert und an der Alster eine gute Arbeitsstelle gefunden, sie hatte Freunde und eine schöne Wohnung. Ohne die ständige Sorge um ihre Schwester hätte sie ein rundum zufriedenes Leben geführt. Es gab ständig Streit zwischen den Schwestern. Hedda versuchte V. zu überzeugen, sich von diesem Mann zu trennen, ihr Abitur nachzuholen, etwas zu lernen – ein bürgerliches Leben zu führen. Vielleicht war sie zu rigide gewesen, zu selbstgerecht, schließlich schrie V. sie an, sie solle sich nicht in ihr Leben einmischen und aufhören, ihr Vorschriften zu machen, sie wisse selbst, was richtig für sie sei.

Da zog Hedda sich zurück – ihre Eltern hatten das schon lange getan –, sie war es müde, ständig gegen eine Wand zu reden und zuzusehen, wie ihre Schwester immer weiter abrutschte. Und sie war wütend, weil ihre Hilfe abgelehnt wurde. Der Kontakt brach ab, bis V. ihr erstes Kind bekam und ihren Freund heiratete. Voller Hoffnung und guter Vorsätze versicherte sie, nun habe das Leben einen Sinn, alles werde anders. Die Verantwortung für ein Kind sei das Wichtigste, ihr Mann habe Arbeit gefunden und aufgehört zu trinken.

Das war die nächste Seifenblase. Alles wurde nicht besser, sondern schlimmer. Immerhin bemühte V. sich, ihren Sohn gut zu versorgen. Hedda hätte sich gerne seiner mehr angenommen, doch das wollte ihre Schwester nicht. Es war ihr Kind, sie wollte es nicht teilen, am wenigsten mit dieser perfekten Schwester. Vielleicht war auch nur der Vater des Kindes dagegen, er lehnte Hedda strikt ab, und V. tat immer, was er verlangte.

Dann wurde Hedda für einige Jahre von ihrer Firma nach Montreal geschickt, für sie war es ein Abenteuer, die Erfüllung eines Traums, der Kontakt zu ihrer Schwester brach bis auf seltene Telefonate ab.

Als Hedda nach Hamburg zurückkam, war V. wieder schwanger, sie sah furchtbar aus, verhärmt, erheblich älter, als sie war, ihre Finger waren gelb von Nikotin. Sie erlaubte ihrer Schwester nicht, sie zu besuchen. Hedda ahnte warum, die enge Wohnung war früher schon ein großes Chaos gewesen, es würde nun kaum anders sein. V.s Mann würde in dem alten Sessel sitzen, in das Fernsehgerät starren, die Ginflasche griffbereit. Sie war froh, das nicht sehen zu müssen. Wieder versicherte ihre Schwester, mit dem zweiten Kind werde alles besser, ganz bestimmt, ihr Mann suche schon Arbeit, er habe etwas in Aussicht.

Als das Kind geboren war, ein Mädchen, wurde das Drama zur Tragödie. Es war ein zartes Geschöpf und schrie häufig. Nein, nicht häufig, es schrie andauernd. Seine Eltern schrien auch. Sie schrien ihre Kinder an, endlich Ruhe zu geben, sie schrien einander an. Später stellte sich heraus, dass sie nicht nur geschrien hatten. Aber wenn man oft genug den Arzt wechselte, fiel nicht auf, wie häufig das ältere Kind, der nun fünfjährige Sohn, vom Klettergerüst fiel, wie erstaunlich ungeschickt seine Mutter war, dass sie so oft stolperte und sich verletzte.

Nur den Nachbarn fiel auf, dass der Lärm in dieser Wohnung auf die Dauer unzumutbar war, und einer, ein Jurastudent im Examen, begann sich Sorgen um die Kinder zu machen. Eines Abends, als sich wieder das Schreien des Säuglings mit dem Gebrüll und Poltern der Eltern vermischte und durch die Wände drang, als seien sie aus Pappe, rief er die Polizei.

In den letzten Wochen, so hatte er später ausgesagt, habe er zweimal selbst an der Tür geklingelt. Beim ersten Mal wurde nicht geöffnet, doch der Lärm brach ab. Nur der Säugling schrie weiter. Beim zweiten Mal, es war eine halbe Stunde vor Mitternacht, wurde gleich die Tür aufgerissen, V.s Mann stand in der Tür, hinter ihm wurde es still, sogar von dem

Kind war nur noch unterdrücktes Weinen zu hören. Er hatte seinen jungen Nachbarn angebrüllt, er solle sich um seinen eigenen Kram kümmern, das hier gehe niemanden was an. Er hatte so bedrohlich ausgesehen, dass der Nachbar sich ohne ein weiteres Wort umgedreht hatte und in seine Wohnung zurückgekehrt war.

Und dann, beim nächsten Mal, hatte er die Polizei um Hilfe gebeten. Der Streifenwagen kam schnell, und er begleitete die Polizisten zu der Tür, hinter der immer noch wütend gestritten wurde. Als auf ihr Klingeln niemand reagierte, hämmerte einer der Beamten gegen die Tür. Plötzlich erstarb das Schreien des Kindes, gleich darauf wurde die Tür aufgerissen, und ein Mann mit geröteten Augen und strähnigem Haar starrte sie wütend an, er verströmte den Geruch von schalem Bier und ungewaschenen Kleidern. V., Heddas Schwester, stand in der Mitte des engen Zimmers, sie hielt ihre Tochter mit ausgestreckten Armen vor sich, das Kind wimmerte leise, sein Köpfchen hing seltsam zur Seite. Das ältere Kind entdeckten sie erst später, als der Notarzt kam. Der Junge hatte sich unter dem Tisch verkrochen, er redete tagelang kein Wort.

Das kleine Mädchen starb noch in der gleichen Nacht. Sie hatte den so zornigen wie hilflosen Versuch ihrer Mutter, sie durch heftiges Schütteln still werden zu lassen, nicht überlebt.

Leo ließ die Blätter auf das Bett fallen und ging zum Fenster, sie öffnete es weit und atmete tief die frische Nachtluft. Der Himmel glich einer unendlichen, mit Diamantsplittern bestreuten Samtdecke, doch mit diesen Bildern im Kopf sah er nur kalt und bedrohlich aus. Sie hatte eine solche Geschichte nicht zum ersten Mal gehört oder gelesen, wenn man jedoch jemanden kannte, der direkt damit verbunden war, wurde die Tragik noch fühlbarer.

Das Licht der Sterne verlor ein wenig seine Eisigkeit, als sie daran dachte, wie friedlich ihr eigenes Leben verlief. Heddas, aber auch Ninas Familiengeschichte glichen Albträumen. Welche Art Erinnerungen mochten die übrigen Mitglieder der Gruppe mit sich herumtragen? So neugierig sie war, danach wollte sie lieber nicht fragen.

Sie griff wieder zu den Bögen und las den letzten Absatz des Artikels. Heddas Schwester war zu viereinhalb Jahren Freiheitsstrafe verurteilt worden, ihr Sohn lebte nun bei seinen Großeltern, die jeden Kontakt zu ihrer Tochter in der Haftanstalt verweigerten. Hedda berichtete weiter, außer ihr habe ihre Schwester niemand mehr, ihr Mann, der wegen Kindesmisshandlung und Betrugs verurteilt worden war, sei in der Haft gestorben. Wenn V. entlassen werde, werde sie sie bei sich aufnehmen und versuchen, ihr zu helfen, in ein lebenswertes Leben zurückzufinden. V. sei ihre einzige Schwester, und sie liebe sie. Das werde sie immer tun, egal, was geschehen sei.

Ein Bogen blieb noch. Es war die Kopie eines kurzen Artikels über einen Prozess gegen eine Frau, die ihren Säugling so sehr geschüttelt hatte, dass er gestorben war. Auch an dem anderen, älteren Kind der Frau waren Beweise für frühere Misshandlungen festgestellt worden. Wenn Johannes diesen Artikel beigefügt hatte, konnte es sich bei dem Prozess um Heddas Schwester handeln. Auf der Kopie waren weder Quelle noch Datum vermerkt, Johannes hatte es eilig gehabt. Das Schriftbild ließ eine Tageszeitung vermuten. Leo las rasch, die letzten Sätze jedoch dreimal.

Als Zeuge war ein Nachbar gehört worden, ein Student, der in jener Nacht die Polizei zu Hilfe gerufen hatte und als Einziger bereit war, auszusagen. Er hatte nicht nur zuhören müssen, einmal hatte er auch gesehen, wie der Ehemann der Angeklagten das ältere Kind im Hof des Mietshauses geschlagen habe. «Auf seine Aufforderung, er möge das lassen, war der Vater wütend weggegangen und hatte seinen weinenden Sohn sich selbst überlassen. Der Zeuge, der angehende Jurist Benedikt S., hatte ihn darauf zu seiner Mutter in die elterliche Wohnung gebracht.»

Benedikt S. und Hedda M. – Benedikt Siemsen und Hedda Meyfurth?

Leo rang nach Luft. Plötzlich stimmte nichts mehr von dem, was sie in den letzten Tagen zu begreifen gemeint hatte. War überhaupt alles falsch, was sie Inspektor Obanos berichtet hatte? Ein Hirngespinst?

Konnte es ein Zufall sein, wenn ausgerechnet die Schwester der Frau, die Benedikt durch seine Aussagen vor Gericht schwer belastet hatte, die gleiche Reise machte wie er? Und wenn er auf dieser Reise auf ungeklärte Weise in eine Schlucht stürzte und nur mit Glück knapp dem Tod entkam?

Sie versuchte, sich Hedda vorzustellen, die sich stellvertretend für ihre Schwester rächen wollte und Benedikt in den Abgrund stieß. Unmöglich. Auch wäre sie dann unter irgendeinem Vorwand längst abgereist, Jakob hatte nach Benedikts Sturz angeboten, wer es vorziehe, könne die Reise abbrechen. Diese Gelegenheit hätte sie nutzen können, es wäre niemandem aufgefallen. Andererseits hatte sie vielleicht genau das befürchtet. Trotzdem, sie musste damit rechnen, dass Benedikt sich erinnerte. Es sei denn, er hatte unter seiner Kapuze nicht gesehen, wer sich von hinten näherte und zustieß. Dann konnte sie sich sicher fühlen. Mit jedem Tag, der ohne das spätere Auftauchen möglicher Zeugen verging, mehr.

«Halt», murmelte Leo, «halt. So geht es nicht. Keine Hektik.»

Auch wenn es sich tatsächlich um diese Hedda und um

diesen Benedikt handelte – sie zweifelte keinen Moment mehr daran –, hatte Hedda nicht wissen können, dass Benedikt und Nina diese Reise buchen würden. Zwischen ihnen hatte es keinerlei Kontakt gegeben. Oder doch? Vielleicht war es möglich gewesen, irgendwie. Wenn …

Sie schaffte es nicht allein. Sie musste mit jemandem darüber reden, dabei wurden verwirrende Fakten klarer. Mit Nina? Auf gar keinen Fall. Es reichte, wenn sie selbst den ganzen nächsten Tag mit Hedda verbringen musste, ohne sich ihr Wissen und ihren Verdacht anmerken zu lassen. Und vielleicht war es doch nur ein dummer Zufall, dass Hedda die gleiche Reise gebucht hatte wie Benedikt. Wenn sie ihn auf diese Weise unerwartet wiedergetroffen hatte – den Mann, der erheblich dazu beigetragen hatte, dass ihre Schwester angeklagt und verurteilt wurde, egal, wie berechtigt das gewesen war –, musste die Begegnung sie tief getroffen haben. Allein das konnte erklären, warum sie während all der Tage so still und abgekapselt gewirkt hatte. Und dann hatte sich die Gelegenheit ergeben, eine Kurzschlusshandlung. Aber wie? Hedda war auf dem Pass hinter ihr und damit noch weiter hinter Benedikt aufgestiegen.

Sollte sie mit Jakob darüber reden? Zu kompliziert. Mit Inspektor Obanos. Der war auch in diesem Fall die einzig richtige Adresse.

Leo fischte den Zettel mit seiner Nummer aus ihrem Notizbuch, griff nach dem Telefonhörer – und legte ihn zurück. Es war nach Mitternacht, er würde denken, sie sei betrunken. Gerade erst hatten sie und Nina ihn davon überzeugt, Dietrich sei womöglich ermordet worden, nun sei sein Sohn in Gefahr, und jetzt diese neue, noch weniger zu beweisende Geschichte? Wegen des Todes von Ninas Bruder war wenig Überzeugungskraft nötig gewesen, letztlich gar keine, Obanos war selbst auf dieser Spur. Wenn sie jedoch mitten in der Nacht anrief und begann, ihm diese Geschichte mit diesem Verdacht zu erzählen, musste er sie endgültig für hysterisch halten. Vielleicht hätte er damit recht.

Es hatte Zeit bis morgen. Wenn Hedda die Reise bis jetzt fortgesetzt hatte, würde sie so kurz vor dem Ziel und in der Gewissheit, dass Benedikt sich nicht erinnerte, kaum plötzlich verschwinden. Dann wollte sie wie alle mit dem gebuchten Flug zurückkehren. Morgen konnte sie den Inspektor anrufen, ein Treffen vereinbaren und – und dann würde man weitersehen.

Mittwoch / 11. Tag

«Ich wusste es immer, Esteban, auf dich ist Verlass. Wer sonst hätte das Rätsel so schnell gelöst?»

«Verlass. Was heißt hier Verlass?» Subinspektor Prisa wusste das emphatische Lob Inspektor Obanos' nicht zu würdigen. «Ich tue, was mein Chef mir sagt, das ist alles. Selbst wenn er mich in meinem schwerverdienten Feierabend aus Santiago anruft, wo er angeblich Urlaub macht, damit ich für ihn Leute finde, die wie die Hälfte aller Spanier heißen. Und Spanierinnen. Warum hast du nicht die Kollegen in Santiago bemüht? Die hätten womöglich gleich gewusst, um wen es geht, und mir die Mühe erspart.»

«Weil ich dir, mein lieber Esteban, keine Gelegenheit entgehen lassen möchte, mir einen Gefallen zu tun und deine Fähigkeiten zu beweisen. Denk an deine Karriere. Die Kollegen hier kann ich jetzt viel einfacher bemühen. Und was heißt schon Urlaub? Wir sind doch immer im Dienst.»

«Du vielleicht, ich nicht. Pass auf dich auf, Joaquín.

Muss ich dir erzählen, dass mit solchen Geschichten nicht zu spaßen ist? Muss ich nicht! Geh in die Kathedrale, bevor du dich auf die Jagd machst. Bitte den heiligen Santiago um Beistand, vielleicht hat er noch eine Minute Zeit für einen übereifrigen Polizisten. Und vergiss nicht, mich anzurufen, bevor du nach getaner Arbeit in einer Bodega absäufst. Ich will wissen, wie es ausgeht.»

Es machte klack, und Subinspektor Prisa hatte aufgelegt. Obanos lächelte. Der gute Esteban. Er gab sich gern ruppig und zynisch, doch unter seinem Hemd verbarg er ein silbernes Kreuz, und am Armaturenbrett seines Autos klebte eine Christophorusplakette. Die Sache mit Santiagos Beistand hatte er ernst gemeint. Obanos klappte sein Notizbuch zu und widmete sich wieder seinem Frühstück. So früh hatte er nicht mit Estebans Anruf gerechnet, es war klug gewesen, trotzdem einen etwas abseits stehenden Tisch zu wählen. Handys waren im Frühstücksraum nicht erlaubt.

Natürlich hieß nicht jeder zweite Spanier Ruíz, doch immerhin hatte Prisa zwölf Juans dieses Namens aufgetrieben, zwei davon standen nicht im Telefonbuch. Ein Lob dem Polizeicomputer. Fünfmal hatte er nach einer Tochter namens Camilla fragen müssen, bevor er ein Ja hörte. Die war allerdings erst dreizehn Jahre alt, somit die falsche. Der elfte Juan Ruíz endlich hatte eine erwachsene Tochter dieses Namens, und, ja, sie habe bis vor kurzem in einem *hostal* in der Nähe von Foncebadón gelebt. Nein, hatte Prisa anweisungsgemäß auf die erschreckte Frage des Vaters erklärt, ihr sei nichts passiert, er habe nur noch einige Fragen zum Unfall ihres Mannes. Ja, gewiss, ihres Lebenspartners. Da es in Navarra einen zweiten, ganz ähnlichen Unfall gegeben habe, sei man um die Sicherheit auf dem *camino* besorgt.

Das fand Señor Ruíz sehr angebracht, allerdings könne

seine Tochter wenig dazu sagen, sie sei nicht dabei gewesen, überhaupt niemand. Dietrich sei in der Nacht herumgewandert, an einer brüchigen Kante gestolpert, und da sei es passiert. Er finde schon immer, man solle in stockdunkler Nacht schlafen und nicht durch die Berge spazieren, am wenigsten allein. Der Mensch sei nun mal kein Nachttier. Im Übrigen könne der Subinspektor Camilla nicht sprechen, sie sei mit ihrem Sohn für einige Tage ans Meer gefahren. Wohin genau? Das wisse er nicht, wahrscheinlich in die Nähe von Camariñas. Von Bergen habe sie dieser Tage genug. Er erwarte sie morgen zurück, allerdings erst gegen Abend. Hier in Santiago wohne sie zurzeit bei einer Freundin, Fabia Castro, ja, wie Fidel, allerdings schöner, jünger und demokratischer. Vielleicht besser wie Rosalia de Castro, die große Dichterin und Tochter seiner Stadt. Er solle sich bei Gelegenheit unbedingt ihr Denkmal nahe der Kirche der heiligen Susanna ansehen, es sei wirklich ergreifend. Bei Fabia sei Camilla dann zu erreichen.

Er hatte Prisa Adresse und Telefonnummer gegeben, ihm einen schönen Tag gewünscht und aufgelegt.

Dass Camilla Ruíz ihm Zeit bis morgen ließ, fand Obanos sehr angenehm. Es gab einiges zu erledigen, nicht zuletzt der von Prisa empfohlene Besuch der Kathedrale.

Von Portomarín brachen wandernde Pilger zu ihren letzten, je nach Kondition vier oder fünf Tagesetappen auf. Dieses Stück des langen Pilgerweges verlief oft nahe der Landstraße, anders als in den einsamen Berglandschaften der Provinz Kastilien-León reihten sich entlang des galicischen *camino* nun Dörfer wie an einer Perlenkette. Bescheidene Bauern-

weiler in saftig grünem, stetig ebener werdendem Hügel-
land, doch noch so weit voneinander entfernt, dass die Stille
des Weges gewahrt blieb.

«Vor euch Luxuspilgern liegt nur noch eine Wanderung.
Als Finale haben wir eine Strecke ausgesucht, die schöner
und interessanter ist als die allerletzten Abschnitte», hatte
Jakob beim Frühstück erklärt. «Ignacio fährt uns ein Stück
zurück bis kurz vor Peruscallo, von dort wandern wir zum
Belesar-See, dann bringt uns der Bus nach Santiago. Vor
der Stadt machen wir einen kurzen Stopp, ihr werdet dort
sehen, warum.»

Die Stimmung in der Gruppe erschien Leo an diesem
Morgen anders als sonst. Es mochte an der Erwartung des
nahen Ziels liegen, der Begegnung mit einem der bedeutendsten Orte der katholischen Christenheit. Vielleicht lag
es aber nur an ihrem Wissen und der Verwirrung, die sie
bei allem Bemühen um Vernunft und Geduld spürte. Es war
reine Projektion, wenn sie sich während des Frühstücks von
Hedda beobachtet gefühlt hatte. Als sich ihre Blicke getroffen hatten, hatte Hedda auf ihre scheue Art gelächelt und
gefragt, ob Leo schlecht geschlafen habe, sie sehe müde aus.
Eine ganz normale Frage ohne Arg oder Misstrauen.

Nur noch bis morgen, dann klärte sich alles.

Das Gehen fern jeden Trubels und Lärms empfand Leo
auch heute als befreiend. Der Tag war wunderschön. Milde sommerliche Wärme und sanfter Wind – ideal für eine
lange Wanderung. Die Stimmung war heiter, alle schritten
energisch aus, nur Nina verbarg ihre Anspannung kaum,
was aber niemand erstaunte. Schließlich hatte sie weit weg
in Burgos einen sehr kranken Freund.

Jakob hatte nicht zu viel versprochen. Die starke Steigung
am Beginn dieser Etappe hatte ihnen die Busfahrt erspart,

zwar führte der Weg auf und ab, und gegen Mittag wurde jeder Schatten freudig begrüßt, doch nach den Anstrengungen in den Bergen glich die heutige Strecke einem Spaziergang. Auf den Wiesen standen wieder Störche, kreuzende Bäche waren auf Trittsteinen zu überqueren, Eichenwälder und knorrig verwachsene, urtümliche Maronenbäume muteten an, als hätten sie schon den ersten Jakobuspilgern Schatten gespendet.

Bei Brea stand der von allen Pilgern sehnlich erwartete Kilometerstein mit der Zahl 100 unter dem obligatorischen Muschelzeichen am Wegrand. Der sicher einen Meter hohe Granitblock war mit Nachrichten in vielen Sprachen vollgekritzelt, auf seiner glatten Oberfläche lagen wie am Cruz de Ferro kleine Steine aufgehäuft, dazwischen klemmten Zettel mit weiteren Nachrichten.

«Schade eigentlich», sagte Felix, als er sich hinunterbeugte, um die Grüße zu lesen, «nichts gegen unsere Gruppe, abgesehen von Benedikts Unfall läuft es ja prima. Aber wenn man den *camino* richtig wandert, trifft man während all der Wochen sicher eine Menge interessanter Leute aus aller Welt. Ich glaube, da können ganz besondere Freundschaften entstehen.»

Sven pflichtete ihm begeistert bei, was Helene wenig erbaulich fand. Für ihren Geschmack sprach er viel zu viel davon, den *camino* im nächsten Jahr von Anfang bis Ende zu pilgern, mit Rucksack und Wanderstab, von Herberge zu Herberge. Sie genoss diese Reise sehr, aber nicht zuletzt, weil am Ende des Tages ein gutes Hotel wartete, jedenfalls meistens, der Bus ihnen die ungemütlichen Abschnitte ersparte, und überhaupt reichten ihr zwei Wochen in den klobigen Wanderstiefeln völlig. Sechs Wochen spartanisches Leben aus dem Rucksack entsprachen ganz und gar nicht ihrem Geschmack.

Die Dörfer mit ihren uralten kleinen Kirchen, den bescheidenen, hier und da auch dringend reparaturbedürftigen Gehöften sahen in der Pracht der sommerlichen Natur idyllisch aus. Wer darin lebte, mochte das anders empfinden. Einmal, am Ende eines Dorfes, schichtete ein junger Mann moderiges Stroh um. Der Blick, den er der Gruppe von Wanderern zuwarf, war dunkel, auf Felix' launig hinübergeschicktes *buenos días* stieß er nur heftig die Forke in den Grund.

«Ach», seufzte Selma, «das Leben dieser einfachen Landleute ist beneidenswert. So unverfälscht und natürlich.»

Caros Einwand, was sie ‹unverfälschtes Leben› nenne, sehe verdammt nach Armut und alle Tage Schwerstarbeit aus, beeindruckte Selma nicht.

«Diese Menschen», erklärte sie in heiterer Ignoranz, «spüren das nicht so. Die sind ja nichts anderes gewohnt.»

«Das ist doch Blödsinn», sagte Hedda, die bisher zu solchen Debatten stets geschwiegen hatte, in scharfem Ton. «Kann sein, dass es im Mittelalter so war. Wer heute mit zwanzig die Steine vom Acker klauben muss und mit der Forke in der Hand im Mist wühlt, weiß ganz genau, dass es ein anderes Leben gibt. Eins, das er sich nicht leisten kann. So einer fühlt sich wie im Sumpf, festgenagelt und ohne Ausweg. Erzähl doch nichts vom Glück der Armut.»

Edith sah sie erschreckt an, doch Hedda ging schon mit langen Schritten voraus.

«Weißt du, was sie hat, Leo?», fragte Edith. «Du hast dich doch am meisten mit ihr unterhalten.»

Seit der letzten Nacht konnte Leo sich den Grund für Heddas überraschende Heftigkeit sehr genau vorstellen, doch sie zuckte nur die Achseln.

Der Alameda-Park westlich der Altstadt von Santiago und nur einen Katzensprung von den Gebäudekomplexen der nationalen wie der lokalen Polizeistationen entfernt, lag still in der Mittagssonne. Obanos schlenderte, genüsslich ein Eis schleckend, über die gepflegten Wege und spielte Tourist. Am meisten amüsierte ihn das auf einer der Promenaden stehende lebensechte Denkmal *De las Marías*, die Würdigung zweier Originale der Stadt aus der Mitte des vorigen Jahrhunderts. Das exzentrische alte Schwesternpaar war täglich hier spazieren gegangen. Der Park mit seinen alten Bäumen, den Blumenrabatten und Pavillons stand für das 19. Jahrhundert, moderne Denkmäler und Skulpturen wie die der beiden alten Damen empfand Obanos als erheiternden Gegensatz. Galiciens Hauptstadt stand für mehr als den Santiago-Kult, die wenigsten Touristen fanden Zeit, das zu würdigen oder auch nur zu bemerken.

Am Spielplatz setzte er sich auf eine Bank und beobachtete die Kinder, es waren nur vier, alle im Alter zwischen vielleicht drei und fünf Jahren. Zwei Frauen, wohl ihre Mütter, unterhielten sich auf der Bank gegenüber, ohne ihre Sprösslinge aus den Augen zu lassen. Eine dritte saß allein in der Nähe des Klettergerüsts und las in einem Buch, ihr über die Schultern herabhängendes, kastanienbraunes Haar war auffallend lang. Gut möglich, dass auch Dietrich Webers Frau hier ab und zu ihren Sohn sich austoben ließ. Die Straße, in der Camilla und Fredo Ruíz Unterschlupf gefunden hatten, lag nur wenige Schritte entfernt, jenseits der mehrspurigen Avenida de Juan Carlos I. Für ein Kind, das die Freiheit der kastilischen Bergwelt gewöhnt war, mochte das wenig sein, aber besser als nichts.

Er hatte die Wohnung Fabia Castros schnell gefunden, aber nicht geklingelt. Es wäre auch überflüssig gewesen. Als er vor ihrer Tür stand, hatte eine Nachbarin ihm ungefragt erzählt, Señora Fabia, übrigens eine ganz reizende Person, wenn auch unverheiratet, was in ihrem Alter wirklich traurig sei, sei mit einer Freundin und deren Söhnchen verreist, ans Meer, sie sei wirklich zu beneiden. Obwohl es überflüssig war, hatte ihn die Auskunft, dass Camilla und Fredo Ruíz nicht alleine unterwegs waren, beruhigt.

Obanos sah auf die Uhr und erhob sich. Zeit zu gehen, er wurde erwartet und wollte pünktlich sein. Er beachtete den Mann mittleren Alters nicht, der sich von der anderen Seite dem Spielplatz näherte, einen verstohlenen Blick auf ein Foto warf, bevor er es in die Innentasche seines Jacketts zurücksteckte. Er war ein unauffälliger Mann, nicht dünn, nicht dick, von mittlerer Größe, sein Haar dunkel und gepflegt wie seine Kleidung, vor den Augen trug er wie auch Obanos eine Sonnenbrille, unter seinem Arm klemmte eine Tageszeitung. Einer, den man sah, ohne sich später an ihn zu erinnern. Falls man ihm nicht allzu nah gekommen war. Doch wem das widerfuhr, hatte vielleicht später keine Gelegenheit mehr, sich zu erinnern.

Dieser so unauffällige Mann schlenderte die letzten Schritte bis zum Spielplatz, beobachtete eine junge Amsel bei der Futtersuche im Gras, blickte einem über den Rasen davonflatternden Schmetterling nach, sah sich endlich vermeintlich unschlüssig um und entschied sich für die Bank, auf der die einzelne Frau saß.

Er nickte ihr zu und faltete die Zeitung auseinander, doch er begann nicht zu lesen.

«Entschuldigen Sie», sagte er nach kurzem Zögern, «ich will Sie nicht belästigen, aber kann es sein, dass wir uns kennen? Aus dem *hostal* bei Foncebadón?»

«Ach», sagte sie und blickte ihn distanziert an, «ein Pilger.

346

Nein, wir kennen uns nicht, schon gar nicht aus Foncebadón. Dort bin ich nie gewesen.»

Sie schloss ihr Buch, stand auf und ging, ohne ihn noch einmal anzusehen, davon.

Der Mann, den sie nicht kannte, lehnte sich zurück und blickte durch die dunklen Gläser in den Himmel. Dann erhob auch er sich und schlenderte in die entgegengesetzte Richtung, bevor die anderen beiden Frauen auf ihn aufmerksam wurden.

Er war ein guter Beobachter, das gehörte unabdingbar zu seiner Profession. Dass es viele Frauen dieses Alters mit einer langweiligen Madonnenfrisur gab, hatte er nie bemerkt. Vielleicht lag es nur an diesem Ort.

🐚

Je näher Santiago de Compostela kam, umso größer wurde die Zahl der Pilger auf dem *camino*. Schon in dem ganz auf Touristen eingestellten Restaurant in Ferreiros, für Leos Gruppe der Ort der letzten gemeinsamen Mittagsrast, war es schwer gewesen, für alle Platz zu finden. Wer keinen Stuhl mehr ergatterte, saß im Gras. Endlich doch eine echte Idylle.

Schließlich glitzerte wieder das tiefe Blau des Belesar-Sees in seinem langgezogenen Flusstal, wartete Ignacio zum letzten Mal am Jakobsweg mit dem Bus und sagte einen seiner wenigen deutschen Sätze: «Auf nach Santiago!»

Einige Kilometer vor dem Ziel klang noch einmal Jakobs Stimme aus den Lautsprechern.

«Wir passieren gerade Lavacolla, sicher habt ihr den Flughafen gesehen, euer Ziel für übermorgen. Im Mittelalter hatte der Ort eine ganz andere Bedeutung. In dem Flüsschen nahe dem Dorf legten die Pilger ihre Kleider ab, um sich zur Ehre des Apostels zu waschen, und zwar gründlich, von Kopf bis Fuß. Heute ist das nicht mehr nötig, in allen Pilgerherbergen gibt es Duschen. Da von dem Flüsschen nur ein trüber Bach übrig geblieben ist, würde ich auch dringend davon abraten. So gereinigt und erfrischt sollen damals etliche Pilger zu dem hinter Lavacolla ansteigenden Hügel, dem Monte de Gozo, Wettrennen veranstaltet haben: Wer ist zuerst oben und erblickt als Erster die Türme der Kathedrale mit der heiligen Reliquie? Den Rest des Weges legten viele barfüßig zurück, berittene Pilger stiegen von ihren Pferden und gingen zu Fuß. Ich würde euch weder das eine noch das andere empfehlen, heute ist die Stadt von großen Autostraßen eingekreist. Und jetzt sind wir da. Alles aussteigen – letzter Stopp vor Santiago.»

Die große Freifläche des Plateaus auf dem Monte de Gozo bot einen imposanten Ausblick über die im Tal liegende Provinzhauptstadt Galiciens. Santiago de Compostela, der Sehnsuchtsort auf dem Sternenfeld. Die Stadt mutete modern an, einzig die alles überragenden spanisch-barocken Türme der Kathedrale zeugten von der historischen Altstadt und ihrer bedeutungsschweren Geschichte. Tiefgraue, schwefelig-gelb geränderte Wolkenbänke schoben sich in den blauen Himmel und tauchten die Stadt in Schatten. Trotz des herben Dufts der nahen Eukalyptuswälder hatte die Luft ihre Frische verloren, sie hing warm und feucht wie eine dumpfe Glocke über dem Tal.

Es bedurfte geringer Phantasie, sich vorzustellen, wie die mittelalterlichen Menschen nach wochen- oder monatelanger strapaziöser Wallfahrt durch ein wildes Land beim ersten Anblick ihres Ziels auf die Knie gesunken waren, um ihrem Gott, der Madonna und dem heiligen Jakobus zu danken, die ihr Leben beschützt und sie bis hierher geführt hatten, fast ans Ende der Welt. Wenn sich bei ihrem ersten Blick auf Santiago solch dräuende Wolken am Himmel aufgetürmt hatten, mochten manche das als Mahnung empfunden haben, dass vor Ablass und Vergebung der Sünden die Buße stand.

Auch jetzt knieten zwei betende Pilger am Rand des Platzes, wo sich der Abhang des Plateaus zur Stadt senkte und zwei überlebensgroße, mittelalterlich gekleidete Wallfahrer aus grünpatinierter Bronze, barfüßig, die Wanderstäbe mit Muschel und Kürbisflasche in der Hand, ins Tal hinunterwinkten.

Dort standen nun auch die Wanderer aus dem fernen Norden. Sie waren still, selbst Felix, sonst doch nie um einen Spott verlegen, schwieg.

«Schade», sagte Sven endlich, «mit diesem monströsen Neubaukomplex am Abhang ist der erste Blick auf Santiago de Compostela nur halb so beeindruckend.»

Jakob nickte. «Ja, das ist wirklich schade. Es ist die größte Pilgerherberge der Stadt, mit achthundert Betten auch die größte am *camino*. Ein Campingplatz findet sich ganz in der Nähe. Beides ist hässlich, aber die Leute müssen irgendwo schlafen. Es sieht nicht nur nach spartanischen Containern und Betonschachteln aus, dafür darf man dort anders als in allen übrigen Herbergen am *camino* länger als eine Nacht bleiben. Auf euch wartet natürlich wieder ein komfortables, nur ein paar Minuten von der historischen Altstadt entferntes Hotel. Aber zuerst die Pilgermesse. Wir sollten uns jetzt beeilen, sonst kommen wir zu spät. Die *puerta del camino*, das traditionelle Eingangstor für die Pilger, heben wir uns besser für morgen auf. Außer einem Hinweisschild ist da sowieso nichts mehr zu sehen, es macht also nichts, wenn wir einen anderen Weg in die Stadt nehmen.»

Der Bus schob sich durch den Feierabendverkehr, auf den Bürgersteigen der zur Altstadt führenden schnurgeraden Straße mischten sich zahlreiche sonnenverbrannte Rucksackträger mit den Bewohnern der Stadt. Ignacio hielt sein schweres Gefährt auf einem Parkplatz nahe der Kathedrale. Die Glocken riefen schon, als die Gruppe Jakob die steinernen Treppen hinauf nacheilte.

Und dann waren sie angekommen.

Menschen jeden Alters und vieler Nationen drängten an der hinter der Barockfassade verborgenen Mittelsäule des frühgotischen Ruhmesportals des Pórtico de la Gloria, vorbei in die Kathedrale. Wie seit achthundert Jahren berührten viele Pilger mit der stillen Bitte um Erfüllung ihrer Anliegen das marmorne Kunstwerk, die in Jahrhunderten entstandenen fünf Mulden im harten kristallinen Stein zeugten davon.

Leo blieb inmitten der vorbeiströmenden Menschen stehen und legte den Kopf in den Nacken. Das ockerfarbene, neunzig Meter lange und schlicht weiße Längstonnengewölbe des Mittelschiffs über den himmelhohen, von schlanken Pfeilern getragenen Rundbögen, die schlichten Simse und Säulenkapitelle wirkten als wohltuender Ausgleich für den glänzenden Reichtum des barocken Hochaltars mit seiner zentralen Jakobusstatue, der vielen Nebenaltäre in den Seitenkapellen, für all das Gold, das Silber, den überreichen Figurenschmuck. Plötzlich fühlte Leo sich allein in dieser großen Menge der Gläubigen und der Neugierigen. Gerade hier, an diesem Ort, den auf Rat, Hilfe oder Absolution Hoffende seit unendlich langer Zeit aufsuchten, ob im sicheren Glauben oder nur mit der Zuversicht, erhört zu werden, erschien ihr dieser gloriose Reichtum nicht angemessen. Sie wusste, dass das falsch war, auch dies war eine Weise der Menschen, ihrem Gott zu huldigen. Gleichwohl ließ sich der

Gedanke nicht einfach ausschalten, dass die Mächtigen der Kirche, der Adels- und Großbürgerhäuser damit stets auch sich selbst und ihrer Macht gehuldigt hatten. Sicher war das kleinmütig. Die Menschheit überall auf der Welt verdankte der Huldigung ihrer Götter eine Fülle sakraler und mythologischer Kunst, von der auch sie sich berühren ließ, die sie bewunderte und nicht missen wollte. Und was wäre die Welt, gerade auch ihre eigene Welt, ohne die aus tiefer Gläubigkeit entstandene Musik?

«Nun komm schon, Leo.» Nina zupfte an ihrem Ärmel. «Jakob hält für uns Plätze frei, lange schafft er das nicht. Alle wollen möglichst weit vorne sitzen.»

Als Leo immer noch zögerte, zog Nina sie einfach durch den Seitengang mit sich, vorbei an den Türen zu den Beichtstühlen, über denen altmodische Schriftzüge darauf hinwiesen, dass die Sünden hier in etlichen europäischen Sprachen bekannt werden konnten.

Eine Nonne am Pult vor dem Hauptaltar begann zu singen, «Magnifikat, Magnifikat …» Zur nächsten Melodie forderten ihre Hände die Gemeinde auf, einzustimmen, die Antwort aus den einigen hundert Kehlen blieb dünn. Erst als ein Priester in farbenfrohem Ornat ihre Stelle einnahm, ein Mikrophon einschaltete und den deutschen Text sang – «Lobe den Herren, den mächtigen König der Ehren …» –, schwoll der Chor zum innigen, kraftvollen Gesang. Das alte Kirchenlied eines protestantischen Bremer Predigers wurde in zahlreichen Sprachen in der ganzen christlichen Welt gesungen. In diesen Bänken saßen heute eindeutig überwiegend deutschsprachige Pilger. Auch Leo sang mit, die vertraute, lange nicht mehr gehörte Melodie und der gemeinsame Gesang ließen sie sich endlich als eine von vielen fühlen, in der Fremde, doch aufgehoben und nicht mehr allein.

Selbst Sven und Felix sangen mit, wenn auch textunsicher und dünn, Ennos überraschend schöner Bariton übertönte sie leicht.

Als der Priester begann, die lange Liste der Herkunftsorte all derer zu verlesen, die sich heute im Pilgerbüro in der Rúa do Vilar hatten registrieren und ihre Urkunde ausstellen lassen, schweiften Leos Gedanken wieder ab. Die Nachrichten aus dem Hamburger Archiv steckten in ihrem Tagesrucksack, sie hielt ihn fest auf dem Schoß. Sie hatte nicht vergessen, dass sie in Ponferrada das Gefühl gehabt hatte, jemand habe in ihrem Gepäck gestöbert.

«Was denkst du?», flüsterte Nina plötzlich. «Wann rufen wir an?»

«Sobald wir im Hotel sind», raunte Leo zurück. Hoffentlich erwies sich Inspektor Obanos als geduldiger Mensch, sie würde viel zu erklären haben. Und hoffentlich nahm Nina nicht übel, dass sie ihr vorenthalten hatte, was auf den Seiten des Faxes stand.

Ein Raunen ging durch die Menge. «Jetzt ist die *botafumeiro* an der Reihe», rief Jakob halblaut. Was überflüssig war, alle reckten schon die Hälse. Die Sache mit dem Weihrauchkessel mochte einst zur besonderen Ehre des verehrten Heiligen erdacht worden sein, heute war sie ein großartiges Event selbst für absolut Ungläubige. Kein Tourismusmanager hätte das besser erfinden können. Was wiederum nicht erstaunlich war, von jeher gehören religiöse Rituale ebenso wie die in gleicher Weise beeindruckende und einschüchternde Prächtigkeit vieler sakraler Räume zu den missionarischen Verführern. Nicht nur in ihren ketzerischen Momenten war Leo davon überzeugt, dass Tourismusmanager und Kirchenmänner sowieso vieles gemeinsam hatten.

Unter der Vierung, wo sich Lang- und Querhaus kreuzen,

hatten sich sieben Männer in dunkelroten Mänteln über schwarzen Hosen um den nahezu brunnengroßen, noch aus dem Mittelalter stammenden Silberkessel geschart. Aromatischer Rauch stieg von ihm auf, er wurde an in der Decke verankerten Tauen ein Stück hochgezogen, und das Spiel begann. Unter dem anschwellenden Raunen des staunenden Publikums gaben die Männer dem Kessel immer mehr Schwung, noch mehr und noch mehr, bis er schließlich hoch über den Köpfen der in den Bänken beider Flügel des Querschiffes nach oben starrenden Menschen hin und her sauste und sein Schwung die großen Weihrauchschwaden durch die Kathedrale trieb. Eine Frau sprang erschreckt auf und brachte mit geduckten Schultern ihre beiden Kinder in Sicherheit, ihr Begleiter folgte widerwillig, und Jakob erklärte rasch, seines Wissens sei die *botafumeiro* noch niemandem auf den Kopf gefallen.

«Toll», seufzte Rita aus tiefstem Herzen, «wirklich toll», und fuhr unwirsch murmelnd fort: «Selbst schuld, der Idiot, wenn er sich das entgehen lässt.»

Erst jetzt bemerkte Leo, dass sie nicht vollzählig waren. «Wo ist Fritz?», fragte sie leise.

«Keine Ahnung», flüsterte Rita zurück. «Er hat was ‹zu erledigen›. Was das wohl sein kann? Ich bin sicher, er hängt nur wieder am Telefon.»

Leo wollte die Gelegenheit nutzen und neugierig fragen, mit wem er denn so oft telefoniere, doch die Show mit dem Weihrauchkessel war vorbei, die Messe nahm ihren Verlauf, und von der hinteren Bank forderte eine Stimme zischend Ruhe und angemessene Andacht.

Das Hotel war ein modernes, zehn Stockwerke hohes Gebäude in einer Straße, deren Häuser zumeist aus dem 19. Jahrhundert stammten, Geschäfte mit großen Schaufenstern und Restaurants mit dreisprachigen Speisekarten im Parterre, geräumige Büros im ersten Stock, darüber Wohnungen, in denen gewiss keine armen Leute wohnten. Auch in der Hotelhalle, die ungemein an die ihres Hotels in León erinnerte, herrschte eine Art Rushhour. Überall standen Grüppchen oder Paare, einige über Stadtpläne gebeugt, andere gaben einander Tipps für die nicht auszulassenden Sehenswürdigkeiten und besten Restaurants. Eine japanische Reisegruppe umlagerte aufgeregt zwitschernd die Rezeption, ihr Leiter versuchte dem extra herbeigeeilten Empfangschef in höflichem Englisch klarzumachen, dass man für seine Gruppe ein Zimmer zu wenig reserviert hatte. Vor den Aufzügen türmten sich Koffer und Reisetaschen, an der Bar erfrischten sich zwei Männer, noch in ihrer Radfahrerkluft, mit einem ersten Bier. Ein vielsprachiger Trubel, wie auf einem Jahrmarkt. Wahrhaftig ein Wechselbad nach der Messe in der Kathedrale und dem Weg durch die Altstadt. Es gefiel Leo, es war so schön normal.

Endlich wurde die Rezeptionstheke für die Mitglieder der deutschen Reisegruppe frei, Leo bekam mit ihrem Schlüssel einen gefalteten Bogen.

«A message for you, Señora Peheim.» Der Empfangschef reichte ihn ihr mit freundlichem Zwinkern.

«Holla», rief Felix und beugte sich über ihre Schulter, er war mindestens so neugierig wie Leo, «schon wieder ein Liebesbrief? Das muss kontrolliert werden.»

Ehe Leo begriff, hatte er die Nachricht schon in der Hand und entfaltet.

Sofort wurde ihm der Bogen entrissen, Leo blitzte ihn

wütend an. «Hast du schon mal was von Privatleben und Diskretion gehört?»

Felix hob abwehrend die Hände, presste sie auf sein Herz und verbeugte sich devot. «Das war doch nur Spaß», sagte er. «Nimm's mir bitte nicht übel.»

Erst in ihrem Zimmer angekommen, zog sie den Zettel aus der Tasche und las. Dann ging sie zum Telefon und wählte Ninas Zimmernummer. «Wir brauchen nicht mehr zu telefonieren», sagte sie, als Nina sich meldete, «ich habe eine Nachricht von Inspektor Obanos bekommen ... Ja, an der Rezeption. Er hat dort angerufen und lässt ausrichten, er erwarte uns morgen früh um zehn Uhr in der kleinen Cafeteria hinter der Hotelhalle ... Ja, er weiß jetzt, wo Camilla und Fredo wohnen, aber du musst dich noch gedulden, sie sind irgendwo am Meer und kommen erst morgen zurück, gegen Abend ... Nein, ich habe nicht mit ihm selbst gesprochen, es war nur eine kurze Nachricht auf einem Blatt Papier ... Aber ja, Nina, sie ist ganz bestimmt von ihm. Nur er hat von Jakob die Liste unserer Hotels bekommen, von wem sollte sie sonst sein?»

Leo und Nina hatten Glück, die Suche nach einer Ausrede blieb ihnen erspart. Die für den Vormittag geplante Stadtführung wurde auf den Nachmittag verschoben, alle zogen es vor, die Stadt zunächst für sich allein zu erkunden. Sie waren nach dem Frühstück in ihre Zimmer zurückgekehrt, Nina, um mit Benedikt und Ruth Siemsen zu telefonieren, Leo, um noch einmal in Ruhe die gefaxten Artikel zu überfliegen. Sie hatte ihr neues Wissen inzwischen mit Nina geteilt. Die Reaktion hatte sie überrascht.

Das sei eine schreckliche Geschichte, hatte Nina gesagt, wirklich schrecklich. Sie höre zum ersten Mal davon, es sei so viele Jahre her, lange bevor sie Benedikt kennengelernt hatte. Damals sei sie noch zur Schule gegangen.

Noch weniger als Leo konnte sie sich vorstellen, Hedda habe Benedikt in die Schlucht gestoßen. Nichts gegen die Stärke schwesterlicher Liebe, doch das halte sie für übertrieben, besonders nach so langer Zeit. Überhaupt – warum Rache an Benedikt? Er habe nur ausgesagt, was er gehört und gesehen habe. Auch empfinde sie Hedda nicht als stoisch genug, nach einer solchen Tat einfach mit der Gruppe weiterzuwandern, als sei nichts geschehen. Bei den Anschlägen auf Benedikt und auf Dietrich könne es einzig um ihre Familie gehen, um Rudolf, dem nichts und niemand so viel bedeute wie die Entscheidungsherrschaft in der Firma.

Davon war Leo nicht überzeugt, doch Ninas Sicherheit –

oder war es nur stures Beharren und Blindheit für den Rest der Welt? – erleichterte sie.

Die meisten Zimmer der Gruppe befanden sich entlang eines langen Flurs im achten Stockwerk. Leider blickte Leo von ihrem Fenster und dem winzigen, kaum einem halben Meter breiten Balkon nicht über die Stadt, sie sah nur ebenso hoch aufragende Rückwände von Häusern, die den engen Hinterhof wie einen Schacht umschlossen.

Sie klopfte an Ninas Tür, die öffnete, das Telefon am Ohr. «Ich weiß, es ist noch zu früh», sagte Leo, «aber ich gehe schon in die Halle hinunter.»

Beide Aufzüge ließen ewig auf sich warten, schließlich entschied sie sich für die Treppe.

Der Zeitpunkt für das Treffen war gut gewählt. Nach dem überfüllten Frühstücksraum zu schließen, war das Haus ausgebucht, doch um diese Zeit war die Hotelhalle schon fast leer. Nur zwei Amerikanerinnen ließen sich an der Rezeption den Weg zum Museum für moderne Kunst erklären, in einem der Sessel bei der Bar las ein Mann in einer französischen Zeitung. Nach einem kurzen abschätzenden Blick vertiefte er sich wieder in seine Lektüre.

Inspektor Obanos war noch nicht eingetroffen, als Nina in die Halle trat.

«Verflixt», murmelte Leo plötzlich, «ich habe das Fax oben vergessen. Geh doch schon in die Cafeteria, ich komme gleich nach. Es dauert nur zwei Minuten.»

Wieder musste sie lange warten, bis einer der beiden Aufzüge ins Parterre herunterkam. Der Mann, der in der französischen Zeitung gelesen hatte, ging an ihr vorbei und sprang mit leichten Schritten die Treppe hinauf. Wahrscheinlich lag sein Zimmer nicht im achten Stock. Als sie endlich oben angekommen aus dem Aufzug trat, schoben zwei Zimmermädchen ihre mit Bettwäsche, Handtüchern und Toilettenartikeln beladenen Rollwagen in den anderen Aufzug. Leo eilte den langen Gang hinunter zu ihrem Zimmer und schob die Plastikkarte in den Türöffner. Sie hatte die Bögen auf dem Bett liegen lassen, hoffentlich hatten die Frauen sie nicht in ihre Mülltüten entsorgt.

Sie stieß die Tür auf – mitten in ihrem Zimmer stand Hedda, die Bögen in der Hand. Später war Leo klar, dass dies der Moment gewesen war, in dem sie einen Fehler gemacht hatte. Sie hätte sofort die Tür schließen müssen, und zwar von außen, doch sie trat ein und schloss die Tür von innen.

«Ich glaube nicht, dass ich mich im Zimmer geirrt habe, Hedda. Was machst du hier? Leg das hin», fuhr sie fort, als sie ohne Antwort blieb, «das ist meine Post, die geht dich nichts an.»

Sie machte einen Schritt vorwärts, um nach den Bögen zu greifen, Hedda wich geschickt aus. Das war der nächste Fehler. Sie stand nun zwischen Leo und der Tür. Hinter Leo war nur die offene Balkontür. Und acht Stockwerke tiefer der Innenhof.

Sie versuchte an Hedda vorbei zur Zimmertür zurückzugehen, doch die stellte sich ihr in den Weg, bewegte sich mit Leo zur Seite, die Arme ausgebreitet, mit federnden Knien. Eine lebende Barriere. Es wirkte leicht und spielerisch, geschmeidig und muskulös wie ein Panther. Es war kein Spiel. Aus ihren Augen sprach schwarze Wut. Das war nicht mehr die scheue Frau, die Leo kannte.

«Lass den Unsinn, Hedda. Du kannst die Papiere behalten, ich brauche sie nicht. Niemand muss deine Geschichte erfahren.» Und nun folgte der nächste Fehler: «Allerdings scheint es mir ein erstaunlicher Zufall, dass du ausgerechnet die gleiche Reise gebucht hast wie der frühere Nachbar deiner Schwester, der Mann, der die Polizei geholt und im Prozess für die Anklage ausgesagt hat.»

«Meine Schwester?» Hedda lachte, es klang alles andere als vergnügt.

«Natürlich. Für wie dumm hältst du mich? Hedda M. und Benedikt S. Dein und Benedikts Familiennamen haben die gleichen Anfangsbuchstaben wie die beiden in diesem Artikel. Selbst die Ortsangabe stimmt, Hamburg. Aber das ist mir jetzt egal, lass mich endlich vorbei. Wenn's dir hier so gut gefällt – du kannst gerne bleiben.»

Hedda hörte ihr nicht zu. Sie starrte Leo an, immer noch sprungbereit. «Meine Schwester», stieß sie hervor, ihr Gesicht war unter der Bräune grau. «Du bist eine miese Schnüfflerin, das weiß ich schon lange. ‹Ist kein Fax für mich gekommen›», äffte sie Leos Fragen nach, «‹kein Fax aus Hamburg?›. Aber du bist nicht so schlau, wie du denkst. Du glaubst, du weißt alles? Du weißt nichts. Gar nichts.»

Ihre Stimme war dünn und schrill geworden, und Leo begriff: Sie musste hier raus. Oder reden. Immer weiter reden. Nina würde sie bald vermissen und anrufen oder klopfen, das würde Hedda ablenken, und in dem Moment …

«Okay, ich weiß nichts. Ich habe diese Artikel gelesen, vielleicht ist alles, was da steht, nicht wahr, es geht mich auch nichts an. Aber ich bin tief davon beeindruckt», schmeichelte sie, «wie du dich für deine Schwester einsetzt, nach allem, was sie getan hat.»

«Getan! Es war ein Unglück», schrie Hedda, «ein Unfall. Sie sollte doch nur nicht mehr schreien. Nur, bis das Klopfen an der Tür aufhörte, bis sie weg waren. Die Schnüffler, die Nachbarn, die immer alles besser wussten. Die sollten uns in Ruhe lassen. Alles wäre besser geworden, gut sogar, richtig gut. Wenn dieser Scheißtyp nicht gleich die Bullen geholt hätte. Er ist schuld. *Er* hat mein Kind umgebracht. Und meinen Mann. Das steht nicht in der dämlichen Zeitung, da steht nur ‹in der Haft gestorben›. Gestorben! Er hat sich umgebracht.» Sie fuhr sich wütend mit der Hand über die Augen. «Er hat's nicht ausgehalten. Du weißt nicht, wie das ist, dadrinnen. Endlose Tage, Jahre. Mit lauter Kriminellen. Das weißt du nicht. Aber ich weiß es. Er hat es nicht ausgehalten. Er hat sich aufgehängt. Nur weil sich ein feiner Herr Student über seinen schlauen Büchern gestört fühlte und die Bullen rufen musste. Damit endlich Ruhe ist. Er ist schuld. Das hab ich nie vergessen, all die Jahre nicht. Das konnte ich gar nicht, ich hab ihn immer vor mir gesehen, wie er da in der Tür stand und glotzte. Der hatte uns schon lange ausspioniert. Und wie er im Gericht auftrat. So ordentlich, so nett und gebildet. Höflich. Gut erzogen. Das hat dem Richter gefallen. Ich bin nicht so, gebildet und höflich. Mein Leben war zu Ende. Aus. Vorbei. Und dann», sie kam einen Schritt näher, Leo wich zurück, «dann stand er da. Direkt an der Kante. Niemand sonst weit und breit. Kein Mensch. Und weißt du was? Das wär mir völlig egal gewesen. Du warst schon ganz nah, nur noch eine Biegung. Ich hab dich erkannt, als ich über die Wiese vorbeilief und danach zurück. Du hast nichts gehört und gesehen. Und er stand am Abgrund, in seinen teuren Klamotten. Glotzte blöde in den Nebel. Es war ganz leicht, weißt du das? Ich musste es tun, es war nur gerecht. Es war …»

«Du bist nicht Hedda. Du bist deine Schwester.»

«Vera. Nicht Hedda. Du musst vergessen, hat sie gesagt. Vergessen. Wie geht das? Nachts kommt alles zurück, immer wieder. Vergessen. Wozu? Für wen? Geh raus, Leo, geh auf den Balkon.»

Leo fühlte den kalten Luftzug im Nacken, ihr war übel,

ihre Knie zitterten. «Das ergibt keinen Sinn, Hedda. Vera. Lass mich jetzt gehen. Niemand außer mir weiß – oh», ihr Blick flog zur Zimmertür, «wie gut, dass Sie da sind.»

Hedda, die ihre Schwester Vera war, fuhr herum, und Leo sprang, stolperte und riss sie im Fallen mit. Sie hatte sich überschätzt, zwei Hände drückten sie mit eiserner Kraft auf den Boden – irgendetwas krachte, dann war da eine laute Stimme, ein Schrei, und die Hände gaben nach.

Als sie sich aufrappelte, sah sie Nina mit schreckgeweiteten Augen an der Tür stehen, Inspektor Obanos beugte sich über die zusammengesunken an der Wand hockende Frau, die sie für Hedda gehalten hatte.

«Ich bin sicher, sie wollte mich nur auf den Balkon sperren und verschwinden. Alles andere wäre dumm gewesen. Noch dümmer als mein Versuch, sie umzurennen.» Leo klang überzeugter, als sie war. Sie erlaubte sich nicht, zu glauben, Hedda – nein, Vera habe sie vom Balkon in die Tiefe stürzen wollen. Sie hatte die verschlossene Frau auf der Nachbarbank gerngehabt, besonders, nachdem sie ihre Zeichnungen gesehen hatte. «Das wäre auch unvernünftig gewesen. Vor den gegenüberliegenden Fenstern flattert Wäsche, da ist immer mal jemand und sieht zum Hotel herüber. Sie musste damit rechnen, dass es Zeugen gibt. Sie hatte auch keinen Grund», fügte Leo trotzig hinzu. «Ich habe ihr nichts getan.»

«Benedikt auch nicht», sagte Nina in ungewohnter Schärfe. «Er ist genauso wenig schuld an ihrem verpfuschten Leben wie du. Er hat richtig gehandelt. Absolut richtig! Außerdem glaube ich nicht, dass sie in dem Moment mit irgendetwas gerechnet hat. Nachdem sie sich fast zwei Wochen zusammengerissen hatte, ist sie einfach ausgerastet, als du vor ihr standest und sie sich durchschaut und erkannt fühlte.»

«Viel mehr als zwei Wochen», sagte Leo nachdenklich. «Sie hat Jahre im Gefängnis gesessen, ihr Kind und ihr Mann sind tot, ihr älterer Sohn lebt weit weg und für sie unerreichbar bei ihren Eltern. Sie brauchte einen Schuldigen.»

Nina sah sie wütend an. «Das klingt, als würdest du sie verstehen. Schuldig ist niemand als sie selbst. Warum hat sie sich nicht von diesem Mann getrennt? Ihre Schwester hatte ihr doch Hilfe angeboten. Das ist viel. Nicht jeder hat jemanden, der ihn aus dem Sumpf holt. Anstatt in der Haft jahrelang ihren Körper zu trainieren und ihren Hass zu nähren, immer weiter vor sich selbst und ihrer Schuld wegzulaufen, hätte sie lieber das Angebot der Psychologen annehmen sollen.»

«Ich weiß, Nina.» Leo seufzte. «Du hast ja recht. Jeder Mensch ist für das verantwortlich, was er tut. Ich denke nur, die Sache mit dem freien Willen ist kompliziert. Benedikts vermeintliche Schuld war ihre fixe Idee, mit der hat sie sich all die Jahre über Wasser gehalten. Damit will ich keineswegs entschuldigen, was sie getan hat, ich versuche nur, es mir zu erklären. Es muss für sie die einzige Möglichkeit gewesen sein, die eigene Schuld zu ertragen. Oder zu ignorieren.»

«Genau. Und das geht nicht. Die eigene Schuld kann man nur selbst tragen. Und versuchen, abzutragen. Und wenn man das nicht schafft», Nina hob ungeduldig die Schultern, «ich weiß auch nicht. Jedenfalls kann man sich nicht einfach einen Sündenbock suchen und ihm auch noch nach dem Leben trachten. Eine solche Rache ist eitel, dumm und selbstgefällig. Sie schafft nur neue Schuld und noch mehr Leid. Glaub mir, ich weiß, wovon ich rede.»

Leo schwieg. Eigentlich wollte sie gar nicht so genau wissen, was im Kopf dieser plötzlich fremden Frau vorgegangen war. Sie wollte sich einen Rest ihrer eigenen Vorstellung erhalten, selbst wenn die zu positiv war. Und sie wollte jetzt auch nicht darüber nachdenken, was geschehen wäre, wenn Nina *nicht* ein ungutes Gefühl gehabt hätte, als Leo so lange brauchte, um die vergessenen Bögen zu holen. Und was geschehen wäre, wenn der gerade eingetroffene Inspektor Obanos sie *nicht* hinauf in den achten Stock begleitet und die Tür von einem ihren Wagen vorbeischiebenden Zimmermädchen hätte öffnen lassen, nachdem er hinter der Tür laute Stimmen hörte.

Hedda, tatsächlich Vera Emmerich mit dem Pass ihrer Schwester, war an der Wand in Leos Zimmer hocken geblieben, bis der Raum plötzlich voller Polizisten war. Es war schnell gegangen.

Die Männer der *Policía Nacional* hatten Hedda mitgenommen. Abgeführt. Diskret durch die Tiefgarage, kein Hotelgast hatte es bemerkt. Obanos war noch geblieben. Ihre Aussagen hätten Zeit bis zum Nachmittag, oder auch morgen Vormittag, ihr Rückflug gehe erst um fünfzehn Uhr, wenn er recht orientiert sei. Señora Ruíz komme heute Abend nach Santiago zurück. Er empfehle, vor einem Besuch anzurufen.

Nina hatte ihn erschreckt angestarrt. «Und Sie?», fragte sie. «Werden Sie nicht mit ihr sprechen?»

«Denken Sie, nachdem wir jetzt wissen, wer Benedikt in die Schlucht gestoßen hat, der Absturz von Ninas Bruder sei doch nur ein Unfall?», fragte Leo.

«Das dürfen Sie nicht», rief Nina aufgeregt. «Sie müssen Camilla und den Jungen beschützen. Dieser Mann, der im *hostal* nach ihnen gefragt hat – er hat doch ihr Foto gestohlen. Das bedeutet doch etwas. Und Dietrich kannte sich in seinen Bergen aus, er wusste genau, wo er gehen konnte und wo nicht. Er war tausendmal dort gewesen, auch in der Nacht. Gerade in der Nacht. Mira hat gesagt, dass er das oft und besonders gerne getan hat. Wegen der Sterne. Er hat die Sterne geliebt, schon immer. Er hat sie mir gezeigt und erklärt, als ich ein Kind war. Rudolf wusste, wo Dietrich war, ich bin ganz sicher.»

Obanos legte ihr beruhigend die Hand auf die Schulter, ganz leicht, aber es wirkte. Sie sah ihn nur noch flehend an.

«Ich verstehe Ihre Sorge», sagte er, «tatsächlich neige ich stärker zu der Variante tragischer Unfall. Aber ich verspreche Ihnen, wir, das heißt meine Kollegen hier in Santiago und in Kastilien-León, werden uns der Sache annehmen.»

«Der Sache? Was heißt das? Es sind Menschen. Das Kind meines Bruders und seine Mutter. Sie brauchen Schutz. Und ich verlange, dass Dietrichs Tod noch einmal untersucht wird, genau und gründlich. Ich werde einen Rechtsanwalt beauftragen.»

«Vielleicht warten Sie damit noch ein paar Tage», unterbrach Obanos sanft. «Señora Ruíz und ihr Sohn werden erst heute Abend zurückerwartet. Dann sehen wir weiter.»

Das hatte Nina beruhigt. Halbwegs.

«Vertraust du dem Inspektor?», fragte sie jetzt.

Leo lächelte. «Das hast du schon gefragt, als er vorhin gerade zur Tür hinaus war. Ja, irgendwie schon. Überleg doch mal. Er hatte Anweisung, Benedikts Unfallakte zu schließen. Als er dann auch von Dietrichs Unfall hörte, hat er Urlaub genommen und sich auf den Weg nach Foncebadón gemacht. Er hat seine Nase in alles gesteckt, was ihm auch nur halbwegs verdächtig erschien. Und zwar schon, bevor er von der Geschichte deiner Familie wusste. Ich finde das ziemlich zäh. Lass uns einfach bis heute Abend warten. Dann kannst du Camilla und deinen neuen Neffen kennenlernen.»

🐚

In einer Sackgasse nicht weit von der Avenida de Juan Carlos I. hielt ein BMW, die Beifahrertür öffnete sich, und eine schlanke Frau mit auffallend langem dunkelbraunem Haar stieg aus. Sie öffnete die hintere Tür, und ein Junge kletterte vom Sitz, er war etwa vier oder fünf Jahre alt, sein Haar blond und strubbelig. Er beugte sich noch einmal in den Wagen, holte ein Köfferchen und ein Stofftier heraus, ein grauer Hund, vielleicht ein Wolf. Nun öffnete sich auch die Fahrertür, eine zweite Frau stieg aus, reckte die Schultern und sagte etwas zu ihrer Begleiterin. Der Mann, der schräg gegenüber am Fenster einer schummerigen Bar saß, konnte es natürlich nicht verstehen, doch mit einem kaum merkbaren Nicken steckte er ein Foto zurück in seine Jacke. Sie waren früh zurückgekommen – eine der Möglichkeiten, die er bedacht hatte.

Niemand sonst war in dem Sträßchen, die Fenster der Häuser waren mit Läden geschlossen. Sie würden sich erst am Abend wieder öffnen, wie stets in den südlichen Ländern. Auch die Bar war fast leer, nur ein verliebtes Paar saß an einem der Tische nahe der Theke. Sie hatten zuerst beim Fenster gesessen und sich, als er eintrat, in die Ecke zurückgezogen.

Die beiden Frauen luden nun Reisetaschen und einen Korb voller Spielzeug aus, wie es kleine Kinder am Strand benutzen. Die Frau mit dem langen Haar sah auf ihre Armbanduhr, nahm das Portemonnaie aus ihrer Umhängetasche und gab dem Jungen einen Geldschein. Vielleicht für ein versprochenes Eis, auf der Fahrt von der Küste gegen eine halbe Stunde Ruhe ausgehandelt. Sie sagte etwas, ihre Miene ließ auf eine Ermahnung schließen, der Junge nickte eifrig. Sie klopfte auf ihre Uhr, hob den Finger, wieder nickte er und steckte das Geld in seine Hosentasche.

Der Mann am Fenster wurde nun noch wachsamer. Gut, dass er vorbereitet war. Er hatte nicht damit gerechnet, wenn sich aber schon jetzt eine Gelegenheit ergab, musste er sie nutzen. Er hatte einen Kunden für seine riskante Ware, der nicht ewig warten würde. Auch war es höchste Zeit, das Land zu verlassen. Er hatte sein Vorhaben für den Trubel auf der Praza do Obradoiro vor der Kathedrale geplant, morgen, wenn das Fest mit Theater- und Volkstanzgruppen aus ganz Spanien begann. Bei einem Unternehmen wie diesem, das er nur am Tag durchführen konnte, zog er es vor, in der Menge zu arbeiten. Wenn sie dicht genug war und ein rascher unauffälliger Rückzug möglich, bedeutete sie ein geringeres Risiko. Es erstaunte ihn immer noch, welche Anonymität ein großes Gedränge sicherte, wie blind die Menschen für alles um sich herum waren, wenn vor ihnen nur ein paar Clowns ihren Unsinn trieben, wenn Lärm und Musik die Ohren für die leiseren, die bedeutenderen Töne taub machten. Er war sicher, auch dieses Kind wünschte sich, auf die Fiesta zu gehen, seine Mutter würde es ihm kaum abschlagen, nicht jetzt. Vielleicht begleitete sie ihn nicht selbst, das war einerlei. Auch die Freundin, die mit ihr aus dem BMW gestiegen war, würde für die halbe nötige Minute wegsehen, wie alle den Hals nach den tanzenden und singenden Frauen und Männern in ihren bunten Trachten recken, nach den Musikern mit den quäkenden baskischen Dudelsäcken, den Tambourins, Trommeln und Flöten. Das würde genügen. Wie sonst auch.

Da sein Beruf Gründlichkeit und gewissenhafte Vorbereitung auf verschiedene Eventualitäten erforderte, hatte er auch die um die Wohnung liegenden Straßen und Möglichkeiten genau erkundet. Die schmalen Durchgänge, wegen ihrer Dunkelheit nahezu fensterlos, waren sehr vorteilhaft. Wenn der Junge nun, wie er vermutete, ein Eis oder eine Tüte Lakritz kaufen wollte, standen die Chancen gut. Sehr gut sogar. Der einzige Laden, zu dem eine fürsorgliche Mutter ein Kind dieses Alters hier allein gehen ließ, befand sich vom Anfang der Sackgasse nur wenige Schritte entfernt an der Ecke zu dem Durchgang, hinter der sein Wagen wartete. Wenn die Straße so verlassen lag wie gestern um diese Zeit, war es eine Chance. Wenn nicht, kam bald die nächste.

Als die beiden Frauen, schwer mit ihren Taschen bepackt, in das Haus traten, in dem die Freundin der Mutter wohnte, verließ er die Bar.

Er hatte fünf Minuten. Höchstens zehn.

Das Kind winkte den Frauen nach, dann ging es in kleinen hüpfenden Schritten die Gasse hinunter, blieb stehen und blinzelte zu einer steinernen, in der Nische einer Hausecke thronenden Madonna hinauf und hüpfte weiter. Es war wirklich hübsch, der Käufer konnte zufrieden sein.

Immer noch war niemand sonst zu sehen. Trotzdem fühlte er sich unbehaglich. Da war ein unangenehmes Gefühl in seinem Nacken, es hätte ihn warnen müssen, doch er ignorierte es. Er gab nichts auf Gefühle. Sie waren unberechenbar und Störfaktoren. Er wertete dieses als ein Zeichen, dass es wieder an der Zeit war, über einen ruhigeren Beruf nachzudenken.

Er überholte das Kind und tauchte in den Schatten des Durchgangs. Die Spieluhr war eine gute Idee gewesen. Der Junge hörte die Musik, blieb neugierig stehen und folgte ihm arglos, als er einige Schritte zurücktrat. Er ließ sich zeigen, wie man die winzige Kurbel drehte, und nahm entzückt das Spielzeug, um es selbst zu versuchen. Die Hand des Mannes glitt in die Jacketttasche, löste geschickt den Stöpsel der Flasche und benetzte den Lappen. Dann packte er das Kind mit festem Griff, es war ganz leicht und zu erschreckt, um zu schreien, und er drückte ihm schon das äthergetränkte Tuch aufs Gesicht, während er es mit seinem Körper gegen die Straße deckte. Die alte Methode, so einfach wie sicher.

Dann ging alles blitzschnell. Sein Arm wurde zurückgerissen, das Kind entglitt ihm mit gellendem Schrei, eine kräftige Hand drehte seinen Arm grob auf den Rücken, und obwohl er gegen die Wand gedrückt wurde, sah er die Waffe. Eine kleine handliche Pistole, die Mündung zielte direkt auf seine Schläfe.

Er hätte seinem Gefühl vertrauen sollen. Es war wirklich an der Zeit gewesen, den Beruf zu wechseln. Nun war es zu spät.

Epilog

Das Ende einer Gruppenreise ist stets eine eigenartige Angelegenheit. Man versichert einander – zumeist ohne konkrete Folgen –, sich bald wieder zu treffen, wo Abneigungen, Feindschaften gar, entstanden sind, werden sie im Licht des nahen Abschieds milder oder vergessen. Die noch frischen Erinnerungen werden abgeglichen, über kuriose Erlebnisse wird zum letzten Mal gemeinsam gelacht, offene Fragen werden endlich geklärt. In dieser Gruppe zum Beispiel Ennos regelmäßiges und Neugier erregendes Verschwinden. Die Lösung erwies sich als klassisch für eine Reise auf dem Jakobsweg. Beim Abschiedsessen in Santiago de Compostela legte er so umständlich unauffällig, dass es niemand übersehen konnte, ein dünnes kleines Heft neben seinen Teller. Leo, die ewig Neugierige, griff gleich danach, lachte schallend und hielt es aufgeschlagen hoch – Ennos Pilgerausweis.

An jeder Station von St.-Jean-Pied-de-Port bis Santiago de Compostela hatte Enno ein Pilgerbüro oder eine Pfarrei gefunden und sich die Belege für seine Pilgerreise verschafft. In León hatte es nur zum Stempel der Touristeninformation gereicht, die Urkunde in Santiago hatte er trotzdem bekommen.

«Das ist doch gemogelt», murrte Eva, «die Urkunde steht nur denen zu, die mindestens die letzten hundert Kilometer zu Fuß gegangen sind. Oder zweihundert mit dem Rad gefahren.»

Enno grinste breit. «Die gehen hier mit der Zeit», sagte er und beobachtete mit großer Befriedigung, wie seine Kostbarkeit herumgereicht und bewundert wurde. «Außerdem reichte die Schlange hier im Pilgerbüro bis auf die Straße, die hatten gar keine Zeit, ganz genau hinzugucken.»

«Umso schlimmer», sagte Eva streng und reichte den Ausweis mit spitzen Fingern an Felix weiter.

«Da hast du was zu beichten», sagte er. Alle lachten, Enno auch.

Caro füllte Evas und ihr eigenes Weinglas nach. «Trink, meine Liebe», sagte sie, «Rotwein ist gut gegen Neid. Und jetzt will ich endlich von Leo hören, was uns harmlosen Wanderern auf dieser Tour alles entgangen ist. Es war eine wunderbare Zeit», sie prostete Jakob zu und neigte dankend den Kopf, «aber das große Drama ist uns entgangen. Fang an, Leo, und lass nichts aus. Auch nicht, was der Inspektor dir gerade noch am Telefon erzählt hat.»

Es wurde ein sehr langer Abend.

Nur der Schluss, das, was Inspektor Obanos berichtet hatte, war schnell erzählt. Der Mann, der in der Nähe von Fabias Wohnung und des Alameda-Parks bei dem Versuch der Entführung von Dietrich Webers Sohn gefasst worden war, schwieg. Noch, hatte Inspektor Obanos betont, er war sicher, dass er nicht mehr lange schweigen werde. Sie hätten noch jeden zum Reden gebracht. Leo hatte lieber nicht gefragt, auf welche Weise. Die frische Tat, das im *hostal* gestohlene Foto in seiner Tasche waren Beweis genug. Und Mira würde ihn ohne Zweifel als den wiedererkennen, der nach Ninas Halbbruder und seiner Familie gefragt hatte. Ob ihm der Mord an Dietrich nachzuweisen war, musste sich allerdings erst zeigen. Noch hatte der Mann keinen Namen. Genauer gesagt: Er hatte drei Namen in den drei Pässen, die in seinem Auto gefunden worden waren. Wahrscheinlich waren alle falsch.

Dass sie ihn erwischt hatten, war das Ergebnis umsichtiger Planung. Zwar wurde Camilla Ruíz erst am Abend zurückerwartet, aber es konnte nicht schaden, zwei junge Beamte, die sich im Beschatten üben sollten, in der Nähe von Fabia Castros Adresse zu postieren, um Ausschau zu halten, ob sich dort jemand herumtrieb und die Wohnung beobachtete. Die Tarnung als Liebespaar hatte ihnen ausnehmend gut gefallen, trotzdem waren sie wachsam geblieben.

«Ich würde gerne sagen, wir waren ihm schon auf der Spur», hatte Inspektor Obanos gesagt, «aber das stimmt nicht. Er ist hier gänzlich unbekannt. Ich fürchte, wir hatten Glück. Das macht nichts, ohne Glück geht auch sonst nichts.»

Die Frau, die als Hedda auf dem Jakobsweg gewandert war, sprach hingegen viel. Ihre Schwester, die echte Hedda Meyfurth, hatte sie nach der Entlassung aus der Haft bei sich aufgenommen, ihre Eltern überwiesen ihr für eine Übergangszeit genug Geld zum Leben, um den Preis, dass sie sich von ihrem Sohn fernhielt. Der Junge wollte sie nicht sehen. Sie hatte Benedikts Adresse im Telefonbuch gefunden und irgendwann begonnen, ihm zu folgen. Zunächst hatte sie nicht genau gewusst, warum. Sie musste es einfach tun, sie musste wissen, wie er jetzt aussah, wie er lebte, und als sie es wusste, wuchs der Hass zur Manie. Sie war ihm gefolgt wie ein Schatten.

Die Reise war ein Zufall. Als er in ein Reisebüro ging, war sie ihm gefolgt, sie hatte in Broschüren geblättert, seinem Gespräch mit der Beraterin gelauscht und die gleiche Reise gebucht. Ohne lange zu überlegen, auch dies zunächst ohne Plan. Ihre Schwester war in ihrem Beruf viel auf Reisen, allerdings stets nur mit ihrem Personalausweis, es war also einfach gewesen, ihren Pass aus der Schublade zu nehmen. Hedda, die echte Hedda, würde ihn nicht brauchen, somit auch nicht vermissen. Sie sahen einander sehr ähnlich, mit dem schwarzgefärbten Haar glich sie dem alten Passfoto ihrer Schwester genug. Und wer sah innerhalb Europas schon noch in den Pass? Es hatte funktioniert. Dann hatte sie auf eine Gelegenheit gewartet. Als Jakob am Beginn der ersten Wanderung warnte, nicht leichtsinnig an der Wegkante zu balancieren, nach dem nassen Frühjahr könne sie brüchig sein, hatte sie auf die Karte gesehen und gewusst, die Gelegenheit war da.

«Und was wird nun mit diesem Mann in Hamburg?», fragte Edith zum Schluss. «Wenn ich alles richtig verstanden habe, ist Ninas Geschichte noch nicht bewiesen. Besonders nicht, ob dieser Kompagnon hinter allem steckt. Also, ich weiß nicht, kann man einem seriösen hanseatischen Geschäftsmann so etwas zutrauen?»

«Das wird sich zeigen», sagte Leo. Und Fritz, der Sparkassenfilialleiter, sagte entschieden: «Wenn es um so viel Geld geht, kann man allen alles zutrauen.»

Nina fehlte an diesem Abend, sie besuchte Camilla und Fredo Ruíz. Es war ein schwieriger Besuch. Nicht nur, weil sie eine lange komplizierte und ziemlich unerfreuliche Geschichte zu erzählen hatte. Camilla war auch alles andere als begeistert von dem Erbe ihres Sohnes. Nina erkannte erschreckt, dass ihre neue Schwägerin damit recht hatte. Sie selbst hatte nur an ihre eigenen Pläne und Ziele gedacht, was ein plötzlicher, mit schweren Konflikten verbundener Reichtum für zwei Menschen wie Camilla und Fredo bedeutete, hatte sie nicht überlegt. Camilla entschied sofort, das Erbe für ihren Sohn abzulehnen, Nina hoffte, sie werde es sich in den nächsten Tagen anders überlegen.

In den nächsten Tagen würde auch sonst manches anders sein, doch das wusste sie jetzt noch nicht. Rudolf Pfleger würde erstaunlich plötzlich zu einer Geschäftsreise nach Jakarta aufbrechen. Er würde nur bis zum Flughafen kommen. Die Turbulenzen im führenden Management der Firma Instein & Pfleger würden auch zu Turbulenzen in der Bilanz führen, allerdings nur vorübergehend.

Am frühen Nachmittag des nächsten Tages ging eine dezimierte Wandergruppe auf dem Flughafen bei Lavacolla an Bord der Maschine nach Deutschland. Hedda, tatsächlich Vera Emmerich, saß in Untersuchungshaft, Benedikt lag noch im Hospital in Burgos, Nina würde ihn dort am nächsten Tag treffen und mit ihm und Ruth Siemsen in einer Sondermaschine zurückfliegen. Sie hatte Leo eingeladen, dabei zu sein. Aber die mietete sich ein stabiles Tourenrad, tauschte ihren Koffer gegen Radtaschen und machte sich auf den Weg zum Kap Finisterre. Leo wollte endlich Urlaub machen. Und wenn es am Ende der Welt war. Wer weiß, mit etwas Glück traf man dort einen Radfahrer, der nicht als schön, aber als verdammt attraktiv zu bezeichnen war.

Geschichte und Legende

Seit tausendzweihundert Jahren pilgern gläubige Christen zum Grab des Apostels Jakobus d. Ä. nach Santiago de Compostela in Galicien. Besiedlung und Entwicklung des nördlichen Spaniens wurden davon geprägt, an der etwa achthundert Kilometer langen Strecke von den Pyrenäen bis zum Ziel entstanden Hunderte Dörfer und Städte. Viele lebten und leben ausschließlich von den Pilgern. Niemand weiß genau, wie viele es waren, nach heutigen Schätzungen haben sich in der mittelalterlichen Hochzeit des Jakobuskultes jährlich zwischen zweihundert- und fünfhunderttausend auf den beschwerlichen Weg nach der westgalicischen Stadt gemacht, in der die Gebeine des Apostels in einem Reliquienschrein ruhen. Genauer gesagt: ruhen sollen. Denn kaum eine Märtyrergeschichte ist so sehr von Legenden umwoben und so ausgiebig von weltlicher und kirchlicher Politik beeinflusst und benutzt worden. Der Faszination des Heiligen und ‹seiner› Stadt Santiago de Compostela hat das keinen Abbruch getan, sondern sie im Gegenteil erst befördert.

Der Apostel Jakobus d. Ä., auf Spanisch *santiago*, war ein Vetter Jesus' und gehörte zu seinen engsten Vertrauten. Kurz vor Ostern des Jahres 44 wurde er auf Befehl Herodes Agrippa I. in Jerusalem mit dem Schwert enthauptet und so zu einem der ersten Märtyrer der Christenheit.

Viel mehr überliefert die Apostelgeschichte nicht, alles Übrige ist Legende.

Zwar sind keinerlei Reisen für Jakobus d. Ä. verbürgt oder auch nur in den alten Schriften erwähnt, doch nach einer seit dem 7. Jahrhundert tradierten Legende hatte er in Spanien missioniert. Deshalb brachten seine beiden Jünger seinen Leichnam mit einem von Engeln geleiteten Boot nach Galicien und beerdigten ihn etliche Meilen landeinwärts, nämlich dort, wo sich die Ochsen ihres Gefährts friedlich niedergelassen hatten. Auch bei der Wiederentdeckung des Grabes in den ersten Jahren des 9. Jahrhunderts half ein Wunder. Engel verkündeten einem Eremiten – nach anderen Quellen einem Hirten –, wo er besonders leuchtende Sterne sehe, werde er das Grab des Apostels finden. Das gab er eilends seinem Bischof bekannt, der bald das versprochene besondere Leuchten sah, ihm durch Wald und Wildnis folgte und endlich im Gestrüpp ein aus Marmor errichtetes Grabmal fand und als das des Jakobus deklarierte.

Er benachrichtigte seinerseits König Alfons II. von Asturien, der sich sofort auf den Weg zu dem wunderbaren Fund machte und – sozusagen – zum ersten Santiago-Pilger wurde. Er ließ dort eine kleine Kirche bauen, rief Jakobus zum Schutzheiligen seines Reiches aus und sorgte für die Verbreitung der wundersamen Entdeckung in ganz Europa. Er verlegte auch den Bischofssitz der Region in die Nähe des Grabes an den Ort, der seither Compostela heißt, nach dem Feld unter den Sternen, auf dem das Grab mit der Reliquie entdeckt worden war. Die Christen verehrten seit dem 2. Jahrhundert Gräber und Leichname von Heiligen, denn je näher man einer Reliquie bei einer Bitte an Gott oder die Heiligen war, umso sicherer die Wirkung. Nichts war näher als ein Grab mit den Gebeinen eines Heiligen, erst recht, wenn der Jesus selbst besonders nahegestanden hatte. Dieser Fund war also eine ungeheure Sensation, außer in Rom gab es an keinem anderen Ort ein Apostelgrab.

Diese Reliquie kam Alfons II. aus politischem Grund überaus gelegen, denn es war die Zeit der *reconquista*, der Rückeroberung Spaniens von den Mauren. Ein Heiliger war da ein guter Verbündeter. *Santiago matamoro*, Jakobus der Maurentöter, wurde zum vereinenden Kampfruf der christlichen Heere gegen die von Süden weiter vordringenden Muslime.

Wohl aus dem gleichen Grund fand eine andere Legende Verbreitung, nach der Jakobus Karl dem Großen im Traum erschienen sei und ihm offenbart habe, wie er mit Hilfe der Milchstraße sein Grab finden und helfen könne, die Iberische Halbinsel von der Herrschaft der Mauren zu befreien.

Nach und nach erlangte die Wallfahrt nach Santiago de Compostela für die gesamte Christenheit die gleiche, zeitweise sogar größere Bedeutung wie die nach Jerusalem und Rom. Die Kennzeichen der Jakobus-Pilger waren der Pilgerstab mit der Wasser-Kalebasse und der breitkrempige Hut mit der angehefteten Muschel. Für viele gehörte auch das Schwert dazu, denn nicht nur der Teufel lauerte als schwarzer Seelenfänger, der Weg war auch voller weltlicher Gefahren.

Wallfahrten – ob nur zu einer Reliquie im nächsten Kloster oder zu den weit entfernten heiligen Gräbern – wurden als von der Kirche auferlegte Bußübung oder freiwillig unternommen, um für eine bestimmte Sünde oder ein allgemein sündiges Leben Ablass zu erbitten, um ein Versprechen an Gott zu erfüllen, um von einer Krankheit geheilt oder schwanger zu werden – aus jedem Grund, der die Hilfe Gottes oder des Apostels nötig machte. Auch die der Madonna, die Verehrung Marias und Jakobus' war von jeher eng verknüpft. Die zahlreichen Maria geweihten Kirchen am Weg zeugen davon. Die Legenden und Wundergeschichten, die in den Jahrhunderten der Compostela-Wallfahrten entstanden sind und tradiert wurden, könnten viele Bücher füllen.

Aus dem Pilgerweg durch die nordspanische Wildnis wurde eine im Vergleich mit anderen Fernstraßen der damaligen Zeit starkbereiste und gesicherte Route bis ans Ende der damals bekannten Welt. Kirchen und Klöster, Dörfer, Städte und Burgen wurden gebaut, Brücken über Flüsse geschlagen, Wegabschnitte gepflastert, die Tempelritter, später die Johanniter, gründeten und betrieben Niederlassungen zum Schutz des Weges und der wachsenden Zahl der Pilger, die ersten Reiseführer Europas wurden für sie verfasst.

Die Pilger und alle, die den Pilgerweg, den *camino*, zu Fuß, zu Pferd oder in Wagen bereisten oder in den nahen Häfen mit Schiffen ankamen, bedeuteten für die Ortsansässigen zu allen Zeiten auch ein Geschäft. Nicht minder die anderen in großer Zahl den *camino* Bereisenden: Soldaten, Gelehrte, Künstler und Handwerker, Banditen, Bildungsreisende, Kleriker, Mönche und Nonnen, kirchliche und weltliche Diplomaten, Abenteurer, Bettler. Kaufleute kombinierten ihre Pilgerreise – doppelt nützlich – mit ihren Handelsgeschäften. Heute wieder lautwerdende Klagen über wandernde Pilger oder pilgernde Wanderer ohne rechte Gläubigkeit sind so alt wie der Jakobsweg. Sie mögen in vergangenen Jahrhunderten nicht so zahlreich gewesen sein, gegeben hat es sie immer.

Im Laufe der Zeit war über die ersten, noch heute bedeutenden Wege durch Frankreich in ganz Europa ein Netz von ‹Zubringerwegen› entstanden, alle vereinen sich immer noch zu dem einen, der als letzte, viele Tage lang zum Ziel führende Etappe in Puente la Reina beginnt. Eine Pilgerreise zum Grab des Apostels konnte wie die nach Rom oder

Jerusalem Jahre in Anspruch nehmen. Umso mehr, als die mittelalterlichen Pilger für den Rückweg nicht einfach in ein Flugzeug oder eine Bahn steigen konnten.

Im 12. Jahrhundert erreichten die Pilgerfahrten nach Galicien ihren Höhepunkt, ab dem 15. Jahrhundert verlor das Apostelgrab zunehmend an Anziehungskraft. Dass Martin Luther vehement die Abschaffung des Pilgerwesens forderte, war nicht der eigentliche Anlass, ist aber ein Hinweis für die Zeitströmung. Andere, innerlichere Wege in die Nähe Gottes wurden üblicher, und die Zweifel an der Echtheit der Reliquie nahmen zu, unter anderem, weil auch Toulouse für sich in Anspruch nahm, sie zu besitzen. Das Misstrauen wurde stärker, nachdem die Gebeine des Apostels 1589 vor einem befürchteten Angriff der Engländer unter Sir Francis Drake in Sicherheit gebracht worden waren. Was nach dem Abzug der Engländer aus der Reliquie geworden ist, gilt als ungewiss, zumindest strittig. Wer sich auf den Weg nach Santiago machte, pilgerte nun nur noch zu dem Ort, in dessen Nähe – irgendwo – die Reliquie verborgen war. Mit dem barocken Umbau der Kathedrale 1660 wurde auch noch das leere Grab unzugänglich.

Auch waren Ende des 15. Jahrhunderts die Mauren aus Spanien vertrieben, Santiago der Maurentöter hatte also ausgedient. Zudem hörte man von Pilgern, die von der Inquisition bedroht und wochenlang verhört worden waren, und im 19. Jahrhundert entstand durch neue, erheblich einfacher zu erreichende Wallfahrtsorte wie z.B. 1858 Lourdes scharfe Konkurrenz. Kurz und gut, die Pilgerreise zur Santiago-Reliquie kam aus vielen Gründen aus der Mode.

Doch die Sehnsucht nach der Nähe zum verehrten Apostel und spanischen Nationalheiligen starb nicht ganz. Schließlich ließ der Erzbischof von Santiago nach der verlorengegangenen Reliquie suchen, sie wurde prompt gefunden und wenige Jahre später, 1884, von Papst Leo XIII. für echt erklärt, als die sterblichen Überreste des Apostels Jakobus d. Ä. So wurde der Jakobsweg nach Jahrhunderten der Schläfrigkeit wieder zu einem überaus beliebten Pilgerziel, von der Kirche wie von den lokalen Tourismusverbänden fleißig befördert.

Heute verdankt der spanische Jakobsweg seine Beliebtheit nicht nur der Reliquie in Santiago de Compostela, dem Reiz seiner Landschaften, den Kunstschätzen, Bauwerken oder der ausgezeichneten Infrastruktur. Der Mythos der Ritter des Templerordens, ihre Verbindung mit der Suche nach dem Heiligen Gral, gibt gerade diesem Pilgerweg zusätzliche Anziehungskraft. Die legendären Rittermönche organisierten von 1142 bis zur Zerschlagung des Ordens im 14. Jahrhundert die Betreuung der Pilger entlang des Weges. Die Literatur zu Tatsachen, Geschichten und Mythen über die Templer füllen viele Regalmeter. Was Wahrheit, was Legende oder Mirakelgeschichte ist, kann und will ich nicht beurteilen. Wenn man sie mit klarem Kopf liest, sind es so oder so spannende Geschichten über unsere Geschichte, Lehrstunden in Sachen Macht, Glaube und Kirchenpolitik.

Vielleicht – Gläubigere als ich mögen mir verzeihen – ist es nicht wichtig, wessen Gebeine tatsächlich in dem schimmernden Schrein in der Kathedrale auf dem einstigen Sternenfeld ruhen, vielleicht genügt die Imagination. Letztlich gilt auch für diese lange, beschwerliche und wunderbare Wallfahrt, dass der Weg das Ziel ist. Dennoch bestimmt das Ziel den Weg und das Erleben unterwegs. Die meisten, die den Jakobs- oder einen anderen Pilgerweg gegangen sind, ob gläubig oder nicht, werden dem zustimmen. Auch regionale Teilstrecken werden zumindest in Deutschland zunehmend reaktiviert. Jakobus ist wieder Kult. Selbst wenn das vielleicht nur von der neuen Lust am Wandern zeugt, an der Langsamkeit, der eigenen, unmittelbaren sinnlichen und be-sinnlichen Erfahrung, bedeutet langes Gehen auf der an christlichen und kulturellen Traditionen so reichen Strecke auch ein besonderes seelisches Erleben. Benennen und be-werten mag das jeder für sich selbst.

Und nun: *Buen camino!*

Danksagung

Ich danke der stets gutgelaunten und absolut gesetzestreuen Reisegesellschaft, mit der ich auf dem spanischen Jakobsweg in der Luxusvariante gewandert bin – ohne sie hätte ich bei dem einen oder anderen harten Anstieg womöglich bei der Hälfte aufgegeben.

Natürlich sind gemeinsame Erfahrungen in diesen Roman eingeflossen, die einzelnen Charaktere sind jedoch ausschließlich Produkte meiner Phantasie. Authentisch sind einzig die weißen Rinder am Aufstieg zum Ibañeta-Pass, die Gänsegeier über der Yecla-Schlucht und der in der Nacht den Mond anheulende rabenschwarze Hund vor der Kirche San Martín in Frómista.

Ich danke auch Renate Eckoldt, Rechtsanwältin in Hamburg, für ihre Beratung. Fehler und Irrtümer habe ich ganz allein zu verantworten.

Zum Schluss ein Dank an Cees Nooteboom für sein wunderbares Buch *Der Umweg nach Santiago*. Eine bessere Reiselektüre ist für eine Spanienreise nicht denkbar.

Petra Oelker
Hamburg, im August 2007

©: Hergen Schimpf

B 24/5

Petra Oelker

«Petra Oelker hat lustvoll in Hamburgs Vergangenheit gestöbert – ein amüsantes, stimmungsvolles Sittengemälde aus vergangener Zeit ...» Der Spiegel

Tod am Zollhaus
Ein historischer Kriminalroman
rororo 22116

Der Sommer des Kometen
Ein historischer Kriminalroman
rororo 22256

Lorettas letzter Vorhang
Ein historischer Kriminalroman
rororo 22444

Die zerbrochene Uhr
Ein historischer Kriminalroman
rororo 22667

Die ungehorsame Tochter
Ein historischer Kriminalroman
rororo 22668

Die englische Episode
Ein historischer Kriminalroman
rororo 23289

Der Tote im Eiskeller
Ein historischer Kriminalroman
rororo 23869

Mit dem Teufel im Bunde
Ein historischer Kriminalroman
rororo 24200

Das Bild der alten Dame
Kriminalroman. rororo 22865

Der Klosterwald
Roman. rororo 23431

Nebelmond
Roman. rororo 21346

Die Neuberin
Roman. rororo 23740

Tod auf dem Jakobsweg
Roman. rororo 24685

Die kleine Madonna
Roman. rororo 23611

Die Schwestern vom Roten Haus
Ein historischer Kriminalroman

rororo 24611

Weitere Informationen in der Rowohlt Revue *oder unter* www.rororo.de